DEREK MEISTER

BLUTEBBE

THRILLER

blanvalet

MIX
Papier aus verantwortungsvollen Quellen
FSC® C014496

Verlagsgruppe Random House FSC® N001967

1. Auflage

Dieses Werk wurde vermittelt durch die Literarische Agentur
Thomas Schlück GmbH, 30827 Garben.

Redaktion: Angela Kuepper
Umschlaggestaltung: www.buerosued.de
Umschlagabbildungen:
Mauritius Images/Alaska Stock/William W. Bacon; Plainpicture/BY
Illustrationen Innenteil: © Marion Meister
BL · Herstellung: sam
Satz: Buch-Werkstatt GmbH, Bad Aibling
Druck und Bindung: GGP Media GmbH, Pößneck
Printed in Germany
ISBN 978-3-7341-0478-7

www.blanvalet.de

Für Dorothe und Ina

Ing wurde zuerst unter den Ost-Dänen
gesehen, bis er nach Osten zog
über das Meer. Sein Wagen zog ihm nach.
So nannten die Herdinger ihren Helden.

Altenglisches Runengedicht

Mut ist, wenn man Todesangst hat,
aber sich trotzdem in den Sattel schwingt.

John Wayne

1

Im letzten Licht der Dämmerung lag die Nordsee bleiern da. Der Mond war bereits aufgegangen, aber es ging auf Neumond zu, und die hauchdünne Sichel zeichnete sich kaum vom nachtblauen Himmel ab.

Hier draußen war die See eiskalt. Rutger keuchte vor Anstrengung und drehte sich auf den Rücken. In seinem schwarzen Neoprenanzug lag er wie ein Schatten auf dem dunklen Wasser. Einen Moment ließ er sich reglos treiben, sammelte Kraft und sah zu den ersten Sternen auf, die sich am Himmel abzuzeichnen begannen.

Du schaffst das. Langsam Luft holen. Beruhig dich … Es sind nur noch ein paar Meter …

Rutger konnte kaum schlucken, so sehr raste sein Herz vor Anstrengung. Das Blut rauschte ihm in den Ohren. Er hatte erst zwei Drittel des Wegs geschafft.

Komm runter. Du kannst das.

Der Anblick des Firmaments hatte ihn bisher oft getröstet, aber heute war das anders. Die Kälte drang durch seinen Taucheranzug, und es war nicht die Nordsee allein, die ihn frösteln ließ.

Vor allem der Gedanke an die nächsten Minuten schickte eine Gänsehaut über seinen Körper. Langsam zählte er bis dreißig und bekam immerhin seine Atmung wieder unter Kontrolle. Er hatte sich nicht getraut, mit dem Schlauchboot näher an die Segeljacht heranzufahren. Lieber war er gut siebzig Meter längsseits gegangen.

Vom Segelschiff drang Frauenlachen durch das Meeresrauschen zu ihm. Die Leiter war heruntergeklappt – das machte es fast zu einfach, an Bord zu gelangen.

Er rückte seinen Tauchrucksack zurecht, drehte sich wieder auf den Bauch und schwamm hinüber. Kurz darauf schwang er sich über die Reling, kauerte sich sofort nieder und lauschte angestrengt. Seine Hände fühlten sich taub an. Vor lauter Aufregung hatte er vergessen, die Handschuhe anzuziehen und sie im Rucksack bei seinen Utensilien gelassen.

Zahlreiche Schnitte und winzige Narben zeichneten sich auf seinen Fingern und der Handfläche ab. Einige der Wunden waren frisch und brannten vom Meerwasser.

Wenn du nicht tust, was ich sage, kommt das Vöglein geflogen.

Mit zitternden Fingern wischte er sich das Salzwasser aus dem Gesicht und spürte erneut, wie die Nervosität seine Kehle zuschnürte.

Er sah sich zur Kajüte um. Die beiden Frauen hatten das Licht gelöscht und stattdessen Kerzen angezündet, deren Schein flackernd aufs Deck fiel.

Das Lachen war nun lauter. Klassische Musik drang kaum hörbar zu ihm.

Für einen Moment kam es ihm vor, als habe er übermenschliche Kräfte, als könne er jede Planke, jede Schraube, jedes noch so stille Knarzen und Ächzen des Schiffs wahrnehmen. Ja, als sehe er schärfer als jemals zuvor in seinem Leben.

Beruhig dich, ermahnte er sich. Luft. Hol Luft. Zähl bis zehn. Du schaffst das. Konzentriere dich auf deine Aufgabe.

Du wirst es jetzt tun. Du ziehst das durch.

Gehorche.

Sie waren bloß zu zweit auf der Jacht. Er hatte das abgecheckt. Gründlich. Er kannte ihre Vorlieben, ihre Namen.

Vergiss ihre Namen! Sofort! Sie dürfen keine Namen haben.

Drei Tage lang war er auf der Pirsch gewesen, hatte sich fortgeschlichen und die beiden beobachtet, hatte sie studiert. Er hatte gehört, wo sie ankern wollten, und einen Plan geschmiedet.

Rutger schnallte den Tauchrucksack ab. So leise wie möglich zog er den Reißverschluss auf, nahm die Tauchhandschuhe heraus und streifte sie sich über.

Denk an die Vögelchen, mein Sohn. Tu, was ich sage. Sonst flattern die Vögel herbei. Pick-Pick-Pick.

Er nahm die Druckluftharpune von seinem Gürtel, spannte sie, pirschte sich an. Geduckt schlich er an der Reling bis zur Kabinentür. Dort meinte er, den Duft von Wein wahrzunehmen, das Parfüm dieser Weibsstücke und den Geruch von Sex.

Er wagte einen Blick, spähte durch die offene Tür.

Im goldenen Licht der Kerzen sah er einen nackten Rücken. Die Blonde hockte barfuß vor dem Bett. Sie hatte bloß ihren Slip an. Nur ihren Slip. Er glaubte, den Rand ihrer Brüste zu sehen, die sich in den Schoß der Schwarzhaarigen drückten, die breitbeinig dalag. Genussvoll dalag. Ein Bein aus der Koje baumelnd, das andere gegen die niedrige Decke gestemmt.

Diese Huren.

Die Blonde ließ ihre schmalen Finger über die Taille der Schwarzen streichen, küsste ihren Bauch und rutschte mit ihrem Kopf tiefer und tiefer.

Es erregte ihn. Er schloss die Augen, atmete leise.

Tu es. Gehorche.

Die Angst ist eine Welle. Aber du bist das Schiff. Du bezwingst die Welle. Du siehst meinen Wagen. Das Feuer wird in dir sein.

Denk an die Vögelchen.

Gehorche.

Tu es.

Sie haben keine Namen. Diese Nutten.

Die Druckluftharpune lag gut in seiner Hand. Er spürte sein steifes Glied unangenehm in seinem Anzug drücken.

Gehorche. Sonst … Pick-Pick-Pick.

Ohne eine Warnung trat er vor, zielte und schoss.

Beinahe lautlos zischte der Pfeil davon, traf die Schwarze im Bein und heftete dieses Miststück an die Wand. Ganz wie er es gewollt hatte. Ihre Schmerzensschreie peitschten sein Blut auf.

Die Blonde fuhr herum. Zu spät.

Er war schon bei ihr.

So fest er konnte, hieb er ihr mit dem Kolben der Harpune ins Gesicht. Blut rann aus ihrer Nase, dann kippte sie zur Seite, stürzte vor die Koje. Er hieb noch einmal zu. Noch einmal. Noch einmal.

Zwei, drei, vier, fünf Mal. Noch mal! Noch mal! Und noch mal!

Was tust du! … Stopp! Stopp! Bring sie nicht um.

Bebend rang er nach Luft. Die Frau hatte längst das Bewusstsein verloren. Er starrte auf sie herab, fühlte und genoss. Fühlte und genoss. Fühlte und genoss und spürte seine Kraft, seine eigene Urgewalt.

Seine Erektion wurde noch härter. Sie schmerzte.

Die Schwarze schrie wie am Spieß, wollte weg, aber der Pfeil mit seinen Widerhaken hatte ihr Bein durchschlagen und steckte fest in der Verkleidung.

Rutger konnte ihre Scham sehen.

Mit der Verzweiflung einer Sterbenden bückte sie sich, riss an dem stählernen Pfeil, versuchte, ihr Bein herunterzuziehen. Es wollte ihr nicht gelingen. Sie wimmerte und keuchte. Tränen liefen über ihr Gesicht.

Er baute sich vor ihr auf, griff ihre Haare und zerrte ihren Kopf hoch, sodass sie ihm in die Augen sehen musste. Triumphierend lächelte er und bedeutete ihr, still zu sein.

Anstatt sich weiter um sie zu kümmern, ließ er von ihr ab und packte stattdessen die bewusstlose Blonde an den Armen, schleifte sie aus der Kajüte, über das Deck.

Als er zurückkam, sah er, wie die Schwarze erneut panisch am Pfeil zerrte und mit ungeheurer Willenskraft versuchte freizukommen. Er beendete das lächerliche Schauspiel, indem er ein paar Mal auf sie einschlug, bis sie sich nicht mehr wehrte, sondern sich nur noch flehend die Hände vors Gesicht hielt.

Er las die Harpune auf, die er abgelegt hatte, und klippte sie an seinen Gürtel. Dann löste er den Harpunenpfeil vom Seil und zog ihn mit einem Ruck aus der Bordwand, wobei er darauf achtete, dass er in ihrem Bein stecken blieb. Mit beiden Händen packte er ihn und zerrte sie daran vom Bett, schleifte die Frau am Pfeil hinter sich her.

Ihre Angst und der Schmerz formten Schreie, wie er sie noch nie gehört hatte. Schrill wie ein Trennschleifer in Metall, erstickt wie winselnde Hunde, gurgelnd wie Schritte im Schlick. Sie schickten wohlige Schauer über seine Brust und verhallten dann über der mondbeschienenen Nordsee. Ungehört.

Mit einem letzten Ruck ließ er die Schwarzhaarige neben ihre Freundin fallen. In ihren Augen las er reine Panik. Es war schön anzusehen, wie sie bettelte und nicht wusste, was er als Nächstes vorhatte. Niemals hätte er gedacht, dass es so erregend war.

Es tat so gut zu bestimmen.

Gehorche. Sonst kommen die Vögelchen. Pick-Pick-Pick.

Die beiden lagen vor dem Mast. Er lud die Harpune ein zweites Mal, trat zur bewusstlosen Blonden und setzte ihr den Lauf auf den Unterschenkel.

Der Muskel war stark genug für das, was er vorhatte.

Er jagte auch der Blonden einen Pfeil durchs Bein. Sie riss die Augen auf, nicht wissend, wo sie war und was der Schmerz zu bedeuten hatte. Blind um sich schlagend, bäumte sie sich auf, griff panisch nach dem Pfeil, zerrte. Rutger kümmerte das nicht. Seelenruhig holte er seinen Rucksack herbei, kniete sich damit neben die beiden Frauen und zog den Reißverschluss auf.

Kurz darauf legte er einige akkurat aufgewickelte Leinen aufs Deck. Dann griff er noch einmal hinein und nahm, vor Erregung zitternd, ein Einweckglas heraus.

Behutsam stellte er es auf die Planken.

Es schimmerte magisch im Mondlicht.

»Es wird kaum wehtun«, raunte Rutger und zog lächelnd ein zweites Glas aus seinem Rucksack.

2

»Komm schon, Veith. Hör auf zu kichern.« Knut Jansen zog seine E-Gitarre von der Rückbank. Die 59er Telecaster hatte er diesen April zu seinem Dreißigsten geschenkt bekommen. Ein wunderbares Instrument mit schmeichelnd geschwungenen Linien. »Das Outfit passt doch perfekt. Ich weiß gar nicht, was du hast.«

Der junge Polizeirevierleiter von Valandsiel hatte sich in Schale geworfen: blaue Westernstiefel mit Goldnaht, Wildlederweste und stonewashed Levi's.

Knuts Freund verkniff sich ein weiteres Grinsen. »Na, wenn du meinst.«

»Bisschen Show muss sein.« Gut gelaunt tätschelte Knut seinen Labrador Butch, bevor er auch ihn aus dem Landrover hob. Der gute Kerl war in die Jahre gekommen.

»Da hast du wohl recht.« Veith fädelte aus dem Heck seines Volvos einen Kontrabass und streifte sich ein schnittiges Sakko über sein edles schwarzes Hemd.

Eine Brise wehte über den kargen Parkplatz des Dock-5. Die Bar lag abseits der Touristenströme an einem Seitenbecken des Hafens, der zur größten Werft Valandsiels gehörte. Keine sehr ansehnliche Ecke, auch wenn die Barbesitzerin mit Strandsand und Palmen tapfer gegen den Industrielook ankämpfte.

»Oh nein!« Veith tat, als falle er gleich in Ohnmacht. »Haben die etwa auch Fransen?«

»Was?« Knut, der ein weiteres Mal in den Rover gegriffen hatte, sah auf das Bündel in seiner Hand. »Sicher. Das sind Chaps. Chaps müssen Fransen haben. Keine Fransen, keine Chaps.« Er hielt sich die ledernen Beinkleider für Cowboys an.

»Na, immerhin sind sie braun und nicht elvisblau.« Amüsiert schüttelte Veith den Kopf und schloss den Wagen ab.

»Sieht doch cool aus. Ich mein, Pia will mehr Show, also kriegt sie mehr Show. Entweder richtig oder gar nich'.«

»Dann bin ich eindeutig für ›gar nich'‹.«

»Nur weil wir Ring of Fire im Repertoire haben, muss ich ja nicht wie Johnny Cash rumlaufen, oder?« Knut deutete mit einem Nicken auf Veiths Hemd und Sakko.

»Nur weil wir Tumbling Tumbleweeds im Repertoire haben, musst du ja nicht wie John Wayne rumlaufen, oder?«

»Touché.«

»Avec plaisir.«

»Avec was?« Knut winkte ab, zögerte dann aber doch. »Okay. Ist wahrscheinlich zu dicke.« Schweren Herzens packte er die Chaps zurück.

»Wyatt Earp sei Dank.«

»Aber der! Der gehört echt dazu!« Unvermittelt zog er aus dem Wagen einen weißen Prunkwesternhut und setzte ihn auf.

Veith lachte lauthals.

»Ich muss schon bitten, Herr Kollege. Der *muss* sein. Original Rodeoking mit 4-Zoll-Brim.«

Hilflos vor Lachen, winkte Veith ab. »Okay, okay … *Sheriff.*«

Mit einem schelmischen Grinsen warf sich Knut prompt in Elvis-Pose. »Rock 'n' Roll, Baby!«

Pia goutierte seine Aufmachung mit einem Pfiff. Die Barbesitzerin stand am Hintereingang, ein Spültuch über der Schulter und eine Getränkekiste vor dem Bauch. »Du siehst echt … echt … äh … *schillernd* aus.«

»Hörst du's, Veith? Im Gegensatz zu dir hat die Lady Geschmack.« Lässig schulterte Knut seine Gitarre und schlappte mit ausladenden Schritten, Butch an seiner Seite, zur Bar. Seine Cowboystiefel klackten auf den Pflastersteinen, während der leichte Seewind Sand über den Parkplatz wehte.

»Ich glaub, du hast deine Sporen vergessen«, rief Veith ihm feixend hinterher, bevor er seinen Bass nahm und Knut folgte.

Normalerweise spielte Knut im Dock-5 allein und gab ein paar Klassiker zum Besten: Stairway to Heaven, Babe I'm Gonna Leave You, My Secret Live, Suzanne, Leyla … Und das vor einer sehr überschaubaren Anzahl Zuhörer.

Heute füllten sich jedoch die Überseecontainer, in denen Pia ihre Bar eingerichtet hatte, zusehends. Die Stimmung war ausgelassen, die Theke umlagert und kein Platz mehr vor der winzigen Bühne frei.

Knut, der die Gästeflut beim Aufbau und dem Soundcheck registrierte, wurde ein wenig flau im Magen. Er sah an sich herunter, und mit einem Mal kam ihm sein Sheriff-Outfit unglaublich kindisch vor, und er wünschte sich inständig, sie hätten die letzten Tage mehr geprobt.

Pia und ihre Werbeaktionen, dachte er.

Vor einem Monat hatte er noch über das Motiv geschmunzelt: »Sheriff Knut Jansen & Begleitung«, prangte auf ihren Flyern – direkt über einem Cowboy, der in den Sonnenuntergang ritt. Sehr komisch.

Warum war er auch so doof und pflasterte in Pias Auftrag halb Valandsiel mit Plakaten? Als hätte er auf Streife nichts Besseres zu tun.

Die Wahrheit war, er *hatte* nichts Besseres zu tun.

Meistens jedenfalls. Wenn nicht gerade ein Bewohner des Altenheims vermisst wurde, die üblichen Teenager mit frisierten Mopeds irgendwelche Touristen verschreckten oder der Hund des Metzgers wieder einmal an einen Strandkorb pinkelte.

Knut sah Helen, die sich einen Weg nach vorne bahnte, und gab Veith die Kabel für das Mischpult. »Mach du das mal eben. Bin gleich wieder da.«

Mit einem lässigen Sprung setzte er über die Monitorboxen und landete direkt vor ihr.

»Miss«, begrüßte er sie und tippte charmant an seine Hutkrempe.

»Wow«, stieß sie angesichts seiner Klamotten aus und umarmte ihn freudig. Ihr Geruch ließ sein Herz schneller schlagen, und das Kitzeln ihrer Haare bei der Umarmung war wie ein wohliger elektrischer Schlag. Er traute sich, ihr die Wange zu küssen.

Sie hatten zwar beinahe miteinander geschlafen, aber die Betonung lag auf »beinahe«, und nach jenem Zwischenfall war nichts mehr in dieser Art geschehen. Keine Liebkosungen, keine eindeutigen Rendezvous. Es war zum Verrücktwerden. Nur ein paar Verabredungen zum Essen, einige Ausflüge und gemeinsame Abende hier im Dock-5. Lediglich das Du war von dem Abend auf dem Schrottplatz, als er sie voller Begierde auf die Motorhaube gehoben hatte, übrig geblieben. Immerhin das. Ein Anfang.

Nachdem sie sich begrüßt hatten, lächelte sie und meinte unvermittelt: »Sobald du auf der Bühne stehst, wird es besser.«

Knut musste schmunzeln. Ab und an machte sie sich einen Witz draus, seine Fragen im Voraus zu beantworten.

»Ist das ein Punkt?«, fragte sie.

»Eindeutig. Dafür gibt es auf jeden Fall 'n Punkt.«

»Die Frage?«

»Glaubst du, dass mein Lampenfieber weggeht? … Du hast voll ins Schwarze getroffen.«

»War ja auch nicht schwer. Du hast zu den ganzen Leuten gesehen, kurz bevor du mit mir Augenkontakt gesucht hast. Als würden dich die Gäste stören, als fändest du es unangenehm, dass sie hier sind, dass sie dich beobachten.«

»Und weil du ganz egoistisch davon ausgehen kannst, dass es nicht an dir liegt …«

»Genau. Weil du es nicht peinlich findest, mit mir gesehen zu werden, ist es höchstwahrscheinlich das Konzert. Außerdem bist du ziemlich nervös.«

»Niemals.«

Helen lachte. »Du grübelst, versuchst deine Unsicherheit zu überspielen, indem du deine Hände knetest. Ach – und das Zucken deines Mundwinkels verrät dich auch. Das Zucken des kissing muscle.«

»Kissing muscle?« Er musste schmunzeln, denn ihm war ihr flirtender Ton nicht entgangen.

»Musculus orbicularis oris.« Verschmitzt spitzte sie die Lippen, um es zu demonstrieren. »Kissing muscle … Oder liegt es etwa doch an mir?«

Küss sie doch einfach. Trau dich, sagte er sich. Entweder, sie knallt dir eine, oder … Das ist doch 'ne Steilvorlage. Mach schon …

Er tat es nicht.

Feiger Sheriff.

Na toll, schoss es ihm durch den Kopf. Bei Helen bist du zu feige, mal durchzustarten, das Outfit ist dir zu kindisch, aber das willst du nicht zugeben, und das Lampenfieber schickt dich gleich aufs Klo. Knut Jansen, du hast deine Gefühle voll im Griff.

»Schade«, stellte sie leicht enttäuscht fest. »Anscheinend wirklich nur Lampenfieber.«

»Was? Nein, nein. Du … Also … Äh, was hältst du davon, wenn wir im Anschluss noch was trinken?«

Helen nickte, während sie sich beide stumm in die Augen sahen.

Veiths und Pias Rufe störten ihre Zweisamkeit. Die beiden winkten von der Bühne. Es sollte losgehen.

»Morgen kommt der Makler mit zwei Käufern fürs Haus. Wehe, du lenkst mich heute Abend nicht ab.« Aufmunternd drückte sie ihm den Hut fester auf den Kopf. »Los, Cowboy. Lass es ordentlich krachen da oben.«

Er zwinkerte ihr cool zu, holte dann aber so seufzend Luft, als trüge er fünfzehn schwere Lautsprecher auf der Schulter.

Drei Minuten später führten sie den letzten Soundcheck durch, und Knut spürte, dass sein Lampenfieber tatsächlich nachließ. Wahrscheinlich weil er sich auf die Stücke und sein Spiel konzentrierte, anstatt über die ganzen Gäste zu grübeln. Das bunte Licht der Bühnenstrahler schien ihn aufzuheizen und ihm Kraft zu geben.

»Darf ich um Ihre Aufmerksamkeit bitten?« Pia hatte sich das Mikro geschnappt. Mit knappen Worten stellte sie die beiden vor, verkniff sich aber Gott sei Dank jeden Sheriff-Gag.

Showtime, dachte Knut, als er von Pia das Mikro bekam und in den Ständer steckte.

Er lüpfte cool seinen Cowboyhut und fing Helens Blick ein, die ihm lachend ein »Daumen hoch!« schenkte.

»Howdy! Ihr Greenhorns«, begrüßte er das Publikum. »Wir starten sofort. Erste Nummer heißt *Communication Breakdown.* Das Ding ist zweieinhalb Minuten lang, wir schaffen es in einer! ... Uuuuund los geht's.« Er nickte Veith zu, hob das Plektron und wollte in die Saiten ...

Da klingelte Veiths Handy.

»Oh. 'tschuldigung. 'tschuldigung.« Peinlich berührt fingerte Knuts Freund es aus seiner Jackentasche und drückte es aus.

»Ha! Guter Hinweis. Wenn ihr telefonieren wollt, jetzt ist es zu spät. Denn es wird ... laaaauuuuut!« Knut wollte gerade erneut anfangen, da bemerkte er, wie sein eigenes Handy im stummen Alarm auf der Lautsprecherbox vibrierte und runterzufallen drohte.

»Shit. Sekunde!« Er sprang hin, wollte es eigentlich sofort ausdrücken, sah aber Diehls Konterfei auf dem Display. Ihr Kollege schob heute mit Birthe die Nachtschicht in der Wache.

Wollte Diehl sie verarschen? Er wusste genau, dass ihr Gig in dieser Minute losging. Wenn der jetzt mit irgendeiner Katze auf einem Baum ankam, dann ...

Knut rang mit sich. Abnehmen? Ignorieren? Das durfte er nicht als Revierchef. Aber wenn Diehl sich echt einen Scherz erlaubte, würde er ihn ungespitzt in den Boden rammen.

»Ähm, sorry«, rief er ins Publikum. »Die ollen Stones mal wieder. Keith hat Rücken. Ich soll einspringen. Sekunde.«

Immerhin hatte er die Lacher auf seiner Seite.

Fluchend nahm er ab. »Ja?«

»Entschuldige, dass ich störe, Knut ... Aber ich hab hier 'n Schiff.«

»Schiff? Willst du mich ... Diehl, wir sind hier ...«

»Nein. Hör zu. 'ne Fähre aus Norwegen hat vor einer Dreiviertelstunde gemeldet, dass 'ne Jacht in die Rinne treibt. Da meldet sich niemand. Kein Funk, keine Lichter, kein Garnichts.«

»Was?«

»Da ist irgendwas passiert. Da draußen ist ein … ein Geisterschiff.«

»Geisterschiff?« Sofort stellten sich Knuts Nackenhaare auf. Er spürte, wie ihm ein Schauer über den Rücken kroch. In diesem Moment hatte er glatt vergessen, dass er noch immer auf der Bühne stand.

3

»Ein paar Segler, die nach ihrem Angeltörn vergessen, die Rundumleuchte einzuschalten«, moserte Veith. »Sechs Bier zu viel, ab in die Koje, und dann werden sie abgetrieben. Irgendwann sieht eine Fähre sie, und jetzt sind sie irgendwo da draußen im Matsch. Das war's.«

»Weiß nicht.« So recht konnte Knut an die Erklärung seines Kollegen nicht glauben. »Wisst ihr schon, welches Schiff es überhaupt ist?«, fragte er Diehl.

Der dickliche Beamte setzte sein Fernglas ab. »Nein. Wir versuchen seit Stunden, wen zu erreichen. Keine Antwort bisher über Funk.«

Sie fuhren gemeinsam in einem wendigen Aluschiff über einen der Priele nach draußen. Er war gute sechs Meter breit und würde sich mit der bald einsetzenden Flut in einen Fluss voller gefährlicher Strömungen verwandeln.

Der Fahrtwind strich Knut über die Wangen. Im Gegensatz zum Land war die Luft hier im Watt extrem feucht. Nebel war aufgezogen und hatte sich über die flache, unwirtliche Landschaft des Wattenmeers gelegt. Er sah auf den scheinbar endlosen Schlick, der im Scheinwerferlicht in dieser weißen Mauer verschwand, während die Nacht ebenso endlos an ihnen vorbeizog.

Vor zwanzig Minuten hatte Knut mit Veith auf der Slipanlage nahe der Promenade gehalten, wo Diehl schon mit zwei Mitarbeitern der DLRG auslaufbereit auf ihn wartete. Nach den Wind- und Seekarten zu urteilen, war das Geisterschiff wahrscheinlich in die Drift gegangen und mit dem auflandigen Wind Richtung Küste getrieben. Dann war die Ebbe gekommen, und das Wasser hatte sich zurückgezogen. Wenn es noch dort draußen war, lag es irgendwo im Watt.

Die Deutsche Gesellschaft zur Rettung Schiffbrüchiger auf Sylt zu bitten, einmal nachzusehen, war sinnlos. Mit ihrem Schiff, der *Pidder Lüng,* kämen sie nicht dicht genug heran. Und weil der Amphi Ranger, der zum Amphibienfahrzeug umgerüstete Unimog der Valandsieler DLRG, wegen Getriebeschaden auf unbestimmte Zeit außer Gefecht gesetzt war, hatte Knut angeregt, über einen der Priele so weit wie möglich heranzufahren. Den letzten Rest würden sie zu Fuß zurücklegen.

Auf dem Slip hatte er es noch für eine gute Idee gehalten, aber in Anbetracht des zuziehenden Nebels war er sich nicht mehr sicher. Nebel, Watt und Flut waren eine Kombination, die ihm eine Heidenangst einjagte.

Je weiter sie rausfuhren, desto unbehaglicher fühlte sich Knut. Die klamme Kälte und der Geruch von Salz, Fisch und Schlick ließen ihn an alte Gemäuer denken, an die verhängnisvolle Reise in eine Gruft.

Fröstelnd blickte er zurück zum Land, konnte die Lichter Valandsiels aber wegen des Nebels nicht mehr erkennen.

»Blinder Alarm. Ich sag's euch. Ich bleib dabei.« Veith putzte seine Brille. Er war noch immer verärgert über den Abbruch ihres Gigs.

Knuts Gefühl sagte ihm etwas anderes. »Was ist mit einem Notruf?«, hakte er noch einmal bei Diehl nach.

»Es wurde keiner abgesetzt. Weder auf UKW sechzehn noch null.«

»Wird wer vermisst?«

»Im Revier ist nichts eingegangen«, antwortete Diehl. »Birthe hat in Husum und Sylt bei den Dienststellen nachgefragt. Fehlanzeige.«

»Die Häfen?«

»Sind wir durchgegangen. Wir haben hier vor Ort nachgefragt, alle gängigen Anlegestellen und Vercharterer. Und auf Sylt, Amrum und Föhr. Nichts.«

Knut nickte. Diehl hatte gute Arbeit geleistet. »Das heißt, das Schiff ist noch nicht überfällig.«

»Scheint so, ja.«

»Oder es kommt von weiter weg«, stellte Veith fest.

»Gut möglich«, gab Knut ihm recht.

Einer der DLRGler wandte sich zu ihnen um. Der Mann war noch ein halbes Kind, gerade mal über zwanzig. Er hatte seinem älteren Kollegen das Steuer überlassen und die ganze Zeit per Funk versucht, eine Verbindung herzustellen. »In fünf Minuten sind wir da«, stellte er fest. »Wir nehmen an, dass es da vorne irgendwo liegt. Nordwestlich.«

Wie Gaze breitete sich der Nebel vor ihnen aus und stieg geradewegs aus dem Meeresboden. Angestrengt versuchten sie, etwas im Kegel des Suchscheinwerfers zu erkennen – aber dort vor ihnen lag bloß die nebelgeschwängerte Nacht.

Der junge Mann hatte dennoch nicht zu viel versprochen. Ein paar Minuten später ließ sein Kollege, ein älterer Herr mit Öljacke und wachen Augen, das Boot sanft auflaufen. Knut kannte ihn als aktiven Vogelschützer und ambitionierten Mitarbeiter der Lebensrettung. Auf den Mann war Verlass, und er kannte das Watt wie seine Westentasche, aber dennoch konnte seine Anwesenheit Knuts mulmiges Gefühl nicht vertreiben.

Sie gingen alle von Bord. Fünf Lichtkegel schnitten über den dunklen Schlick und den dichter werdenden Nebel. Die Szenerie war mehr als unwirtlich.

Wie auf einem anderen Planeten, dachte Knut und sah sich um. Über ihnen meinte er durch den Dunst noch ein paar Sterne sehen zu können, aber wahrscheinlich bildete er sich das nur ein. Lediglich die hauchdünne Sichel des Neumonds stand unscharf und vom Nebel zerfranst am Himmel. Sein spärliches Licht vermochte kaum zu ihnen zu dringen.

»Wo sind denn die Sterne hin?«, wollte Knut wissen.

»Was?«, fragte Diehl.

Knut winkte ab. Er hatte gar nicht laut fragen wollen, aber als er noch mal hinaufsah, war dort nichts als unendliche Schwärze. Alles wurde vom Nebel geschluckt.

Die Sterne waren fort.

Bereits wenige Meter außerhalb der Lichtkegel verlor sich die Welt in Finsternis. Den Horizont hatten Nacht und Dunst gefressen. Ebenso jegliches Geräusch, wie Knut schaudernd feststellte.

Nur die schmatzenden Laute ihrer Schritte begleiteten sie. Knut hatte seine Western- gegen Gummistiefel eingetauscht. Im Kofferraum seines Landrovers hatte er immer welche dabei. Die kunstvollen Lederstiefel hätte er nach fünf Metern wegwerfen können. Schritt um Schritt verdichtete sich sein Gefühl, dass die Stiefel immer tiefer in den Schlick sanken.

Die Flut war eindeutig auf dem Vormarsch.

Gut, dass wir detaillierte Karten haben, versuchte Knut sich Mut zu machen. Er hatte schon mehrmals Ertrunkene geborgen, die von der Flut überrascht worden waren. Wir haben Lampen, Kompass und GPS. Hier draußen ist nichts, was uns Angst macht. Trotzdem wollte er auf seinem Smartphone nachsehen, wann die Flut kam. Sicher ist sicher. Aber er hatte keinen Empfang.

»Wann kriegen wir hier nasse Füße?«, wandte er sich an den älteren DLRGler. »Wie viel Zeit ist noch?«

Als normaler Wattwanderer ohne Boot hätten sie es von hier aus sicher nicht an Land geschafft, sondern sich zwischen den Prielen heillos verlaufen.

Der Mann hatte die Zeit im Kopf, musste nur überschlagen, wie weit sie draußen waren. »Das Wasser müsste in rund vierzig Minuten hier sein. Wenn wir dann nicht zurück am Boot sind, wird's langsam eng.«

»Dann beeilen wir uns lieber.« Knut zog seine Basecap tiefer ins Gesicht und legte einen Schritt zu. Mittlerweile war ihm nicht nur klamm, sondern wirklich kalt. Er hatte sich bloß eine dünne Regenjacke übergestreift.

»Sekunde«, pfiff der junge DLRGler ihn zurück und checkte noch einmal sein GPS, dann zeigte er ein paar Grad weiter westlich mit seiner Lampe in den Nebel. »Nord-Nord-West. Eher da lang. Ist noch ein ganzes Stück, wenn unsere Vermutung stimmt.«

»Wattwanderung. In der Nacht. Sensationell«, meinte Veith genervt.

»Bei der letzten wär ich fast mit drei Kumpels ertrunken.«

»Mutprobe?«, fragte Veith.

»Mit zwölf. Ziemlich fahrlässiger Unfug.«

Veith knurrte bejahend. Er schloss zu Knut auf und stimmte die ersten Zeilen von Tumbling Tumbleweeds an. Angesichts des Songs stöhnte Diehl auf.

Die Männer marschierten zügig durch die feuchte Wüste. Die Kegel ihrer Taschenlampen tanzten bei jedem schmatzenden Schritt.

»Da drüben. Ich glaub, da ist was!«, sagte Veith.

Nach einer gefühlten Ewigkeit meinte auch Knut, einen Schatten auf dem Watt wahrzunehmen. Ein Stück des Nebels schien ihm dunkler. Der Strahl seiner Stablampe verlor sich zwar im Dunst, aber da war etwas. Ein Schemen, der sich vor dem dunklen Hintergrund abzeichnete.

Abermals korrigierten sie ihre Marschroute.

Nach weiteren hundert Metern konnten sie eindeutig die Silhouette eines Schiffs auf dem Watt erkennen.

Surreal schob sich ein Rumpf aus dem Nebel und ragte als dunkler Schatten über dem dunklen Schlick.

Es war ein gut fünfzehn Meter langes Segelboot. Die Jacht war auf dem Watt trockengefallen und stand auf ihrem Twinkiel sicher da. Sie war nicht umgekippt, wie Knut die ganze Zeit befürchtet hatte, sondern ruhte – als habe ein Riese sie ordentlich abgestellt – in der Nacht.

Weil das Schiff auf dem Kiel stand, ragte die Reling zu hoch vor ihm auf, als dass Knut etwas auf Deck hätte erkennen können.

Die fünf traten näher. Ihre Lichtkegel strichen über den Rumpf.

»Haaallooo? Polizei Valandsiel. Haaallo? Ist da wer?«, Knuts Ruf wurde vom Nebel geschluckt.

Alle lauschten.

War da ein fernes Meeresrauschen zu hören? Auf jeden Fall drang ein leises Klirren zu ihnen, rhythmisch, als schlage ein Stückchen Metall gegen etwas.

»Hier ist die Polizei! Bitte antworten Sie!« Auch sein zweiter Ruf blieb unerwidert.

»Vielleicht sind alle ausgeflogen«, überlegte Veith laut.

»Ja«, wandte Diehl ein. »Möglicherweise sind die von Deck und machen auch 'ne Nachtwanderung.«

»Glaub ich nicht«, meinte Knut. »Hätten sie dann nicht

ein weißes Licht gesetzt?« Das weiße Rundumlicht war nicht eingeschaltet worden.

»Überhaupt keine Beleuchtung. Vielleicht sind die Akkus leer«, mutmaßte Diehl.

Die Erklärung kam Knut zu simpel vor. Mittlerweile war sein ungutes Gefühl geradezu greifbar. Er ließ den Strahl seiner Taschenlampe über das Watt gleiten, um Veiths These zu prüfen. Nichts. Auf dieser Seite des Schiffs waren lediglich ihre Spuren im Schlick zu erkennen. Sie gingen um das Boot herum. Gleiches Spiel. Keine Fußspuren.

»Die Leiter ist hochgeklappt, keine Hängeleiter. Kein Anker. Nichts«, stellte Knut fest. »Da ist niemand vom Deck runter.«

Das mulmige Gefühl wanderte von seinem Magen in seine Brust. Das Segelschiff stand so ungeheuer ruhig da. So friedlich und dennoch unwirklich.

Bis auf das Klirren herrschte noch immer Grabesstille.

Knut ließ den Schein seiner Stablampe über den Namen gleiten. »Marietta«, las er vor und stutzte ... »Shit. Was ist das denn?«

Alle richteten ihre Lampen auf Knuts Spot. Über die weißen Holzplanken des Rumpfs war etwas geflossen. Knut trat näher und berührte es mit dem Finger. Es war Blut. Kein Rost. Es war eindeutig Blut.

Reichlich Blut.

»Das kommt durch die Überlauflöcher von der Reling«, stellte Veith fest.

»Halloooo«, Knut brüllte aus Leibeskräften. Totenstille. »Scheiße. Scheiße. Scheiße«, fluchte er. Es war absolut richtig gewesen, hier rauszufahren, nicht bis zur Flut zu warten und sich auf die *Pidder Lüng* oder die Sylt zu verlassen.

»Das ist ziemlich viel Blut«, stellte Diehl fest. »Schaut mal, das geht hier zwei Meter in die Breite und ist bis unten …«

»Alarmier 'n Notarzt, 'n Krankenwagen«, befahl Knut Diehl. »Der soll zur Slipanlage kommen – oder besser, die sollen einen Heli schicken. Sofort.«

Diehl funkte das Krankenhaus an, während Knut die besudelte Seite entlangleuchtete. Er ging sie ab und blieb ein paar Schritte neben dem blutroten Rinnsal entfernt stehen. »Veith? Räuberleiter. Ich versuch's hier und werf euch eine Strickleiter oder so runter.«

»Du willst da alleine …?«

»Willst du hier warten?«

»Nein, nein, Mann.« Veith gefiel das alles ganz und gar nicht, aber er half Knut hinauf. Auch die beiden DLRGler packten an und schoben ihn den letzten Rest in die Höhe, sodass er sich über die Reling ziehen konnte.

Kaum an Bord, kaum die Lampe aufs Deck gerichtet, fuhr Knut zu seinen Kollegen herum. Keuchend, kreidebleich erschien sein Kopf in Veiths Lichtkegel.

»Was ist?«, wollte er wissen.

Knut antwortete nicht, rang nach Luft.

»Knut? Was ist los?«, fragte auch Diehl.

Das, was der Lichtkegel seiner Lampe Knut offenbart hatte, war derart grauenvoll, dass ihm das Essen hochkam. Immerhin kämpfte er tapfer und behielt alles drin. Er schnappte nach Luft. »Scheiße«, keuchte er. »Bleibt bloß unten.«

Die beiden warfen sich einen überraschten Blick zu, waren nicht sicher, was sie davon halten sollten. Selbstverständlich würden sie ihm beistehen, und selbstverständlich würden sie alles inspizieren.

Angewidert bemerkte Knut, wie sich der Gestank des

Watts mit einem anderen Duft hier oben vermischte: dem eisernen Geruch von Blut.

Seitdem er in Valandsiel das Revier übernommen hatte, spielte die Welt verrückt. Er hatte so viel Blut gesehen und Leichen gefunden wie in seinem ganzen restlichen Leben nicht. In Kühlschränken nach Sturmfluten und halb verwest unter Wasser. Letzten Sommer mehrere Tote, die mit Sand gefüllt worden waren, und davor junge Mädchen ohne Füße. Abgesägt, verstümmelt.

Er atmete schwer durch, hielt sich an der Reling fest, starrte in den Nebel und rang um Fassung. Die Kollegen von der freiwilligen Feuerwehr und die Sanitäter hatten ihn schon öfter aufgezogen, weil er den Anblick von Blut nicht ertragen konnte. Aber ehrlich gesagt, war es ihm lieber, sich einmal mehr zu übergeben, als abzustumpfen und irgendwelche beschissenen Bilder jahrelang mit sich herumzuschleppen. Bilder, die aus dem brackigen Tümpel der Erinnerung hochstrudelten – noch nach Jahren – und wie mit Gift gefüllte Blasen aufplatzten. Genau damit hatten die meisten seiner Kollegen zu kämpfen – vor allem die Freiwilligen, die kaum Schulungen für die Bewältigung traumatischer Situationen bekamen. Nach Jahren ploppten die Erinnerungen an irgendwelche Touristen hoch, die sie von der Bundesstraße gekratzt oder aus Autos geschnitten hatten, und machten sie fertig.

Das hier aber war eindeutig schlimmer als jeder Einsatz auf der Bundesstraße.

Schluckend rückte er seine Basecap zurecht und zögerte noch immer, sich erneut dem Deck zuzuwenden.

»Was ist denn? ... Knut?«, wollte Diehl wissen. Der korpulente Beamte hatte den Kopf in den Nacken gelegt und wartete mit Veith auf Anweisung. Alle starrten zu Knut hinauf.

»Gleich. Sekunde.« Endlich fasste er sich ein Herz.

Diesmal leuchtete er nicht voll rein, sondern ließ den Strahl tastend über die Blutlache am Boden streichen, dann immer weiter Richtung Mast. Weiter und weiter …

Im Lichtkegel tauchten zwei Paar Füße auf. Nackt. Beide waren rot vor Blut, das die Beine hinabgelaufen und aufs Deck geflossen war.

Sein Lichtstrahl glitt höher, leckte über die Beine, über etwas Rotes, das er erst für eine Decke hielt, aber eher Eingeweide waren …

Ihre Bäuche und die Brust waren geöffnet. Knut schloss die Augen, zählte bis zehn. Doch es half nichts. Irgendwann würde er die Augen öffnen müssen. Hadernd blickte er in ihre Gesichter. Sie waren zerschlagen. Fast wäre er wieder zur Reling gestürzt, aber er riss sich zusammen, konnte lange Haare an den blutigen Klumpen erkennen. Die Füße waren ebenfalls zu grazil für Männer.

Frauen. Es waren zwei nackte Frauen.

»Fuck«, würgend trat Knut näher heran, hielt sich den Arm vor den Mund, als könne er so verhindern, dass er die bösen Bilder einatmete.

Jemand hatte den Frauen die Hände gebunden, hatte Leinen über die unterste Saling geworfen und die beiden nackten Opfer an den Händen einen halben Meter hinaufgezogen.

Zögernd ließ er den Strahl noch einmal von den gebundenen Händen hinab zu ihren Oberkörpern gleiten, über das, was einst Bauch und Brust gewesen waren …

Jetzt klaffte dort ein einziges Loch. Ihre Brustkörbe waren geöffnet, Hautlappen weggeklappt. Durchtrennte Rippen ragten Knut entgegen.

»Gott«, war das Einzige, was er herausbrachte.

Die Leiber der beiden waren regelrecht ausgeweidet worden.

»Verdammte Scheiße«, hörte er Veiths bebende Stimme, noch bevor der drahtige Kerl ganz über die Reling geklettert war. Auch er kämpfte mit dem Anblick.

Von unten zerschnitten Diehls Rufe die Nacht. »Was ist denn los? Könnt ihr mal mit uns reden? Hallo?« Er war zu ungelenk und zu korpulent, als dass die beiden DLRGler ihn hätten hinaufheben können. »Klappt mal die Leiter runter! ... Hallo?«

Weder Knut noch Veith war zum Sprechen zumute. Fassungslos starrten sie auf die beiden Frauenkörper.

Es war alles so brutal. Und gleichzeitig so ... irreal.

Ein Schiff auf dem trockenen Meeresgrund und zwei Frauen, aufgeknüpft und ausgenommen wie Haie oder Thunfische nach der Hochseejagd.

Abrupt riss Knut sich vom Anblick los. »Wir ... wir ... wir brauchen Maas hier. Und ...«

Er zögerte. Wollte er Helen das zumuten? Er wusste, dass sie sicher Schlimmeres in ihrer Laufbahn gesehen hatte. »... und Helen Henning. Sofort ... Diehl?«

»Ja?«

Knut sah zu ihm runter. »Funk die an. Funk Birthe an. Die sollen jetzt kommen.«

Diehl nickte und zückte abermals sein Funkgerät.

»Und Thorsten«, wandte sich Knut an den älteren DLRGler. »Geht bitte vorsichtig vom Schiff zurück. Ihr alle. Ich will, dass ihr eure Handys nehmt und sofort alles fotografiert. Komplett. Macht von mir aus fünftausend Bilder. Schiffsrumpf und Watt, unsere Spuren. Alles im Umkreis von hundert Metern um die Jacht. In zwanzig Minuten stehen wir im Wasser. Wenn da irgendwas ist, irgendeine Spur, ist sie für immer weg.«

4

»Noch einen, Helen?« Pia deutet auf Helens leeres Weinglas, das sie auf die Bar gestellt hatte.

»Ja. Warum nicht? Sag mal, den von letztem Monat …?«

»Der Grauburgunder?«

»Den fand ich ja … wie sagt man? … superb.« Sie schob Pia ihr Glas hin. Nach Knuts überraschtem Aufbruch waren zwar einige Gäste gegangen, die meisten jedoch hatten keine Lust, sich den Samstagabend vermiesen zu lassen. Auch Helen brannte nicht gerade drauf, den angefangenen Abend mit ihrem Personal im Dünenkieker oder allein in ihrem kleinen Zimmer zu verbringen.

»Ja. Der ist gut, aber nichts für die Klitsche hier.« Pia zog einen Wein aus dem Kühlschrank. »Da bleibt nichts in der Kasse hängen. Aber wenn du Lust hast, nehm ich dich mal mit zu Hifikepunye.«

»Hifike-wer?«

Lässig wischte sich Pia die Stirn mit einem Spültuch ab und schenkte Helen ein. »Hifikepunye macht so Weinabende. Der ist ein Somalier-Sommelier.«

Helens Blick hätte nicht fragender sein können.

Pia lachte. »Kein Witz. Ein Weinkenner aus Somalia. Wenn du was brauchst für dein Lokal, dann ist Hifikepunye dein Mann. Sieht auch ganz knackig aus, der Gute.« Pia schob Helen ihr Glas hin. »Kannst natürlich auch deinen Koch hinschicken, aber dann entgeht dir was.«

»Klingt nach einem netten Abend.« Helen stieß mit Pia

an, die von irgendwoher ein volles Whiskyglas gezaubert hatte. »Auf den Frauenabend.«

Kaum hatte Helen einen Schluck genippt, piepte ihr Handy.

»Entschuldige.« Sie zog es aus ihrer Hosentasche. Eine Mail.

Der Absender ließ sie ins Stocken geraten. Die Nachricht kam aus den Staaten. Ihr ehemaliger Executive Director beim FBI hatte sie von seinem privaten Konto abgeschickt.

Möge der Kerl in einer Papierflut mitsamt seinem Mahagonischreibtisch ertrinken, dachte sie verbittert und drückte sie weg.

Seitdem sie vor anderthalb Jahren beim FBI aufgehört hatte, hatte sich ihr Chef kein einziges Mal gemeldet. Es herrschte Funkstille – keine Nachfrage, wie es ihr ging, keine aufmunternden Worte, nichts.

Entschlossen wandte sie sich wieder ihrem Wein zu. Nach zwei weiteren Schlückchen spürte sie jedoch ein flaues Gefühl im Magen – und das kam nicht vom Alkohol. Mit sich hadernd, ob sie die Mail nicht doch sofort lesen sollte, spielte sie mit dem Handy herum.

Warum soll er sich auch privat bei mir melden?, dachte Helen bitter. Er hat Besseres zu tun, als ausgerechnet mich nach meinem Wohlbefinden zu fragen.

Einen Moment lang ließ sie ihren Finger über der Mail-App kreisen, dann gab sie sich einen Ruck. Scheiß drauf, dachte sie, trank ihren Wein in einem Zug aus und öffnete die Nachricht.

PLS CALL BACK, NICOLS.

Vier Wörter. Mehr nicht. Sie starrte die Zeile an und begann unbewusst, ihre Drosselgrube mit den Fingern nachzufahren.

Nicols? Sie checkte die Uhrzeit. Zwischen Seattle und Valandsiel waren es wegen der noch herrschenden Sommerzeit sieben Stunden Zeitunterschied.

Dort drüben, im Außenbüro des FBI, musste jetzt beste Kaffeezeit sein. Kein Grund also für sie, nicht zurückzurufen. Wahrscheinlich ging Nicols noch Akten durch, bevor er ins Wochenende startete.

Eigentlich gab es nur drei Gründe, weswegen er um einen Rückruf bat. Entweder, es ging um ihre Pension oder um irgendwelche Formulare ihres Ausscheidens. Oder …

Jetzt hast du die Mail geöffnet, dann kannst du ihn auch anrufen, Schätzchen.

Seufzend schob sie das leere Glas zu Pia und ging zu den Damentoiletten. Im Gang vor den Türen war es etwas ruhiger. Sie holte tief Luft und überwand sich, rief ihn an.

»FBI Seattle, Nicols.«

»Helen Henning … Wenn Sie das nicht schon an der Vorwahl erkannt haben.«

»Henning!« In seiner strengen Stimme klang ein Anflug von Freude mit. Nur ein Hauch, aber dennoch.

»Was wollen Sie?«, fragte sie barsch, denn sie hatte keine Lust, mit ihrem Exchef Süßholz zu raspeln. Immerhin war Nicols nicht ganz unschuldig daran, dass ihr ein Bein weggeschossen worden war. »Es ist verdammt spät hier in Deutschland. Sie wollen sich ja wohl kaum entschuldigen.«

»Seien Sie nicht so …« Er brach ab. »Okay. Wenn Sie so wollen … Ja, eine … eine Entschuldigung.«

Helen lachte auf. »Was? Nicht Ihr Ernst.«

Er holte ein paar Mal tief Luft und schien seine Worte abzuwägen, bevor er fortfuhr: »So was in der Art zumindest, Henning. Ich dachte jedenfalls, Sie sollten es erfahren.«

»Was erfahren?«

»Sehen Sie, mir ist klar, dass wir uns damals ... nun ja, Ihnen gegenüber nicht ganz offen verhalten haben.«

»Nicht ganz offen ...« Es fiel ihr schwer, den aufbrandenden Zorn zu zügeln.

»Ich hatte meine Weisungen, verstehen Sie? Und außerdem ... Immerhin haben Sie es geschafft, einen der führenden Köpfe der organisierten Kriminalität von Seattle hinter Schloss und Riegel zu bringen.«

Sie musterte, ohne dass es ihr wirklich bewusst war, ihre Prothese. Ihr rechtes Bein war unterhalb des Knies amputiert. Nur ein kleines Stück des Fußpassteils ragte aus den Sneakers. Es war so gut wie nicht zu sehen, dass sie überhaupt einen künstlichen Fuß trug. »Sie reden von Chris?«

»Sawyer. Richtig«, brummte Nicols. »Durch Ihren Einsatz haben wir in den letzten anderthalb Jahren rund vierzig Personen in seinem Dunstkreis dem Haftrichter ...«

»Kommen Sie zum Punkt«, unterbrach sie ihn. »Was ist mit Sawyer? Ist er draußen?« Sie biss sich auf die Lippen. Verdammt. Jetzt hatte sie es gesagt. Allein der Gedanke, er könne die Gefängnismauern hinter sich lassen ... Sie schüttelte den Kopf. Unsinn.

»Nein ...«, begann Nicols, zögerte jedoch. Sie spürte, wie er nach den richtigen Worten suchte. »Henning, Sie wissen, ich habe persönliche Beziehungen zur Staatsanwaltschaft und auch zum County Jail. Gestern war ich auf einem Charitydinner mit Senator Grover, und da kam Staatsanwalt Jenkins zu uns. Kennen Sie ihn?«

»Flüchtig.« Peter Jenkins war ein aufrichtiger Mann, ein gewissenhafter Anwalt, der statt Auszeichnungen und Urkunden sein Büro an der Fifth Ecke Columbia mit Medaillen seiner Sportangler-Wettbewerbe zugepflastert hatte.

»Es besteht eventuell die berechtigte Möglichkeit, dass Sawyers Anwälte Verfahrensfehler geltend machen könnten.«

»Wovon … wovon reden Sie? Verflucht noch mal. Verfahrensfehler?« Sie lehnte sich an die Wand.

»Anscheinend Unregelmäßigkeiten nach seiner Verhaftung. Der leitende Ermittler hat wohl leicht Druck bei einem Verhör ausgeübt …«

Helen hatte die Verhaftung und das Verfahren nur in den Medien verfolgt, aus ihrem Krankenzimmer heraus, das damals für viereinhalb Monate ihre Heimat geworden war.

Schweigend wartete sie, dass Nicols präziser wurde.

»Sehen Sie, seine Anwälte könnten das Urteil womöglich anfechten. Es sind nur unbestätigte Gerüchte, die aber bereits bis zum Staatsanwalt vorgedrungen sind.«

Unbestätigte Gerüchte? War nicht jedes Gerücht unbestätigt? Sonst wäre es ja keines. Was redet dieser Mann für einen Mist?

»Jenkins bringt sich langsam in Stellung, und ziemlich viele Leute im Police Department bekommen kalte Füße. Um es noch einmal zu betonen: Das hat nichts mit uns zu tun, weder mit dem FBI noch Ihrer Arbeit, Henning.«

Sie schwieg weiterhin.

»Sind Sie noch dran?«

»Ja«, brachte sie hervor und zwang sich, ruhig zu atmen. »Wann?«

»Wie gesagt, es sind nur unbestätigte …«

»… Gerüchte. Ja, ja … Kommen Sie! Wenn alles nur heiße Luft wäre, würden Sie kaum an einem Samstag eine Mail schicken. Und *weil* Sie sie schicken, muss was dran sein – nicht nur an der Einreichung dieser Anwälte, sondern auch an den … Wie haben Sie es genannt? ›Unregelmäßigkeiten‹. So wie ich Sie kenne, Nicols, haben Sie doch schon intern Nachforschungen angestellt und den leitenden Ermittler mehrfach auf links gedreht …«

Ein Seufzen auf der anderen Seite der Welt gab ihr recht.

»›Leicht Druck ausgeübt?‹«, fuhr Helen fort. »Haben die Sawyer im Verhör geschlagen? Sagen Sie, dass das nicht wahr ist.«

»Da ist bislang nichts bewiesen. Sawyers Anwälte müssen sich an jeden Strohhalm klammern. Und es ist fraglich, ob jemand im Police Department …«

»Aber es stimmt, oder?« Helen wurde flau im Magen. »Es stimmt. Halten … halten Sie mich bitte auf dem Laufenden, okay?«

Bevor er antworten konnte, hatte sie bereits aufgelegt. Einen Moment stand sie da und konzentrierte sich auf ihren Atem, strengte sich an, möglichst nicht an Sawyer zu denken. Dann ging sie schnurstracks zum Damenklo, riss die Tür auf und stellte sich ans Waschbecken. Ließ sich eiskaltes Wasser über die Handgelenke laufen.

Der Gedanke, Sawyers Anwälte würden diesen Mann in ein paar Monaten freibekommen und den ganzen Fall wegen eines Verfahrensfehlers zunichtemachen, ließ ihr den Mageninhalt in die Kehle steigen.

Sie spülte sich den Mund aus und starrte in den Spiegel. Ihr Gesicht kam ihr vor wie das Antlitz einer Toten. Fahl und bleich. Immerhin versuchte sie ein Lächeln. Es gelang nach einem zweiten Anlauf, wenn auch sehr bemüht. Noch einmal atmete sie ganz bewusst hörbar ein und aus. Dann strich sie ihre Haare zurecht, räusperte sich und kehrte schließlich zur Bar zurück.

Zehn Minuten später bestellte sie einen vierten Friesengeist. Der Schnaps vertrieb das Bauchziehen und schenkte Wärme. Zumindest kam etwas Farbe in ihre Wangen.

Weihnachten hatte sie sich geschworen, endlich hier in Valandsiel ein Leben ohne Chris Sawyer zu führen. Bisher hatte es gut funktioniert, ihn auszusperren. Selbst in ihren Träumen war er das letzte halbe Jahr so gut wie nicht mehr vorgekommen.

Chris würde niemals so einfach aus dem Gefängnis marschieren, damit das klar war.

5

Die Nacht, die er so sehr liebte, wurde brutal zerstört. Knut versuchte, den Lärm der beiden Helikopter auszublenden und sich für einen Moment auf die schwarze See vor ihm zu konzentrieren, aber es gelang ihm nicht. Dem Meeresduft nachspürend, atmete er tief ein. Immerhin ging es ihm allmählich wieder besser.

Die Helikopter flogen Suchrunden, nur um wieder und wieder um das Schiff zu kreisen.

Bei dem Nebel würden sie niemals etwas finden.

Die Flut hatte der Jacht mittlerweile genug Wasser unter den Kiel gebracht, sodass die *Pidder Lüng* an ihr festgemacht hatte. Sobald Friedrichs, der Gerichtsmediziner, mit seinen Untersuchungen fertig war, würden sie die *Marietta* durch die schwarzen Wellen zum Jachthafen Valandsiels schleppen. Inzwischen war auch die Wasserschutzpolizei vor Ort. Sie hatten alle Hände voll zu tun, neugierige Reporter abzuhalten. Immer wieder versuchte ein Zodiac mit Kamerateam trotz der fortgeschrittenen Stunde durch den Nebel zu brechen und Aufnahmen zu machen.

Es gab eine Menge zu fotografieren, denn auf der *Marietta* herrschte Hochbetrieb. Das LKA war hinzugezogen worden. Für die Staatsanwaltschaft stand es außer Frage, wegen der Schwere der Tat das Landeskriminalamt zu alarmieren. Knut hatte vollkommen richtig gehandelt. Johann Maas war so schnell wie möglich mit einem Team erschienen.

Diehl hatte gemeinsam mit den DLRGlern alles fotografiert und war dann mit Veith im Schlepptau zum Schlauchboot am Priel zurückmarschiert. Knut hatte an Bord der *Marietta* die Stellung gehalten. Die letzte Stunde, bevor der Trubel wie eine Springflut über die Jacht hereingebrochen war, hatte er schweigend an Bord verbracht, zur Untätigkeit verdammt. Eine Zeit lang hatte Knut sogar gezögert, die Kurbel des Ankers anzufassen. Es war nicht auszuschließen, dass der oder die Täter ihn hochgezogen hatten, damit das Schiff und die Leichen aufs Meer hinaustrieben.

Am liebsten hätte Knut das Deck abgesucht, hätte sich in der Kajüte umgesehen und einen Blick ins Logbuch geworfen, aber in Anbetracht ihrer vollkommen verdreckten Stiefel hatten sie es lieber bleiben lassen. Sie hätten einfach zu viele potenzielle Spuren verwischt.

Nun steckten Knuts Gummistiefel, wie die des ganzen Teams, in Plastiküberziehern. Bloß einen Overall trug er nicht, weil er keinen angeboten bekommen hatte. Knut folgte dem Summen einer Spheron-Kamera, die ihre Arbeit vollendete und die Kajüte in 3-D aufnahm.

Neugierig trat er vor und spähte hinein. Das Funkgerät sah intakt aus. Dafür waren sämtliche Schränke und der Klapptisch mit Blut besudelt. Hände hatten ihre Spuren hinterlassen, als jemand die Schiffsunterlagen durchgesehen und jede Klappe geöffnet hatte. Jede dieser Spuren war mit nummerierten Klebepfeilen markiert. Knut gab das Zählen bei vierhundertsiebenundzwanzig auf. Er war, grob geschätzt, nicht mal bis zur Hälfte gekommen.

Im hinteren Teil der Kajüte, wo die Betten zerwühlt waren, hockte ein Mann der Spurensicherung. Zwischen einer zerschlagenen Weinflasche und den Resten eines zersplitterten Weinglases schoss er Fotos. Seine Blitze ließen die Blutschlieren und Klebezettel gespenstisch aufleuchten. Ein weiterer Mitarbeiter besprühte die Oberflächen mit Luminol, durch dessen Glimmen unter UV-Licht selbst geringste Mengen von Blut und Sperma nachgewiesen werden konnten.

Knut ging um die Kajüte herum. Den Fotografen interessierte offenbar besonders eine abgeplatzte Stelle am Bett.

»Ist das ein Einschuss?«, wollte Knut wissen.

»Schwer zu sagen. Auf jeden Fall ist etwas mit hoher Geschwindigkeit hier eingeschlagen. Eine Hülse oder ein Projektil haben wir bisher nicht gefunden.«

Kaum hatte der andere das Bett und die Umgebung eingesprüht, zückte er ein Schwarzlicht. Mit einem Mal zeichneten sich bläulich schimmernde Blutfleckchen durch das Luminol ab, die vorher nicht zu sehen gewesen waren. Im Loch schimmerte es ebenfalls.

»Ist da Blut drin?«

»Ja. Oder Urin oder Sperma. Die Luminol-Wasserstoffperoxid-Lösung ist reaktiv genug, um winzigste Mengen anzuzeigen.«

»Das heißt, was da eingeschlagen is', das is' vorher mit Blut in Berührung gekommen?«

»Höchstwahrscheinlich. Sehen Sie die Spritzer hier und hier?« Er zeigte aufs Bettlaken. »Bei der Fülle an Spuren wird es Wochen dauern, auch nur einen Bruchteil auszuwerten. Wir warten noch auf unseren Blutspurenanalysten.«

Polizeihauptkommissar Johann Maas trat zu Knut und zog sich die Gummihandschuhe ab. Das Strahlerlicht von einem der Helikopter knallte ihm in den Rücken. Knut kam es vor, als entzündeten sich Maas' Haare schlagartig. Sein roter Schopf züngelte im Gegenlicht. Eine Sekunde später war der Spuk vorbei.

»Wissen Sie schon, wer die Frauen sind?«

»Ja«, bestätigte Maas, beließ es aber dabei.

Knut spürte, wie abfällig der ältere Kommissar ihn mit seinen stahlblauen Augen musterte, wie er den Blick über seine stonewashed Jeans mit dem breiten Schmuckgürtel und der Prunkschnalle, weiter über seine Wildlederweste und das Westernhemd gleiten ließ.

Du hättest mich mal vor drei Stunden sehen sollen, dachte er. Ich weiß, du kannst mich nicht ausstehen.

»Kommen Sie vom Rodeo?«, fragte Maas.

»So was Ähnlichem. Ja.«

Maas nickte, als sei damit die Frage nach dem eigentümlichen Outfit beantwortet.

»Und?«, hakte Knut nach, der es hasste, Maas alles aus der Nase ziehen zu müssen.

»Wir wissen es.«

Nachdem Maas keine Anstalten machte, ihm etwas über die Identität der Frauen zu verraten, drehte sich Knut zu den sechs emsig arbeitenden Beamten der Spurensicherung um, die Doktor Friedrichs koordinierte. Die Männer und Frauen schleppten Koffer mit Geräten und Tüten voller Beweismaterial. Sie arbeiteten Hand in Hand und sahen in ihren weißen Overalls vor den schwarzen Wellen wie Astronauten aus. Noch immer baumelten die beiden Frauen am Mast, weil es einfach noch zu viele Spuren zu sichern gab.

Sie hatten entschieden, die *Marietta* in den Jachthafen nach Valandsiel zu schleppen, aber noch auf See mit der Arbeit zu beginnen. Der Staatsanwalt und Maas hatten Angst, das gischtende Meerwasser könne sonst Spuren vernichten, wenn sie nicht schnell genug waren.

»Sie wissen es. Na, dann bin ich aber wirklich beruhigt ... Sie haben nicht zufällig Lust, mich dran teilhaben zu lassen, Maas? Oder sind die Namen der Opfer wieder mal so ’n Zuständigkeitengedöns.«

Maas überlegte.

Knut winkte ab. »Vergessen Sie’s, okay. Dann telefoniere ich eben selbst ein bisschen rum und find’s raus, wenn Ihnen das lieber ist. Sie recherchieren da lang …«, er zeigte zur Kajüte, dann rüber aufs Meer, »… und ich hier lang, und wir beide sind glücklich. Zufrieden?«

Knuts Gemaule ließ Maas lächeln. »Immer wieder schön zu sehen, wie leicht man Sie auf die Palme bringt.« Kopfschüttelnd zückte er seinen Tablet-PC und checkte seine Notizen. »Maria Herbst und Judith Kehrheim, stammen aus Heidelberg. Die beiden haben das Boot vor vier Tagen gechartert.«

»Heidelberg?«

»Die beiden sind passionierte Seglerinnen. Laut Vercharterer haben sie einen Sportküstenschifferschein und wollten nach Skagen.«

»Wo sind die denn los?«

»Gestartet? Ihren Trip haben sie in Cuxhaven begonnen.«

»Hm. ’n Viertel vom Weg haben sie geschafft. Oder war’s ihr Rückweg von Skagen?«

»Ihr Hinweg. Sie wollten in vier Wochen aus Dänemark zurück sein. Zuletzt haben sie hier geankert.«

»In Valandsiel?«

»In Valandsiel.«

»Wo sonst?«, brummte Knut. »Kann Friedrichs schon abschätzen, wann’s passiert ist?«

Maas schüttelte den Kopf. »Nur grob. Irgendwann letzte Nacht. Wenn wir im Hafen sind, will er die Leichen abnehmen lassen und nach Kiel bringen. Morgen wissen wir mehr.«

»Was sagt denn das Logbuch?«

»Wir haben noch keines gefunden. Ebenso wenig Laptops oder Handys.«

»Der Täter hat's mitgenommen?«

Maas nickte. »Und den Anker durchgeschnitten. Einen Funkspruch haben Herbst und Kehrheim auch nicht abgesetzt.«

»Wahrscheinlich ist es zu schnell gegangen. Oder die beiden kannten den Täter. Zwei Frauen, allein unterwegs, sie lernen wen im Hafen kennen …«

»Sie haben ja Fantasien. Laut dem Vercharterer waren die Frauen ein Pärchen.«

Knut war ehrlich überrascht. »Ein Pärchen?«

»Soll es geben, Herr Jansen. Vielleicht nicht in Ihrem sauberen, hübschen Valandsiel, aber …«

»Danke. Ich weiß, was lesbisch ist. Und auch wenn wir hier jeden Sonntag den Gehweg fegen und 's Unkraut im Bordstein rausreißen, heißt das nich', wir sind hier alle oberspießig oder verkappte Faschos.«

Maas schwieg, aber Knut erkannte an seinem Blick, dass er ins Schwarze getroffen hatte.

»Also, erstens ist Kiel auch nicht gerade der Schmelztiegel der Kulturen«, fuhr Knut fort. »Und zweitens, Herr Maas, frag ich mich doch echt, wer hier am meisten Vorurteile hat. Hm? Also, mir isses schnurzpiepegal, wie die Menschen glücklich werden – Hauptsache, sie werden es.«

Immerhin brachte das Statement Maas zum Lächeln. »So wie Sie mit Ihrem Westernzeug.«

»So wie ich mit meinem Westernzeug. Genau.« Knut ließ es gut sein, wechselte das Thema. »Ist Ihnen so was schon mal untergekommen?« Er nickte Richtung Mast.

Maas verneinte stumm. Sein Blick glitt über die schwarzen Silhouetten der Dünen und des einstigen Leuchtturms von Valandsiel. Er ragte hinter aufgeschütteten Felsbrocken in den Nachthimmel. Daneben lag der Anleger der einzigen Austernfarm. Knut meinte, die Tische der Austernkultur im spärlichen Mondlicht erkennen zu können, aber das war wahrscheinlich Einbildung. Bald würden die Signalleuchten des Jachthafens ihnen den Weg weisen.

»Ein paar Erhängte hatte ich. Erst vor zwei Wochen. Und ziemlich zugerichtete Opfer auch, aber …«

»Aber?«

»Aber keine Frauen, die …« Maas zögerte.

»… die *ausgenommen* wurden?«

»Wenn Sie es so nennen wollen.« Jegliche Gelassenheit war von Maas abgefallen. »Sieht aus, als hätten der oder die Mörder sie wie Fische aufgehängt … wie Schlachtvieh. Immerhin baumeln sie nicht an ihren Beinen.«

Knut nickte. Er konnte sich noch daran erinnern, wie sein Großvater Hausschlachtungen durchgeführt hatte. Und an einen Urlaub, da war er zehn Jahre alt gewesen, den er mit seinem Vater und seiner Mutter auf Mallorca verbracht hatte. Dort hatte Thor mehrere Hochseeangeltouren gebucht und seine Hundert-Kilo-Thunfische genau wie diese Frauen an den Mast geknüpft …

Das Angeln war eine von Thors Leidenschaften, die Knut nicht teilte. Wenn er es recht überlegte, teilte er eigentlich nur noch das Surfen mit seinem Vater.

»Kommt mal her«, riss Helens Ruf ihn aus der Grübelei. Die Männer fuhren herum und konnten sie bei den Leichen stehen sehen. Sie leuchtete mit einer Mag-Lite, obwohl Friedrichs' Team bereits Strahler aufgebaut hatte. Etwas schien ihr besonderes Interesse geweckt zu haben, denn sie ließ den Schein immer wieder zu einer Stelle bei den Leichen wandern.

Knut ging mit Maas zu ihr. Die beiden Männer waren sich schnell einig gewesen, sie hinzuzuziehen, sodass Knut sie noch in der Bar angerufen und hergebeten hatte. Seit einer halben Stunde war sie an Deck und hatte sich von Friedrichs alles zeigen lassen.

Als das Licht der Helikopter ihr Gesicht streifte, war Knut für eine Sekunde geschockt. Sie wirkte im kalten Licht viel blasser und zerbrechlicher als vorhin im Dock-5.

»Was ist?«, fragte sie ihn, als sie seinen Blick bemerkte.

»Geht's dir gut?«

Sie brauchte einen Moment länger, um zu antworten, und Knut registrierte auch ohne Studium der Verhaltensweisen, dass sie log. »Alles klar bei mir, wieso?«

»Du siehst furchtbar aus«, sagte er rundheraus.

Selbst Maas nickte. »Hast du getrunken?«

Immerhin entlockte ihr die Frage ein Lächeln. »Nur vier kleine Schnäpschen.«

»Gut, dass du nur als Beraterin hier bist«, warf Maas ein. »Wenn du einer meiner Beamten wärst, müsste ich dich jetzt …«

Sie winkte ab. »Jetzt starrt nicht so, es ist alles okay. Ich brauch einfach nur Schlaf.«

Knut entging nicht, dass ihr Lächeln aufgesetzt war.

»Kommt endlich her«, forderte sie die beiden auf. »Ich wollte euch was zeigen.« Ohne weitere Fragen zuzulassen, führte sie die Männer zu den Opfern.

Knut musste schlucken. Beim Anblick der Frauen am Mast verflog jegliche Grübelei über Helens Gemütszustand sofort. Er vermied es, in die Gesichter zu blicken. Der Blutgestank vertrieb den Seegeruch.

»Schaut euch das hier mal an.« Helen trat um die Leichen herum und deutete in deren Rücken. »Hier. Dieses orangefarbene Seil. Er hat ihnen damit die Hände gebunden.«

Im Gegensatz zu Maas verstand Knut sofort, worauf Helen hinauswollte. »Hm. Eigenartig. Das ist Schnur, die man im Baumarkt kriegt. So Schnur eben, wenn man was bauen will. Einen Weg oder ’ne Terrasse.«

»Trassierschnur«, präzisierte Maas nüchtern.

»Richtig«, bestätigte Helen. »Ich hab Friedrichs gefragt. Sie haben bisher keine Rolle davon auf der Jacht gefunden.«

»Gut.« Maas ließ sich von Helen die Taschenlampe reichen. »Der Täter hat die Schnur mitgebracht. Oder die Täter. Na und?«

»Wenn er es mitbringt, ist es geplant. Äußerst geplant«, sagte sie. »Ich wette, er hat auch das Messer mitgebracht, mit dem er die beiden aufgeschlitzt hat.«

Knut lüpfte seine Basecap und rieb sich grübelnd die Stirn. »Wie ein kleiner Streit unter Freunden sieht das ja nun alles wirklich nicht aus. Eher wie ein Ritual oder so. Er kommt also extra an Bord, nur um zu morden. Das willst du doch sagen? Dass er nicht auf dem Schiff war, als Freund oder so.«

»Ja. Genau das. Wenn es stimmt, war hier dran nichts spontan. Er ist zum Morden hergekommen und hat sein Tatwerkzeug mitgebracht. Das heißt aber, dass er extrem methodisch vorgeht. Wenn ich mit der Schnur recht habe, dann hat er die Tat vielleicht schon Tage, Wochen, wenn nicht Monate vorher geplant.«

»Und eiskalt durchgezogen«, sagte Knut.

»Ist das gut oder schlecht?«, wollte Maas wissen. Die Frage hatte Knut auch schon auf der Zunge gelegen.

»Für die Ermittlungen?«, fragte Helen nach.

»Ja.«

Sie ging wieder um die Leichen herum nach vorn. »Kommt drauf an.«

Knut zögerte, den beiden auf die sehr viel grausamere Seite zu folgen. »Worauf?«

»Ob diese beiden Frauen sein Ziel waren.« Sie leuchtete in die zerschlagenen Gesichter der Opfer. »Ob *ausschließlich* diese beiden Frauen sein Ziel waren.«

Knut warf Maas einen Blick zu und spürte, wie es in seinem Magen zu kribbeln begann. Ein merkwürdiges Gefühl, wie er es vor vier Jahren bei der Abschlussprüfung in Eutin auf der Polizeischule gespürt hatte. Ein Gefühl der Angst, gemischt mit Vorfreude. Die Angst zu versagen, gemixt mit dem Wunsch, es aller Welt zu zeigen.

Obwohl ihn die Leichen anekelten, er den Anblick der Gewalt kaum ertrug, spürte er, wie sich seine Nackenhaare aufstellten. Ein Schauer wanderte über seine Arme bis zu seinen Schultern und den ganzen Rücken hinunter.

»Du willst sagen ... dass der vielleicht noch mal zuschlägt?« Plötzlich war seine Kehle ganz trocken.

»Das war eindeutig sehr bewusst eingefädelt und durchgezogen. Er muss – oder sie müssen – das schon öfter getan haben.«

»Es wird niemand vermisst, und wir haben keine Leichen gefunden, die dermaßen entstellt waren wie ...« Knut zeigte, ohne hinzusehen, auf die beiden Opfer.

»Wenn das seine erste Tat war«, führte Helen an, »dann hat er irgendwo geübt.«

»Oder er ist Chirurg. Oder Fleischer«, mischte sich Friedrichs in das Gespräch ein.

»Das meine ich nicht.«

»Aber die Schnitte sind sehr präzise.« Friedrichs zog einen Mundschutz runter und entblößte seinen schwarzen Vollbart. »Der weiß, was er tut.«

»Mag sein, aber ich wollte auf etwas anderes hinaus. Er hat das *Töten* geübt. Wenn dies hier seine erste Tat ist, hat er sich vorher andere Opfer gesucht. Hasen, Hunde, Katzen. So gut vorbereitet und zielgerichtet geht niemand bei seinem ersten Mord vor. Er musste sich erst an die Tötung heranarbeiten.«

»Und dazu nimmt er Tiere?«

»Für gewöhnlich tun sie das. Vielleicht hat er es auch schon an Menschen versucht, aber abgebrochen. Sie experimentieren und stumpfen sich dabei selbst ab. Sie tricksen sich aus, um die Tat überhaupt begehen zu können.«

»Sie härten sich selbst ab«, warf Maas ein.

»Wie 'n Eistaucher, der in immer kälteres Wasser geht«, sagte Knut.

»Normalerweise haben wir eine Gewaltschwelle. Unsere Gesellschaft lehrt uns, wo diese Schwelle ist. Kultur und Empathie. Entweder, er ist geistig degeneriert ...«

»Bekloppt?«, warf Knut ein.

»Wenn du so willst, ja. Entweder, er ist degeneriert, oder er muss sich selbst zum Töten zwingen. Er übt. Er stuft seine Opfer herab, vermeidet, ihnen Namen zu geben, behandelt sie wie Dinge. Er redet sich ein, dass sie es nicht wert sind zu leben, dass sie nur Sachen sind. Und irgendwann ist er bereit.«

»Und schlägt zu. Nette Theorie«, meinte Maas. »Und wenn er nicht zum ersten Mal Menschen getötet hat?«

»So oder so haben wir ein Problem. Wenn er es schon öfter getan hat, hält ihn nichts davon ab weiterzumachen. Und wenn es das erste Mal war, ist es für ihn ziemlich gut gelaufen. Geradezu fantastisch – und das heißt, er hat Blut geleckt und wird es erneut tun. Sobald der Kick nachlässt.«

Friedrichs nickte. »Zu der Psychologie kann ich nichts

sagen. Aber er ist ziemlich brutal und präzise vorgegangen. Die Schnitte sind gut gesetzt. Wie gesagt wie bei einem Chirurgen oder bei einem Jäger. Sieht aus, als habe er die Opfer ausgenommen. Das muss ich im Institut checken.« Friedrichs brach kurz ab, um Knut zu mustern. »Alles gut? Wollen Sie sich setzen?«

»Nein«, behauptete Knut störrisch, obwohl er kreidebleich war. Das Schlimmste war gar nicht der Anblick, sondern die Gedankenspirale, die entsprechende Bilder in ihm auslöste.

»Wie Sie meinen … Wo war ich? Es sieht so aus, als habe er die Lunge entfernt.«

Einen Moment herrschte Schweigen. Selbst Helen musste das erst einmal verdauen, wie Knut bemerkte.

»Er hat die Lunge rausgenommen?«, fragte Maas. »Und die anderen Organe?«

»Ich muss das im Institut genauer untersuchen. Da möchte ich hier nicht ad hoc Auskunft geben. Aber die Lunge fehlt bei beiden Opfern.«

»Die Lunge?«, erstaunt sah Knut Helen und Maas an, die ebenfalls keine Erklärung hatten.

Als das Schiff zwei Stunden später in den Sporthafen gezogen wurde, wartete bereits eine Horde Reporter. Knut, der sonst bloß mit der ansässigen Lokalreporterin zu tun hatte, war angesichts der zwei Übertragungswagen und der Kamerateams wie vor den Kopf gestoßen.

»Auch das noch«, stellte Maas fest, um dann Knut anzugehen: »Haben Ihre Leute den Hafen nicht abgesperrt?«

»Meine Leute? … Sie sind gut, Maas. Zwei Mann, das sind meine Leute. Und die beiden tun wirklich alles, was sie können!« Tatsächlich konnte er Veith und Diehl sehen, wie sie vergeblich versuchten, ein paar der Reporter, die einfach über das Flatterband gestiegen waren, vom Anleger zurückzudrängen. »Was ist denn mit Ihren Männern, hm, Maas? Schicken Sie einen der Helikopter runter und dazu die Jungs aus den Zodiacs von der Wasserschutzpolizei.«

Genervt zückte Maas sein Funkgerät und gab Weisung, dann wandte er sich wieder an Knut. »Mir egal, was die Sie fragen, Jansen. Sie sagen nichts zur Presse. Sie äußern sich gegenüber niemandem. Wir lassen erst mal nichts nach außen dringen, bis unser Polizeisprecher da ist.«

»Sie sind der Chef«, säuselte Knut überzogen lieblich.

Einer der Helikopter drehte bei und landete zwischen Ü-Wagen und Hafenbecken. Bewegung kam in die Presse, und Knut beobachtete, wie die Fotografen trotz des Helikopters ein möglichst gutes Bild von ihnen an Deck bekommen wollten.

Gott sei Dank hatte Friedrichs die Leichen abnehmen und in Säcke betten lassen. Die Reporter hätten sicherlich alles für ein Bild der beiden am Mast gegeben.

»Das ist echt das Letzte.« Angewidert funkte Knut die *Pidder Lüng* an und bat den Kapitän, sich als Blickfang vor sie zu schieben.

6

Die Einfahrt zum Hof befand sich in erbärmlichem Zustand. Die Pflastersteine waren im Lauf all der Jahre eingesackt. Wie oft mochten ihr Trecker und der Lieferwagen schon drübergerollt sein? Ganz zu schweigen die etlichen Kühlwagen von »Madsen & Poulsen Gourmet«. Warum die bei ihnen noch bestellten, war Rutger ein Rätsel.

Vielleicht, weil ihr Hof so schäbig aussah und sie Vater endlos im Preis drücken konnten.

Der Wind wehte vom Meer her, aber er brachte keinen schönen Geruch nach Wasser, Wellen und Freiheit. Er blies lediglich den Gestank vom Hof zu ihm. Vom geölten Trecker, dem Metallschrott, den Fässern, den Werkzeugen und den Austern. Diesen verdammten Austern.

Rutger mochte den Betrieb, aber wenn es nach ihm ginge, musste dringend ein Neustart her. Das alte Haus mit der angrenzenden Scheune, die Lagerhalle, all das Gerät, die uralten Wasserpumpen, die Gitter, die Metallroste, die Maschinen – alles anstecken. Benzin drüber und anstecken.

Ein einziges Flammenmeer.

Vater, vergib mir meine Gedanken.

Er wusste, dass Vater nicht einmal einen neuen Trecker finanzieren konnte. An einen Neustart war da nicht zu denken.

Er fühlte sich beobachtet. Unwillkürlich sah er sich suchend um. Tatsächlich hatte Vater sich so postiert, dass er ihn im Blick hatte.

Er saß in Wathose und Gummistiefeln rauchend auf der Sprosse ihres vierzig Jahre alten Deutz D06. Sein krauses, ungewaschenes Haar zitterte in den Böen, sein herbes, von Narben zerfurchtes Gesicht verschwand ab und zu hinter Rauchschwaden seiner Zigaretten, die er eine nach der anderen ansteckte.

Rutger hatte Vater mit dem Sortieren der Austern geholfen, hatte den ganzen Vormittag die scharfkantigen Muscheln abgezählt und nach Größe und Form für den Verkauf sortiert.

Seine Finger waren von der Arbeit aufgerissen, aber Vater erlaubte ihm zurzeit keine Handschuhe.

Daran war er selbst schuld.

Selbst schuld, Rutger.

Die Kisten mit den Tieren hatte Rutger im Lieferwagen gestapelt. Seinem Lieferwagen. Seinem kleinen Schätzchen, seinem Wohnzimmer. Der Wagen war die einzige Möglichkeit, mal rauszukommen. Er freute sich auf die Tour, die er gleich beginnen würde.

Vater schenkte ihm ein Lächeln, das keins war, sondern ein harter Peitschenhieb:

Beeil dich mit den Betonplatten. Los! Scheißeinfahrt. *Denk an die Vögelchen, mein Sohn. Pick-Pick-Pick.*

Dann versenkte sich Vater wieder in seine Arbeit. Eine leichte Arbeit. Er flickte seinen Spezialhandschuh, der aussah wie ein Stück aus einem Kettenhemd. Ein paar Eisenringe hatten sich aufgebogen. Vater richtete sie mit seiner Spaltringzange, die zum Biegen und Verschränken der Ringe diente.

Rutger hob einen der schweren Betongittersteine an und trug ihn zu seiner Baustelle.

Auch wenn es keinen Neustart geben würde – immerhin hatte er sich die Einfahrt vorgenommen und begonnen, sie Stück um Stück zu richten. Die richtige Stelle war mit Eisenstäben und roter Richtschnur abgespannt. Ächzend unter dem Gewicht, legte er den Betonstein ab und wickelte die Schnur vom Eisenstab. Hier war er fertig, er würde ein neues Stück abmessen müssen.

Als er die Schnur aufwickelte und sie in seiner Hand spürte, bekam er schlagartig eine Erektion.

Urplötzlich erinnerte die Berührung ihn wieder an die Jacht.

Und die beiden Lesben.

Schon den ganzen Vormittag hatte er an sie denken müssen. Immer mal wieder. Aber die Bilder waren stets so kraftvoll und strotzend vor Farbe gewesen, so intensiv, dass es ihn sofort erregt hatte.

Die beiden Seglerinnen. Eigentlich hätten sie ihm danken müssen, überlegte er. Auf dem Boden hätten sie knien und ihn anbeten müssen, denn ohne ihn wäre ihr Leben gänzlich sinnlos verlaufen. Lesben. So gesehen war es das auch, grübelte er. Erst ihr Tod hatte ihrem Leben einen Sinn geschenkt.

Ein versonnenes Lächeln huschte über sein Gesicht. Allein die Erinnerung an ihre Augen, wie sie flehten, dieser Blick, dieses Betteln, ließ ihn einmal mehr ein wohliges Prickeln verspüren.

Die Erinnerung schickte elektrisierende Schauer über seinen Körper. Nach so vielen Stunden noch! Trotz der zerschnittenen Finger, trotz der schweren Arbeit, fühlte er sich heute so leicht. Durchdrungen von Energie.

Alles war voller Farben.

7

»Sie meinen wirklich alle Videoaufnahmen?« Knut folgte Maas und Doktor Friedrichs durch den Flur zum Sektionssaal. Wie ein Stück Blei zum Meeresgrund sinkt, war er diese Nacht in einen traumlosen Schlaf gefallen. Sein antiquierter Zeigerwecker hatte ihn viel zu früh aus dem Bett geworfen, aber immerhin hatte er geschlafen. Immerhin.

»Ja. Jede Kamera, die den Hafen zeigt. Haben wir alle gecheckt«, stellte Maas im Gehen klar, ohne sich umzublicken.

»Auch die vom Restaurant?«, fragte Knut in Maas' Rücken.

Das Gebäude des Kieler Universitätsklinikums an der Arnold-Heller-Straße war bestens ausgestattet, die Flure und Räume sauber, die Lüftung intakt. Trotzdem wünschte er sich weit fort, wünschte sich auf sein Surfbrett und an die frische Seeluft. Seine Plastiküberzieher raschelten bei jedem Schritt auf dem stumpfen Linoleum.

»Wir haben sämtliche Kameras auf dem Jachthafen und sogar die im Umkreis durchgesehen. Es kommen und gehen diverse Bootsbesitzer, Touristen und Lieferanten. Ein Weinhändler, irgend so ein Tiefkühl-Bringdienst, ein Austernzüchter, der örtliche Fischhändler ...«

»Keiner interessiert sich für die Segeljacht der Frauen?«

»Nein. Niemand. Die beiden Frauen sind gestern Nachmittag in See gestochen.«

Knut bemühte sich, Schritt zu halten.

»Wir sind bis zum Eintreffen der Jacht in Valandsiel zeitlich zurückgegangen und haben alles durchgesehen. Da ist niemand, der sich aufs Schiff schleicht.«

»Also war er bereits beim Anlegen an Deck ... Oder er ist auf See zu ihnen gestoßen.«

»Sie sind vor drei Tagen in den Hafen eingelaufen, haben dort übernachtet und sind dann gestern los. Nach bisherigem Stand der Sachlage gehen wir davon aus, dass der Täter auf See zu ihnen kam. Wahrscheinlich gegen 18 Uhr.«

»Was ist mit dem WSA Tönning?«, wollte Knut wissen. »Haben die nicht in der Leitzentrale irgendwelche Aufzeichnungen vom Schiffsverkehr? AIS-Signale?«

Sie betraten den Sektionssaal. Der latente Gestank erinnerte Knut an das schlecht geführte und ziemlich alte Krankenhaus, in dem er mal ein Wochenende hatte liegen müssen. Damals war er sechzehn gewesen, seine Mutter vor einer Weile gestorben, und sie waren – als wären sie noch zu dritt – nach Malta geflogen. Kaum im Hotel eingecheckt, hatte er sich den Knöchel gebrochen, weil er irgendwelchen – zugegeben hübschen – maltesischen Mädchen beweisen wollte, was für ein toller Hecht er in der Halfpipe war.

Die zwei Tage im Krankenhaus hatten sich in sein Gedächtnis eingebrannt, zumindest der Geruch. Nachdem sie endlich entschieden hatten, was mit ihm zu tun sei, hatten sie ihm einen Gips verpasst und ihn wieder in den Urlaub entlassen. Was folgte, waren einige der besten Tage mit seinem Vater gewesen, wie er zugeben musste.

Auf jeden Fall bessere als im letzten Jahr. Nachdem Thor sich in die Ermittlungen eingemischt und Knut ihn in einer Kurzschlussreaktion geschlagen hatte, war nichts mehr wie früher. Seit sie auf dem Kies vor der Villa der entführten Architektin miteinander gerungen hatten, herrschte quasi Funkstille.

Zu seinem Dreißigsten hatte Knut noch einmal einen zarten Versuch gestartet und Thor eingeladen, doch der hatte sich entschuldigt. Angeblich hatte irgendeine Reise angestanden. Entsprechend überrascht war Knut vor drei Wochen gewesen, als sich sein Vater gemeldet und nach dem Konzert im Dock-5 erkundigt hatte. So sehr er das Surfhobby seines Sohnes unterstützte, mit dem Jammen war Thor nie wirklich warm geworden. Knuts Liebe zu Rock, Country und Blues, zu Gitarren und Verstärkern wollte nicht in seinen Dickschädel rein.

Knut konnte sich noch gut daran erinnern, wie Thor ihn vor fast zwei Jahren zum Revierleiter gekrönt hatte – ja, das war wohl das richtige Wort. Gekrönt. Erst hatte er ihn zum Nachfolger erkoren, dann das Ganze wahrscheinlich als Fehler angesehen, und nun neidete er ihm den Erfolg.

Wann war Thor so geworden? Oder verstand er einfach nicht, was seinen Vater antrieb?

»Die hatten kein AIS an Bord«, riss Maas ihn aus den Gedanken.

»Was?«

»Die Segeljacht. Die hat kein AIS an Bord.«

»Wäre auch zu schön gewesen.«

AIS war das Automatic Identification System, das automatisch Position und Kennung sendete, sodass die Verkehrszentralen der Wasserschutzämter in Echtzeit sehen konnten, wo sich welches Schiff befand. Bei Sportbooten war es erst ab zwanzig Metern Länge Pflicht.

»Immerhin konnten die Jungs in Tönning ein Radarsignal zuordnen. Sie haben sich die Strömung, Gezeiten und Windwerte angesehen. Zumindest zu siebzig Prozent sind sie sicher, dass es sich um die Jacht handelt, die im Watt trockenfiel. Ein zweites Signal gab es nicht.«

»Schlauchboot. Er ist mit einem Schlauchboot gekommen.«

»Schlauchboot, Zodiac, Ruderboot. Der oder die Täter sind mit etwas Kleinem rausgefahren. Kaum Tiefgang.«

Vor der Tür zum Saal steckte sich Knut wie immer Taschentücher in die Nase. Sollten die anderen doch denken, was sie wollten. Die letzten anderthalb Jahre hatte er eindeutig zu oft auf die Stahltische hier geblickt. Am liebsten hätte er die ganze Prozedur Maas allein überlassen, doch er traute ihm nicht. Zwar war ihm klar, dass der LKA-Beamte ihn nicht anlog, aber Maas war sehr gut darin, Fakten einfach wegzulassen. Und sich zu erniedrigen und diesem Lieutenant Horatio Caine für Arme jede Antwort einzeln aus der Nase zu ziehen? Nein. Dazu war Knut nicht bereit.

Dann lieber den Gestank und den Anblick der Leichen ertragen.

Die beiden Frauen lagen auf Edelstahltischen. Diesmal hatte Friedrichs bei ihnen keinen Y-Schnitt durchführen müssen – das hatte der Mörder quasi vorab für ihn erledigt. Der Gerichtsmediziner hatte den Brustkorb freigelegt und die Hautlappen zurückgeklappt. Die Gedärme hatte er der Bauchhöhle bereits entnommen. Sie lagen in diversen Gefäßen.

Während sich die beiden Männer über die erste Tote beugten, hielt sich Knut dezent zurück und starrte auf seine Stiefelspitzen. Nur ab und an riskierte er einen Blick.

»Bei Ihnen alles klar, oder brauchen Sie mal wieder einen Eimer?«, fragte Maas nicht ohne Häme.

Knut rang sich ein Lächeln ab. »Lustig, Maas. Echt.«

»Der Täter hat den Opfern tatsächlich jeweils beide Lungenflügel entfernt. Er ist bei beiden gleich vorgegangen. Er hat die Luftröhre hier am Hals unterm Kehlkopf vor dem Eingang in den Thorax durchtrennt und dann von unten die Lunge mit einem Griff in die Gabelung der Hauptbronchien herausgezogen.«

»Wie jetzt?«, fragte Knut. »Das geht?«

»Ja. Die Luftröhre ist ziemlich stabil. Ein knorpeliger Schlauch, fest, aber elastisch. Eine ziemlich flotte und effektive Methode, um das Organ zu entfernen. So machen das auch die Jäger.«

»Und die anderen Organe?«, wollte Maas wissen.

»Waren unberührt. Er hat nur das Zwerchfell hier am Rippenbogen ablösen und die großen Herzgefäße durchtrennen müssen. Das Herz ist nach wie vor in seinem Beutel, und auch alle anderen Organe sind nicht verletzt worden.«

»Er wusste, was er tat«, stellte Knut fest.

Friedrichs bejahte. »Aber ich bin auf etwas Merkwürdiges gestoßen.«

Maas hatte sich Friedrichs' Bericht vorgenommen und blätterte ihn durch. »Was genau?«

»Punkt 56. Unten.« Friedrichs wandte sich abermals den Leichen zu. »Es geht um Folgendes. Ich habe es bei beiden Opfern entdeckt, deswegen gehe ich davon aus, dass es sich nicht um Kampfwunden, einen früheren Unfall oder dergleichen handelt.« Der Gerichtsmediziner griff mit seinen Handschuhen den Brustlappen und klappte die Hautschwarte zurück vor die Rippen, sodass der Körper einigermaßen geschlossen war. Auffordernd sah er sich nach Knut um, dem nichts anderes blieb, als jetzt doch näher heranzutreten.

Angewidert sah er auf die Brust der schwarzhaarigen Frau und erkannte es bloß, weil Friedrichs die Stellen mit Filzstift umkreist hatte. »Sind das Einstiche? Da in der Brust?«

»Richtig, Herr Jansen. Es sind Stiche von Nadeln, wahrscheinlich Hohlnadeln, denn die Löcher sind ungewöhnlich groß, aber wie gestanzt, nicht ausgefranst. Und die Löcher gehen durch bis in den Brustkorb. Die Wunden sind frisch und fallen zeitlich mit dem Entfernen der Lunge zusammen.«

»Also stammen sie wohl auch von unserem Mörder.«

»Davon gehe ich aus. Die Stiche sind jeweils rechts und links gesetzt worden. Auf dem rechten und linken Lungenflügel.«

»Sind sie den Frauen postmortal beigebracht worden?«, wollte Maas wissen.

»Wenn ich die Bildung der Hämatome um die Einstiche begutachte, nein.«

»Er hat sie mit einer Hohlnadel gestochen, als sie noch lebten?« Knut wandte sich ab, denn er spürte, wie ihm wieder flau im Magen wurde. Er hielt es nicht mehr aus, trat zurück und sah lieber durch die Fensterfront auf den Rasen des Instituts, der im morgendlichen Regen versank. »Aber warum hat er sie gestochen? Hat er ihnen was gespritzt?«

»Ich habe das Blut analysieren lassen. Keine Spur von Drogen oder Sedativa. Das Einzige, was wir gefunden haben, ist ein erhöhter Alkoholpegel. Ich lasse es aber noch mal auf exotischere Medikamente und Substanzen prüfen.«

»Er hat ihnen wahrscheinlich nichts verabreicht ... Hm ... Gut«, grübelte Maas. »Er hat sie nicht betäubt, ihnen nichts gespritzt. Aber warum dann die Einstiche?«

Friedrichs streifte sich die Gummihandschuhe ab und lüpfte seinen Mundschutz. »Da gibt es eigentlich nur eine Erklärung.«

»Und die wäre?«, fragte Knut, obwohl er die Antwort lieber nicht so detailliert hören wollte.

»Ich gehe davon aus, dass er präzise zugestochen hat ... Und dadurch hat er sie erstickt.«

»Erstickt?« Überrascht drehte sich Knut zu den Leichen um. Seine Lippen fühlten sich vom atemwarmen Mundschutz klebrig an, doch ihn abzustreifen hätte nur bedeutet, mehr vom Gestank einatmen zu müssen. »Wie kann man denn wen ersticken, wenn man ihn sticht?«

»Er hat absichtlich die Pleurahöhle perforiert. Vielleicht hat er was hineingespritzt, auch wenn wir keine Spuren davon gefunden haben. Oder er hat einfach Luft hineingelassen.«

»Äh, was? Seit wann schadet Luft denn der Lunge?«

»Der Lunge nicht. Aber dem Raum zwischen Thorax und Lunge. Die Cavitas pleuralis, im Volksmund Pleuraspalt genannt. Das ist ein kleiner Spalt zwischen den beiden Pleurablättern, also zwischen der Mesothelschicht, die zum einen die Lungenflügel umhüllt und zum anderen die Thoraxwand auskleidet. In diesem Spalt befindet sich gewöhnlich eine seröse, ähm, wässrige Flüssigkeit, und es herrscht ein Unterdruck. Die Rückstellkraft der Lunge sowie die ...«

»Entschuldigung, Doktor«, unterbrach Knut ihn. »Ich bin bloß 'n Sheriff vom Dorf. Bis vor zwei Jahren dachte ich, nur Dauerschwänzer zur Schule bringen zu müssen und mal 'ne Familienstreitigkeit zu schlichten, so Sachen halt. Vielleicht könnten Sie es etwas ...«

»... etwas einfacher für Dummies erklären«, düpierte Maas Knut mit einem süffisanten Grinsen.

»Ach. Sie haben's auch nicht verstanden?« Er zwinkerte Maas entwaffnend zu.

»Äh, ja ... Es ist so«, führte Friedrichs aus. »Die Lunge muss für das Atmen elastisch sein und würde sich durch ihre Eigenelastizität normalerweise zusammenziehen. Beim Einatmen aber soll sie sich ausdehnen. Die Flüssigkeit in diesem Spalt verhindert, dass die Lunge kollabiert. Weil durch die Flüssigkeit und den leichten Unterdruck im Spalt die Lunge an der Brustwand haften bleibt.«

»Kollabiert? Wenn man reinsticht, dann fällt die Lunge zusammen?«

»Ja. Dann bekommen Sie keine Luft, Jansen. Wenn in den Spalt Luft reinkommt, dann fällt Ihr Lungenflügel in sich zusammen.«

»Und wenn ich einatme?«, wollte Maas wissen. »Mit Einstich?«

»Das ist ja das Perfide. Sie können es einfach nicht mehr. Der Brustkorb bewegt sich noch, aber die Lunge nicht. Wenn der Unterdruck im Spalt weg ist, dann bleibt Ihre Lunge ...« Er suchte nach einem Wort, um sich umgangssprachlicher auszudrücken, blickte Knut lächelnd an und meinte: »... bleibt Ihre Lunge *zusammengeschnurzelt*. Laienhaft genug?«

Knut nickte fahrig. Er versuchte, sich das vorzustellen. Die Frauen hängen am Mast, und der Kerl setzt eine Spritze an. Er sticht ihnen in aller Seelenruhe rechts und links in die Brust und sieht zu, wie die beiden Opfer hilflos nach Luft schnappen, wie Fische an Land ... und elendiglich zugrunde gehen, weil ihre Lungen sich nicht mehr ausdehnen und mit Sauerstoff füllen können.

»Wieso rechts und links?« Weil er selbst dringend Luft brauchte, schob er die Atemmaske nach unten. Der süßliche Geruch war überall und würde ihn sicher den Tag lang begleiten, genau wie der Anblick der beiden Frauen.

»Er muss rechts und links zustechen«, erklärte Maas, »weil es zwei Pleurahöhlen gibt. Richtig?«

Friedrichs nickte. »Zwei Pleurahöhlen, zwei Einstiche.«

Knut musste an den letzten perversen Mörder denken, der Blumen am Tatort hinterlassen und Hände gefaltet hatte. »Ist das wieder so ein Akt der Reue? Ich mein, er bindet sie an den Mast und erstickt sie, anstatt ihnen bei lebendigem Leib den Brustkorb zu öffnen? Will der denen irgendwie Leid ersparen, indem er sie erstickt, bevor er sie ausweidet?«

»Da fragen Sie mich zu viel, Herr Jansen.« Seufzend zog Friedrichs ein Tuch über die Leiche. »Ich bin Arzt und kein Psychologe. Ich kann Ihnen nur eins sagen: Bei vollem Bewusstsein zu ersticken ist kein Akt der Gnade, so viel ist sicher. Das ist eher eine subtile Art von Quälerei. Aber warum er sie auf die Art tötet und dann …«

»… aufbricht wie ein Stück Rotwild, wie es Jäger tun …«, warf Maas ein.

»… das kann ich Ihnen nicht sagen«, schloss Friedrichs.

Maas' Smartphone meldete sich mit Hells Bells von AC/DC. »Maas«, meldete er sich knapp. »Ja, wir haben dich hier schon vermisst … Verstehe, ja … Wo bist du?«

Knut konnte Helens Stimme erkennen und war für einen kurzen Moment verschnupft, weil sie nicht ihn angerufen hatte, doch dann fiel ihm ein, dass sein Handy noch in seiner Jacke im Umkleideraum lag.

Für seinen Geschmack lauschte Maas ein wenig zu angestrengt, was auf jeden Fall auf Ärger hinwies, und tatsächlich begann er auf Helen einzureden: »Nein. Nein, Helen! Rühr nichts an! Wir kommen. Ja, warte einfach. In vierzig Minuten sind wir da.«

Eilig legte Maas auf und spurtete, ohne ein Wort an Friedrichs oder Knut zu verlieren, aus dem Sektionssaal. Die beiden warfen sich einen genervten Blick zu. Maas mal wieder.

»He, warten Sie. Was ist los?« Knut eilte ihm nach. »Das war Helen, oder?«

Maas stieß bereits die Tür zum Umkleideraum auf. »Helen, ja. Sie hat eine Nachricht gefunden. Von unserem Mörder.«

8

»Seht ihr das?«

»Nein. Was meinst du?« Knut trat näher an Helen heran, die am Fuße des Masts aufs Deck zeigte. Er sah genauer hin, ließ den Blick über das Holz gleiten, aber außer unzähligen verschieden ausgeprägten Schrammen konnte er nichts auf dem Boden erkennen.

»Ich seh gar nichts.«

»Hilf mir mal, Knut.« Sie streckte ihm die Hand hin; mit der Prothese fiel es ihr immer etwas schwer, sich hinzuhocken.

Auf der Rückfahrt von Kiel nach Valandsiel hatte sich Knut geärgert, überhaupt ins Uniklinikum gefahren zu sein. Sicher wäre es viel aufschlussreicher gewesen, mit Helen direkt zum Tatort zu gehen und hier gemeinsam nach Hinweisen zu suchen. Friedrichs' Analyse hätte er sich genauso gut mailen lassen können. Auch wenn das Internet in Valandsiel eine Straße mit vielen Schlaglöchern war. Aber nein, er hatte ja unbedingt dabei sein, alles mit eigenen Augen sehen wollen. Oder war er letztlich nur nach Kiel gefahren, um Maas nicht die ganze Show allein zu überlassen?

Sein Revier, sein Fall. So hatte Knut bisher immer gehandelt und war damit eigentlich recht gut gefahren.

Während er sich neben Helen kniete, notierte er sich auf seiner imaginären Checkliste: Hab mehr Vertrauen und benimm dich nicht dauernd so kindisch!

Infantil hätte Helen das sicher genannt. Infantiles Verhalten.

Er spürte, wie ihn Maas beobachtete. Immerhin hatte er bisher auch noch nichts erkannt.

Das Blut war in jede noch so kleine Schmarre im Lack gelaufen. »Was meinst du denn nun?«, fragte Knut. »Spann uns nicht so auf die Folter.«

Sie deutete ein paar Zentimeter vor sich auf die Planken. »Das Blut ist von einer der Frauen direkt hierauf getropft. Hier auf diese Stelle.«

Er beugte sich tiefer über den Holzboden. Etwa fünfzig Zentimeter vom Mast entfernt waren ein paar Linien zu sehen, die markanter eingeritzt zu sein schienen.

»Wir haben Fotos davon gemacht, aber ich wollte, dass ihr es erst mal so seht.«

Das Gekritzel war nicht einmal handtellergroß und ergab keinen Sinn. Zumindest konnte Knut bloß wirre Linien erkennen, die sich kreuzten. Kein Kreis, keine Buchstaben, kein Symbol.

»Du glaubst, das ist absichtlich reingekratzt worden?« Maas schoss unnötigerweise ein paar Bilder mit seinem Tablet-PC.

»Ja. Die Tiefe der Schmarren und die Konzentration an der Stelle lassen darauf schließen. Das rührt nicht von irgendeinem Gegenstand her, der hier verschoben wurde.«

Knut half Helen wieder hoch.

»Also mal ehrlich …«, begann Maas. »Das sieht für mich aus wie Gekrakel. Das sind doch bloß irgendwelche Haken und Linien.«

»Hab ich auch erst gedacht. Wir haben es mit Luminol bestrichen, fotografiert und alle Kratzer digital weggenommen, die nicht so tief und wahrscheinlich älter sind.«

Sie ging zu einem der Beamten. »Darf ich?«, fragte sie ihn, woraufhin er ihr seinen Laptop hinschob.

Die Datei mit den Fotos hatte der Mann bereits geöffnet. Mit zwei Klicks hatte Helen das erste aufgerufen. Knut und Maas traten näher, versuchten, auf dem spiegelnden Bildschirm etwas zu erkennen.

Das Bild war schwarz – und auf dem Schwarz zeichneten sich im gewohnten leuchtenden Blau des Luminols ein paar Linien ab. Diesmal konnte man klarer ein Zeichen ausmachen, weil alle störenden Riefen herausretuschiert waren. Es sah ein wenig wie ein Strichmännchen aus. Eine Linie mit einem auf die Spitze gestellten Quadrat als Kopf und hängenden Strichen als Arme. Nur Beine hatte es keine, sondern bloß im unteren Drittel einen weiteren schiefen Strich – wie beim Kreuz der russisch-orthodoxen Kirche.

Das ganze Zeichen war nicht größer als ein Handteller.

»Wir werden das Stück raussägen und in die Forensik bringen«, sagte Maas. »Ich mail das gleich mal unseren Linguisten. Die sollen sämtliche Symboldatenbänke und Logos durchgehen, alles, was wir bei den LKAs und beim BKA haben.«

Knut wandte sich zum Mast um und versuchte, sich noch einmal die beiden Opfer vorzustellen. »Direkt vor den Frauen. Sodass ihr Blut auf jeden Fall drüberläuft«, grübelte er.

»Ja. Versteckt hat er es nicht … Wenn es denn wirklich von ihm stammt.«

Knut nickte. Maas hatte recht, sicher war das ganz und gar nicht. Andererseits war ein Zufall auch sehr unwahrscheinlich. »Hm … Was soll das sein? Sieht nicht mal wie Chinesisch aus.« Er zückte seinen Block und zeichnete die Linien vom Bildschirm nach.

»Das kann alles Mögliche sein. Ein Logo, ein Fantasiegebilde, ein Tag«, stellte Helen fest.

»Tag?« Maas zog den Laptop zu sich.

»Wie bei Sprayern«, meinte Knut. »Ihr Signet. Ihre Unterschrift.«

»Er markiert seinen Tatort«, mutmaßte Helen. »Oder die Opfer.«

»Und warum?« Maas wandte sich an den Beamten und wies ihn an, ihm die Aktennummer der Bilder für die Cloud zu mailen.

»Sieht aus wie bei einem schlechten Horrorfilm«, sagte Knut. »Wo sie Hexensymbole in die Leichen schnitzen. Oder so.«

Kopfschüttelnd sah Maas ihn an. »Na, Sie sehen ja Sachen. Sie meinen, das war ein Ritualmord? Wollen Sie darauf hinaus?«

Ja, so was in der Art hatte er gemeint. Die Frauen wurden aufgehängt und ausgenommen wie Schlachtvieh. Und darunter ein Zeichen, um die Tat zu weihen. Er zuckte mit den Achseln. »Kann doch sein. So was wie … ähm, wie …«

»Eine rituelle Schlachtung«, warf Helen ein, als habe sie seine Gedanken gelesen.

Knut nickte.

»Ich weiß nicht … Es kommt natürlich auf die Bedeutung des Zeichens an«, führte Helen aus. »Auf jeden Fall will er, dass die Toten mit dem Symbol in Verbindung gebracht werden. Und er markiert sein Revier, stempelt die Tat als eindeutig seine ab. Vielleicht will er mit dem Zeichen auch jemandem eine Botschaft hinterlassen.«

»Wem? Uns?« Die Vorstellung war für Knut reichlich schräg.

»Eher nicht. Eventuell jemandem, der das Symbol kennt

und es schätzt. Eine Nachricht für eine Gruppe, für die es eine Bedeutung hat. Ein Zeichen zeigt oft die Zugehörigkeit zu einer Gruppe, einem Bund, einer Einheit. Vielleicht möchte er dazugehören.«

»Oder er will, dass die Tat der Gruppe zugeordnet wird«, wandte Maas ein. »Wie ein Bekennerschreiben.«

»Das is' mir alles zu wischiwaschi«, stellte Knut fest. »Er markiert sein Revier: ›Schaut mal her! Wir warn's – die Jungs mit dem tollen Zeichen!‹ Oder er will die Tat irgendwie heiligen oder ... Das sind viel zu viele Oders. Ist doch alles zu schwammig.«

»Wenn du meinst.« Helens gereizter Unterton war kaum zu überhören.

Es wunderte Knut, weil sie sonst nicht so dünnhäutig auf Kritik reagierte. Einen Moment lang musterte er sie eindringlich. Sie wirkte noch immer fahrig und ziemlich unausgeschlafen.

Helen seufzte. »Ich sage ja auch lediglich, dass ich glaube, der Täter hat es *absichtlich* hinterlassen. Absichtlich – also mit einer Absicht, die dahintersteckt. Und das stützt die These, dass der Täter ...«

»Oder die Täter ...«, brummte Maas.

»... oder die Täter gut vorbereitet waren. Ich persönlich glaube, dass das Zeichen wichtig ist. Für den Täter. Sehr wichtig. Wahrscheinlich genauso bedeutsam wie die Art des Mordes selbst, wenn nicht noch bedeutsamer.«

»Is' klar«, meinte Knut. »Wenn er sich so viel Zeit fürs Einritzen nimmt. An einem Tatort.«

»Richtig«, bestätigte Helen. »So die Theorie. Es ist eine Nachricht. An die Welt, an seine Gruppe, an uns.«

Sie hatte kaum zu Ende gesprochen, da klingelte Knuts Handy. Er warf einen Blick aufs Display.

Unbekannt.

»'tschuldigung.« Er trat ein paar Schritte beiseite und stellte sich an die Reling, um ungestört sprechen zu können. »Knut Jansen hier. Polizei Valandsiel.«

Einen Moment war es still. Er meinte, jemanden leise atmen zu hören.

»Hallo?«, hakte Knut nach, hielt sich das freie Ohr zu, um nicht die Gespräche der anderen zu hören, und sah auf den Flecken Meer zwischen Anleger und Schiff. Eine weiße Plastiktüte schwebte wie ein verlorener Geist unter Wasser dahin.

»Ich sehe Sie, Jansen.«

Ein Schauer lief Knut über den Rücken. Er wandte sich nach den anderen beiden um, doch die waren ins Gespräch vertieft. Sollte er den Lautsprecher anschalten? Maas und Helen waren zu weit weg, um wirklich gut mitzuhören.

»Was? Wer ist da?«

Wieder diese unheimliche Pause. Das Atmen, ruhig, gleichmäßig. »Ich sehe Sie. Ich kann Sie sehen.« Der Anrufer lachte.

»Wer sind Sie denn?«

Natürlich ging der Mann nicht auf seine Frage ein. »Wird sicher noch regnen am Abend«, meinte er stattdessen. Die Stimme klang jung, aber das war schwer zu beurteilen. Wie oft hatte sich Knut schon bei Anrufern während seiner Schicht im Revier getäuscht? Wie oft hatte ein Greis jung und ein Jugendlicher wie ein Greis geklungen?

»Wer sind Sie, und was wollen Sie?« Alarmiert ließ er den Blick über die Kais und den Jachthafen gleiten …

Eine Reihe Lieferwagen der Polizei hatte an den Piers geparkt. Hinter dem Maschendrahtzaun standen drei Übertragungswagen und einige Schaulustige. Ein halbes

Dutzend von denen telefonierte. Verlassene Jachten dümpelten im Sonnenlicht vor sich hin.

»Sie glotzen ja vielleicht. Fallen Sie mir nicht über Bord.« Sein Lachen wirkte aufgesetzt. »Was ich will …«, begann er und legte eine dramatische Pause ein. »Was ich will, ist einfach: Packen Sie ein. Sie und das LKA. Verlassen Sie die Jacht, und lassen Sie mich meine Mission erledigen. Haben Sie verstanden?«

Knut antwortete nicht. Er wusste, dass er versuchen sollte, den Unbekannten in ein Gespräch zu verwickeln, um mehr zu erfahren. Ihm wollte jedoch partout keine gute Antwort einfallen. Sein Herz pochte, als sei er gerade vom Revier hergesprintet. Statt etwas zu erwidern, nahm er noch einmal den Jachthafen unter die Lupe, ließ geduldig den Blick wandern …

»Na, soll ich mal winken? … Haben Sie mich überhaupt verstanden, Jansen?«

Immerhin hatte Helen aufgehorcht, anscheinend war ihr aufgefallen, dass er ein reichlich schräges Gespräch führte und ziemlich geschockt dastand.

»Was ist?«, wollte sie wissen, woraufhin er ihr sofort bedeutete, still zu sein. Er nickte zum Hafen.

»Na, was flüstern Sie denn da, Jansen?«, meinte der Anrufer fröhlich. »Wer tuschelt, der lügt. Sagt man das nicht?«

»Keine Ahnung. Aber Sie wollen wissen, ob ich's gerafft hab?«, antwortete Knut mit einem Mal. »Nicht wirklich. Sie rufen mich an und quatschen mich zu. Was denn für eine Mission? Sie sind bestimmt so 'n kleiner Spinner. So drei Haare am Sack und durchs mittlere schiffen. So einer sind Sie, richtig? Sie sind doch bloß ein Wichtigtuer. Ich leg jetzt auf.«

»Warten Sie!«

Langsam und unauffällig stellte er sich anders hin, dass niemand von Land sah, wie er seinen Trommelrevolver zückte. Helen trat alarmiert zu ihm. Selbst Maas sah Knut nun fragend an. Aufgesetzt fröhlich plapperte der weiter drauflos. »Was ist? Angst, nicht berühmt zu werden? Wissen Sie was, Bürschchen, Sie stören mich in meinen Ermittlungen. Sie wissen, dass ich Sie für so 'n Anruf verklagen kann? Ja. Das is' Ihnen schon klar.«

»Äh? ... Ich ...«

Er hatte diesen komischen Freak tatsächlich aus dem Konzept gebracht.

Schnell schaltete er das Handy auf Lautsprecher.

»Hören Sie auf, mir nachzustellen«, meinte die Stimme wieder gefasst. »Ich meine es ernst, Jansen. Wehe, Sie stören meine Mission. Morgen muss noch jemand sterben.«

»Hören Sie, niemand wird sterben. Wenn Sie wirklich der sind, der Sie meinen zu sein – können wir doch ...«

Aufgelegt.

»Fuck!«, entfuhr es ihm. Ohne ein weiteres Wort rannte Knut los.

»Was ...?«, hörte er Helen noch, aber da war er bereits auf dem Pier. Hektisch sah er sich im Laufen um. Wo? Wo war der Typ? Neben dem reetgedeckten Restaurant, da im Schatten! Blitzte da nicht ein Fernglas auf?

Verdammte Scheiße.

»Der hat von hier angerufen«, rief er über die Schulter, sprang über Taue, erreichte das Ende des Anlegers. »Vom Hafen aus!«

Da!

Ein Schatten. Ein Mann. Am Restaurant. Er hatte ein Handy am Ohr. Irgendetwas in der Hand. Ein Gewehr? Sein Wagen parkte direkt neben ihm.

Noch achtzig Meter. Rauf auf den Platz, an den zwei

Hängern mit Booten vorbei. Der Schatten lud hektisch das Gewehr oder was es war in den Kofferraum eines dunklen Kombis und sah sich hastig um.

»Polizei! Stehen bleiben! Ich bin bewaffnet. Bleiben Sie, wo Sie sind!« Knut kam näher und näher. Der Fremde ließ den Kofferraum zufallen, eilte ums Auto. Volvo, hiesiges Kennzeichen. Noch zwanzig Meter. Schwarze Lederjacke, Jeans.

Knut spürte, wie ihm die Puste ausging. Er war zwar sportlich, aber absolut nicht auf den Sprint vorbereitet.

Da rutschte der Fremde bereits hinters Steuer, startete den Motor.

Noch zwei Meter, am Kofferraum vorbei, zur Tür …

»Polizei!«

… aufreißen, doch die war verriegelt.

»Aufmachen! Motor aus.«

Aus großen Augen glotzte der Mann ihn an, als Knut ihm den Revolver vorhielt.

»Nicht!«, hörte er ihn schreien. »Um Gottes willen. Ich – nehmen Sie die Waffe weg! Bitte. Ich hab nichts getan.«

Seine Stimme, schoss es Knut durch den Kopf. Sie klingt wie dieser Anrufer. Es lief ihm eiskalt den Rücken runter.

Der Mann hob die Hände. Als er von der Kupplung ging, machte der Wagen einen Satz und der Motor erstarb.

Maas kam angerannt, sicherte von der anderen Seite.

»Schlüssel ab«, forderte Knut den Fremden auf. »Schlüssel! … Gut! So ist es gut … Ja … okay … und jetzt die Verriegelung.«

Helen brachte sich ebenfalls in Stellung, richtete ihre Glock auf den Mann, visierte ihn durch die Frontscheibe an.

Der Typ betätigte die Zentralverriegelung.

In dem Moment, als das Klacken der Stifte erfolgte, ging alles blitzschnell. Knut riss die Tür auf, zog den Mann in den Staub.

»Ahrr! Nicht! Nein, hören Sie auf!«

»Hände hinter den Kopf.« Knut schluckte, rang nach Luft. Der Schweiß lief ihm über die Stirn. Mit einem Ruck drückte er den Fremden auf den Schotter und setzte ihm das Knie in den Nacken. »Wer sind Sie? Was machen Sie hier?«

»Presse«, keuchte der Fremde. »Presse. Ich bin ... Ich ... Von der Presse ... Mein Ausweis. Brieftasche. Bitte.«

»Und der Kofferraum?«, rief Maas.

»Da ist die Kamera drin. Ich hab 'ne Schalte für die Mittagsnachrichten bekommen. Live. NDR.«

Knut riss den Kopf herum, weil er eine Bewegung wahrgenommen hatte: Es war Helen. Sie näherte sich dem Kofferraum.

»Mach das nicht«, mahnte er. »Lass den zu. Wir warten aufs Kommando. Die sollen sich drum kümmern. Helen?«

»Er hat recht«, warf Maas ein, doch sie hatte bereits nach der Entriegelung gegriffen. Klack. Langsam öffnete sie den Kofferraum, zog ihn hoch und ...

Keine Sprengfalle. Offensichtlich keine Gefahr.

»Checked. Nur eine Kamera. Ein paar Decken. 'n Mikrofon.«

»Wo ist die Brieftasche?«, fragte Knut, ohne den Griff zu lockern.

»Vorne in meiner Hose. Ich ... ich lieg drauf.«

»Sie machen nichts, ich drehe Sie jetzt rum. Dann zieh ich Ihre Brieftasche. Klar? ... Haben Sie das verstanden?«

Der Mann nickte, und Knut tat wie beschrieben. Er warf Maas die Brieftasche zu, der alles kontrollierte und neben einem Perso auch den Ausweis des NDR fand.

»Michael Rudolph. NDR Schleswig-Holstein.«

Nachdem Knut den Mann auf die Füße gezogen hatte, schlug der sich den Staub von der Hose. Der Typ hatte lockige schwarze Haare, ein gepflegtes Äußeres und war schätzungsweise Mitte vierzig.

»Wie sind Sie in den Hafen gekommen? Hier ist gesperrt«, wollte Knut wissen und hoffte inständig, niemand von seiner kleinen Crew hatte einen Fehler gemacht.

»Sekunde mal.« Maas hatte die Brieftasche weiter auseinandergenommen. Jetzt sah er sich ein paar Ausweise an. »Da steht sein Name auf einer Visitenkarte – hier vom Restaurant.«

»Zeigen Sie her«, forderte Knut Maas auf. »Und Sie bleiben hier, keine Bewegung.« Er löste sich von dem Fremden und nahm die Karte entgegen. Das Restaurant-Logo war unscharf, wie aus dem Internet in zu schlechter Auflösung kopiert und dann auf die Karte gedruckt. Knut befeuchtete Zeigefinger und Daumen und wischte drüber. Bloß billige Tinte aus einem Farbdrucker.

»Was ist das hier? Was ist das für 'n Scheiß?«, fuhr Knut den Mann an.

»Ich … ich hab denen da vorne gesagt, ich bin vom Restaurant und muss ein paar Unterlagen für die Lieferanten holen, um denen abzusagen – wegen der Untersuchung hier.«

»Sie haben einen Ausweis gefälscht, um hier an den Jachthafen zu kommen?«, fragte Maas ungläubig.

»Nur die Karte. Die Visitenkarte.«

Maas schüttelte angewidert den Kopf.

»Zeigen Sie mal Ihr Handy«, forderte Knut ihn auf. »Wen haben Sie als Letztes angerufen?«

Instinktiv griff der Typ in seine Tasche, zögerte aber plötzlich. »Nein. Nee. Das – das dürft ihr gar nicht.«

»Was?« Knut wurde lauter. »Was dürfen wir nicht?«

»Mein Handy. Einfach so in mein Handy gucken.« Obwohl Knut den Fremden zornig musterte, blieb er stur. »Das – das geht euch nichts an.«

Knut fluchte laut, sehr laut. »Sie geben mir jetzt das verdammte Handy.«

Der Mann schüttelte den Kopf. Hilfesuchend warf Knut Maas einen Blick zu, der zwar ebenfalls innerlich kochte, aber stumm zu verstehen gab, dass sie hier machtlos waren.

»Das darf doch nicht wahr sein.« Knut trat ein paar Steine über den Platz. »Dieser Typ hat telefoniert! Und die Stimme. Diese Stimme …« Wobei er sich inzwischen da gar nicht mehr sicher war. Aber Prinzip war Prinzip.

»Wir holen uns einen Beschluss, wenn's sein muss«, wandte sich Maas an den Fremden. »Wir holen uns einen«, zischte er und legte dem aufgewühlten Knut die Hand auf die Schulter. »Kommen Sie runter, okay?«

»Eine Scheiße ist das, Maas!«

»Ja, ja.« Er zückte sein Funkgerät, hatte sofort Birthe aus dem Revier dran.

»Ja? Was gibt's denn?«, trällerte sie völlig unbürokratisch.

»Maas hier.«

»Oh, Entschuldigung, Herr Maas. Ich, also … PR Valandsiel hört«, versuchte sie es ganz offiziell.

»Ich brauche einen ADV, besser Kombi.« Maas gab Birthe den Namen und die Identifikationsnummer sowie das Nummernschild des Wagens durch, während Knut den Verdächtigen finster musterte. Binnen weniger Sekunden hatte Birthe den Allgemeinen Datenvergleich durchgeführt. Anscheinend waren der Perso und der Name korrekt, der Wagen tatsächlich auf den NDR zugelassen. Bloß die Visitenkarte war ein Fake.

»Dass er vom Fernsehen is', macht ihn noch lange nicht unschuldig«, brummte Knut. »Der kann mir nicht mal in die Augen gucken.«

Tatsächlich starrte der Fremde auf seine Schuhe, während ihm der Schweiß die Wangen hinablief.

»Wir würden gerne sehen, was Sie gefilmt haben«, wandte sich Helen betont ruhig an den Mann. »Das ist doch nicht privat, wenn es fürs Fernsehen ist. Richtig?«

Der Fremde nickte zögernd.

»Danke.« Helen streckte ihm die Hand hin. Er kam der Aufforderung zögernd nach, nahm die Kamera und öffnete sie. Dann händigte er Helen die Kassette aus.

»Aber nur unter Protest«, meinte der Fremde. »Und ich brauche sie wieder. Damit das klar ist.«

Helen erwiderte nichts.

Knut schluckte mühsam seinen Frust hinunter und ließ den Blick über die Bäume und den schweren Maschendrahtzaun gleiten. Dort parkte gerade ein vierter Übertragungswagen. Eine Horde von Reportern und einige Kameramänner drängten an den Zaun, filmten zu ihnen herüber. Wahrscheinlich wurde der Journalist von allen als Held gefeiert. Auf jeden Fall hatte er mit einem plumpen Trick geschafft, was den anderen Sendeanstalten bisher verwehrt geblieben war: gute Bilder aus der Nähe.

Wer wusste schon, ob die am Zaun ihre Aufnahmen just live auf Sendung brachten oder in dieser Sekunde in irgendeinen Onlinestream speisten.

»Wie die Aasgeier«, machte Knut seinem Unmut Luft.

»Den wegen einer falschen Visitenkarte und einer Lüge zu belangen, Jansen ... Sie wissen so gut wie ich, das ist vergebene Liebesmüh«, richtete sich Maas flüsternd an Knut.

Der nickte widerwillig, fügte aber auf seiner Checkliste einen weiteren Punkt hinzu: Diesen Kerl unbedingt weiter im Auge behalten.

Kurz darauf waren sie alle drei gezwungen, dem Fremden dabei zuzusehen, wie er mit seinem Kombi bei Maas' Beamten hielt, die für ihn die Absperrung öffneten, und über den Schotterplatz davonfuhr.

Ein Gefühl der Niedergeschlagenheit überkam Knut. Vielleicht lag es daran, dass der Mann so einfach aufs Gelände gekommen war, vielleicht daran, dass Knut tatsächlich mit dem Täter telefoniert hatte und der sich gerade ins Fäustchen lachte.

Die Machtlosigkeit ließ Knut zehn Minuten später erneut wütend werden, nämlich als er in einem der Polizeieinsatzwagen im Beisein von Helen und Maas die Aufnahmen ansah.

Da war er selbst zu sehen, wie er mit Maas und Helen das Deck untersuchte, dann kam der Anruf.

Weil der Reporter bloß für ein paar einleitende Worte im Bild war und der Rest stumm die Jacht zeigte, hätte er sehr wohl hinter dem Anruf stecken können. Die Kamera aufs Autodach gelegt, filmend und gleichzeitig telefonierend.

»Scheiße«, fluchte Knut. »Wer hat von wo angerufen? Und was soll dieses Zeichen? Wir müssen das rausfinden. Und zwar fix.«

Maas stimmte ihm zu. »Was genau hat er am Telefon gesagt?«

»Dass er auf einer Mission ist. Und dass morgen noch jemand sterben wird.«

9

Die kleine Kirche im Kronenwald hatte auch trotz Dachsanierung im Jahr 1969 die Zeit nicht überdauert. Knut ließ den Landrover ausrollen und parkte vor der Ruine. Eigentlich konnte er sich nicht daran erinnern, sie jemals heil gesehen zu haben, geschweige denn in Betrieb. Schon als er ein Kind gewesen war, war die Waldkirche aufgegeben worden. Selbst der Absperrzaun, den man vor Jahrzehnten aufgestellt hatte, war verrostet und hing schief in den Betonsockeln. Sie gehörte zu drei losen Bauernhöfen, die verstreut im Wald standen. Die Valandsieler nannten die Siedlung schlicht »de Plakken« – den Flecken.

Knut sah sich noch einmal die Kopie des Artikels an, den er in der Gemeindebücherei am Gottcskoogwai gefunden hatte. »Dachsanierung nach sechs Monaten beendet«, lautete die Überschrift. Knut hatte es einfach nicht mehr ausgehalten, im Revier auf die Auswertung des Anrufs zu warten. Morgen würde noch jemand sterben, und sie drehten Däumchen und warteten auf irgendwelche Gerichtsbeschlüsse und Providerdaten. Während Helen und Maas sich irgendwo im Internet auf der Suche nach dem Zeichen verloren hatten, war er losgezogen.

Er hatte etwas tun müssen. Etwas Analoges.

Knut war in die Bücherei gefahren und hatte sich sämtliche Bände über Symbolik und Zeichen geben lassen. Alles Nieten. Erst die alte Bibliothekarin hatte ihm den entscheidenden Tipp gegeben, als sie ihm über die Schulter gesehen und verstanden hatte, worum es ging.

Der Artikel stammte vom Mai 1969, über fünfzehn Jahre vor Knuts Geburt. Auf dem dazugehörigen Foto war ein Pfarrer zu sehen – ein hagerer, schlanker Mittdreißiger mit Brille, der noch immer in Valandsiel wohnte, aber seit Jahren nicht mehr predigte. Lächelnd stand er da, die Bibel in der einen Hand, die andere demonstrativ ausgestreckt. Neben ihm posierten ein ehemaliger Bürgermeister Valandsiels sowie ein Mann, der laut Bildunterschrift der Architekt war. Während der Pfarrer einen schwarzen Talar trug, hatten sich die anderen beiden herausgeputzt. Ihre Anzüge waren aus Cord, die Krawatten zu breit und die Hosen hatten Schlag. Beinahe wieder modern. Anscheinend hatten sie damals bei der Dachsanierung einen Teil der Mauer erneuert und waren dabei auf einen Findling gestoßen. Ein Runenstein, nicht unüblich für diese Gegend hier oben an der Nordsee. Wie es aussah, hatte man, als die Kirche 1593 erbaut worden war, den Stein einfach stehen gelassen und als Mauerstück benutzt. Er war in Vergessenheit geraten, bis man 1969 die Mauersteine säuberte.

Knut knipste die Innenbeleuchtung des Landrovers an, um besser sehen zu können. Der Himmel hatte sich zugezogen, und es hatte zu nieseln begonnen. In dichten Schleiern trieben die Tröpfchen vom Meer her.

Er versuchte, die Symbole auf dem Stein zu erkennen, aber schon das Foto des Artikels war zu schlecht gewesen. Von der Kopie ganz zu schweigen. Ein grauer Fleck in der Mauer hinter dem Altar, mehr war beim besten Willen nicht zu erkennen.

»Tut mir leid«, hatte sich die Bibliothekarin entschuldigt. »Besser bekomme ich es nicht. Aber bevor die Kirche geschlossen wurde, war ich ein paar Mal da. Ich meine, da gab es so ein Zeichen.«

Knuts Handy klingelte.

Es war Maas. »Wir haben den Anruf gecheckt. Der kam von einer Telefonzelle.«

»So was gibt's noch?«

»In Ihrem ...«

Er spürte, wie Maas »Kaff« sagen wollte ...

»... Örtchen anscheinend schon. Nahe der Werft. Heedweg. Ich hab ein Team hingeschickt. Zur Not sollen sie die ganze Telefonzelle ausgraben und zum LKA bringen. Wir suchen vor Ort akribisch nach Spuren.«

»So doof ist der nich', dass sie da was finden. Pfiffig, uns mit einem Livestream im Auge zu behalten und anzurufen. Da sieht er gleich, wie wir reagieren.«

»Wir *hoffen,* er hat sich einen Livestream angesehen und dann telefoniert.«

»Wieso hoffen? Kann man da irgendwas tricksen?«

»Was glauben Sie? Selbstverständlich«, führte Maas leicht gereizt aus, »die Computerforensik gleicht beim Anbieter des Streams die Zugangsdaten ab. Wir haben eine exakte Uhrzeit. Wenn wir eine IP bekommen, wohin der Stream ging, können wir mit etwas Glück vielleicht einen Standort ermitteln – und sehen, ob er sich von Valandsiel aus eingeloggt hat –, und vielleicht kriegen wir auch eine Kennung seines Smartphones oder Tablets. Vielleicht klappt das, aber der Staatsanwalt muss erst noch den Richter überzeugen, dass wir überhaupt an die Daten kommen. Haben Sie was über das Zeichen rausgefunden?«

»Noch nicht.«

»Gut. Wir machen einen Datenabgleich mit allen Symbol-, Logo- und Zeichen-Datenbanken. Das wird aber noch ein bisschen dauern. Zumal die Systeme der Bundesländer nicht genormt sind.«

Knut seufzte. Jeder Windstoß ließ dicke Tropfen von den Bäumen auf seine Windschutzscheibe klatschen. »Na, das ist doch schön. Ich versuch mal vor Ort mein Glück.«

»Ja. Gut. Bis dann.«

Knut wollte schon auflegen, als sich Maas doch noch einmal meldete. »Ach so. Noch was. Der Einschuss in der Kabinenwand …«

»Ja?«

»Der stammt sehr wahrscheinlich von einem Harpunenpfeil. Aber der Hersteller wird kaum rauszufinden sein.«

Knut brummte ein »Okay. Danke«.

Kaum hatte er aufgelegt, als ein rostiger Lada Niva neben ihm hielt. Kurz darauf stieg ein gebrechlicher Herr aus, den Knut nur sehr flüchtig kannte. Er war nie ein Kirchgänger gewesen – nicht einmal Weihnachten trieb es ihn zum Gottesdienst. Das Gesicht des Küsters war wetter- und schnapsgegerbt, seine Glatze mit Altersflecken übersät. Dem Mann schien es nichts auszumachen, nass zu werden, denn er hatte sich bloß eine gelbe Öljacke ohne Kapuze übergestreift und trug gewöhnliche Halbschuhe.

Nachdem er einen Gehstock aus dem Wagen genommen hatte, wankte er herüber. Sein wiegender Gang erinnerte Knut unwillkürlich an Helen. Es war die zittrige Variante ihres Schritts.

Er wollte sich erst den Artikel über den Kopf halten, um nicht klitschnass zu werden, bemerkte jedoch seinen Cowboyhut. In Ermangelung einer Alternative setzte er ihn auf.

»Na, Sie haben mir vielleicht ein Wetter mitgebracht«,

begrüßte er den Küster, erhielt statt einer Antwort jedoch bloß ein Brummen.

Schweigend ging der Mann voraus und schloss ein Vorhängeschloss am Bauzaun auf. »Ist irgendwo Fasching?«, fragte er, als Knut mit anpackte und das Gitter beiseiteschob.

»Irgendwo ist immer Fasching«, entgegnete Knut trocken und ließ dem Mann den Vortritt.

Gemeinsam gingen sie auf die halb eingestürzte Kirche zu. Sie musste einst idyllisch gewesen sein. Ihre wuchtigen Backsteinmauern waren auf einer Art Lichtung im Eichenwald errichtet worden, doch mittlerweile war der Platz von kniehohem Gras, Büschen und armdicken Bäumen in Beschlag genommen worden. Die einstigen Wege, die zum Gotteshaus führten, waren seit Jahrzehnten nur noch schmale Forstschneisen.

Efeu oder Knöterich, Knut kannte sich da nicht so aus, hatte die komplette Backsteinmauer erobert. Als er zum Turm hinaufsah, der irgendwann mal eine Glocke beherbergt hatte, nun jedoch wie ein abgebrochener Zahn in den bleiernen Himmel ragte, lief ihm das Wasser vom Cowboyhut in den Rücken. Ein Schauer überkam ihn. Innerlich fluchend, folgte er dem Küster bis zu einer schweren Holztür.

Der Mann klippte seinen Schlüsselbund vom Gürtel. Zu Knuts Überraschung waren seine beiden Handrücken tätowiert.

»Sind Sie mal zur See gefahren?«

Der Küster sah auf seine Hände. »Ach die. Nein. Ich hab mal gesessen.«

»Wirklich?«

Mit einem schiefen Lächeln antwortete der Mann: »Wirklich. Ist aber lange her. Sehen Sie, ich arbeite jetzt schon fünfundvierzig Jahre als Küster. Ich mache das nicht wegen der tollen Bezahlung. Wir haben alle Grund, unser Trachten und Sinnen in den Dienst Gottes zu stellen.«

»Verstehe«, sagte Knut und ließ es dabei bewenden.

»Es ist wichtig, im Leben an etwas zu glauben. Das werden Sie sicher auch irgendwann herausfinden.« Endlich hatte der Küster den richtigen Schlüssel in der Hand. »Schon ein paar Monate her, dass ich hier nach dem Rechten gesehen habe.«

»Gibt es denn hier viel Ärger? Vandalismus und so?«

»Nein. Eigentlich nicht. Das ist hier einfach zu abseits. Ab und an finde ich mal Kondome. Oder irgendwelche Jugendlichen trinken hier 'n paar Bier.« Mit einem satten Klacken gab das Schloss nach. Der Mann wollte die Tür aufziehen. Sie blockierte, weil Gras vor der Türschwelle gewachsen war. Mit seinen Cowboystiefeln trat Knut es platt und riss mit aller Gewalt an der Tür.

»Nach Ihnen«, forderte der Küster Knut auf.

Im Inneren empfing sie Dunkelheit, da die Fenster zugemauert waren. Das einzige spärliche Licht fiel mit dem Regen durchs kaputte Dach. Knut zückte seine Stablampe und ließ den Lichtkegel wandern. Er hörte ein paar Ratten davonhuschen. Das Licht streifte über jahrzehntealte Graffiti. Es war schwül, die Luft roch trotz der Löcher im Dach abgestanden. Knut war überrascht, noch immer Sitzreihen aus wurmstichigen, teils vollkommen morschen Holzbänken vorzufinden. Er hatte gedacht, dass das Gebäude komplett leer geräumt sei. Eine Kanzel oder einen Altar gab es nicht, und zwischen den Bänken sprossen Bäumchen.

»Weswegen sind Sie überhaupt hier?«

»Wegen des Steins. Diesem Runendings.«

»Was ist denn damit?« Der Küster wischte sich das

Wasser von der Glatze. »Der is' da drüben.« Er führte Knut an den Bänken vorbei Richtung Altarraum.

»Ist ja größer, als ich dachte.« Knut hatte sich den Stein unscheinbarer vorgestellt, doch dieser hier war stattlich wie ein Mühlrad. Er ragte aus der Erde und war tatsächlich Teil der Mauer. Die hineingemeißelten Zeichen waren durch Farbe hervorgehoben worden, allerdings waren die Linien nicht mehr gut zu erkennen. Zu viel Moos und Flechten hatten sich über die Oberfläche gelegt. Immerhin hatten die Kids den Stein nicht besprüht.

Knut hielt den Mann zurück. Erst leuchtete er den Boden ab, um zu sehen, ob der Stein in letzter Zeit Besuch gehabt hatte. Es sah nicht so aus. Wenn jemand hier gewesen sein sollte, war sprichwörtlich Gras über die Sache gewachsen. Als er sicher war, keine Spuren zu verwischen, ging er davor in die Hocke und suchte die Oberfläche nach dem Zeichen ab. Tatsächlich fand er es und hielt die Skizze, die er sich auf der Jacht gemacht hatte, dagegen. Er kratzte mit seinem Hausschlüssel ein bisschen Moos ab.

»Volltreffer«, entfuhr es ihm. Es war eindeutig dasselbe Symbol. »Wissen Sie, was da draufsteht?«

»Ich? ... Irgendeine Widmung, keine Ahnung. Irgendein König hat den als Andenken gesetzt. Glaube ich zumindest. Hätten Sie was gesagt, hätte ich mal nachgesehen. Ich glaube, wir haben im Pfarrhaus 'ne Abhandlung über den Stein. Aber Ihre Mitarbeiterin hat am Telefon nur gemeint, dass Sie in die Kirche wollen.«

Knut zückte sein Smartphone und schoss ein paar Fotos. »Kommen immer noch Kids hier rein? Ich meine, in den letzten Monaten? Haben Sie irgendetwas Kurioses bemerkt?«

»Was meinen Sie?«

»Jemand, der hier rumlungert? Der öfter herkommt?«

»Wie gesagt, ich war eine Ewigkeit nicht hier. Tut mir leid.«

»Wie kommen die überhaupt hier herein, wenn die Tür verschlossen ist?« Knuts Blick wanderte zu den Löchern im Dach.

»Nein, nicht von da oben. Dahinten sind ein paar Steine weg.« Der Küster nickte auf die andere Seite des Altarraums. »Die klettern über den Zaun und dann da durch.«

Knuts Licht fiel auf einen schmalen Durchlass. Mehrere Backsteine waren aus der Wand gebrochen, sodass man sich hindurchquetschen konnte. In der irrigen Meinung, irgendwelche auffälligen Spuren zu entdecken, leuchtete Knut den Durchgang ab. Außer Schokoriegelverpackungen und ein paar Scherben konnte er nichts finden.

War die Kronenwaldkirche eine Sackgasse?

»Diese Abhandlung …«, wandte er sich enttäuscht an den Küster. »Also, wenn Sie die finden, wäre das klasse.«

»Wenn ich zurück bin, schau ich gleich nach. Die ist damals angefertigt worden, als man hier saniert hat.«

»Neunundsechzig?«

»Nein, nein. Später. Da hab ich schon ein paar Jahre als Küster gearbeitet. Das muss Mitte, Ende 90 gewesen sein. Da hat die Gemeinde hier noch mal richtig Geld reingesteckt. Na ja. Hat nichts gebracht.«

»Knut, hier steckst du. Was machst'n hier?« Diehls polternde Stimme ließ die beiden herumfahren. Sein Kollege stand in der Tür, Wasser tropfte von seiner Dienstmütze. Er hatte sich nicht die Mühe gemacht, etwas über sein Bowlinghemd zu ziehen. Seit seinem letzten Geburtstag war er von Hawaii- auf Bowlinghemden umgestiegen. Angeblich weil er jetzt Charlie-Sheen-Fan war. Aber Knut vermutete, er wollte Birthe gefallen. Diehls neuer Style passte perfekt zu ihrem Fünfzigerjahre-Outfit.

Das hübsche Hemd klebte an seinem runden Bauch. Er wirkte abgehetzt und fahrig. Knut bemerkte sofort, dass etwas passiert sein musste.

»Was ist los?« Er sah Diehl genauer an. Hatte er etwa geweint?

»Schöne Scheiße, sag ich dir. Wieso hast du dein Funkgerät nich' an?«

Knut hatte es im Auto vergessen. »Ich ...«

»Egal. Na, das passt ja hier hervorragend.« Vergeblich versuchte er ein Lächeln aufzusetzen.

Meinte Diehl die Kirche? »Was? Jetzt sag schon, was ist denn los?«

»Magnussen ist tot.«

»Was?« Knut spürte, wie ihm jäh das Blut wegsackte. »Magnussen?«, brachte er hervor. In seinem Kopf wirbelten die Gedanken umher. Magnussen war der älteste Kollege im Revier gewesen und ein guter Freund seines Vaters. Als Knut das Revier übernommen hatte, war er mit Magnussen täglich zusammengerumpelt. Die beiden hatten sich nicht besonders gut leiden können. Kein Wunder, denn sicher hatte Magnussen gehofft, Thor einmal zu beerben und Revierleiter zu werden. Stattdessen hatte ihm Thor seinen unerfahrenen Sohn vor die Nase gesetzt. Erst die Jagd auf einen Serienmörder hatte die beiden ungleichen Männer zusammengeführt. Die zarten Bande der Freundschaft hatten über die letzten zwei Jahre gehalten, obwohl Magnussen nie wieder zum Dienst erschienen war, sondern beinahe die ganze Zeit in der Husumer Klinik verbracht hatte. Der Täter hatte ihn damals schwer verletzt. Kaum ein Knochen war noch an seinem Platz und die Verbrennungen einfach furchtbar gewesen. Gemeinsam mit Veith hatte Knut es sich zur Aufgabe gemacht, Magnussen so oft es ging zu besuchen. Ein paar

Mal war sogar Helen mit in die Klinik gekommen, obwohl sie Magnussen nicht wirklich kannte. Die letzten Monate hatte sich sein Zustand zusehends verschlechtert. Die Ärzte hatten ihn auf starke Schmerzmittel gesetzt, und ein Ende hatte irgendwie in der Luft gelegen.

Da war er wieder – dieser Gestank in der Nase, wie er ihn am Morgen im Sektionssaal in Kiel gerochen hatte. Der Gestank und das flaue Gefühl.

»Ist wohl heute in der Früh passiert. Die sagen, er ist friedlich eingeschlafen.« Diehl rang um Fassung. »Scheiße. Ich dachte, ich sag's dir gleich. Du bist nicht ans Funkgerät und …« Er brach ab, weil er nicht weitersprechen konnte.

»Ist gut.« Aufbauend klopfte er Diehl auf die Schulter.

»Vielleicht kommst du gleich mit aufs Revier. Sagst ein paar Worte …«

Knut nickte. Leicht zerstreut murmelte er dem Küster ein Danke zu und wandte sich mit Diehl zum Gehen. Die feuchte, aber frische Waldluft tat gut. Das unwohle Gefühl im Bauch verschwand zwar nicht, wich aber ein wenig.

Auch Diehl atmete ein paar Mal durch. »Was machst du überhaupt hier draußen?«

Knut erzählte ihm von dem Symbol. »Hier.« Er reichte Diehl seine Skizze.

Diehl faltete den Zettel auf und starrte auf die hingekritzelten Linien. Seine Pupillen sprangen hin und her. Schwer zu sagen, ob er überhaupt sah, was Knut gezeichnet hatte.

»Das habt ihr …«, brachte Diehl tonlos hervor. »Bei den Toten? Auf dem Schiff?«

»Alles okay mit dir?«

»Ich …« Er schluckte. »Ja … ist alles gut. Das … das

ist interessant«, sagte er fahrig und gab Knut den Zettel zurück. »Eine Rune oder so was?«

»Wissen wir noch nicht. Kennst du das Zeichen?«

»Ich? Nee. Tut mir leid.« Er drückte die Finger auf seine Augenlider und atmete durch. Seufzend schüttelte er dann den Kopf, als könne er seine Trauer auf diese Weise abschütteln. »Bin grad echt schlecht im Denken. Entschuldige«, brachte er hervor, lief mit einem Mal rüber zum Streifenwagen und stieg ein. Knut sah, wie er den Schädel gegen die Kopfstütze presste, die Augen schloss und ein paar Mal angestrengt Luft holte.

Ohne auf Knut zu warten, fuhr er an, wendete und nahm den Forstweg zurück nach Valandsiel.

10

Die Motten starben.

Obwohl Rutger völlig erschöpft war, fand er keine Ruhe und sah den Nachtfaltern zu, wie sie um die Küchenlampe flogen, dieses hässliche Ding aus den Achtzigern. Nur noch wenige waren heute gekommen. Wahrscheinlich wurde es langsam zu kühl.

Während seine Gedanken mit den Motten kreisten, lag Rutger ganz still auf der Klappliege in der Küche. Durch die Tür zum Flur drangen die Lautfetzen des Fernsehers im Wohnzimmer.

Wieder und wieder ließ er die Bilder durch seinen Kopf laufen, spulte zurück und sah sich die besten Szenen noch einmal an. Seinen ganz privaten Film.

Die Angst ist eine Welle. Aber du bist das Schiff. Du bezwingst die Welle. Mein Flammenschiff kommt. Es wird anlanden. Bei dir. Und schon jetzt spürst du mein Feuer, das Feuer der Erneuerung.

Er hatte es getan. Endlich. Gestern Nacht hatte er sich befreit gefühlt, das erste Mal in seinem Leben!

Und seitdem spürte Rutger das Feuer. Es brannte in ihm, ließ Lava durch seine Adern fließen.

Die fleckige Decke bis zum Hals hochgezogen, lauschte er auf sein wild pochendes Herz.

Unablässig flatterten die Motten. Eine Panade aus Staub hatte sich auf den Lampenschirm gelegt, er hoffte, Vater würde sie nicht bemerken.

Ich putze sie gleich nach dem Aufstehen, Vater. Als Erstes. Versprochen.

Denk an das Pick-Pick-Pick, mein Sohn. Pick-Pick-Pick.

Der Tisch war krümelfrei, blitzblank, wie es seine Aufgabe war, das Resopal durch die Jahrzehnte zwar brüchig, aber alles makellos sauber. Alles sauber.

Rutger steckte den Kopf unter den Tisch und spähte von seiner Liege aus heimlich den Flur runter. Zwischen den Metallstühlen konnte er bis ins Wohnzimmer sehen. Viel war nicht zu erkennen, vor allem aber der Relaxsessel, der wie ein riesiger Grabstein mitten im Raum stand. Ein Ungetüm, das fast ein Viertel des Zimmers einnahm. Er ragte aus Bergen vergilbter Zeitungen heraus. Zeitungen, gefüllt mit ungelesenen Worten. Seit Mutters Tod wuchsen die Stapel, seit ihrem Tod war sein Vater nicht mehr ins Schlafzimmer gegangen.

Das Licht des LCD-Fernsehers tauchte Vaters strenges Gesicht in ein fahles grau-blaues Flackern. Dieses Gesicht, das von Wetter und Gischt geformt und vom Schicksal gezeichnet war. Von Zigaretten und schlechter Ernährung verhärmt, matt und rissig wie ein zu sorglos benutztes Glas.

Nach acht Uhr durfte er nicht mehr aufstehen, das war eine von Vaters Regeln.

Wenn Vater jemals herausfinden sollte, was er gestern Nacht getan …

Pick-Pick-Pick …

Unbewusst glitten seine Finger über seinen vernarbten Bauch, die vielen Hämatome und die noch blutenden, teils entzündeten Löcher.

Angst umklammerte mit ihrer kalten Faust plötzlich sein Herz und drückte zu.

Denk an die Miststücke. Denk an deine Mission. Rutger vertrieb die Angst mit ein paar Bildern. Diese Miststücke am Mast. Wie sie gefleht hatten …

Wunderbar.

Er war artig gewesen. Er hatte alles getan, was Dagaz von ihm verlangt hatte.

Er hatte nun ein weiteres Geheimnis vor Vater.

Diesmal ein richtiges Geheimnis, wie er zufrieden feststellte. Ein Geheimnis vor Vater und der Welt. Kein Kindergeheimnis, sondern eins, das niemand jemals erfahren durfte.

Der Gedanke daran fachte erneut das Feuer an.

Rutger ließ seine Hand unter die Decke wandern, strich über seine Brust.

Hier, unter dem Herzen, zeichnete sich ein schlecht gestochenes Tattoo ab. Es war noch nicht fertig. Ein paar Linien fehlten.

Bald würde sie es vollenden. Wenn ER anlandete, sollte es fertig sein.

ER hatte ihm ein erstes Glühen geschenkt, ein kleines Feuer. Aber ER würde ihm noch viel mehr schenken.

Er hatte bereits ein neues Opfer. Gestern war er bei der Auslieferung der Austern ein wenig länger geblieben. Er wusste, wann es allein war. Er wusste, wann er zuzuschlagen hatte.

»Ich bin das Schiff. Ich reite auf der Welle der Angst«, flüsterte er. »Ich sehe deinen brennenden Wagen.«

Zufrieden wanderte seine Hand weiter hinab. Er begann sich zu befriedigen und lauschte dem Hämmern seines Herzens.

Als er kam, waren die Motten fort. Rutger hatte keine Ahnung, wohin oder weswegen sie fortgeflogen waren. Zufrieden lag er da, hörte den Fernseher, horchte nach

Vater. Als der Film einen Moment ruhig war, konnte er ihn in seinem Sessel schnarchen hören.

Wie immer hatten sie früh Abendbrot gegessen, und Vater hatte sein Wärmerchen getrunken.

Und wie sooft hatte er ihm Phenobarbital hineingekippt. Mit einer elektrischen Kaffeemühle zerrieb er die Tabletten zu feinem Pulver. Gestern Abend hatte er mehr hineingestreut. Sehr viel mehr, damit er sicher hinausfahren und diese Schlampen hatte abpassen können.

Du willst doch nicht etwa aufstehen? Du willst doch nicht etwa nachschauen?

Ich muss es einfach noch mal sehen.

Tu das nicht.

Doch. Ich muss es sehen. Die Gläser … die Box.

In ihm kämpfte es. Es war schon eine Leistung gewesen, gestern das Haus heimlich zu verlassen, sich Vaters Taucheranzug zu schnappen und diese beiden Nutten … Aber jetzt heimlich durchs Haus zu schleichen …?

Vater wird es merken! Und wenn er wach wird …

Pick-Pick-Pick.

Rutger starrte die Küchenlampe an und rang mit sich.

11

Zwei Dutzend Baustrahler erhellten die Grabungsstätte nahe Büsum. Die rechteckige Grube war so groß wie ein halbes Fußballfeld und umgeben von Erdhügeln, die mit Planen abgedeckt waren und zwischen denen sich brackige Pfützen gesammelt hatten. Das Rattern eines Förderbands und die unterdrückten Stimmen einiger Archäologen drangen zu Knut, der über den aufgewühlten Matsch zur Grube trat und die vier Meter hinabblickte.

Drei Studenten schaufelten Erde aufs Förderband. Ein paar Meter weiter begutachteten – durch Planen vor dem Regen geschützt – zwei Frauen und zwei Männer eine dunkle Stelle im Boden, die von Plastiknummern gesäumt war. Sie hatten einen Campingtisch aufgebaut, auf dem Satellitenbilder und verschiedene Karten lagen. Knut vermutete, dass es sich um Experten des archäologischen Landesamtes Schleswig-Holstein handelte. Sie wandten sich ihren Unterlagen zu und begannen lautstark zu debattieren.

»Doktor Roselius?«, machte sich Knut bemerkbar.

»Ja?« Eine Frau löste sich aus der Gruppe und legte die Finger über die Augen, um den Blick gegen das Licht zu schützen. Im Gegensatz zu ihrem schlohweißen Haar, das sie streng zu einem Dutt gebunden hatte, wirkte ihr Gesicht recht jung. Lippenstiftrote Lippen leuchteten in einem eher bleichen Antlitz, aber der helle Teint konnte auch am harten LED-Licht der Strahler liegen. Er schätzte sie auf Mitte fünfzig. Mit ihrer gelben Öljacke, den kniehohen Gummistiefeln und ihrer Arbeitshose schien sie ziemlich resolut.

»Was gibt es denn?«, fragte sie und musterte Knut aus der Grube heraus.

»Entschuldigen Sie, dass ich störe, Frau Doktor Roselius. Ich bin von der Polizei Valandsiel.«

»Polizei?«

»Ja. Ich … ich bräuchte mal einen Rat von Ihnen.«

»Jetzt?« Fragend sah sie sich zu den anderen um.

»Es dauert nur ein paar Minuten. Und ich störe wirklich ungern.« Knut wischte sich das Wasser von den Wangen. So langsam wurde es im Freien ziemlich ungemütlich, zumal der Nieselregen in den letzten Stunden kühler geworden war. Knut schätzte, dass in zwanzig Minuten die Sonne vollends hinter Büsum versinken und die klamme Kälte dann endgültig aus dem Boden kriechen würde.

Nachdem er ihr die letzten Leitersprossen hinaufgeholfen hatte, schüttelten sie sich die Hände. »Knut Jansen«, stellte er sich vor.

»Gehen wir lieber ins Trockene.«

Die Archäologen hatten sich in einem Bauwagen mit einer Plane davor einen Unterschlupf geschaffen. Allerlei Vermessungslatten und Werkzeuge standen neben Plastikstühlen, Campingkocher und einem Tapeziertisch herum. Ein alterer Kollege mit Halbglatze und zotteligem Vollbart saß über einen Laptop gebeugt und nickte ihm zu.

Mit ihm hatte Knut bereits bei seiner Ankunft einige Worte gewechselt, und er hatte ihn auch zur Grube geschickt.

Doktor Roselius bot Knut einen der Stühle an. »Was führt Sie her, Herr …?«

»Jansen. Knut Jansen«, sagte er und ließ sich auf dem Plastikstuhl nieder. In knappen Worten erzählte er Doktor Roselius vom Zeichen und dem Stein in der Kronenwaldkirche. »Ich habe hier eine Abhandlung. Die haben Sie geschrieben, richtig?«

Der Küster hatte tatsächlich im Pfarrhaus einen Aufsatz gefunden. Fünfundzwanzig A4-Seiten mit Skizzen und einem ziemlich langen Vorwort, das Ganze im unverwechselbaren Charme der Copyshop-Ära mit marmorierter Pappe als Umschlag und Klebebindung. Er hatte es unter seiner Jacke vor dem Regen geschützt und reichte es nun Doktor Roselius.

Sie fingerte eine Brille aus einer Schatulle und blätterte mäßig interessiert die Abhandlung durch.

»Ach du meine Güte. Das ist aber schon Jahre her. Gott, wann war das?« Sie sah auf dem Dokument nach. »1999. Das ist ja bald nicht mehr wahr.«

»Es geht um dieses Symbol hier.« Knut schlug die markierte Seite auf und zeigte auf die Zeichnung.

»Ach ja. Das war äußerst interessant, ja.«

»Inwiefern?«

»Haben Sie die Abhandlung nicht gelesen?«

»Äh, noch nicht. Ich hab vorgehabt, mir alles heute Abend anzuschauen, aber ich dachte, ich frage Sie erst mal persönlich. Wissen Sie, die ganzen Fußnoten und Quellen und Verweise …«

»Verstehe.« Ein spitzbübisches Lächeln zeichnete sich auf ihren Lippen ab. »Das ist wohl nicht so Ihres, hab ich recht?«

Er registrierte, wie ihr Blick seine Westernstiefel streifte. »Leider nein. Ich bin mehr so der handfeste Typ.«

»Ist ja auch gut. Gradlinig, zupackend … gefällt mir.«

Flirtete sie etwa mit ihm? Er war sich nicht sicher, zumal sie fast doppelt so alt war wie er. Mit einem Mal räusperte sie sich.

»Da … da muss ich etwas länger ausholen, fürchte ich.«

»Also, mir macht es nichts aus. Ihnen?«

Sie lächelte wieder, antwortete aber nicht sofort, sondern sah einen Moment auf die Wasserfäden, die am Rand der Plane herabliefen.

»Der Stein bei de Plakken ist ein Runenstein. Nicht unüblich für die Gegend. Aber eine Sache ist doch einzigartig an ihm.«

»Das Zeichen?«

»Erst einmal sein Alter. Er scheint älter als alles, was wir bisher gefunden haben. Die meisten Experten hielten den Stein für relativ irrelevant. Ich hingegen habe damals zu beweisen versucht, dass seine Runen aus der Anfangszeit der Runenschrift selbst stammen. Meiner Meinung nach könnten sie sogar noch einmal hundert oder zweihundert Jahre älter sein als die ersten Datierungen.«

»Und dann steht er im Wald rum? In einer Kirche? Wird da nicht dran geforscht?«

»Er läuft ja nicht weg. Und außerdem war ich die Einzige, die die Schrift derart weit zurückdatierte.«

»Wie messen Sie denn so was?«

»Gar nicht, Herr Jansen. Man kann es nur linguistisch deuten, anhand des Textes und der Ausführung der Runen. Und natürlich mit dem, was wir als archäologische Funde rings um den Stein herum ausgraben. Bei de Plakken gab es nur den Stein und einige Scherben und Geräte, die jedoch aus der Zeit der Erbauung der Kirche stammten.«

»Verstehe. Von welchem Alter sprechen wir denn da? Von den Wikingern oder so?«

Ihr Lächeln war äußerst charmant. Und ihren Lachfältchen nach zu urteilen lachte sie oft. »Nein«, meinte sie. »Die Wikinger sind jünger, viel jünger. Die älteste Runenschrift, die wir aus Dithmarschen und den angrenzenden Gebieten kennen, gehen zurück auf das Jahr zweihundert nach Christus. Wenn ich recht habe, dann ist der Stein bei de Plakken um Christi Geburt behauen worden oder wenig später. Wir reden hier von den Ingwäonen. Zumindest haben Plinius und Tacitus sie so genannt.«

»Ing-was ...?«

»Ingwäonen. Das ein Sammelbegriff für einige germanische Stämme, die Yngvi verehrten und hier lebten. An der Nordsee. Chauken, Sachsen – aber bei de Plakken wahrscheinlich Frisii. Also Friesen.«

»Können Sie mir das buchstabieren?« Er zückte sein Notizbuch und einen Kuli. »Ich meine, den Namen.«

»Hübsch«, stellte sie in Anbetracht des grellen Kugelschreibers fest, der mit Neonbuchstaben beschriftet war und in dessen wassergefülltem Ende ein winziger Surfer schwappte.

»Auch antik. Na ja, nicht ganz so alt wie die Frisii«, sagte er grinsend. »Surf-Cup Sylt, 2002. Elfter Platz.«

»Sie surfen?«

»Wenn es die Zeit zulässt.«

Sie buchstabierte Ingwäonen. »Um hundert nach Christus. Schreiben Sie das dazu.«

»Danke. Und wie sind sie entstanden, die Runen? Ich meine ... so allgemein gesehen.«

»Wie die Schrift der Runen in die Welt gekommen ist? Hm. Darüber gibt es verschiedene Thesen. Genau weiß man es nicht. Genauso wenig wie man ihr exaktes Geburtsjahr oder Jahrhundert einkreisen kann. Wussten Sie, dass Runen oft auch auf Holzstäbchen geschrieben wurden?«

»Sie meinen auf Stäbchen aus Buchenholz? Ja, das hab ich gehört. Daher kommt unser Wort *Buchstabe*. Richtig?«

Sie nickte anerkennend.

»In Ihrer Abhandlung steht, der Runentext bezieht sich auf die hoffnungsvolle Wiederkehr eines sagenumwobenen Jägers.«

»Dürfte ich noch mal?«

Abermals schob er ihr die Seiten hin, und sie überflog ein paar Passagen.

»Ja. Ganz recht. Die Autoren der Runen sehnen diesen Mann herbei, der über das Meer in einem flammenden Wagen zu ihnen kommt.«

»Und wer soll da kommen? Ein König oder so?«

»Im Text wird er als Gott bezeichnet. Er ist der verwandelte Yngvi, der in seinem Flammenschiff zurückkehrt. Die Sage des brennenden Wagens oder Schiffs finden wir auch bei anderen Yngvi-Texten. Es gib ein altenglisches Runengedicht aus dem zehnten Jahrhundert. Dort ist die Rede vom Gott Ing. Das ist wohl Yngvi. Er soll nach Osten auf einer Welle verschwunden sein.« Sie schloss die Augen, um sich zu konzentrieren. Beinahe hätte Knut sie unterbrochen, weil er nicht so schnell schaltete, was sie da tat. Doch dann begann die Archäologin einige Zeilen des Gedichts zu zitieren:

»Ing wurde zuerst unter den Ostdänen gesehen, bis er nach Osten zog … und …« Sie kam nicht weiter, aber der Mann am Laptop sprang ein. Ohne von seinem Monitor aufzusehen, rezitierte er: » … über das Meer. Sein Wagen zog ihm nach … So nannten die Herdinger ihren Helden.«

»Und dieser Gott, der kommt zurück?«, wandte sich Knut noch einmal an Doktor Roselius.

»Er soll zurückkehren, in einem Schiff aus Feuer. Aus dem Osten über die Wellen. So steht es auf dem Stein.«

»Und das Symbol unten am Stein?«

»Ich halte es für das Zeichen dieses neuen Yngvi. Den zurückkehrenden Gott. Denn eigentlich hat Yngvi eine eigene Rune. Ingwaz, die zweiundzwanzigste Rune des älteren Futharks. Sie steht für Feuer und wird ›ng‹ gesprochen.« Sie schrieb es ihm in seine Notizen.

»Aber warum dann ein neues Zeichen? Das ist doch keine Rune, richtig?«

»Richtig. Sie glaubten, Yngvi kehre als jemand anders zurück. Ein anderer Gott.«

»Und das Symbol ist sein neuer Name?«

»Das ist eigentlich das Interessanteste am ganzen Stein. Ich habe damals vermutet – und tue es noch heute –, dass es sich um drei Runen handelt, die man kunstvoll miteinander verschmolzen hat. Das ist einzigartig.«

»Verschmolzen? Weswegen?«

Sie seufzte. »Tut mir leid, da fehlt mir gerade die Fantasie. Vielleicht sollen die Zeichen so noch enger miteinander verknüpft werden und ein einziges Symbol bilden. Wie gesagt, alle Experten hielten das Zeichen für Schmuck. Meine These ist eine andere.« Sie drehte die Abhandlung zu ihm, tippte auf die Runen.

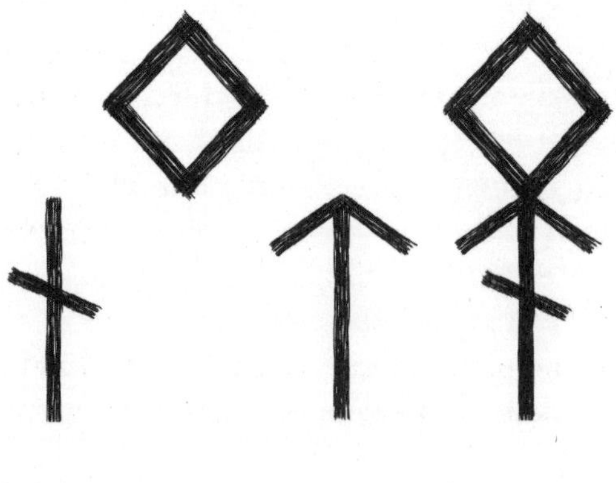

»Es sind die Zeichen Naudhiz, ng und Tyr. Tyr, der Pfeil, auch Tiwaz und Tiw genannt, ist das Zeichen für den Kriegsgott Tyr. Es steht für Stärke, Geradlinigkeit. Den Erfolg, die Jagd.« Sie zitierte: »Tiw ... gut hält er seine Treue den Fürsten ... immer auf seiner Bahn. Über den Nebeln der Nacht. Er versagt niemals.«

»Ein Kämpfer, ein Krieger. Okay. Und Naudhiz?«

Sie stand auf, holte den Campingkocher, eine einfache Kartusche mit einem Gestell für den Topf. »Unser Laut ›N‹, altenglisch auch Nýd. Das Zeichen für Not.«

»Not?«

»Not, Leid, Elend.«

»Elend? Klingt ja äußerst beruhigend. Ein Jäger bringt Leid und Not.«

»Nein. So würde ich das nicht interpretieren.« Nach kurzem Check des Gases zündete sie den Kocher an und sah sich nach dem Wasserkessel um. »Jede Rune repräsentiert einen Laut, grob einen Buchstaben unseres Alphabets. Das Naudhiz ist die zehnte Rune des älteren Futharks, und vom altnordischen Runenalphabet ist es die achte. In meiner Abhandlung stelle ich die These auf, dass die Frisii hier Yngvi anbeten, er möge zurückkommen – und zwar als der *Jäger des Leids*. Ng, Naudhiz, Tyr.«

»*Jäger des Leids*. Ein Gott, der seine Opfer vom Leid erlöst?« Ein Gedanke schoss ihm durch den Kopf. War es möglich, dass die Opfer ein Lungenleiden hatten und er sie erlösen wollte? Er zog sich seine Notizen heran und schrieb Lungenleiden unter ihre Worte.

Sie las es, stellte das Wasser auf den Kocher und fuhr dann, sich die Hände an der Flamme wärmend, fort: »Ich denke, es ist etwas anderes gemeint. Der Begriff des Leids ist in der Runenmythologie wesentlich positiver besetzt.«

»Was soll denn an Leid positiv sein?«

»Kennen Sie sich mit Okkultismus aus?«

»Nein, tut mir leid. Ich kenn mich noch nicht mal mit *Kultismus* aus.«

Das entlockte ihr erneut ein Lächeln.

»Im Okkulten, bei den Runen-Fans, gilt die Rune der Not, des Leids, als hoffnungsvoll besetzt. Sie ist das Schicksal der Menschheit. Sie zeigt dem Menschen seine Not – sein Leiden, um ihn zu stärken und das Leid zu überwinden. Die Rune hilft bei der Überwindung aller Seelenqual.«

»Interessant. Und Ihrer Meinung nach ist dieser Jäger sozusagen vom Leid herbestellt worden, in seinem Namen zu heilen.«

»Sie haben es begriffen.« Sie tippte noch einmal auf das Symbol in ihrer Abhandlung. »Drei Runen, verbunden zu einem Zeichen. Eine Initiale, wenn Sie so wollen. Das ist faszinierend, nicht wahr?«

Das fand Knut weniger, aber er behielt es für sich. »Hat man dieses Zeichen noch irgendwo anders entdeckt?«

Sie schüttelte den Kopf. »Das war damals das Problem. Ich stand ziemlich allein mit meiner These da.«

»Verstehe. Und dieser Gott, der zurückkehrende Yngvi, dieser *Jäger des Leids,* könnte der noch immer angebetet werden?«

»Was? Heute noch?« Sie legte den Kopf schief. »Das ist so speziell. Aber es gibt immer jemanden, der an irgendeinen Gott glaubt. Reicht Ihnen das als Antwort?«

Nach kurzem Überlegen nickte Knut.

Wahrscheinlich war das die beste, die man auf eine solche Frage geben konnte.

12

Vater durfte ihn nicht hören.

Möglichst lautlos setzte Rutger die nackten Füße auf das Linoleum, drückte sich am Tisch vorbei und schlich in den dunklen Hausflur. Die Tapete stammte aus derselben Zeit wie die Kücheneinrichtung. Wahrscheinlich hatte seine Mutter weit vor seiner Geburt das Blümchenmuster ausgesucht; über die Jahre waren die weißen Blüten durch den Zigarettenqualm verwelkt.

Vater und seine verdammte Raucherei.

Der Geruch, der von ihnen ausging, stach in seine Lunge. Überall stank es nach Zigaretten.

Überall stank es nach Vater.

Er blieb an der Tür zum Wohnzimmer stehen und spähte hinein. Vater schlief. Gott sei Dank. Sein massiger Schädel war auf die Seite gesunken, während der Fernseher auf seinen unrasierten Wangen bunte Muster flackern ließ.

Es hat wie sooft funktioniert, dachte Rutger stolz und schämte sich im nächsten Moment für diesen Gedanken. Kann es richtig sein, Vater auszutricksen? … Nein. Aber … aber er musste es tun. Und Vater schlief ja nur.

Das daumenlange Aschewürmchen an der Kippe, die im übervollen Ascher klemmte, ließ Rutger abermals mit sich hadern. Er hatte Vater einen gehörigen Schluck Phenobarbital in seinen Whisky gegossen, mehr als sonst. Wenn Vater mit der Zigarette in der Hand eingeschlafen wäre …

Alles ist gut. Du hast ihn nicht verletzt. Er schläft. Du kannst dir in Ruhe alles noch einmal ansehen. Er wird dich nicht stören.

Vergiss Vater. Denk nicht an Leid, habe keine Angst ... Denk an deine Beute, an die Lungen. Denk lieber an deine Gläser und wie es schmecken wird.

Sofort begann sein Herz zu hämmern. Er spürte, wie ihn neue Kraft durchströmte, so als fasse er ein Kabel unter Strom an.

Sei leise.

Abermals ließ Rutger den Blick durch das mit Zeitungsstapeln und dreckigem Geschirr verstellte Zimmer gleiten, über die löchrigen Pantoffeln, die derbe, von der Arbeit dreckige Arbeitshose seines Vaters. Rutger würde sie morgen in der Früh waschen und Vater eine frische rauslegen.

Mit einem Mal zuckten die nikotingelben Finger. Sie ballten sich leicht zu Fäusten, erschlafften wieder, balten sich erneut ...

Rutger schluckte. Selbst im Traum wurde Vater vom Hass regiert.

Er ließ den Blick an der Hose entlang bis hinunter zum Schlüssel gleiten. Dieser Schlüssel. Er baumelte an einem Plastikanhänger, ein billiges Geschenk ihres größten Abnehmers, der dänischen Restaurantkette »Madsen & Poulsen Gourmet«. Sie kauften jedes Jahr beinahe die Hälfte ihrer Austern.

Vater trug den Schlüssel stets bei sich, und Rutger hatte niemals gewagt, ihn heimlich zu entwenden. Er wusste, dass Vater es bemerken würde. Jeden Morgen, bevor sie ins Watt rausfuhren, um die Eisentische zu überprüfen, kontrollierte sein Vater Schlüssel und Haustür. Die Fenster des Hauses waren alle verschraubt und die einstige Tür in den Garten durch einen schweren Schrank verstellt.

Erst wenn Vater zufrieden war, schloss er für sie beide auf.

Vater kontrollierte und notierte auch jede seiner Fahrten. Mit seinem Bleistift, den er immer anleckte, bevor er die Uhrzeiten und Strecken aufschrieb. In zahllosen Heftchen, die Vater führte, seit Rutger denken konnte.

Ein seltsames Gefühl rumorte in seinem Magen. Es war eine Mischung aus Stolz und schlechtem Gewissen – beides aus demselben Grund: weil er sich die letzten anderthalb Jahre gegenüber Vater immer mehr Freiheiten erschlichen hatte. Er wollte gehorchen, wollte ihn nicht hintergehen.

Aber er konnte nicht anders.

Das Phenobarbital, verstellte Uhren, frisierte Fahrstrecken, gefälschte Notizen und die Rutsche.

Vor allem die Rutsche. Sie schenkte ihm Freiheit.

Freiheit und Gehorchen, diese beiden Kräfte kämpften Tag um Tag, Stunde um Stunde in ihm. Und ihre Schlacht wurde von Woche zu Woche grausamer und drohte ihn von innen zu verglühen.

Denk an die Vögelchen, Sohn.

Pick-Pick-Pick.

Nein. Denk an IHN. Denk an IHN.

Er wird mit seinem brennenden Wagen kommen. Du bist sein Gesandter. Du hast eine Mission.

Pick-Pick-Pick …

Nein. Vater! Ich kann vielen gehorchen. Nicht nur dir.

Ja. Denk an die Beute.

Denk an den Geruch.

Rutger hörte einen feinen Singsang, einen bettelnden Ruf, endlich nachzusehen. Sich endlich zu vergewissern, dass alles nach wie vor gut war. Sein Fang rief ihn.

Sollte er es wirklich wagen?

Er musste.

Rutger riss sich vom Anblick seines Vaters los und holte ein paar Mal tief Luft. Einen Moment horchte er in die Stille, auf die Stimmen im Fernseher, auf den Schlaf des alten Hauses, den steten Meereswind.

Dann gab er sich einen Ruck und wandte sich einer derben Holztür einige Schritte weiter zu. Der Riegel war nicht verschlossen. Er wusste genau, wie er beim Lösen dagegen drücken musste, damit er nicht quietschte. Die Tür glitt lautlos auf.

Dahinter führte eine steile Holztreppe in die Dunkelheit hinab.

Behutsam trat Rutger in die Finsternis, zog die Tür hinter sich zu und nahm Stufe um Stufe, setzte die nackten Füße geräuschlos auf. Ein paar Schritte, und die Schatten hatten ihn geschluckt.

Die Taschenlampe wartete wie immer in der Nische, direkt hinter den seit Jahrzehnten abgelaufenen Erbsendosen. Er hatte sich bisher nie getraut, einfach das Kellerlicht anzuknipsen.

Er schaltete sie ein. Der Raum war niedrig, er konnte gerade aufrecht stehen. Das Licht glitt durch den einstigen Kohlenkeller, streifte über längst vergessene Dinge. Dinge einer anderen, glücklicheren Zeit. Ausrangierte Hosen, Shirts und Pullover, die niemals zum Container gefahren worden waren, stapelten sich neben seit Jahren abgelaufenen Saftflaschen. Sein erstes Fahrrad, das er mit vier Jahren bekommen hatte, stand hinter einem verrosteten Holzspalter. Die Ritterburg, das ferngesteuerte Schiff – alles zerlegt in einem Müllsack am Ende des Vorratsregals.

Dinge einer lebendigen Kindheit.

Spielzeug, das ihn einmal glücklich gemacht hatte, aus einer längst vergessenen Zeit, in der die Sommer heiß und unendlich lang gewesen waren. Spielzeug, das er als Letztes vor zehn Jahren in die Hand genommen hatte. Als er acht gewesen war.

Als Mutter noch gelebt hatte.

Als der Meereswind noch durch die Fenster hatte fegen können und das Schlafzimmer zum Schlafen und das Wohnzimmer zum Wohnen da gewesen war.

Das meiste hier unten hatten sich die Spinnen und der Staub geholt. Lediglich die Gefriertruhe, die Waschmaschine und ein Karton voll Werkzeug wurden ab und an benutzt.

Und seit einem Jahr die Rutsche.

Die wurmstichige Holzrutsche, auf der früher die Kohlen in den Keller hinabgekippt wurden, endete oben an einer massiven Eisenplatte.

Vor einem guten Jahr, im Winter, als Rutger vor dem Haus Schnee schippen musste, hatte er bemerkt, dass das Vorhängeschloss an der Platte durchgerostet war. Der Bügel war gänzlich gebrochen, als er mit der Schippe dagegen gestoßen war.

Ein Schloss weniger.

Eine Möglichkeit, heimlich aus dem Haus zu entweichen.

Über die Rutsche ins Freie.

Die Luke war seit Jahrzehnten unbenutzt. Selbst Vater hatte sie vergessen.

Mittlerweile hatte er eine gewisse Routine entwickelt, die Rutsche vom Spielzeug und den ungenutzten Gartengeräten zu befreien. Er hatte eine Kordel angebunden, sodass er sich einfach hochziehen und die Klappe aufschlagen konnte. Der Rest war ein Kinderspiel.

Sobald er heimkehrte, schloss er die Luke und legte den Krimskrams zurück, verwischte alle Spuren im Staub und schlich zurück auf seine Küchenbank.

Rutger wandte den Blick von der Rutsche ab. Er war nicht hergekommen, um wegzuschleichen.

Er war wegen seiner Beute hier.

Der Strahl seiner Taschenlampe glitt über die rostfleckige Gefriertruhe. Er huschte hin, nahm die Lampe in den Mund und zog die Truhe mit beiden Händen auf. Unter ein paar Beuteln Fertigkost zog er seinen Tauchrucksack heraus. Im Innern klirrten die beiden Einmachgläser.

Der Rucksack war bereits stellenweise gefroren.

Gut.

Nachdem er ihn auf die Klappe legte und genauer beleuchtete, hielt er erschrocken inne.

Da war Blut.

Ein handtellergroßer Fleck am Boden des Rucksacks.

Panik schoss durch seine Adern.

Sofort riss er alles auf. Doch anstatt die Einmachgläser hervorzuziehen, fingerte er nach den Plastikbehältern, in denen er die Lungen transportiert hatte.

Der Deckel! Bei einem der Behälter hatte er ihn anscheinend nicht ordentlich zugedrückt.

Etwas Blut war herausgelaufen.

Und wenn Blut herausgesickert war, dann hatte auf dem Weg zum Schlauchboot sicher Salzwasser ... Shit! Du verdammter Vollidiot! Das durfte nicht sein! Sie durften nicht beschädigt sein. Sie durften es einfach nicht. Das war wichtig!

Überaus wichtig.

Mit klopfendem Herzen zog Rutger den Deckel ab und sah nach. Ein Stein der Erleichterung fiel ihm vom Herzen.

Alles war in Ordnung. Die Lungen sahen gut aus.

Vielleicht war der Fleck entstanden, als er den Rucksack aufs Deck des Schiffs gestellt hatte. Vor ihre Füße.

Sicher, so musste es gewesen sein. Und das Meerwasser hatte ihn nicht ausgespült.

Erleichtert drückte er den Deckel fest. Er schob die beiden Plastikbehälter zurück und musterte die Einweckgläser. Ihre Verschlüsse waren intakt. Alles sicher darin aufbewahrt. Sehr gut.

Sie hatten nichts in der Tiefkühltruhe zu suchen, aber er hatte gestern Nacht schnell machen wollen und lieber den Rucksack im Ganzen hineingestopft.

Er zog die beiden Gläser heraus, stellte sie auf den Boden und versteckte den Rucksack wieder in der Gefriertruhe.

Für die Einweckgläser hatte er ein bestimmtes Regal im Sinn. Dort fielen sie nicht auf. Ein paar standen dort schon – allerdings noch keine von Menschen.

Rutger nahm sich eines und hielt die Taschenlampe andachtsvoll ans Glas. Der Lichtstrahl brach sich funkelnd.

Die Lungen in den Plastikboxen waren nicht für ihn bestimmt, die würde er abgeben. Aber die Einweckgläser, die waren seine. Sie waren sein Schatz.

Seine Belohnung.

Selig lächelnd, sah er zu, wie sich das Licht im Glas brach und sich in Farben verwandelte.

So wunderschön ...

Die Glaser waren völlig leer.

Da war nichts in ihnen.

Nur er, er konnte es sehen. Da schwirrten – funkelnd im Schein der Taschenlampe – verheißungsvoll Millionen winziger Staubkörnchen. Sie tanzten einen fröhlichen Reigen, golden, magisch, warm. Wie der riesige Schwarm Tausender mikroskopischer Glühwürmchen.

Seins.

So wunderschön.

Der Schlag traf sein Ohr.

Rutger schrie auf. Das Glas flog vor seinem Kinderfahrrad zu Boden und zerschellte. Wimmernd griff er nach seinem Kopf, aber Vater riss ihn bereits nach hinten und ließ seinen Rücken gegen eines der Regale prallen.

»Was machst du hier?«

»Ich …«, mehr brachte er nicht hervor. Meistens sagte er gar nichts zu Vater und blieb lieber stumm.

Brutal rüttelte sein Vater ihn durch. »Was soll das? Was willst du mitten in der Nacht mit den Gläsern?«

Er konnte die Zigaretten in seinem Atem riechen. Mit einem Mal drehte Vater sich herum und klaubte das zweite Glas vom Boden auf. »Was soll das hier?«

»Nein«, protestierte er, doch sein Vater hatte das Glas bereits in Händen, sah es sich an. Es war leer. Nichts darin.

Keine Spur von einem bunten Schemen.

»Stell's zurück.« Vater drückte ihm das Glas vor die Brust, so schroff, dass der Verschluss durch das Shirt in seine Haut stach. »Sofort.«

Er griff das Glas, umklammerte es schützend wie ein Baby.

Weil er nicht augenblicklich gehorchte, griff Vater ihn im Nacken, packte seinen Hals und schlug seinen Kopf gegen die Kante der Gefriertruhe. Seine Lippe platzte auf. Blut lief ihm aufs T-Shirt. Jedoch umkrallte er noch immer das Glas.

»Gib's her!«, forderte Vater barsch.

Doch er zuckte zurück.

Für eine Sekunde konnte Rutger die Überraschung in den Augen seines Vaters aufblitzen sehen. Damit hatte Vater nicht gerechnet – um ehrlich zu sein, er selbst auch nicht. Normalerweise gab er keine Widerworte, kein Zögern.

Demonstrativ streckte der Vater die Hand aus. Seine Haut war schuppig, rot und wundgekratzt. »Gib«, flüsterte er drohend.

Diesmal zögerte der Junge nicht. Zitternd reichte er Vater seinen Schatz.

»Wird wohl wieder Zeit für die Vögel. Was, mein Junge?« Vater lächelte, aber in seinem Blick, auf dem Grund seiner Seele mischte sich Trauer mit der perversen Lust, ihn leiden zu sehen.

Rutger sah es genau.

Vater hielt das Glas hoch.

»NEIN!«

… und ließ es fallen, ließ es vor seinen Füßen zerspringen.

»Siehst du, was du angerichtet hast! Habe ich nicht gesagt, es wird geschlafen? Habe ich es nicht gesagt?«

Rutger nickte stumm.

Das hatte Vater. Er hatte es befohlen, als sie vom Verpacken der Austern zurückgekommen waren. In seinem Kopf wirbelten die Gedanken. Fassungslos starrte er auf das zerschlagene Glas. Sein Schatz. Seine Belohnung. Alles zerstört. Alles zerbrochen …

»Lauter.«

»Ja«, stieß er hervor.

»Wie heißt das?«

»Ja, Vater«, antwortete er artig und musste schluchzen. Obwohl er sich nicht die Blöße geben wollte, füllten sich seine Augen mit Tränen. Tapfer kämpfte er dagegen an.

»Räum hier auf. Dann kommst du nach oben.«

»Ja, Vater.« Er wusste, was das hieß.

Oben würden die Vögelchen auf ihn warten.

Pick-Pick-Pick.

»Ab. Damit. In. Den. Müll!« Vater ging zurück zur Treppe und nahm die Taschenlampe mit.

Er nickte gehorchend und blickte unterwürfig zu Boden. Eigentlich wollte er eine saubere Stelle zum Knien suchen, aber sein Vater hatte noch einmal innegehalten und strafte ihn mit strengem Blick. Er hatte zu parieren.

Gehorche.

Also kniete er sich in die Scherben. Rutger spürte, wie sie sich in seine Knie bohrten, wie die scharfen Kanten sein Fleisch aufschnitten. Er biss die Zähen zusammen, ließ sich nichts anmerken und begann die Splitter aufzulesen.

»Und wisch dein verdammtes Blut auf. Ich warte dann auf dich«, brummte Vater, während er in seinen Pantoffeln die Treppe hinaufschlurfte und ihn im Dunkeln zurückließ.

13

Bereits geschlagene zehn Minuten sah Thor von seinem Restauranttisch aus dem Treiben auf der Seebrücke zu. Draußen auf dem Holzsteg zerlegte eine Möwe eine Strandkrabbe, hielt sie mit dem Schnabel an der Schere gepackt und schlenkerte sie wild herum. Thor gab dem Krebs keine Chance. Mit einem Mal riss das Scherenbein, und die Krabbe flog im hohen Bogen davon und krachte gegen die Scheibe des Restaurants. Während ein paar Gäste sich erschrocken umsahen, nippte Thor Jansen ruhig an seinem Whisky – es war früh, aber was soll's – und beobachtete weiter den ungleichen Kampf. Als die Möwe erneut zupackte, konnte Thor die Unterseite der Krabbe sehen. Der Anblick ließ ihn erschaudern.

Da war ein vielleicht daumendicker Klumpen. Er wusste, was das war. Ein Wurzelkrebs. Ein Parasit, der sich in der Strandkrabbe eingenistet hatte. Dieses Mistvieh durchdrang mit seinen Fühlern, seinen Tentakeln, oder wie immer man es nennen wollte, die Strandkrabbe und ließ sie im eigenen Fleisch verkümmern.

Bis vor vierzehn Tagen hätten Thor solche Gedanken nichts ausgemacht, doch nun hatte sich das Blatt gewendet. Sein Leben war plötzlich mehr als »choppy«, wie er als Surfer gern sagte, wenn die See rau und unruhig wurde. Um ehrlich zu sein, befand er sich seit letztem Jahr in einem Wipe-out. Er flog geradewegs auf die betonharte

Oberfläche des Wellentals zu. Und seit vorletzten Dienstag hatte sich der Flug verhundertfacht.

Der Kellner brachte Rührei mit Brötchen, auf das sich Thor seit dem Aufstehen gefreut hatte. Nun war ihm jedoch der Appetit vergangen.

»Wartest du schon lange?« Diehl zog den Stuhl vom Tisch und setzte sich.

»Wir hatten neun gesagt, hm?« Thor tippte auf seine wasserdichte Uhr. Diehl war über eine halbe Stunde zu spät, und er selbst hatte keine große Lust auf die Unterhaltung. Nur weil sein Exkollege ihn mehrmals gedrängt hatte, war er bereit gewesen, überhaupt hierherzukommen.

»Tut mir leid, Chef.«

Dass Diehl ihn noch immer Chef nannte, ehrte und amüsierte Thor gleichermaßen. Aber kein Wunder, schließlich hatten sie fünfundzwanzig Jahre zusammen Dienst in Valandsiels Polizeirevier durchgestanden. Thor konnte sich an jede Menge Scheiß in ihrer gemeinsamen Dienstzeit erinnern – und an viele besondere Momente. Sie hatten einmal einen Ferrarifahrer aus seinem Sportwagen gezogen, der in eine Schneewehe gerutscht war. Der arme Kerl wäre beinahe in seinem Wagen erstickt. Wie sich herausgestellt hatte, war der Typ der Inhaber einer Flugschule gewesen und hatte Thor, Diehl und Magnussen zu sich eingeladen. Thor konnte sich noch gut an Diehls Gesichtsausdruck erinnern, als sie einen Tandemsprung gemacht hatten. Magnussen war gleich drei Mal gesprungen. Magnussen … Gott habe ihn selig.

»Chef? Alles okay?«

»Was?« Thor kam zurück ins Hier und Jetzt. »Ja, natürlich. Alles gut.«

»Magnussen, hm?«, beantwortete Diehl für sich die Frage. »Hat mich auch umgehauen.«

»Ja«, brummte Thor knapp und schob seinen Teller beiseite. Ihm war ein wenig übel. Er sah sich nach dem Kellner um, aber der war in der Küche verschwunden. »Den wird niemand ersetzen können.«

Diehl nickte und sah betreten auf den Tisch.

»Ich werd ein bisschen was sagen, morgen, bei der Beisetzung. Oder meinst du, das nimmt mir Knut übel?«

»Warum sollte er? Nein. Bestimmt nicht.« Diehl seufzte. »Weswegen ich angerufen habe. Ich …« Er verstummte, weil der Kellner an den Tisch trat und Diehl eine Cola hinschob.

»Ich hätte gern ’n Aquavit«, meinte Thor ruhig. Er wartete, bis der Mann gegangen war, und kam Diehl zuvor: »Ich hab’s dir heute Morgen schon gesagt. Das war Tierfraß. Das weißt du auch.«

»Aber die Innereien, die waren alle weg.« Diehl nippte an seiner Cola und bekleckerte sich. »Verdammt.« Er suchte nach einer Serviette.

»Raben, Füchse, Hunde … Mensch, Diehl.«

»Aber das Zeichen? Das wird ’n Verfahren geben, wenn …«

»Es ist ’ne verfluchte Rune, die ihr da bei den Frauen entdeckt habt. Mehr nicht.«

»Ich kann’s überprüfen …«

»Ich bitte dich, Diehl! Komm schon, lass es. Tu uns den Gefallen.« Er beugte sich vertraulich über den Tisch. »Du willst doch keine schlafenden Hunde wecken, oder?«

Einen Moment herrschte Stille zwischen den beiden. Der Kellner kam, brachte Thors Bestellung und ging wieder.

Diehl starrte hinaus aufs Wasser. Die Möwe war mit der Strandkrabbe längst fortgeflogen, die Nordsee lag grau und bleiern im Nieselregen. »Und dein Sohn?«, fragte er schließlich. »Knut?«

Thor antwortete nicht gleich, sondern trank seinen Aquavit in einem Zug aus. Er schwenkte das Glas ein wenig, um zu sehen, wie der letzte Tropfen auf dem Boden schimmerte. »Der kommt klar«, stellte er trocken fest und pflanzte das Glas entschlossen auf den Tisch. »Der kommt klar.«

14

Die Telefonzelle – ein geschlossenes Modell in typischem Gelb – war weiträumig mit Flatterband abgesperrt. Zwei Männer vom LKA sicherten noch immer Spuren ringsum auf dem Asphalt, während die Zelle bereits mit Tatortmarkierungen gepflastert war.

Wegen der »Grundversorgung im Bereich öffentliche Telefonie« hatte die Telekom das Ungetüm stehen lassen müssen, wie Knut nach einem Anruf beim Bürgermeister in Erfahrung gebracht hatte. Es war eines von drei Telefonhäuschen, die noch in Valandsiel existierten. Vor zehn Jahren hatte es noch neun im Ort gegeben, die meisten davon hatten allerdings schon damals nicht den Namen »Zelle« verdient, weil sie schlichte Säulen waren.

Der Straßenzug hatte eindeutig bessere Tage gesehen. Auf der Seite der Telefonzelle, die zwischen einer aufgegebenen Bushaltestelle und einer Eiche stand, reihten sich Läden aneinander. Die meisten vegetierten verwahrlost vor sich hin und erinnerten Knut mit ihren ramponierten Fassaden unwillkürlich an die zerschlagenen Gesichter von Boxern nach der Show. Entweder sie kämpften ums Überleben oder standen bereits seit Jahren leer. Nur ein traditionelles Fischlokal hielt wacker die Stellung. Die andere Straßenseite war kahl, weil sich nach einer Böschung voller Plastik- und Papiermüll ein breiter Kanal anschloss. Hinter ihm lag das Trockendock. Kräne ragten in den regengrauen Himmel.

Knut rieb sich die brennenden Augen. Wie er befürchtet hatte, hatte er kaum schlafen können, hatte sich von einer Seite zur anderen gewälzt und dabei Butch aufgeweckt, der irgendwann in der Nacht zu ihm gekommen war. Für den alten Kerl hatte er extra eine Stufe gebastelt, damit er ins Bett tapsen konnte. Die Zipperlein des Labradors nahmen Monat um Monat zu. Seine Arthrose war mittlerweile so schlimm, dass er nicht mal mehr aufs Sofa kam, geschweige denn eigenständig in den Geländewagen.

Ein paar Stunden hatte Knut abwechselnd seinen mechanischen Wecker, dessen Speziallackzeiger schwach glommen, und das Hendrix-Plakat angestarrt. Aus Hendrix' schwarzem Wuschelkopf stachen gelbe und rote Spiralarme, sodass der Gitarrist wie ein selig strahlender Heiliger aussah. Das psychedelisch angehauchte Poster war noch eine Reliquie aus seinem Jugendzimmer, ein Siebdruck, den Knut in seine erste eigene Wohnung mitgenommen hatte. Beim nächtlichen Anstarren hatte er beschlossen, es in nächster Zeit endlich abzuhängen. Nicht weil er Hendrix' Musik nicht mehr liebte, sondern weil er irgendwie das Gefühl hatte, für Poster einfach zu alt zu sein.

Er war jetzt dreißig und musste sich wohl damit abfinden, dass Jugendliche ihn siezten. Selbst wenn er keine Uniform trug.

Dreißig Jahre, und er musste zugeben, keinen blassen Schimmer zu haben, was es eigentlich hieß, dieses »Erwachsen sein«. Ob das anderen auch so ging? Vierzig-, Fünfzigjährigen? Wussten die, was Erwachsensein war?

Irgendwo hatte er mal eine gute Definition gelesen: Erwachsen sein heißt, Kind zu bleiben – aber es niemandem mehr verraten zu dürfen.

»Alles in Ordnung, mein Guter.« Er kraulte Butch unterm Kinn. »Bleib mal hier liegen. Ich bin gleich wieder da.« Fast schien es, als nicke Butch ihm zu, bevor er sich auf dem Beifahrersitz einrollte.

Knut klippte das Funkgerät an seinen Gürtel und zog für Butch die Decke zurecht, dann stieg er aus.

Es war empfindlich kühl, obwohl es bereits auf Mittag zuging. Wenn sie Pech hatten, würde sich der Herbst dieses Jahr zeitig und sehr abrupt verabschieden. Für Valandsiels Tourismus ein Desaster.

Ein größeres als die Morde.

Knut war immer wieder erstaunt, dass die Touristen bei schlechtem Wetter ausblieben, Morde sie jedoch nicht vom Urlaub abhalten konnten. Im Gegenteil. Die letzten beiden Fälle hatten Valandsiel zu Berühmtheit verholfen und massenhaft Touristen angelockt.

Wie die Gaffer auf der Autobahn, dachte er, während er unter dem Absperrband durchtauchte und sich der Telefonzelle näherte. Noch schlimmer als die Gaffer. Die fahren jedenfalls nicht absichtlich zu den Unfällen. Einige der Touris aber kamen bloß nach Valandsiel, weil sie nach Gänsehaut und Schauergeschichten lechzten.

»Irgendwas gefunden?«

Ein Kriminaltechniker im weißen Overall, ein hagerer Kerl mit Vollglatze und goldener Brille, richtete sich auf und musterte Knut. »Wird alles katalogisiert. Nichts augenscheinlich Eindeutiges. Ein paar Profilspuren von Stiefeln, Reifenabdrücke. Zigaretten. Das Übliche.«

»Fingerabdrücke?«

»Jede Menge in der Zelle und Fasern. Spermareste. Wir haben auch Blut.«

»Sperma? Blut?«

Der Mann zuckte mit den Achseln. »Alles schon ziemlich alt, wenn Sie mich fragen. Was Frisches war nicht dabei. Die ersten Analysen vom Labor müssten morgen kommen. Wir klamüsern das auseinander.«

Knut bedankte sich wortlos, trat zurück auf die Straße und musterte die Fenster oberhalb der Geschäfte. Trostlose Gardinen vor trostlosen Räumen in trostlosen Häusern. Nur über einer längst geschlossenen Schneiderei klebten Seesterne und Fische an der Scheibe, von Kinderhand ausgeschnitten. Im Innern brannte Licht.

»Die alle schon befragt?«

Noch einmal blickte der Mann von seiner Arbeit auf. »Maas ist dran. Die Kollegen werten gerade alle Aussagen aus, ja.«

Knut knurrte ein »Gut«. Aber er war sich nicht sicher, ob es ein gutes Zeichen war, dass sich Maas gestern nicht gemeldet hatte. Entweder hatte niemand etwas gesehen, oder aber Maas gab die Informationen einfach nicht weiter.

Sein Funkgerät knackte. »Ja?«

»Knut? Ich – ich … also …« Birthe klang aufgeregt. »Ich hab hier ’n Notruf.«

»Von wem?«

»Handyanruf. Ein Mann namens Jörn Werth. Er ist ziemlich verängstigt, meint, er wird verfolgt und …«

»Leg ihn rüber.«

Birthe tat wie ihr befohlen. Eine Sekunde später hörte Knut sie eine Taste drücken, und sofort ertönte eine aufgeregte Stimme. Der Mann war außer Atem und kaum zu verstehen.

»Kommen Sie! Sie müssen … Hallo?«, keuchte er.

»Jansen hier. Polizei Valandsiel. Beruhigen …«

»Ich … Scheiße. Der ist … hinten. Garten. Fuck. Der is’ im Garten.« Er konnte vor Angst kaum sprechen. »Hallo?«

»Beruhigen Sie sich. Wo sind Sie? …«

Statt einer Antwort erklang nur aufgeregtes Luftholen.

»Verstehen Sie mich?« Knut hörte Rascheln – das Bewegen von Vorhängen? Wieder der stoßhafte Atem des Fremden. »Hallo …?« Nichts. »Birthe?«

»E-e-er hat nicht gesagt, von wo. Handyanruf. Ich …«

Knut ließ sie nicht ausreden, sondern wandte sich abermals an den Mann. »Wo sind Sie? Hallo? Hören Sie mich?«

Ein dumpfer Schlag ließ den Mann aufschreien. »Der kommt hier rein … Scheiße!«

»Wo sind Sie?«

»Der hat 'ne Harpune.«

»Wo …?«

»Skaer…« Ein Schrei erstickte alles.

Es gab nur eine Straße, die mit »Skaer« begann. Ohne nachzudenken, rannte Knut los und rief Birthe im Funkgerät zu: »Skaerbaekvej! Veith, Diehl. Sofort.«

Er riss den Landrover auf, sodass Butch aus dem Schlaf schreckte. »Hausnummer? Wie ist Ihre Hausnummer? … Reden Sie mit mir. Hören Sie mich? Sprechen Sie mit mir.«

Wieder dieses Hecheln, als laufe der Mann oder krieche oder …

»Bleiben Sie ruhig … Was passiert bei Ihnen? … Hallo? Wo genau im Skaerbaekvej?«

Nur das Hecheln war zu hören. Vielleicht hatte er das Telefon oder Handy weggesteckt …

Keine Sekunde später schoss Knut mit Vollgas am Kriminaltechniker vorbei, durchfuhr das Flatterband und raste die Straße hinunter.

»Wo sind Sie? Hallo? Hören Sie mich? Können Sie mich noch hören?«

Schritte auf einer Treppe. Holztreppe. Hinaufhasten.

»Sieben. Sieben«, presste der Mann hervor und rang nach Atem. »Sieben.«

»Okay. Haben wir. Polizei ist unterwegs. Können Sie fliehen? Hauen Sie ab, wenn Sie können … Birthe: RTW.«

»Hab ich schon.« Birthes Stimme war lediglich ein zitterndes Flüstern. »Rettungswagen ist unterwegs.«

»Scheiße!«, keuchte es atemlos. Ein paar Atemzüge war es still. Ganz still. »Er … er ist hier drin … Er …«

Knut schoss auf den Etatsrat-Weg und hielt auf die Hauptstraße zu. Der Skaerbaekvej war keine zwei Minuten mit dem Auto entfernt. Wenn Veith und Diehl im Revier waren, im Jachthafen oder an der Promenade, würden sie sicher erst in fünf, sechs Minuten eintreffen. Viel zu spät.

»Wenn Sie nicht wegkönnen«, sagte Knut, »schließen Sie sich ein. Verbarrikadieren Sie sich.«

»Sie müssen wen schicken! Oh Gott … Sie müssen …«

Mit quietschenden Reifen nahm er die Kurve und hielt Butch schnell am Halsband fest, damit er nicht in den Fußraum flog. Er trat das Gas bis zum Bodenblech durch, schoss in den Gegenverkehr, überholte ein Wohnmobil. Knut drückte auf die Hupe, ließ die Hand drauf. Butch sprang vorsichtshalber in den Fußraum, keine Sekunde zu spät, denn Knut musste das Lenkrad rumreißen und schoss um Haaresbreite vor den Caravan. Er beschleunigte weiter.

»Was passiert bei Ihnen? Sprechen Sie mit mir.«

Das Keuchen war verschwunden, aber Knut konnte nicht sagen, ob es am Motorengeräusch und dem Hupen lag, dass er nichts mehr hörte.

»Sprechen Sie. Hallo?« Knut riss das Steuer herum, der Landrover kippte beinahe, als er links abbog, durch den Gegenverkehr schnitt und in den Skaerbaekvej einbog. Sieben? Wo zum Henker war die Sieben? Seine Blicke huschten über die Vorgärten, die Hauseingänge. Verdammt schwer, endlich mal eine Nummer … Da! 103. Also linke Seite …

Der Skaerbaekvej war eine gewöhnliche Wohnstraße mit Einfamilienhäusern, die am anderen Ende durch sechs Riegel von vierstöckigen Wohnsilos abgelöst wurden. Dazwischen führte sie an einem Bolzplatz und an einem Brachstück vorbei, das an einen Bunker grenzte.

57 … 55 …

Die Straße war vollgeparkt. Die Wagen ragten teils gefährlich weit auf die Fahrspur. Knut, der nicht vom Gas ging, betete, dass niemand hinter einem der Fahrzeuge hervortrat.

23 … 21 … Fast da … 19 … 17 …

Auf der rechten Seite parkte ein grauer Lieferwagen in zweiter Reihe. Knut zog nach links. Die Spur war kaum breiter als sein Wagen … Aber es ging.

Da parkte plötzlich ein Kombi aus. Knut trat in die Eisen. Das Reifenquietschen und Butchs Jaulen, als er nach vorne gedrückt wurde, erfüllten die Kabine. Der Gurt schnitt sich in Knuts Schulter, er stöhnte. Der Geländewagen drohte auszubrechen.

Mit einem abrupten Ruck kam er zum Stehen. Zehn Meter vor diesem Idioten.

»WEG!«, schrie er und hupte, was das Zeug hielt.

Der Typ sah sich nach ihm um, zeigte ihm einen Vogel und hantierte mit der Schaltung.

»Vollidiot! Mach hin …«

Von weit her meinte Knut bereits das Martinshorn eines Krankenwagens zu hören. Unendliche Sekunden musste er mit ansehen, wie der Mann kurbelte, um seinen Volvo aus der Lücke …

»Scheiße!« Fluchend riss er die Tür auf, sprintete am Kombi vorbei, zog im Laufen seinen Trommelrevolver …

11 … 9 … 7.

Das vorletzte Haus, bevor die Wohnblocks begannen, deren obere Stockwerke hinter den Büschen in den grauen Himmel ragten.

Durchs Gartenpförtchen.

Niemand zu sehen. Der Mann hatte etwas von »hinten« gesagt. Bisher hatte er sich nicht mehr gemeldet, obwohl die Leitung noch stand.

»Bin vor Ort«, meldete Knut sich bei Birthe und nahm den schmalen Pflasterpfad durch den Garten auf die Rückseite des Einfamilienhauses.

»Diehl und Veith sind in vier Minuten da.«

»Ich geh rein.«

»Willst du nicht warten, bis …«

»Nein.«

Langsam schob er sich an einigen BMX-Rädern vorbei. Der Durchlass zum Garten war schmal, links eine Hecke, rechts die Wand des Hauses. Er konnte bereits ein Stück des Rasens hinter dem Haus sehen. Gemäht, saftig im Grün. Spielzeug lag herum. Ein bunter Plastikbagger und ein Kipper.

Am Ende der Wand hielt er inne. Sicher würde es eine Terrasse geben, vielleicht eine Pergola.

Er lauschte …

War da ein Poltern zu hören? Kampfgeräusche? Nichts. Es war alles gespenstisch still.

Knut fuhr um die Ecke, sicherte. Nichts. Wie vermutet, die Terrasse mit Grill und Gartenmöbeln. Knut verharrte und ließ den Blick über die Glasfront schweifen. Die Hintertür war aufgebrochen worden, das Schloss mit dem

Holzrahmen gesplittert. »Scheiße«, entfuhr es ihm. Kein Scherz, kein blinder Alarm.

Wenn der Anruf tatsächlich von einem Mann stammte, der angegriffen wurde – und die Erwähnung der Harpune sprach dafür –, dann musste er jetzt handeln. Sofort.

Konnte ihn jemand von drinnen sehen? ... Nein, da war nichts. Das Wohnzimmer lag verlassen da.

So lautlos er konnte, huschte er hinein.

Die Luft im Innern roch nach Gekochtem. Es war unangenehm kühl. Ein Radio spielte leise. Vor ihm lag ein gemütliches Wohnzimmer. Sehr ordentlich bis auf ein bisschen Spielzeug.

Er war sich nicht sicher, was war besser? Laut ankündigen oder anschleichen? Er entschied sich für Letzteres. Jede Ecke sichernd, schob er sich Richtung Flur.

»Knut. Bitte warte, bis die Verstärk...« Birthes Worte hatten ihn zusammenzucken lassen. Schnell drehte er das Funkgerät leise. Noch einmal lauschte er. Da waren Schritte zu hören, dumpf. Irgendwo aus den oberen Zimmern.

Mit mulmigem Gefühl sah er die Holztreppe hinauf. Sollte er es wirklich wagen?

Von draußen drangen die Sirenen des Rettungswagens zu ihm. Es war nur eine Frage von ein, zwei Minuten, bis der Killer merken musste, dass der RTW für sein Opfer bestimmt war. Lautlos setzte Knut seinen Cowboystiefel auf die erste Stufe, starrte nach oben – in das Dunkel des Treppenabsatzes.

War da ein Schatten ...?

Nein.

Alles ruhig. Alles okay.

So leise er konnte, schlich er Stufe um Stufe hinauf, den Trommelrevolver immer auf die Dunkelheit gerichtet. Er spürte, wie die Muskeln in seiner Schusshand sich verkrampften. Viel zu fest umschloss er die Waffe.

Shit, dachte er. Was tue ich hier?

Endlich kam er oben an, lugte vorsichtig in den Flur. Niemand da. Die Tür am Ende stand einen Spalt offen.

Knut wischte sich den Schweiß ab, griff die Waffe mit beiden Händen und schob sich vor …

Schritt um Schritt …

Immer den Türspalt im Auge …

Vier Meter, drei …

Als er den Kopf etwas zur Seite nahm, konnte er mehr vom Zimmer erkennen.

Ein Clown grinste ihn in bester Horrormanier aus dem Schummerlicht an – bloß eine stattliche Puppe auf einem Kinderbett. Es war ein Mädchenzimmer. Die Tapete glitzerte, ein Mobile drehte sich kaum merklich. Knut legte die Hand auf das Türblatt. Kalt. Er spürte den Lack und atmete geräuschlos durch. Die Sirene war nun laut, der Wagen sicher in den Skaerbaekvej eingebogen. Bestimmt waren auch Veith und Diehl nicht mehr weit.

Mit einem Ruck stieß er die Tür auf, zielte … und …

… Und erschrak.

Blut war gegen die Feentapete gespritzt, gegen die Schränke. Es war noch nicht geronnen und stank penetrant. Er wollte es nicht sehen, aber konnte die Augen nicht abwenden. Er musste einfach anstarren, was dort auf dem Kinderschreibtisch lag. Es war kein Etwas. Es war ein Mann. Seine Hände und Füße hingen an beiden Seiten des Tisches herab. Er war mit Kabelbindern gefesselt worden und prangte auf der Tischplatte wie auf einem Opferstein. Bauch und Brust waren geöffnet, die Rippen freigelegt. Blut rann von seinen Seiten und troff lautlos von der Tischplatte auf den Einhornteppich. Für

Knut waren es gefühlt hundert Liter. Mittlerweile breitete es sich nur noch langsam aus.

Ein Schritt von der Blutlache entfernt stand ein schwarzer Rucksack. Er war offen, und Knut erhaschte einen Blick auf zwei geschlossene Einweckgläser. Er wollte gar nicht wissen, was sie enthielten.

Sein Blick wanderte noch einmal zu dem Gefesselten. Die Rippen waren noch intakt. Der Killer musste seine Arbeit unterbrochen haben und …

Knut riss die Waffe zum Kleiderschrank hoch. Als er sich selbst im Spiegel sah – kreidebleich, hochkonzentriert, die Waffe auf sich richtend – erschrak er. Widerwillig trat er weiter in den Raum hinein und neben den Tisch mit dem Opfer. Er zielte auf den Schrank, an dem Blut klebte. So viel Blut. Ein anderes Versteck gab es hier nicht.

Er musste eine Hand von der Waffe nehmen, um sich zum Knauf zu strecken. Zähneknirschend tat er es. Das Herz schlug ihm bis zum Hals, seine Knie fühlten sich wie aus Gummi an. Er verbot sich jedes Hadern, griff beherzt zu und riss die Tür auf.

Nichts. Rosa, lila Kinderklamotten in Fächern. Ein Erwachsener hätte nicht hineingepasst. Knut wollte zurücktreten, als sein Blick noch einmal zum Spiegel am Schrank fiel.

Oh mein Gott, schoss es ihm durch den Kopf.

Der Mann!

Im zerschlagenen Gesicht öffneten sich die Augen! Der Mann starrte ihn an … Träumte Knut, oder lebte der Mann etwa noch?

Knut taumelte zurück, spürte, wie ihm das Frühstück hochkam. Keuchend übergab er sich neben dem Kinderbett, während das Martinshorn die Stille zerriss.

»Verdammte Scheiße«, schnaubte er, nahm all seinen

Mut zusammen und blickte dem Mann noch einmal ins Gesicht. Die Augen waren offen, aber stumpf. Er war tot. Keine Frage. Er musste sich das eingebildet haben.

Draußen erstarben die Sirenen, als der Krankenwagen vor dem Haus hielt. Knut wischte sich den Mund, sein Herz hämmerte, sein Gaumen war ganz rau und der Kopf heiß von der Anstrengung.

»Hier!«, schrie er, aber ihm wollte selbst dieses einfache Wort nicht von den Lippen. »Hier! Hier oben!«

Da bemerkte er ein Huschen im Flur.

Ein Schatten. Ein schlanker Mann. Neoprenhaube, vielleicht ein ganzer Anzug unter einem Militärparka, dessen Grün vom Blut dunkelbraun geworden war.

Bevor Knut reagieren konnte, war der Kerl bereits auf die Treppe gesprungen. Er schien Schmerzen zu haben, lief aber weiter.

»Stopp!«, schrie Knut. Drei Schritte aus der Tür, in den Flur, er zielte über das Geländer. Der Schatten tauchte unten weg. »Stehen bleiben!«

Sofort setzte Knut ihm nach, landete auf den Stufen, stürzte beinahe, als er mit zwei großen Sätzen nach unten sprang. Der Mann hatte nur wenig Vorsprung. Knut eilte ihm nach, durchs Wohnzimmer. Er sah ihn im Sonnenlicht auf dem Rasen, sah, dass der Fremde blutbesudelte Latexhandschuhe trug, billige Wegwerfdinger. Und ein Messer. Der Schatten war schnell, sprang über Spielzeug und hielt auf die Hecke zu. Knut blieb stehen, zielte. Da stürzten zwei Sanitäter auf die Terrasse. Die Männer hatten nichts mitbekommen, standen in der Schusslinie.

»Fuck!« Knut ließ die Waffe sinken, rannte wieder los. »Oben. Erster Stock!«, rief er, erreichte die Hecke. Es waren irgendwelche Nadelbäumchen, kein Problem, sich durchzudrücken und …

Der Garten des Nachbarn.

Das komplette Gegenteil des gepflegten Grundstücks nebenan. Ein Gewächshaus voller Gerümpel, Stapel von altem Holz – ungeschützt vor der Witterung –, ungeschnittene Büsche. Der erste Riegel des hohen Wohnblocks warf seinen Schatten auf die Rasenfläche. Nach Luft ringend, stand Knut da, suchte mit Blicken jede Ecke ab.

Der Mörder war verschwunden, irgendwo hinter irgendwas abgetaucht.

Ein Rascheln ließ ihn erneut losspurten. Auf der anderen Seite des Gartens kämpfte sich jemand durchs Gebüsch.

Als Knut dort ankam, war der Schatten bereits verschwunden, aber er zögerte nicht, ihm nachzusetzen. Er steckte den Revolver zurück, hob die Arme und presste sich zwischen den Ästen, stolperte vor. Nach zwei, drei Metern lichtete sich das Gebüsch. Erneut musste sich Knut orientieren.

Er stand auf einem Parkplatz, der zu den Wohnblocks gehörte, die fünfzig Meter vor ihm in den Himmel ragten. Schlichte Klötze mit Balkonen und Satellitenschüsseln, die sich an einer Querstraße zum Skaerbaekvej entlangzogen. Auf der anderen Straßenseite schloss sich die Brache mit dem Bunker an. War er dorthin? Nach rechts? Zum Bunker? Oder zu den Blocks?

Knut entschloss sich für den Häuserblock. Der Bunker war einfach zu weit weg, und im hohen Gras der Brache hätte er ihn sehen müssen …

Er lief über den Parkplatz und über die Querstraße auf die Eingänge des Wohnblocks zu. Überquellende Müllcontainer säumten den Fußweg. Alle paar Meter bog ein Pfad zum jeweiligen Eingang ab, schlichte Windfänge aus Glasbausteinen. Alle Türen, die er passierte, waren unbeschädigt und sicher verschlossen, sobald sie zufielen.

Also lief er weiter, hielt aufs Ende des Wohnblocks zu, wo sich eine Parkebene mit Garagen anschloss. Knut kannte den Platz: Es war eine Betonfläche, etwas erhöht und durch eine Rampe zu erreichen, auf der dreißig, vierzig Fertiggaragen standen.

Soweit er wusste, war es eine Sackgasse und bot kaum Gelegenheiten, sich zu verstecken.

Aber unter der Ebene wurde es unübersichtlich. Dort waren die Zugänge zur Technik, diverse Eingänge, die unter die Blocks führten, ein Elektro- und Heizhäuschen und dahinter ein Entwässerungsgraben. Das Ganze war ein beliebter Schlafort für Obdachlose, weil unter dem Parkdeck und zwischen den Betonklötzen wenig Wind wehte.

Der Weg dorthin bot kaum Schutz, aber er hatte keine Harpune bei dem Flüchtenden gesehen. Nur dieses Messer.

Knut zückte seinen Revolver und nahm das Funkgerät. »Veith, Diehl?«

»Wo steckst du?«

»Bei den Wohnblöcken. Am Parkdeck.«

»Okay. Wir sind hier am Haus. Wir kommen. Warte.«

Er erreichte die Rampe, ging herum und pirschte sich zum ersten Pfeiler vor. Die Säulen, Eingänge und Häuschen warfen ein verwirrendes Schattenmuster im dämmergrauen Mittagslicht. Knut lauschte angestrengt, versuchte, Schritte auszumachen, vielleicht ein Atmen.

Nichts.

Bis zum Elektrohäuschen waren es fünfzehn Meter. Fünfzehn Meter, wenn er unter der Betondecke durchlief. Von dort würde er einen besseren Blick auf die beiden Eingänge zu den Kellern haben.

Knut sah sich zur Straße um. Von Veith und Diehl war

noch nichts zu sehen. Er war hin- und hergerissen. Sollte er warten? Oder diesen Scheißkerl stellen – wenn er denn hier war?

Er musste an letztes Jahr denken. Damals war der Täter durch seine Schuld in die Dünen geflohen und entkommen. Niemals wieder sollte ihm ein Mörder einfach so durch die Lappen gehen, Veith und Diehl hin oder her. Wenn der Killer tatsächlich unter dem Parkdeck war, dann konnte er sich nur hinter dem Häuschen verstecken.

Und er hatte einen Revolver. Knut sprintete zum Häuschen, drückte sich an die Wand und bewegte sich langsam, die Waffe in beiden Händen haltend, vor zur Ecke. Gerade wollte er herumtauchen, als der Angriff erfolgte.

Der Mann war blitzschnell.

Eine Hand schoss aus dem Dunkel hinter der Ecke, das Messer stach tief in Knuts linken Unterarm. Knut schrie, riss die Waffe herum. Entsetzlich laut hallte der Schuss unter dem Deck wider und vermischte sich mit seinem Schrei. Ein zweiter Stich in die Seite, Knut blieb die Luft weg. Der Typ packte seine Rechte, die den Revolver hielt, drückte die Waffe hoch. Panisch griff Knut fest zu, spürte den Griff. Ein zweiter Schuss. Querschläger. Verzweifelt klammerte Knut sich an den Revolver. Der Typ wollte ihm in den Hals stechen, wollte …

Der Mann war schnell und stark. Knut versuchte, mit der Linken zu kontern, aber der Arm gehorchte ihm nicht. Er prallte mit dem Rücken gegen Beton. Abermals setzte der Angreifer an. Knut ließ seinen Kopf vorschnellen und traf den Fremden im Gesicht. Blut spritzte aus dessen Nase, doch er taumelte kaum. Knut reagierte blitzschnell, die Stichhand war unten – zumindest ein paar Zentimeter. Mit aller Kraft presste er sie mit der Schulter an den rauen Beton, klemmte den Arm dieses Verrückten einfach ein, während sie mit der Rechten noch immer um den Revolver rangen.

Ein grotesker Tanz.

Auf der Polizeischule in Eutin hatten sie ihm die drei wichtigsten Regeln für Selbstverteidigung eingetrichtert: Distanz, Distanz und noch mal Distanz.

Alle drei hatte er nicht, und für eine Sekunde schien die Zeit stehen zu bleiben.

Der Angreifer hielt Knuts Rechte umklammert, während er seine Linke unter Knuts Druck nicht freibekam. Sie standen Brust an Brust, und Knut konnte ihm in die Augen sehen.

Niemals war er einem Mörder so nah gewesen. Der Mann trug eine Neoprenhaube, sah aus wie die Jungs vom SEK. Nur Augen und Nase frei.

Und Knut blickte in diese Augen … und da starrte ihm kein Abgrund entgegen. Eher das Gegenteil.

Sie waren gar nicht kalt. Helle, äußerst wachsame Augen. Eine Explosion aus Blau und Grün.

Er roch den Atem dieses Fremden, das Blut am Parka, den Schweiß. Kein Aftershave, kein Parfüm. Er spürte das Adrenalin und die reine Kraft, die von diesem Mann ausging.

Knut wusste, dass der Typ treten würde, wollte ihm zuvorkommen, zog das Knie hoch, in die Weichteile. Wie im Unterricht. Sofort zerriss die Stichwunde in seiner Seite ihm den Verstand. Der Schmerz raste hoch bis unter seine Schädeldecke.

Zwar sackte der Fremde getroffen zusammen, aber nun war seine Hand mit dem Messer frei. Entschlossen starrte er auf Knut. Diese hellwachen Augen …

Scheiß auf den Schmerz. Knut sprang vor, rollte sich ab. Er riss den Revolver hoch, gewillt, sofort abzudrück…

Staub tanzte in der Luft.

Laufschritte hallten wider.

Der Mann war fort, zurück hinter die Ecke gesprungen und losgesprintet.

Stöhnend kam Knut auf die Knie, ließ sich auf die Seite fallen, um hinter die Ecke zu sehen …

Nichts. Vom Angreifer fehlte jede Spur.

Wahrscheinlich floh er durch den Graben.

Die Schmerzen in Seite und Arm waren unerträglich.

»Knut!« Veiths Ruf zerschnitt die Stille. Er kam mit Diehl angerannt.

»Da lang«, keuchte Knut. »Im Graben!« Er zeigte mit dem Revolver vage die Richtung, presste dann die Hand auf seinen verletzten Arm. Überall war Blut, doch er spürte es erst jetzt, fühlte, wie es warm sein Hemd und seine Hose tränkte.

15

Knut verbrachte drei Stunden bei der Stationsärztin, seiner ehemaligen Freundin Emilie, in der Teleportal-Klinik in Valandsiel. Der Stich in seiner Seite war zum Glück bloß anderthalb Zentimeter oberhalb der zehnten Rippe eingedrungen, wie Emilie feststellte. Die Ränder waren zudem sehr glatt. Allerdings war der Schnitt so lang wie Knuts kleiner Finger. Sie entschied sich für Fibrin, klebte die Wunde und zog sie mit Spannpflastern zusammen. Seinen Unterarm hatte es stärker erwischt. Die Klinge war durch die Elle gestoppt worden und hatte die Speichenarterie lediglich um Millimeter verfehlt.

Emilie rasselte die Fakten herunter, als sei er ein Laborhamster. Zwar konnte er den Arm bewegen, aber es brannte höllisch. Sie nähte die Wunde, weil sie Sorge hatte, sie könne wieder aufreißen. Zu allem Überfluss verpasste sie ihm Kompressen und Verbände – viel zu viele, wie Knut fand – und steckte seinen Arm in eine Schlaufe.

Er kam sich vor wie die zugegipsten Männchen in irgendwelchen Louis-de-Funès-Filmen.

Immerhin hatte er nichts abbekommen, was nicht heilen würde, auch wenn Emilie von Wochen sprach und eindringlich mahnte, er solle sich schonen.

Offiziell war er nun krankgeschrieben, und Maas hatte ihm mehr als deutlich untersagt, an den Tatort zurückzukehren.

Doch so einfach ging es nicht, denn Knut sah immer

wieder den Mann mit den aufgerissenen Augen im Kinderzimmer daliegen. Auf diesem Altar, der bloß ein bekritzelter Schreibtisch war.

In die blutigen Bilder mischte sich der Kampf mit dem Mörder. Und der Schmerz. Und das glorreiche Gefühl einer einzigartigen Lebendigkeit – dieser Nachgeschmack von Kraft und Leben, den das Adrenalin hervorbringt. Selten in seinem Leben hatte Knut sich die letzten Stunden gleichzeitig so voller Energie und absolut müde gefühlt.

Allmählich verschwand das Adrenalin jedoch und ließ eine seltsame Leere zurück. Ein kühles Nichts erfüllte ihn, und die Untätigkeit ließ ihn frösteln, unruhig werden. Trotz seiner extremen Erschöpfung wirbelten seine Gedanken.

Was hatten sie? Einen jungen Mann mit Messer und aufgeweckten Augen, der seine Opfer ausnahm. Egal, ob Lesben oder korpulente Familienväter. Er sah sich Videostreams an und ließ seine Opfer durch gezielte Stiche ersticken. Ob er immer ein Zeichen hinterließ? Knut hatte ihn zu früh gestört, war sich aber sicher, dass der Täter das Zeichen wie eine Visitenkarte benutzte. Doch war es das Symbol eines Gottes, eines Anführers, der mit einem Flammenschiff zurückkehren sollte? Das alles war so bizarr … Und sie wussten so wenig. Sie mussten unbedingt herausfinden, wozu er die Lungen brauchte.

Er fuhr an die Nissebucht, parkte seinen Wagen illegalerweise auf dem Strand und suchte sich mit ein paar Flaschen Bier einen Platz im Sand. Trotz der Verletzungen wollte er nicht nach Hause gehen.

»Du surfst doch jetzt nicht etwa einarmig, oder?« Birthes Stimme drang zu ihm. Ihre schlanke Gestalt wurde von einem Petticoat-Kleid – weiß mit roten Punkten – im Rockabilly-Style umweht. Sie schirmte die Augen mit der

Hand gegen die Sonne ab, und er meinte, blauen Nagellack zu erkennen. Er hatte die knalligen Lippenstifte und Nagellacks immer gemocht. Sie trat näher und streifte sich die Ballerinas von den Füßen. Beinahe an jedem Finger trug sie ein Schmuckstück, Totenköpfe lösten sich mit zierlichen Ringen ab. Sein Blick fiel auf ihre schlanken Fesseln. Auf ihrem linken Knöchel hockte ein Schmetterling. Das Tattoo, stellte er überrascht fest, kannte er noch nicht.

Nach dem Sand in ihren Ballerinas zu urteilen hatte sie ein gutes Stück weiter hinten am Strand geparkt. Illegalerweise einfach bis ans Meer zu fahren hatte sie sich bei ihm abgeschaut. Er konnte sich noch daran erinnern, wie sie das erste Mal zum Sonnenuntergang an den einsamsten Abschnitt gefahren waren, den er kannte. Und an den Sex dort im Wagen konnte er sich auch noch gut erinnern. Ziemlich gut sogar.

»Ich glaub, das klappt nicht.« Er nickte zu seinem Verband hin. »Surfen kann ich die Saison wohl abhaken.«

»Die machen sich alle Sorgen. Ich hab's über Funk versucht. Diehl ist zum Krankenhaus. Aber du warst schon weg. Und ans Handy gehst du auch nich'.« Sie setzte sich zu ihm.

»Hab die Funke ausgemacht. Kaum noch Akku. Und ich hab ja jetzt Urlaub.«

»Wieso hör ich da nur diesen Ironismus in deiner Stimme?«

»Du meinst Sarkasmus.«

»Wie auch immer.« Sie wischte mit der Hand durch die Luft, als könne sie seinen Einwand vertreiben. Lächelnd zückte sie ihr Zigarettenetui. »Was ist schlimm an Urlaub?«

»Nichts. Aber hast du mich schon mal im Urlaub gesehen?«, meinte er. »Hast du schon mal 'n Sheriff gesehen, der sich ein Krankensüppchen kocht?«

»Nein. Aber ich hab auch noch keinen Sheriff gesehen, der surft.«

»Auch wieder wahr.«

Birthe musste lachen, sah dann einen langen Moment aufs Meer. Die Sonne stand bereits tief. »Wie lange war's?«

»Wir zwei?« Er überschlug es kurz. »Zwei Jahre. Oder?«

Nickend zog sie eine Zigarette aus dem Etui und zündete sie sich an. »Kommt wohl hin.« Mit einem routinierten Pusten ließ sie ihren Pony zur Seite wehen. Obwohl er nicht rauchte, hatte er es immer geliebt, sie neben sich sitzen zu sehen. So sexy. Und so hübsch verrucht.

»Es ist noch ein bisschen was in der Garage.« Sein Blick suchte lieber die Wasserlinie ab. Die Wellen brachen sich sanft, es herrschte kaum Brandung.

»Ich weiß. Da is' noch mein Fahrrad, oder?«

»Fahrrad und so Zeugs für deine Modellautos.« Er hatte nie verstanden, weswegen Birthe Modelle von Hot-Rods, von umgebauten US-Wagen, sammelte. Eigentlich hatte er an Birthe alles Mögliche nicht verstanden.

»›So Zeugs‹«, zischte sie, einen Hauch genervt. »Ich hol's ab.«

»Das stört da nich'. Du musst dich nicht be…«

»Doch. Doch, doch«, beharrte sie. »War die absolut richtige Entscheidung, einen Schlussstrich zu ziehen.«

Als er sich ihr zuwandte, erwartete ihn ein breites Lächeln. Keine Spur von Reue oder Trauer. Ein bisschen stach es, dass sie überhaupt keine Probleme damit hatte, ihre Koffer gepackt zu haben. An einem Abend vor drei Monaten – er meinte, sie im Funk mal wieder gerüffelt zu haben, weil sie ihn »Schätzchen« genannt hatte – war sie vom Revier gekommen, hatte wirklich einen ihrer Koffer aufs Bett geworfen und eingepackt. Einfach so. Wie im Film.

Er hatte nicht einmal den Versuch unternommen, sie aufzuhalten. Stattdessen musste er sich anhören, was für ein Arschloch er sei. Ständig maßregele er sie, und trotzdem ginge er immer hübsch mit ihr ins Bett, aber bloß nicht öffentlich zeigen wollen, dass sie zusammen waren. Er erwiderte nichts – auch nicht, als sie ihm vorwarf, ausschließlich Helen im Kopf zu haben. Er war zwar nie fremdgegangen – wenn man den Schrottplatz-Zwischenfall, der lediglich aus heftigem Knutschen bestand, mal außer Acht ließ.

Trotzdem hatte er nicht protestiert. Aus einem einfachen Grund: Birthe hatte recht. Er hatte sich ihr gegenüber mies verhalten und immer den bequemsten Weg nehmen wollen: guter Sex, aber keine Liebe und keine Verantwortung.

An diesem Abend hatte er ihren Pfefferminzkaugummi zum letzten Mal bewusst gerochen.

Er ließ den Blick über ihre Wangen und ihre knallrot bemalten Lippen gleiten, sah in ihren Augen ein Blitzen.

»Du hast ’n Neuen«, stellte er unumwunden fest.

Ihr Grinsen wurde noch breiter. »Ich sag dir aber nicht, wer.«

Er winkte ab. »Brauchst du nich’. Ich weiß es schon!«

»Was?«, jetzt war sie geschockt. »Woher? Das … was?«

»Veith!«

Sie prustete los. »Was? Quatsch! Du Spinner.« Lachend strubbelte sie sein Haar, aber er zuckte vor Schmerz zusammen, weil sie dabei gegen seinen Arm stieß.

»Sorry.« Räuspernd zupfte Birthe ihren Petticoat zurecht und lehnte sich seufzend an den Wagen. »Wir sind schon so zwei. Ein lädierter Cowboy und 'ne Psychobilliebraut.«

»Ja, war 'ne schöne Zeit. Trotz der ständigen Platten von Mad Sin.«

»Hendrix und Dire Straits konnt ich schon nach drei Tagen nicht mehr ertragen.«

»Ach?«

»Jep.«

»Hab ich nicht bemerkt.«

»Bei Frauen bemerkst du so einiges nich', mein großer, schlauer Sheriff.«

Er reichte ihr ein Bier, dabei fiel sein Blick auf sein Handy, und er schaltete es wieder ein. Er hatte mehr als fünfzehn verpasste Anrufe. Die meisten von Helen und seinem Vater.

Nachdem sie sich zugeprostet hatten, saßen sie still da, nippten am Bier und sahen aufs Meer.

Erst das Klingeln seines Handys riss sie aus der Stille. Überrascht stellte er fest, dass es ein neuerlicher Versuch von Thor war. Dummerweise hatte Knut gerade überhaupt keine Lust auf Small Talk oder – noch schlimmer – auf aufmunternde Worte seines Vaters. Wahrscheinlich war Thor wirklich besorgt, denn sicher hatte Diehl ihn wie immer sofort über alles informiert. Seufzend schaltete er das Handy wieder ab.

»Dein Vater?«

Knut brummte und öffnete sich ein neues Bier.

»Du solltest mal mit ihm reden.«

»Ihr Frauen seid alle gleich«, nuschelte er und nahm einen tiefen Schluck.

16

Thor hatte den linken Teil des Schlafzimmerschranks das letzte Mal geöffnet, als er das Revier an seinen Sohn übergeben hatte. Dort hingen die besonderen Stücke fein säuberlich und beinahe militärisch in Reih und Glied.

Seine beste Galauniform war noch in Folie eingepackt, so, wie er sie damals nach der Beerdigung seiner Frau von der Wäscherei zurückbekommen hatte.

Er legte sie vorsichtig aufs Bett. Das gemeinsame Doppelbett hatte er sechs Jahre nach dem Tod seiner Frau schweren Herzens zum Sperrmüll gegeben. Damals hatte Thor einen Schritt nach vorn machen und endlich loskommen wollen von Erinnerungen, um wieder durchzustarten.

Es war die Zeit gewesen, als er wieder intensiver zu surfen begonnen und sich zu Wettbewerben angemeldet hatte.

Eigentlich hatte die Flucht nach vorn ganz gut geklappt. Sogar ihre Platten hatte er ausgemustert, auch wenn es ihm in der Seele wehtat. Obgleich er mit Musik nicht wirklich viel anfangen konnte, hatte er es allerdings nicht übers Herz gebracht, all ihre Platten – die raren Rockalben und Jazzscheiben – auf den Müll zu fahren. Stattdessen hatte er sie auf dem Dachboden eingelagert. Die Erinnerung an sie verblasste genau wie die Sehnsucht, einer ihrer Lieblingssongs möge noch einmal das Haus erfüllen und sie so gekonnt mitsummen. Erst als Knut bei seinem Auszug vor knapp zwei Jahren die Scheiben heruntergeholt hatte, waren ihm wieder all die wunderbaren Momente in den Sinn gekommen.

Er konnte nicht sagen, warum, doch mit einem Mal klang in seinem Kopf ein Lied an. Er wusste den Titel nicht und kannte auch nur ein paar Zeilen vom Songtext auswendig. Eine irische Gruppe, wenn er sich recht erinnerte ... *I know you want to hear me ... Catch my breath ... I love you, till the end.*

Während Thor die Plastikfolie entfernte, ertappte er sich dabei, das Lied – wie sie es immer getan hatte – vor sich hin zu summen.

Er brach ab.

Es war pietätlos, Songs zu trällern, während man sich auf die Beerdigung eines Freundes vorbereitete. Und auch noch Lieblingssongs seiner verstorbenen Frau. Gott habe sie und Magnussen selig.

»Magnussen ...« Brummelnd strich er den Anzug glatt und begann die Knöpfe zu kontrollieren. »Mal im Ernst, Magnussen. Du hast nur Technoscheiß gehört. Du in deinem gottverdammten Fitnesscenter. Hanteln und Techno. Hm. Vielleicht sollten wir was von dem Zeug morgen für dich spielen ... Eigentlich keine schlechte Idee. Irgendwas Zackiges.«

Er musste an seine Rede denken, die er nach dem Gespräch mit Diehl noch im Restaurant begonnen hatte. Er war sehr zufrieden mit dem Text, der bestens auf den Punkt brachte, was Magnussen für ihn als Polizist und guter Freund bedeutet hatte.

Magnussen war mehr als ein Kollege gewesen. Er war seine rechte Hand im Revier gewesen. Sein Freund und Aufpasser. Der Mann, der gerne mit dem Kopf durch die Wand ging. Für ihn. Jederzeit.

Im Gegensatz zu Diehl, diesem breiigen Hemdsträger, hatte Magnussen stets Schneid bewiesen.

»Und du setzt ihm deinen Sohn vor die Nase …«, schalt er sich. Doch er hatte seine Gründe gehabt. Sicher, Magnussen war stets loyal gewesen, und er hatte eine gehörige Portion Furchtlosigkeit besessen, viel mehr, als Knut jemals zeigen würde, da war er sicher. Nur eines hatte er immer an Magnussen vermisst, was sein Sohn besaß: Grips. Das Quäntchen Schläue. Der Löffel Pfiffigkeit, gemixt mit einem Spritzer Flexibilität.

Magnussen war das Gegenteil. Halsstarrig, ein Fels. Ein Macher, aber ein sturer Brocken. Mit dem Kopf voran – aber ausschließlich auf ausgetretenen Pfaden.

Damals hatte er geglaubt, dem Revier täte frischer Wind gut, und außerdem hatte er unbedingt einen Jansen als Leiter haben wollen. Magnussen, seinen Freund, hatte er einfach übergangen und ihm nach viel Geschacher – Gefälligkeiten und kleinere Drohungen an die Dienststellen über ihm – Knut vor die Nase gesetzt.

Wahrscheinlich ein Fehler. Egal wie gut Knut seine Sache bisher tat.

Nein. Das war unfair. Er hatte immer gewollt, dass sich sein Sohn bewies und durchsetzte. Und eigentlich hatte Knut den Laden ganz gut unter Kontrolle.

Bin ich wirklich schon so verknöchert und verbittert, dass ich nicht sehen will, wie gut der Junge sich schlägt?

Hoffentlich ging es ihm gut. Er hatte in der Klinik angerufen und von Knuts Ex – nein, die Ex vor der Ex? – erfahren, dass er glimpflich davongekommen war. Wahrscheinlich war es ein gutes Zeichen, dass sein Sohn – wie sooft – nicht mal einen seiner Anrufe erwiderte.

Thor musste schmunzeln. In dem Punkt fiel der Apfel

nicht weit vom Stamm: Halsstarrigkeit – da waren sie beide Experten drin.

Er zog sein Hemd aus. Ein Hämatom in der linken Armbeuge zeugte von der erst kürzlich durchgeführten Blutabnahme.

Während er ein edles Hemd probehalber überstreifte, kam die Melodie zurück. Noch einmal summte er sie mit, und da fiel ihm auf, dass es damals auch Knuts Lieblingslied gewesen war. Als er noch mit seinem Bobbycar ums Haus gesaust war und später, als sie gemeinsam die Surfbretter in der Garage repariert hatten.

Summte er es deswegen? Gar nicht wegen seiner Frau?

Sein Blick fiel auf das einzige Bild, das im Schlafzimmer stand, auf das gerahmte Foto auf dem Nachttisch.

Es zeigte seinen Sohn mit siebzehn Jahren. Lässig trug er sein Malibu unter dem Arm. Das Sonnenlicht spiegelte sich auf dem Surfbrett und in seinen Augen. Er hatte ein ziemlich keckes Lächeln aufgesetzt und sah aus wie ein fleischgewordener Mädchentraum. Die Frau in seinem Arm war jedoch nicht eine seiner vielen Freundinnen, sondern seine Mutter.

Thor streifte die Galauniform über. Sie saß nicht mehr perfekt. Sie war zu groß geworden – nein, eher war er eingefallen, viel schmächtiger als bei ihrer Beerdigung. Er stellte sich vor den Spiegel, wollte den Sitz genauer prüfen, nachsehen, ob Fussel …

Erneut glitt sein Blick zum Foto. Knut zeigte sein feistes Grinsen. Frei und freudig. Die Zukunft so offen.

»Mist«, brummte er, trat ans Bett und zog aus der Jeans den Zettel, den Diehl ihm rübergeschoben hatte.

Wenn sein Exkollege und Kumpel recht behielt, dann …

Sein Blick fiel auf das Symbol und Diehls gekritzelte Worte: »Lunge weg!«

Einen Moment überlegte er, doch als sein Blick abermals in den Spiegel fiel, wurde ihm bewusst, dass er sich nie mehr in die Augen würde blicken können, Galauniform hin oder her. Selten hatte er sich so elend gefühlt.

»Scheiße, was soll's.« Brummelnd nahm er sein Smartphone zur Hand. »Diehl?«

Sein Exkollege meldete sich verschlafen: »Was …? Ja …? Äh, Thor? So spät noch? Was … ist was passiert?«

»Hör zu. Besorg die Akte. Hast du gehört?«

Auf der anderen Seite herrschte Schweigen. Thor konnte sich vorstellen, wie Diehl in seinem Bett saß und schlaftrunken ins Dunkel starrte.

»Ist gut«, antwortete er schließlich.

»Bring sie zur Beerdigung mit.«

»Okay, Chef.«

»Aber, Diehl …«

»Ja?«

»Knut …«

»Ich sage nichts.«

»Gut.« Erleichtert legte Thor auf. Er hatte die richtige Entscheidung getroffen. Zumindest hoffte er es.

17

Das Lenken war ein Graus, jede Bewegung brannte bis in die Schulter hoch. Wäre er nicht bei der Polizei, hätte Knut sich fürs Fahren in diesem Zustand selbst verhaftet.

Er bog ins Wohngebiet ab.

Das Treffen mit Birthe war nett gewesen. Zusammen hatten sie sich den Sonnenuntergang angesehen, und er hatte eingestanden, was für ein Rindvieh er gewesen war. Auch wenn ihnen beiden klar war, dass sie keine Beziehung mehr wollten, tat es gut, den jeweils anderen an seiner Seite zu wissen. In der letzten Stunde hatte Knut tatsächlich an dem berühmten Spruch gezweifelt, dass Männer und Frauen angeblich keine Freunde sein könnten.

Trotz des netten Abends sehnte er sich nach Helen. Nicht im erotischen Sinne, an Sex war mit seinen Verletzungen eh nur schwer zu denken. Er wünschte sich einfach jemanden, an den er sich in seiner kalten Doppelhaushälfte schmiegen und mit dem er Seite an Seite im klammen Bett einschlafen konnte. Helen schlicht anzurufen und zu bitten herzukommen war ihm zu aufdringlich. Ohne sie würde er den Kamin einheizen, sich ein schönes zimmerwarmes Bier aus der Mikrowelle holen und eine seiner Lieblingsplatten auflegen …

Chet Baker. Alone Together, überlegte er und setzte den Blinker. Das wär' doch mal wieder was. Musik hören, mit Butchs Schnauze auf den Knien ein bisschen lesen.

Natürlich würde er, wenn er es sich mit Butch bequem gemacht hatte, noch bei ihr durchklingeln. Sie machte sich sicher Sorgen, zumindest hoffte er das, und ihre ganzen Anrufe sprachen dafür. Außerdem war es eine schöne Vorstellung, ihre Stimme zu hören, bevor er ins Bett kroch. Mit seinem Kopf auf ihrem Schoß, ihr Parfüm riechen und langsam, ganz langsam in den wohlverdienten Schlaf wegschlumm…

Der Mann tauchte wie aus dem Nichts im Kegel seiner Scheinwerfer auf. Er stand direkt in seiner Zufahrt.

Fluchend trat Knut auf die Bremse.

Ehe er sichs versah, lösten sich ein zweiter, ein dritter und vierter Schatten aus der Dunkelheit. Was zum …? Strahler wurden entfacht, zuckten herum. Ein wildes Dutzend Kameramänner und Reporter stürzte auf den Wagen zu.

Die Gestalten in ihren schwarzen Plastiküberwürfen und bunten Regenjacken versperrten ihm zwanzig Meter vor dem Haus den Weg, redeten durcheinander und versuchten, gute Aufnahmen zu bekommen. Eine Blondine mit Mikrofon klopfte an seine Scheibe, ihre Ringe klirrten ans Glas, dass Knut Angst bekam, es würde brechen. Zwei weitere Reporter, alle mit Mikros bewaffnet, wollten die Beifahrertür aufziehen, doch Knut hatte sie verriegelt. Blitzlichter gingen auf ihn nieder.

Wie ein Reh im Scheinwerferlicht starrte er auf den Menschenauflauf, nicht sicher, was er tun sollte. Eigentlich hatte er schon im Krankenhaus mit der Horde gerechnet.

Ein paar Schritte entfernt stand Michael Rudolph, der Reporter vom Hafen. Auch er hatte seine Kamera gezückt und hielt sie auf Knut gerichtet, als wolle er eine Rakete durch die Windschutzscheibe schicken.

»Oh Mann«, entfuhrt es ihm. »Was wollt ihr Idioten? Ey! Geh da vom Wagen weg!« Eine Sekunde dachte Knut darüber nach, seinen Trommelrevolver zu zücken und sich den Weg einfach freizuschießen. Zumindest war die Vorstellung, einen auf John Wayne zu machen, extrem tröstlich. In Wirklichkeit hatte er in dieser Sekunde nicht den Hauch einer Ahnung, wie er ins Haus kommen sollte.

Ermattet von den Strapazen und taub von den Medikamenten, saß er in seinem Sitz und starrte in die Lichter. Ihm war klar, was für ein jämmerliches Bild er abgab. Er schloss die Augen und rieb sich den Nasenrücken, dann nahm er sein Funkgerät zur Hand.

»Veith? Hier is' Knut. Ich hab hier 'n Problem.«

Veiths Stimme klang aufgeregt und hektisch, er saß im Streifenwagen und fuhr mit Martinshorn, so viel konnte Knut hören. Neuerlich rutschte ihm das Herz in die Hose. Was war denn jetzt schon wieder passiert?

»Was? … Bist du zu Hause?«, fragte Veith. »Na, dann kann ich's mir denken.«

»Hä? Wieso? Was ist bei euch los?«

»Alles o.k.«

»Was?« Nun war Knut noch verwirrter.

»Er hat angerufen, Knut.«

»Wer?«

»Dein Killer.«

In diesem Moment wurde das Martinshorn im Funk zu realem Lärm. Einige der Reporter wandten sich zur Straße um, und tatsächlich schossen Veith und Diehl keine Sekunde später auf die Einfahrt zu. Diehl hielt mit quietschenden Reifen, sprang sofort aus dem Wagen und rief Kommandos. Er versuchte, die Horde von Knuts Auto wegzubekommen.

Der hörte, wie Veith über Funk um Verstärkung bat.

Ruppig zog Diehl Michael Rudolph, den Reporter vom Jachthafen, an der Jacke nach hinten. Der Mann protestierte, aber Diehl und Veith ließen sich nicht einschüchtern.

»Sprecht mit mir. Kommen«, versuchte Knut es über Funk.

»Unser Mann … der hat erst die Reporter gerufen«, erklärte Veith. »Und dann hat er vor drei Minuten im Revier durchgebimmelt. Wieso hast du dein Funkgerät aus, und auf deinem Handy geht nur der AB ran?«

Knut warf einen Blick auf sein Smartphone. Es war noch immer ausgeschaltet. Er hatte es gar nicht bemerkt. »Ich bin im Urlaub«, meinte Knut grimmig. »Was hat er denn gesagt?«

»Drei Mal darfst du raten.«

Knut schwieg.

»Dass er was für dich hat. Das hat er gesagt. Hoffentlich haben die Idioten nicht alle Spuren …«

»Warte! Das ist alles? Er hat was für mich?«

»Ich hab's mitgeschnitten«, mischte sich Diehl in den Funk.

»Ja«, sagte Veith. »Er war so geistesgegenwärtig und hat das Telefonat aufgezeichnet … Bist du bereit?« Veith kam zur Scheibe und winkte Knut auszusteigen. Es gelang ihm bloß unter Schmerzen. Veith half ihm und redete gleichzeitig mit den Journalisten. Irgendwie versuchte er, Knut vor den Wissbegierigen abzuschirmen und ihn zum Haus zu eskortieren.

»Er wird keine Fragen beantworten. Wenden Sie sich bitte an die Pressestelle in Niebüll!« Diehl schob sich schützend vor die beiden. »Wenn Sie nicht sofort aufhören und dahinten auf die Straße gehen, werde ich Platzverweise aussprechen. Das ist Privatgrund hier. Haben Sie verstanden?«

Während Diehl am Gartentor stehen blieb, begleitete

Veith ihn zur Haustür. Knut schloss auf. Wie gewohnt knipste er das Licht an …

Es blieb aus. Wahrscheinlich waren die Halogenstrahler kaputt, die …

Alle auf einmal?

»Butch?«

Gewöhnlich war der alte Herr bereits auf dem Weg, aber jetzt konnte Knut kein Tapsen oder Hecheln hören.

»Butch?«, rief er erneut.

Nichts.

Das einzige Licht drang aus dem Wohnzimmer. Hatte er vergessen, die Stehlampe auszuschalten, als er heute Morgen …?

Knut wurde nervös, warf Veith einen Blick zu. Der zückte seine Dienstpistole. Während Blitzlichter und aufgeregte Fragen in seinem Rücken aufbrandeten, trat Knut in den Flur.

Er war kaum drei Schritte im Haus, als er es sah.

»Ach du Scheiße«, entfuhr es Veith, der wie Knut stehen geblieben war und ins Wohnzimmer starrte.

»Mach die Tür zu«, zischte Knut.

»Was?«

»Mach die verdammte Haustür zu.«

Veith drehte sich um, sah in die Objektive, die Augen in der Dunkelheit, die gierig an ihm vorbeispähten und versuchten, einen Blick auf sie zu erhaschen.

»Handschuhe«, ermahnte Knut ihn.

Veith zückte sie, bevor er den Türknauf berührte und die Haustür schloss.

Sofort waren alle Rufe nur noch gedämpft zu hören. Eine gespenstische Stille umgab sie.

Knut hatte sich nicht bewegt. Starr stand er im Flur, den Blick ins Wohnzimmer, auf Butch gerichtet.

Der Hund lag in seinem Blut auf dem Boden.

Er war ausgenommen worden.

Entsetzt hielt Knut sich die Hand vor den Mund, musste gegen den unbändigen Drang ankämpfen, nicht zu ihm zu stürzen, nicht hinzulaufen, nachzusehen, ob er, Butch …

Butch war tot.

Eindeutig.

Und es war wichtig, alle Spuren …

Butch! Du Arsch! Wenn … Wenn ich dich …! Du Wichser! Mein Gott.

Seine Gedanken wirbelten umher, während sein Blick hinter den alten Herrn wanderte. Im Licht der Stehlampe schimmerte das Symbol an der Wohnzimmerscheibe. Die drei Runen. Mit Butchs Blut geschrieben. Einen Meter mal einen Meter.

Er wagte sich einen halben Schritt vor. Zwischen seinem toten Freund und der Scheibe lag etwas. Es war akkurat auf dem Teppich abgestellt worden.

Eine Pappschachtel.

Sie war nicht größer als ein Schuhkarton, und im Licht der Stehlampe konnte Knut erkennen, dass ihr Boden durchweicht und ebenso dunkel wie das Blut um Butch war.

Knut nahm all dies wahr, doch er wusste nicht mehr, was er fühlen sollte. Abscheu, Wut und Trauer vermischten sich und ließen ihn zittern.

Knut kam es wie eine Ewigkeit vor, wahrscheinlich waren es jedoch bloß zehn Minuten, bis Helen, Maas und seine Männer eintrafen. Einige waren vom Kinderzimmertatort abgezogen worden. So langsam neigten sich Maas' Reserven dem Ende zu, und wie Knut erfahren hatte, zog er bereits Beamte aus Kiel ab und hatte Hamburg um Amtshilfe gebeten.

Seinen Beamten gelang es zwar nicht, die Meute vor dem Haus zu vertreiben, aber immerhin drängten sie die Presse zurück auf die Straße und sperrten das Haus weiträumig mit Flatterband ab.

Die ganze Zeit über hatte Knut gemeinsam mit Veith im Flur gewartet und über Funk Kontakt gehalten.

Der Killer hatte, laut Spurensicherung wahrscheinlich mit einem Schraubenzieher, die Terrassentür aufgehebelt und war ins Haus eingedrungen. Keine große Tat.

Genauso beiläufig hatte er anscheinend auch Butch getötet. Es gab jedenfalls keine Anzeichen von einem Kampf oder Gegenwehr. Vermutlich war Butch trotz des Einbruchs in seiner herzensguten Art ohne Argwohn zu ihm getrottet.

Er war schnell gestorben. Immerhin dieser Trost blieb Knut.

»Das Paket?« Er nickte zur Pappschachtel, die noch immer dort lag, wo der Killer sie deponiert hatte. Gemeinsam mit Helen und Maas hielt er sich zurück, stand vor dem kalten Kamin und vor seinem antiquierten Plattenspieler. Er wusste schon jetzt, dass er ausziehen würde. Dies war nicht mehr seine Wohnung.

Mittlerweile war Butch fortgebracht worden. Sie alle trugen jetzt die weißen Overalls der Kriminaltechniker. Die Männer huschten geschäftig umher, fotografierten und nahmen Proben. Selbst in Knuts ungepflegtem Garten standen drei vom Erkennungsdienst und steckten Schildchen ins Beet. Strahler erhellten die Nacht.

»Gleich«, bat Maas um ein wenig Geduld. Dann führte ein Beamter einen Sprengstoffhund herein. Maas und sein Team hatten darauf verzichtet, einen Roboter anzufordern, und sich für den Hund entschieden. Die Schäferhündin schien aufgeregt und wenig konzentriert, aber ihr Trainer war nach ein paar Mal Schnüffeln bereits zufrieden.

Er gab Entwarnung.

Maas zupfte seine Einweghandschuhe zurecht, dann trat er zur Schachtel.

Knut und Helen taten es ihm gleich.

Die Pappe war unten tatsächlich aufgeweicht. Es handelte sich um den schlichten Karton eines bekannten Onlinekaufhauses, wie er zu Hunderttausenden am Tag verschickt wurde. Der Mörder hatte sämtliche Adressaufkleber entfernt, jedoch stümperhaft. Ein paar Fetzen der Etiketten waren noch dran. Auch ein Stück eines Strichcodes. Der Deckel war bloß eingeklemmt, nicht verklebt.

Maas checkte die Uhrzeit mittels seines Tablets und schaltete die Diktierfunktion ein. Er schob das Gerät auf den Teppich, darauf achtend, nicht gegen den Karton zu stoßen.

»21:26. Ich öffne das Paket an Ort und Stelle. Herr Ziegler schießt Fotos. Zeugen sind Ziegler, Jansen, Henning.« Behutsam klappte er den Deckel auf.

Zuerst erkannte Knut nicht, was darin lag. Es sah aus wie ein schwarzes, mit Blut verschmiertes Kissen oder Tuch. Dann wurde ihm klar, was sie vor sich hatten. »Ist das …?«

»Ja. Da tippe ich auch drauf«, meinte Maas.

»Eine Lunge?«, fragte Helen.

Maas nickte. »Augenscheinlich handelt es sich in dem Karton um ein Organ. Punkt«, diktierte er.

»Was ist das da?« Knut hatte etwas Weißes am Rand erspäht, etwas lugte unter der Lunge hervor.

»Würde mir jemand eine Pinzette reichen?« Wie sooft fragte Maas nicht, sondern befahl. Einer der Kriminaltechniker tat ihm den Gefallen. »Okay. 21:27. Da wurde etwas unter das Organ geschoben. Sieht aus wie … Ja, ich kann es vorsichtig herausziehen. Es handelt sich um ein Stück Pappe. Beschichtet. Handtellergroß. Es wurde abgerissen.«

Knut und Helen sahen zu, wie Maas das Stück Karton für einige Fotos in einen sterilen Behälter schob. Die Pappe war angeweicht. Auf einer Seite standen Worte. Sie waren kaum zu erkennen, weil der Filzstift – oder war es Kuli? – durch das Blut extrem verlaufen war. Die Schrift war kindlich, als habe ein Viertklässler angestrengt versucht, schön und fehlerfrei zu schreiben.

N man tör me Miss on

Si ird sterb n

Sie halt ch icht auf

Sie wussten alle drei, was das bedeutete.

Es war eine Kriegserklärung.

18

Den Dünenkieker, der über einen einspurigen Sandweg zu erreichen war, hatte Helen in den letzten Monaten zu einem regelrechten Kleinod umgebaut. Nachdem ihr Vater das Restaurant die Jahre vor seinem Tod eher stiefväterlich behandelt hatte, war es unter Helens Regie langsam, aber sicher aus seinem Dornröschenschlaf erwacht.

Die Balken des Fachwerkhauses waren gestrichen, die Gefache ausgebessert und die Schutzscheibe auf der Terrasse erneuert worden. Die hässlichen Waschbetonplatten hatte sie gegen Kies ersetzt, und statt nur auf der Terrasse Sitzplätze anzubieten, hatte Helen mit Erlaubnis der Stadt auch direkt an einer Düne einige ziemlich kultige Sitzgelegenheiten aus Strandholz und Kisten geschaffen.

Der Parkplatz war bis auf den Citroën Pallas des Kochs leer. Knut, der hinter Helen herfuhr, hatte für die Schönheit des reetgedeckten Hauses allerdings keinen Blick übrig. Sein Traum, den Abend mit Helen zu verbringen, war nun zwar wahr geworden – aber er wünschte sich innigst, es wäre anders gelaufen. Eigentlich wünschte und dachte er gar nichts mehr. Selbst die unglaubliche Wut auf jenen Mann, der seinen Hund umgebracht hatte, lag mittlerweile unter einer dicken Schicht Müdigkeit begraben.

Widerwillig hatte Knut einer Obduktion von Butch zugestimmt, obwohl sie alle – ihn eingeschlossen – wussten, dass sie sich an einen Strohhalm klammerten und keine neuen Erkenntnisse gewinnen würden. Als sie Butch jedoch hochhoben und hinaus zum Polizeiwagen trugen, hielt Knut es nicht mehr aus. Er drängte sich an Maas vorbei und eilte zur Gästetoilette. Hier gab er still seinen Emotionen freien Lauf, weinte und drohte lautlos seinem Gegner, ihn umzubringen.

Seine verheulten Augen konnte er vor Helen kein bisschen verbergen, und als sie vorschlug, er möge zu ihr in den Dünenkieker kommen, stimmte er erleichtert zu. Soko und LKA hin oder her, selbst wenn die Spurensicherung in Rekordzeit fertig werden und obendrein noch alles besenrein hinterlassen sollte, wollte er die Nacht nicht im Haus verbringen.

Eigentlich bezweifelte Knut, auch nur eine weitere Nacht in seinem Leben dort zuzubringen. Schon bei der Sandwitwe hatte es Wochen gedauert, bis er sich wieder einigermaßen sicher in seinen eigenen vier Wänden gefühlt hatte. Nun war sein Zuhause endgültig entweiht. Beschmutzt durch den Killer und voller Erinnerungen an Butch. Trauer und Furcht. Zwei Gefühle, so nah beieinander – aber in diesem Fall zankende Geschwister, die ihn sicher Nacht für Nacht in dem kleinen Haus anbrüllen würden.

Es war eindeutig Zeit für einen Tapetenwechsel.

Vielleicht für einen großen, wenn der Fall abgeschlossen war.

Knut zog seine Sporttasche, in die er das Nötigste gestopft hatte, vom Sitz und stieg aus.

Dünenkieker. Ein hübsch verziertes Namensschild schwang über der Eingangstür und leuchtete in die Dunkelheit. Er folgte Helen ins Restaurant. Es roch nach Essen und altem Holz.

»Danke, dass ich hier unterkommen kann.«

»Das ist ja wohl das Mindeste.« Helen hatte im ersten

Stock einige Zimmer ausbauen lassen. Sie wohnte hier oben mit zwei Männern: ihrem französischen Koch, den sie sozusagen mit dem Haus geerbt hatte, und Björn, einem jungen Mann, der ihr beim Ausbau und Knut ab und an in Sachen IT half.

»Du kannst hier so lange bleiben, wie du möchtest.«

»Ich will dich da nicht so tief mit reinziehen. Ich denke, ich werd morgen ein Hotel suchen oder so.«

Sie blieb auf der Treppe stehen. »Mich reinziehen? Ich steck doch schon mittendrin. Aber wenn du unbedingt in einem Hotel übernachten willst …« Ihr Lächeln war bezaubernd.

Personenschutz hatte er abgelehnt, aber wenn dieser Killer wusste, wo er wohnte, war es für ihn sicher auch ein Leichtes, Helen im Dünenkieker aufzusuchen. So gesehen war es vielleicht doch gut, wenn er bei ihr blieb. »Lass uns das morgen klären«, meinte er erschöpft und folgte ihr hinauf in eines der beiden Gästezimmer.

Während sie Licht machte und ihm alles zeigte, sank er aufs Bett. Umständlich zog er sein Hemd aus. Seine Wunden schmerzten, sodass er sich kaum bewegen konnte. Er hörte, wie sie ins kleine Bad verschwand und den Wasserhahn aufdrehte und stellte sich vor, wie sie mit einem Handtuch wiederkam und sich behutsam seinen Wunden widmete. Wie sie ihn wusch und mit ihren Händen über seinen Körper strich. Wie sie sich zärtlich küssten … Wie er den Kopf auf ihren Bauch betten und langsam einschlafen …

Sie kam tatsächlich mit einem feuchten Tuch, aber er schlief bereits. Nur das Hemd abgestreift, Schuhe und Hose noch an, war er auf die Matratze gesunken.

19

Ungeduldig blickte Helen auf die Küchenuhr. Es war noch immer dieselbe, auf die sie vor über zwanzig Jahren jeden Morgen vor der Schule geschaut hatte. Sie sah es noch vor sich: Ihre ganze Familie – Vater, Mutter und ihre Schwester – hockte an dem winzigen Küchentisch hier im Haus in der Rieke Reech. Das Radio lief, die Toasts flippten aus dem Toaster, der Morgen graute, und alle spielten heile Familie.

Schon nach halb neun, stellte sie fest.

Zweifellos waren Knut und Maas längst im Revier und trugen die Fakten zusammen, die sie beim Kinderzimmermord und bei Knut zu Hause gesammelt hatten. Und sie? Sie musste hier rumsitzen und warten, bis der Makler mit den potenziellen Käufern das Haus ihrer Kindheit inspiziert hatte.

Zwischen Tür und Angel hatte sie heute Morgen Knut zugesagt, in die Polizeiwache nachzukommen. Der Gedanke an ihn ließ sie schmunzeln. Wie einen kleinen Jungen hatte sie ihn gestern bis auf die Unterhose ausgezogen und die Bettdecke über ihn gelegt. Er hatte nicht mal mit den Lidern geflattert, sondern tief und fest vor sich hin geschnarcht. Am Morgen hatte sie ihn kaum wach gekriegt, und dann hatte es noch einmal eine gute halbe Stunde gebraucht, bis er duschen gegangen war.

»Wie sieht's denn nun aus?«, drängelte sie und warf einen Blick die Treppe zum ersten Stock hinauf. Dort oben befanden sich das Schlaf- und die einstigen Kinderzimmer. Jegliche Versuche, das Haus in der Rieke Reech möglichst freundlich anzupreisen, waren mittlerweile passé. Helen gab sich keine Mühe mehr, auch weil diese Besichtigung kein Ende nahm.

Wenn der Pflichtteil, den sie abzugeben hatte, bei der neuerlichen Schätzung nicht so unsagbar hoch angesetzt worden wäre, sie hätte die heutige Begehung sofort abgesagt. Der Makler hatte jedoch auf ihrer Anwesenheit bestanden, da er rechtliche Konsequenzen fürchtete, sollte er das Haus unter Richtwert verkaufen. Es schmerzte sehr, das Elternhaus wegzugeben, dieses Haus, in dem sie groß geworden war und das ihr Vater ihr vermacht hatte. Und nun sollte es dieses Dauergrinse-Pärchen bekommen? Und das auch noch zu einem Spottpreis? Kein Wunder, dass der schlanken Grazie mit den bunt besetzten Fingernägeln und ihrem sakkotragenden Sonnenstudioschatz das Lächeln nicht aus dem Gesicht wich, obwohl sie nörgelten und nörgelten.

»Hach … Das Haus ist schon reizvoll, aber … Ich weiß nicht«, antwortete Schatz. »Was sagst denn du?«

Helen verdrehte die Augen. Sie musste alles, so schnell es ging, zu Geld machen – und die beiden wussten das. Kein Geld hieß, sie konnte ihre Schwester nicht auszahlen – und somit würde auch der Dünenkieker unter den Hammer kommen. Das durfte einfach nicht passieren.

Helen nippte an ihrem Kaffee. »Was ist denn *aber*?«, rief sie hinauf.

»Wir müssen noch mal genau beraten, nicht, Hase?«

Die Antwort von Hase konnte Helen nicht hören. Innerlich verdrehte sie die Augen.

»Oh«, trällerte es von oben. »Kaffee? Das riecht so gut. Haben Sie etwa Kaffee da unten?«

Helen ersparte sich eine Antwort, setzte sich stattdessen zurück an den Küchentisch und prüfte ihre Prothese. Der Stumpf scheuerte am Liner. Wahrscheinlich hatte sie ihn nicht gründlich genug gereinigt. Brummelnd nahm sie die Prothese ab, strich über den Liner und lauschte auf die Ausführungen des Maklers, der jedes Zimmer pries, als handle es sich um die Gemächer von Ludwig XIV.

In diesem Moment wünschte sie sich zum ersten Mal, seitdem sie nach Valandsiel zurückgekehrt war, das Haus-Kapitel endlich hinter sich zu lassen und die Tür ein für alle Mal zuzuziehen.

Sicher diskutierten Knut und Maas gerade die Ergebnisse aus der Gerichtsmedizin und analysierten Diehls Mitschnitt des gestrigen Anrufs.

Sie legte die Prothese wieder an und stellte zufrieden fest, dass sie nun besser saß.

»Schatz, überleg doch mal«, hörte sie die Frau reden. »Wenn wir die Wohnzimmerwand rausnehmen und die Bar wegreißen, dann können wir mein Nagelstudio auch nach unten legen.«

»Ich weiß nicht«, moserte er. »'ne halbe Million? …«

»Kauft es, oder lasst es bleiben«, brummelte Helen leise. *Nagelstudio.* Sie stand mit geübten Schwung auf. In ihrem unnachahmlichen wiegenden Schritt ging sie ins Wohnzimmer. Im Fernseher, den der Makler beim Rundgang eingeschaltet hatte, liefen leise Nachrichten auf irgendeinem Spartensender.

Durch die Panoramascheibe sah sie die Nordsee. Sie konnte sich noch erinnern, wie sie vorletzten Sommer – nach zwanzig Jahren – das erste Mal wieder hier gestanden hatte. Nur wenige Wochen nach seinem Tod.

Sie wandte sich zur Bar um. Eigentlich trank sie nur ab und an einen Wein, aber heute brauchte sie etwas mehr

Feuer. Sie fuhr mit dem Finger die Whiskys und Schnäpse nach und kippte sich schließlich einen Schluck Asbach Uralt in den Kaffee.

Ob ihr Vater es akzeptiert hätte, dass sie das Haus zugunsten seines ehemaligen Restaurants aufgab? Was hätte er wohl über die Erbschaftsstreitereien gedacht?

Wahrscheinlich ist es ein Segen, grübelte sie, nicht mit den Toten sprechen zu können.

Ein Sprichwort fiel ihr ein, das sie immer gemocht hatte: »Die Toten kennen den Wert von weißen Laken nicht.«

Beerdigungen wurden für die Hinterbliebenen veranstaltet, nicht für die Toten.

»... wird der Fall wahrscheinlich neu verhandelt. Der erfolgreiche Immobilienmakler Doktor Chris Sawyer sitzt seit achtzehn Monaten in Untersuchungshaft ...«, drang es aus dem Fernseher und ließ Helen aufhorchen. Hatte sie den Namen eben richtig verstanden?

Skeptisch ging sie hinüber.

Die Aufnahmen zeigten ein typisches Bild: eine Horde Reporter auf der Treppe eines Gerichtsgebäudes. Jeder versuchte, ein paar gute Bilder des Verdächtigen zu erhaschen, der jedoch von Polizeibeamten und dem Team der Anwaltskanzlei abgeschirmt wurde. Als die Polizisten eine Lücke ließen, konnte Helen sein Gesicht sehen.

Some say the world will end in fire.

Sie spürte, wie sich ihr Magen umdrehte. Das Blut sackte ihr weg. Ihr kam nicht mal der Gedanke, sich hinzusetzen. Stocksteif stand sie da, die Augen auf das ansonsten unspektakuläre Bild geheftet.

Obwohl er nichts sagte, nicht mal in die Kamera schaute, zog es Helen den Boden unter den Füßen weg.

Vor drei Tagen, bei ihrem Telefonat mit ihrem Chef, hatte sie noch eisern daran geglaubt, ihn niemals wiederzusehen. Hatte sich zumindest gezwungen, das zu glauben.

Chris in ihren Albträumen zu sehen, damit hatte sie in den letzten Monaten leben gelernt – so gut es ging. Aber jetzt sein Gesicht vor sich zu haben, das war beinahe schlimmer als sein unerwarteter Anruf vor einem Jahr.

I got your greetings from Valandsiel ... I'd love to see you again.

Während ihr Herz wild hämmerte, sah sie wieder und wieder die vom Sender eingeblendete Schleife. Diesen Blick zwischen den Polizisten hindurch, die Sekunde, als sich ihre Schirmmützen wegdrehten und er zu sehen war. Ein Schatten, der sich aus der Dunkelheit ihres fremden Lebens löste und hinüberschwappte ins Hier und Jetzt.

I'd love to see you again.

Das hatte er letzten September zu ihr gesagt – mit seiner honigsüßen Stimme.

Sie hatte befürchtet, er würde sie belästigen. Also hatte sie sich einen neuen Handyvertrag zugelegt und die Festnetznummer ändern lassen. Sowohl vom Dünenkieker als auch vom Haus in der Rieke Reech. Doch ein weiterer Anruf war ausgeblieben – weder auf dem alten Handy, das sie Knut gegeben hatte, um alles zu protokollieren –, noch auf einer der neuen Nummern. So plötzlich Chris letztes Jahr mit diesem Anruf aus der Versenkung aufgetaucht war, so gründlich blieb er die letzten zwölf Monate verschwunden.

Nach seinem Anruf im Spätsommer hatte Helen ehemalige Kollegen in Seattle gefragt, wie groß die Gefahr wirklich sei, dass er nach Deutschland käme. Immerhin hatte er aus dem King County Jail heraus ihr die Männer eines Rockerklubs auf den Hals gehetzt. Sämtliche Kollegen hatten abgewinkt und behauptet, dass Chris Sawyer der

Prozess gemacht werde und die Beweislage erdrückend sei. Wegen Fluchtgefahr hatte der zuständige Richter damals nicht einmal eine Kaution zugelassen.

Alles schien in Ordnung, der Anruf lediglich eine perverse Genugtuung von Chris. Dann meldete sich Nicols, ihr Chef. Und jetzt das.

Sein Gesicht im Fernsehen. Auf diesem deutschen Nachrichtenkanal. Mit seinen Verbrechen hatte er den Sprung über den Großen Teich immerhin geschafft.

»Ihm wird vorgeworfen, durch Immobilienbetrug, aber vor allem durch Erpressung in dreiundzwanzig Fällen sowie Menschenhandel seit den 2010er-Jahren mehr als 95 Millionen Dollar …«

Chris wirkte ein wenig eingefallen, hatte ein paar Kilo abgenommen. Sie erkannte es trotz seines teuren Designeranzugs. Ansonsten war alles wie früher. Er war wie immer tadellos gestylt. Die Frisur, der Anzug, sein Hemd …

»Die Staatsanwaltschaft geht davon aus, dass Doktor Chris Sawyer einer der führenden Hintermänner im organisierten Verbrechen Seattles ist …«

Wenn der Fisch das Boot umkreist, stellt sich dem Angler zwangsläufig die Frage: Wer jagt hier wen?

Diese Frage hatte sie damals zu spät beantworten können. Viel zu spät.

Und sie liegt auf dem Rücken, den ausgetretenen, dreckigen Dielen der Bar. Richard »Fist« Hollow lächelt, setzt die Pumpgun auf ihr Bein. Einfach so. Weil er es kann.

Fist grinst. Und sie weiß nicht, warum. Er hält ihr das Handy hin, hält es ihr schmunzelnd vors Gesicht.

»Er will sich noch verabschieden, Bitch«, spottet er, und mit einem Mal sieht sie Chris. Sein Gesicht.

Chris Sawyer auf dem Display von Fists Handy.

Und Chris lächelt.

Ihr Verlobter grinst feist, sieht ihr zu, wie sie blutend auf dem Rücken liegt …

»Das ist für dich, mein Schatz«, sagt er grinsend. Sweetheart, *er nennt sie tatsächlich* Sweetheart, *was er noch nie getan hat. Bevor Fist ihr den verfickten Fuß wegschießt.*

Chris Sawyer.

In der Hölle sollst du schmoren!

Sie hatten einen Rockerklub gestürmt, deren Mitglieder tief in Prostitution und Menschenhandel verstrickt gewesen waren. Doch Helen war in eine Falle gerannt. Fist Hollows Männer, alle bis an die Zähne bewaffnet, hatten ihnen aufgelauert. Sie hatte ihr Bein verloren und viele gute Kollegen ihr Leben. Doch das Schlimmste an all dem war, dass sie sich die Schuld am Hinterhalt gab. Sie hatte Chris Sawyer alle nötigen Informationen geliefert, um den Zugriff abzuwehren. Er hatte sie ausgenutzt, hatte sie hintergangen.

Er hatte ihr den liebenden Verlobten vorgespielt, bloß um an Informationen des FBI zu gelangen.

Und sie war drauf reingefallen.

»… scheint sich noch vor dem Prozess gegen Doktor Sawyer eine peinliche Schlappe für den Seattle Municipal Court abzuzeichnen. Offenbar kam es in dem Verfahren gegen Doktor Sawyer zu erheblichen Fehlern. Die Anwaltskanzlei Feynman & Groyer spricht von ›groben Verfehlungen‹ und einer – ich zitiere, ›erpressten Aussage‹. Die Kanzlei wird noch in dieser Woche die Freilassung ihres Mandanten beantragen.«

Helen rutschte der Kaffeebecher aus der Hand. Er schlug auf den Couchtisch auf. Scherben spritzten nach allen Seiten, aber sie zuckte nicht einmal mit der Wimper, sondern starrte stattdessen auf die Einblendungen und hektischen Headlines, die ein Drittel des Bildes bedeckten.

Als Archivmaterial eingeblendet wurde und sie im zuckenden Blaulicht der Dutzend Krankenwagen den Parkplatz wiedererkannte und die in der Morgenkälte schimmernde Aurora Avenue, konnte sie sich nicht mehr beherrschen. Mann um Mann wurde aus dem Haus getragen. Polizei, Presse und FBI wuselten herum. Sie sah sich selbst, meinte, sich zu sehen, unter all den Opfern, die Fists Hinterhalt gefordert hatte. Dort, auf einer der Liegen, die durch den Novembermorgen zur Armada der Rettungswagen geschoben wurden.

Helen schwindelte, und sie musste würgen.

Die frische Luft tat gut. Vor dem Haus atmete sie ein paar Mal tief durch. Es war nicht ihre Art, einfach alles stehen und liegen zu lassen – aber was soll's!

Sollte sie Knut anrufen? Sofort Alarm schlagen?

Helen, Schätzchen. Chris kommt nicht raus.

Doch. Er kommt raus.

Und wenn schon. Das heißt noch lange nicht, dass er hierherkommt. Warum sollte er dir nach all den Monaten noch nachstellen?

Weil's seine Art ist. Weil er es kann!

Werd nicht wieder paranoid.

Bin ich doch längst.

Sie schloss den Wagen auf und sank hinters Steuer. Ihr Herz raste noch immer, aber sie war wie gelähmt.

Er wird kommen und beenden, was diese Idioten von den Brüdern Asgards nicht geschafft haben. Das wird er sich nicht nehmen lassen, dachte sie. Wenn er freikommt, taucht er hier auf, und dann … dann … dann …

Sie hasste es, wenn sie nicht mehr klar denken konnte.

Helen atmete mehrmals bewusst durch und zählte nach jedem Atemzug bis zehn.

Die Vorstellung, sie müsste noch einmal in ihrem Leben in dieses feiste Grinsen blicken. In seine Augen. Ihn hören und riechen.

Lieber Gott.

Sie schrie, hieb ein, zwei, drei, vierfünfsechssieben Mal auf das Lenkrad. Ihr Schrei hallte im Wagen wider.

20

In Knuts Büro wurde noch immer das Hauptquartier der Ermittlungen eingerichtet. Geschäftig schlossen Maas' Mitarbeiter PCs an, schoben letzte Stellwände in Position und checkten Unterlagen. Jeder ging seinen Aufgaben nach, pinnte und notierte, was sie bereits herausbekommen hatten.

Das Zimmerchen im hinteren Bereich der Villa, in der das Polizeirevier untergebracht war, war kaum noch wiederzuerkennen. Ein Dutzend Laptops surrte vor sich hin, Fernseher zeigten Nachrichten, die Wände waren mit Landkarten und Fotos gepflastert.

Knut stellte sich hinter den Soundexperten, der mit Maas seit frühmorgens vor der Aufzeichnung des Anrufs saß.

»Und da ist wirklich nichts im Hintergrund zu hören?«, wollte Knut wissen. Er war noch immer saumüde und bekam langsam wieder Hunger.

Maas schüttelte den Kopf. »Sie haben doch alles rausgefiltert?«

Der Mann neben ihm nickte. »Ich habe versucht, etwas zu isolieren. Das Schlagen einer Autotür verrät uns manchmal die Marke, manchmal öffnen die Anrufer eine Tablettendose oder rauchen, oder jemand im Hintergrund sagt etwas, und wir können darüber die Identität weiter einkreisen. Aber hier? … Nichts.«

»Lassen Sie es noch mal laufen«, seufzte Maas.

Knut stöhnte. Er wusste nicht mehr, wie oft sie die Sätze schon gehört hatten. Noch immer wurde ihm bei der Stimme unbehaglich.

Maas nickte einem Beamten zu, der daraufhin die Datei anklickte. Auf dem Screen erschien eine Audiokurve. Schon beim ersten Wort stellten sich Knuts Nackenhaare wieder auf.

»Klopf-klopf ... Oh, bist du immer noch im Krankenhaus?« Die Stimme schnurrte geradezu, war weder tief noch hell und die Aussprache extrem artikuliert. »... Ich habe ein Geschenk für dich, Knut Jansen. Na, ich lass es einfach bei dir. Auf dass wir uns nicht wiedersehen.« Beim ersten Mal war Knut überrascht gewesen, dass die Stimme nicht verzerrt worden war und der Anrufer sie nicht verstellt hatte. Die Worte klangen auch nicht auswendig gelernt, eher wie ein charmant und sehr schmeichelnd vorgetragener Flirt.

»Gut. Was haben wir? Der Anruf kam von einem Einweghandy«, meinte Maas und stand auf, um sich zu strecken. »Wir gehen davon aus, dass er von Ihrer Wohnung aus im Revier und bei der Presse angerufen hat. Zumindest deutet die Funkzelle darauf hin, dass er von Ihrem Haus aus anrief.«

»Er verstellt nicht mal die Stimme, ruft von meinem Grundstück an ...« Kopfschüttelnd löste sich Knut vom Anblick der Audiokurven und ging voraus. »Ich brauch mehr Kaffee. Der Typ muss sich ziemlich sicher fühlen.«

»Sehe ich genauso.« Maas folgte ihm nach vorne in den Vorraum des Reviers.

»Vielleicht hat das ja auch was Gutes.«

»Sie meinen, er begeht dadurch einen Fehler?«

Knut zog die Kaffeekanne aus dem Automaten, der in Birthes Arbeitsecke stand, und goss sich ein. »Kann doch sein.«

»Da bin ich eher skeptisch.«

Knuts Magen knurrte. Vor einer halben Stunde hatten sie alle durch die Bank beschlossen, ein spätes Frühstück zu bestellen. Es war immer noch nicht da.

Am Kaffee nippend, ging er hinter dem Tresen hervor zu den Fenstern und lüpfte die Jalousie. »Ich glaub, die Fischbrötchen müssen die per Drohne herfliegen … Mann, das kann ja wohl nicht wahr sein!«

Vor dem Revier hatten sich Dutzende Reporter und Neugierige versammelt. Einer der Herren pinkelte gegen den riesigen Metallschrank, den Knut letztes Jahr eigenhändig aus seinem Büro gezogen und an den Straßenrand gestellt hatte. Ein zarter Befreiungsschlag gegen seinen Vater, der über Jahrzehnte seinen Kram darin aufbewahrt hatte. Damals hatte Knut ein Zeichen setzen und zeigen wollen, dass er jetzt Leiter des Reviers war.

Obwohl der Schrank nach einem Jahr in Schnee und Regen sichtlich gelitten hatte, ärgerte es ihn, dass einer der Journalisten sich an ihm erleichterte. Egal ob das Monstrum nun reif für den Schrottplatz war oder nicht.

»Immerhin haben wir eine recht präzise Beschreibung. Dank Ihres Eingreifens«, stellte Maas fest, der Birthes Hotrod-Sammlung begutachtete. Während Knut den Flur hinunter sein eigenes Büro hatte, hatten sich Birthe, Diehl und Veith im einstigen Verkaufsraum des Gemüseladens ihre Reiche geschaffen. Hinter einem hundert Jahre alten Tresen standen ihre Schreibtische, wobei Birthes Platz aussah, als sei er geradewegs aus den Fünfzigern teleportiert worden, inklusive Wählscheibentelefon auf Spitzentischdeckchen und Starschnitten an der Wand.

»Ja. Hat denn die Auswertung der Telefonzelle was gebracht?« Als Knut die Jalousie wieder zufallen lassen wollte, sah er Helen. Sie machte einen niedergeschlagenen Eindruck, drückte sich harsch durch die Menge.

»Bisher nicht.«

Die wenigen Schritte von der Straße zum einstigen Gründerzeithaus, welches das Revier beherbergte, hatten bereits am frühen Morgen einem Spießrutenlauf geglichen. Übertragungswagen standen den Rinnstein runter bis zur Promenade, und neben den professionellen Kamerateams und Journalisten waren jede Menge Touristen und Einheimische stehen geblieben. Sie filmten mit ihren Smartphones und Tablets in der Hoffnung, irgendetwas Spektakuläres einzufangen. Was immer das sein sollte.

Ohne auf die Kameras zu achten, schlängelte sich Helen durch die Menschen. Knut erkannte an ihrem abwesenden, aber harten Blick, dass etwas vorgefallen sein musste. Wahrscheinlich hatte es was mit dem Haus und ihrer Schwester zu tun.

Er riss die Tür auf. »Komm«, sagte er und zog sie, so schnell es sein verletzter Arm zuließ, von den Fragen und dem einsetzenden Blitzlichtgewitter weg ins Revier. Rasch schloss er die Tür. »Eine wahre Freude, so viele interessierte Menschen zu sehen«, versuchte er, sie aufzumuntern. Es gelang ihm nicht.

»Wir müssen Fotos von allen machen. Auch am Tatort alles und jeden dokumentieren«, brummte sie schroff und streifte ihre Jacke ab. Sie sah ihn nicht mal zur Begrüßung an. »Habt ihr irgendwelche Erkenntnisse zum männlichen Opfer? Kann ich Friedrichs' Bericht lesen?«

Anstatt auf eine Antwort zu warten, war sie bereits hinter den Tresen getreten und drauf und dran, in Knuts Büro zu eilen.

Knut und Maas warfen sich einen misstrauischen Blick zu. Ihnen beiden war Helens Aktionismus nicht geheuer.

Seufzend löste sich Maas aus Birthes Schreibtischecke, nahm seinen Kaffee und stellte sich Helen in den Weg.

»Sekunde. Erst mal guten Morgen«, sagte er und fuhr dann fort. »Gleicher Modus Operandi. Zwei Einstiche in der Brust. Allerdings hat unser Täter dank Jansen seine Tat nicht vollenden können. Wir haben einen Rucksack mit Plastikbehältern und Einweckgläsern sichergestellt.«

Knut trat zu den beiden. »Wir haben hinten Fotos.«

»Und die Aufnahmen von den Schaulustigen habe ich bereits gestern veranlasst«, meinte Maas.

Helen nickte, schob sich an Maas vorbei und marschierte schnurstracks den Flur zu Knuts Büro hinunter. »Gut. Unser Täter ist extrem eitel. Er sehnt sich nach Anerkennung, nach Größe. Wahrscheinlich kreuzt er da draußen auf – oder hat es längst getan. Der bleibt immer auf dem Laufenden und genießt es, wenn alle über ihn reden.«

Bevor sie eintreten konnte, hatte Knut sie eingeholt und hielt sie sanft am Arm fest. Sie fuhr zu ihm herum. Ihr Blick gefiel ihm nicht. Sie hatte geweint, die Spuren aber einigermaßen mit Make-up verwischt. Dennoch kannte er sie mittlerweile zu gut, um nicht zu spüren, dass es in ihr brodelte.

»Was ist los?«, fragte er besorgt.

»Nichts«, blockte sie sofort ab.

»Komm schon. Das sehe ich doch. Was ist?«

Sie biss sich auf die Lippen, haderte mit sich.

»Du kannst es mir sagen. Ist wieder irgendwas mit irgendwelchen …« Er hatte *Rockern* sagen wollen, brach jedoch ab, weil Maas an ihnen vorbeiging und er nichts Privates vor ihm ausbreiten wollte. Maas warf Knut einen abschätzenden Blick zu, dann verschwand er in seinem Büro. Die letzten Monate hatte er aufgegeben, um Helens Anerkennung zu buhlen, aber eine unterschwellige Eifersucht auf Knut lag wie ein schlechter Geruch ständig in der Luft. »Ist was mit dem Haus?«, nahm Knut den Faden wieder auf und tastete sich vor.

»Nein. Leider nicht.«

»Sondern?«

»Is' alles gut. Wirklich, Knut. Wahrscheinlich mach ich mir nur ...«, sie winkte ab. »Ich ... ich erzähl's dir später.«

Er seufzte, hatte längst begriffen. »Es is' wegen Chris. Richtig?«

Schweigend sahen sie sich an, und er spürte, wie sehr es sie aufwühlte, wie sie am liebsten alles rausgeschrien hätte.

»Hör zu ... wir schleichen uns hier aus dem Revier, setzen uns irgendwohin, und dann erzählst du's einfach. Die kommen hier auch mal eine Stunde ohne uns klar.«

Sie versuchte so etwas wie ein Lächeln, holte dann laut Luft und schüttelte den Kopf. Er spürte, wie sehr sie sich zusammenriss.

»Ich kann das jetzt nicht brauchen. Okay? Es ist lieb, Knut. Aber ich ... ich kann da jetzt nicht drüber reden. Ich ... Lass uns das später irgendwann besprechen, ja?«

Knut nahm ihre Hände. Sie waren eiskalt. »Bist du sicher?«

Sie nickte stumm.

»Gut, wenn du meinst«, lenkte er besorgt und voller Zweifel ein. »Aber heut Abend. Wenn ein bisschen Luft ist. Ja?«

Sie blieb ihm eine klare Antwort schuldig, meinte stattdessen brummelnd: »Bring mich bloß auf andere Gedanken, Cowboy.« Und mit diesen Worten löste sie sich von ihm und betrat ihr Hauptquartier.

»Was hat die Auswertung des gestrigen Mordes ergeben? Und der Anschlag auf Butch?« Helen ließ den Blick über die Pinnwände gleiten und sog die Informationen in sich auf.

»Alles spricht für denselben Täter«, warf Maas ein, der weitere Fotos vom Kinderzimmer anpinnte. »Wir haben zusammengetragen, was immer möglich war. Hilfreich waren auch Jansens Röntgenaufnahmen.«

»Ja, der hat wahrscheinlich ein Jagdmesser in mich reingerammt«, brummte Knut. »Drei Millimeter dicke Klinge. Sicher zehn bis zwölf Zentimeter lang.«

Maas nickte. »Schuhgröße 42. Der Parka ist wahrscheinlich von Brandit. Bundeswehrparka, Vintage. Er trägt eine schwarze Neoprenhaube. Und er ist circa einen Meter fünfundachtzig groß.«

Helen blieb vor dem Phantombild stehen. Ein Mann starrte sie aus der Maske eines Neoprenanzugs an. Sein Mund war verdeckt, aber die Augen scharf und leuchtend: grün mit einem Hauch Blau.

»Ihr wisst, wie alt er ist?«, fragte sie erstaunt, nachdem sie die Angaben daneben gelesen hatte.

»Nicht hundertprozentig«, gab Knut zu. »Aber ich stand ihm ja keine Armlänge entfernt gegenüber. Und ich sag, der is' noch jung. Höchstens Mitte zwanzig. Eher so gegen achtzehn. Die Richtung.«

Helen nickte. »Hm … Das ist selten.«

»Was?«, wollte Maas wissen.

»Dass der Täter so jung ist und schon so präzise vorgeht. Wenn deine Beobachtung stimmt, Knut.«

»Klar stimmt die.« Er goss Helen einen Kaffee ein.

»Was ist denn so ungewöhnlich?«, hakte Maas noch einmal nach. »Junge Männer kommen leider als Täter mehr als häufig in Betracht. Statistisch gesehen sind sie sogar die häufigste …«

»Ja«, unterbrach sie ihn. »Als Schläger, auch als *Tot-*

schläger. Aber seltener als Serienmörder. Gibt es irgendwelche Verbindungen bei den Opfern?«

»Keine. Wir haben bisher nichts gefunden. Sein letztes Opfer war zweiundvierzig, ein übergewichtiger Familienvater. Er hinterlässt eine siebenjährige Tochter und eine Ehefrau. Die Seglerinnen waren kinderlos. Zwei eher zierliche Frauen. Weder Geburtsort, Wohnort, Alter, Statur noch Geschlecht passen. Keine körperlichen Merkmale sind gleich. Blutgruppe, Haarfarbe, Augenfarbe. Kontostand. Alles verschieden.«

»Einmal waren es zwei. Auf einem Schiff. Dann ein Familienvater im Kinderzimmer.« Resigniert rieb sich Knut die Augen. »Wir haben alles gecheckt. Ob sie verwandt waren, ob sie sich irgendwie gekannt haben könnten …«

»Bisher haben wir nichts«, brachte Maas es auf den Punkt. »Es macht ganz den Anschein, als suche er sich die Opfer willkürlich aus.«

»Das glaube ich nicht«, stellte Helen nüchtern fest.

»Wieso nicht?«

»Weil er kein Dispositionsserienmörder ist.«

»Ein was?«, hakte Knut nach.

»Über neunzig Prozent der Serienmörder töten aus ein und demselben Grund. Bei Dispositionsserienmördern ist das anders. Sie töten nach ihren aktuellen Bedürfnissen. Sie nehmen sich, was sie wollen und wann sie es wollen. Nur bei diesem Tätertyp sind die Opfer wirklich zufällig. Bei unserem Mörder sind die Situationen aber viel zu ähnlich. Wenn er zu den Dispositionsserienmördern gehören würde, dann wäre sein Töten an verschiedene situative Konflikte gebunden.«

»Konflikte? An Streit, meinst du?«, wandte Maas ein.

»Ja. Von Reizen, die von außen kommen.«

»Du meinst«, warf Knut ein, »er hat Stress, ihn nervt was, und dann – bum! Er explodiert und tötet.«

»Ja. So nehmen wir das bei einem klassischen Dispositionsserienmörder zumindest an. Aber diese Morde hier«, sie nickte zu den Fotos, »sind viel zu geplant. Das ist nicht die Handschrift eines ZUMIs.«

»ZUMI?« Maas trat neben sie und musterte die Fotos ebenfalls.

»Ziemlich *u*norganisiert, *m*äßig *i*ntelligent. Die sind am schwersten zu schnappen. Dispositionsserienmörder, die einfach zuschlagen, wenn sie was wollen. In einer rauschhaften Tat.«

»Du hast recht«, meinte Knut. »Unser Mann hier war vorbereitet. Er hatte einen Rucksack mit Equipment dabei. Er hat sich für die Tat angezogen. Der ist kein Psycho, der wie ein Schnellkochtopf explodiert. Er ist auf ein Schiff gegangen, in ein Haus eingedrungen. Der weiß genau, was er tut, und er zieht es durch.«

Helen nickte. »Absolut richtig, was du da sagst. Er plant seine Morde, und deswegen müssen – müssen! – die Opfer etwas gemein haben. Er wusste, wo die Frauen ankern. Er wusste, dass der Mann allein zu Hause ist.«

»Er hat ihn beim Home-Office überrascht«, ergänzte Maas. »Das Opfer hat ein kleines Restaurant unweit vom historischen Hafen.«

»Das Mezzo?«, warf Knut ein.

Maas nickte.

»Da war ich 'n paar Mal.«

»Meine Männer krempeln da alles um. Nehmen sich sämtliche Angestellten vor und fragen nach den Gästen. Ach ja. Die Tochter war Gott sei Dank noch in der Schule, die Mutter ist gerade auf Kur.«

»Der wusste, dass er allein ist«, stellte Helen fest. »Die

Frage ist: Was macht diese Opfer zu Opfern? Warum gerade sie?«

»Entschuldige, Helen.« Maas rückte seinen Hemdkragen zurecht. »Das muss nicht heißen, dass sie etwas gemein haben, körperlich oder vom Habitus. Vielleicht treffen sie ihn schlichtweg irgendwo.«

»Ja.« Knut lüpfte seine Basecap. »Die Idee ist gut, Maas. Ein gemeinsamer Platz. Ein Ort, wo sie alle waren.«

»Danke.« Maas schenkte Knut ein trockenes Lächeln. »Irgendwie sind sie ihm aufgefallen. Wie Rehe auf einer Lichtung. Er legt sich auf die Pirsch. Gut organisiert, bereit für den richtigen Moment.«

»Pirsch ...«, grübelte Knut laut.

»Ja. Der Typ ist ein Jäger.«

»Das hat Friedrichs auch schon gesagt ...« Knut zückte seinen Block und schlug in den Notizen nach, die er sich in den wenigen freien Momenten gemacht hatte. »Er hat den Brustkorb geöffnet wie ein Chirurg oder Jäger ... Das hat Friedrichs gesagt. Und da ist noch was.« Knut trat zu den vergrößerten Fotos, die den Stein aus der Kirche und das Symbol auf dem Schiffsdeck zeigten.

»Das Zeichen hier. Ich hab eine Expertin gefragt, sie meinte, es könne ›Jäger des Leids‹ heißen. Dieses Symbol ist bisher nur auf dem Stein bei de Plakken aufgefallen.«

»Jäger des Leids?« Maas sah sich das Zeichen an. »Ein Sadist? Vielleicht gefällt es ihm, seine Opfer leiden zu sehen. Er will sie dominieren, sie quälen und dann töten und ausnehmen wie ein Schwein.«

»Ja. Es gibt etliche solcher Täter.« Helen schlenderte an der Wand mit den Notizen und Karten entlang. »Sie planen ihre Morde, gehen sie in Gedanken immer und immer wieder durch, und dann schlagen sie irgendwann zu und setzen ihre perversen Fantasien in die Tat um.«

»Und die Lungenflügel?«, fragte Knut. »Das sind Trophäen?«

Helen schwieg.

»Wir müssen rausfinden, wo seine Lichtung ist«, sagte er. »Wo ist sein Hochsitz, von dem aus er seine Opfer auskundschaftet? Wenn wir wissen, wo er auf der Pirsch liegt, können wir ihn schnappen.«

Im Gegensatz zu Knut, der endlich einen Ansatzpunkt sah, einen Lichtstreif am Horizont, spürte Helen Zweifel. Sie nahm sich einen der Bürostühle und ließ sich hineinfallen. Gute zwei Minuten sah sie schweigend auf die ganzen Tatortfotos, die Lageskizzen und die Runen. Schließlich fiel ihr Blick auf zwanzig Bilder, die die Forensik von dem schwarzen Rucksack geschossen hatte. »Ein Sadist ... Hm ... Irgendwas stimmt nicht. Wie immer.« Sie stand auf und ging zu den Fotos. »In Seattle hatten wir 2013 eine Mordserie. Die Opfer waren schrecklich zugerichtet. Verschiedene Orte, verschiedene Geschlechter. Alles anders. So wie hier. Aber der Täter hat immer dasselbe Messer benutzt. Genau wie hier war der Modus Operandi immer gleich. Er schlug seinen Opfern auf den Kopf, fesselte sie und quälte sie. Lange. Dann stach er ihnen in den Hals. Er ergötzte sich dran, wie ›das Blut rauschend aus ihren Körpern strömte‹. So hat er das bei seiner Vernehmung gesagt. Aber ...«

»Aber?«

»Aber die Abstände der Taten sind bei einem sadistisch veranlagten Tätertyp ganz anders.«

»Inwiefern?«

»Zwischen der ersten und zweiten Tat im Schnitt um die achtundzwanzig Monate.«

»Moment. Du redest von über zweieinhalb Jahren ...«

Helen nickte. »Der Täter macht endlich seine Fantasien wahr und tötet zum ersten Mal. Danach aber verfällt der Sadist in eine Art Schock. Er sieht in den Spiegel, kann nicht fassen, dass er es war, der getötet hat. Abscheu und Faszination, Widerwille und Drang, alles verschmilzt. Nach den ersten Monaten verschwindet der Schock und dann auch die Angst, gefasst zu werden. Er ist damit durchgekommen. Jetzt kommt er in die Phase, in der er sich die Tat immer wieder vorstellt. Er zehrt noch eine ganze Weile von seinem Mord, indem er ihn Tag für Tag wieder aufruft und sich dran aufgeilt. Erst nach Monaten – im Schnitt nach eben zwei bis zweieinhalb Jahren – beginnt er, wieder auf die Pirsch zu gehen.«

»Und später?«, wollte Maas wissen. »Wenn er schon ein paar Mal gemordet hat?«

»Das ist der einzige Tätertyp, bei dem die Abstände wirklich geringer werden. Im Schnitt zumindest. Er mordet schneller. Bis zur vierten Tat dann alle vier Monate … vielleicht auch mal drei. Weil die Fantasie nicht mehr so lange vorhält. Die Bilder und die wohlige Erinnerung an den Rausch des Blutes, wenn ich das so sagen darf, verblassen nach jeder Tat schneller.«

Knut stöhnte. »Unser Täter hat sich nur *Stunden* Zeit gelassen! Wie abgestumpft muss der sein? Sag mir nicht, der hat schon hundert umgebracht.«

Helen sah sich noch einmal das Profilbild an. »Möglich. Aber unwahrscheinlich. Selbst wenn er als Kind angefangen hat.«

»Als Kind?« Maas schüttelte den Kopf. »Das sind doch Horrorstorys. Das ist völliger Quatsch.«

»Ja, denk ich auch, Johann. Aber sein erstes Opfer waren die Frauen sicher nicht. Dazu war alles zu perfekt auf dem Schiff. Ich glaube nicht, dass er ein Sadist ist. Vielleicht wird er noch zu einem. Vielleicht lernt er gerade,

Lust am Morden zu bekommen. Vielleicht muss er den Blutrausch noch genießen lernen.«

»Er tötet drei Menschen in vierundzwanzig Stunden, schlitzt sie auf und weidet sie aus – und du sagst, das wäre kein Blutrausch?« Maas war sprachlos.

»Nicht im sexuellen Sinn, wie es Sadisten verspüren.«

»Ihm geht keiner ab beim Töten«, brummte Knut.

»Richtig. Der Rucksack, der Anzug, Handschuhe, das Messer, die Plastikschalen für die Lungen. Extrem geplant ... Weiß man, wozu die Einweckgläser da sind?«

»Nein«, antwortete Maas. »Dazu haben wir noch keine Theorie.«

Helen nickte. »Hm. Nun gut ... Und die zeitlichen Abstände. Das spricht gegen einen Sadisten. Trotzdem glaube ich, es gibt Opfer vor den jetzigen. Er hat irgendwo geübt. Und er hat gut und ausdauernd geübt. Vielleicht nur mit Tieren. Erst mit Hühnern, dann mit Katzen, Hunden, später vielleicht ein Schwein.«

»Er hat irgendwo das Töten geübt.« Knut kräuselte kritisch die Stirn.

»Du meinst das Aufbrechen? Bei der Jagd vielleicht?«, bemerkte Maas.

»Nein, ich meine das Töten selbst. Die Hemmschwelle überwinden, jemanden umzubringen. Er hat sich abgestumpft. Entweder das, oder er hat einen körperlichen Schaden. Vielleicht ist sein limbisches System falsch mit dem präfrontalen Cortex vernetzt. Alexithymie.«

»Noch ein Fremdwort, Helen«, drohte Knut, »und du kriegst kein Fischbrötchen.«

Sie verstand den Witz nicht und fuhr einfach fort: »Alexithymie ist so was wie Gefühlsblindheit. Ein Analphabet in Sachen Emotionen. Kommt nicht selten vor.«

Maas winkte ab. »Also, was willst du uns sagen? Er ist

gestört. Kein Sadist. Und wenn wir Pech haben, stoßen wir auf ziemlich viele Leichen, weil er sich zum Morden abstumpfen musste.«

Schweigend stimmte Helen ihm zu.

»Gut. Wenn er kein Sadist ist, was ist er dann?«

»Ein Raubserienmörder.«

Das Wort hing zwei Atemzüge in der Luft, bis Knut begriff und beherzt loslachte. »Du verarschst uns. Er tötet, um die Lungen zu rauben?« Er hoffte, in ihrem Blick auch nur den Anflug eines Scherzes zu erkennen, wurde aber enttäuscht. »Du meinst das ernst, ja?«

»Er geht auf die Jagd und holt sich die Lungen. Das ist auf jeden Fall mal Fakt«, sprang Maas Helen bei.

Helen massierte ihren Nasenrücken. »Das ist immerhin ein Ansatz.«

»Und was macht er mit den Lungen, wenn es keine Trophäen sind?«, wollte Knut wissen. »Verkaufen?«

»Keine Ahnung«, musste Helen zugeben. »Weiß ich nicht. Genauso wenig, wie ich weiß, was das da soll.« Sie tippte auf das Foto vom Pappfetzen, den der Killer bei Knut hinterlassen hatte.

N man tör me Miss on

Si ird sterb n

Sie halt ch ıcht auf

»Das ist einfach. Das ist eine Drohung.« Knut las vor: »›Niemand stört meine Mission. Sie wird sterben. Sie halten mich nicht auf.‹«

»Ja, klar. Aber was soll das?«

»Wie? Was meinst'n?«

»Ich meine, müsste es nicht heißen: ›Sie werden sterben‹? Mehrzahl? Meine Opfer werden alle sterben …«

»Vielleicht hat er nur noch eins. Ein Opfer.« Grübelnd trat Maas zu der Nachricht und starrte darauf. »Vielleicht hat er dann genug Lungen.«

»Als Ersatz für die Lunge, die ich ihm versaut habe«, mischte sich Knut ein. »Er sucht sich ein neues Opfer für die Lunge des Mannes. Und er hat sein Opfer bereits ausgewählt. Immerhin weiß er, dass es eine Frau werden soll. Klingt das logisch?«

Maas und Helen nickten.

»Bleibt nur die entscheidende Frage …«, begann Knut, und die beiden warteten, dass er weitersprach, aber er kostete die dramatische Pause einen Atemzug lang aus. »Wer ist sein nächstes Opfer? Wer ist diese Frau?«

21

Rutger hatte seinen weißen Lieferwagen ein Stück die Hauptstraße hinunter geparkt. Seit einer Viertelstunde sah er dem Treiben vor dem Polizeirevier zu. Noch einmal nahm er sein leichtes Fernglas zur Hand und ließ den Blick über die Reporter und die Schaulustigen gleiten, dann das Haus hinauf. Der Typ mit der Kamera hockte noch immer auf dem Balkon. Er hatte ihn schon erspäht, als er vorbeigefahren war. Einer der Beamten hatte sich hinter den Steinfiguren der Jugendstilvilla mehr schlecht als recht verborgen und filmte die Menge.

Was für ein hilfloser Versuch, dachte er. Sie haben nichts. Sie wissen nicht, wer du bist. Die haben rein gar nichts in der Hand.

Auch heute Nacht hatte Rutger ständig wach gelegen. Wahrscheinlich hatte er geschlafen, aber er konnte sich nicht erinnern. Noch berauscht vom Nervenkitzel, bei diesem Jansen eingebrochen zu sein. Dieser treudoofe Köter. Zugegeben, es hatte nicht wirklich Spaß gemacht, ihn zu töten. Es hatte ihm nicht den Kick gebracht wie bei diesem Fettsack und den Lesben. Ja, der Anblick des Blutes hatte ihn durchaus erregt. Es war aus dem Hals des Hundes gesprudelt wie Wasser aus einem Hahn. Früher hatte er nie eine Erektion davon bekommen.

Erst nachdem er sich um die beiden Schlampen auf dem Schiff gekümmert hatte …

Die Wut über den Verlust der Lunge hatte sich mit dem

Kribbeln der Vorfreude vermischt. Dank Knut Jansen musste er nun abermals auf die Pirsch gehen. Eigentlich sollte er ihm danken.

Und seine Jagd hatte soeben begonnen.

Er stieg aus und streifte sich den abgewetzten Hoody über, den er gewöhnlich nur im Haus trug.

Die Kleider von gestern hatte er allesamt in die Brenntonne geworfen. Bis auf Vaters Neoprenhaube.

Die Sonne warf lange Schatten. Es war erst elf Uhr. Er schlenderte an den Übertragungswagen vorbei und zog die Kapuze herunter. Bloß nicht wirken, als müsse er sein Gesicht verbergen. Lieber wie einer der Gaffer aussehen.

Vielleicht hätte ich mir Shorts und ein buntes Hemd anziehen sollen, überlegte er. Einen auf Touri machen. Scheiß drauf.

Dieser Jansen und der Haufen unfähiger Kriminalbeamter würden ihn niemals kriegen.

Er war nur noch hundert Meter von der Menschenansammlung entfernt, als ein alter Golf ein paar Schritte entfernt hielt. Ein schwarzhaariger Typ mit Vollbart und T-Shirt stieg aus und zog aus einer Styroporbox vier Tüten. Wahrscheinlich mit Fischbrötchen, zumindest ließ der Aufdruck seines Shirts das vermuten.

Rutger war schon halb vorbeigegangen, als er noch einmal kehrtmachte. Dieser Mann war ein Geschenk des Himmels.

»Entschuldigung.«

Der Lieferant schloss den Wagen ab. »Ja?«

»Ist das für meine Kollegen?« Rutger zückte seine Brieftasche. »Kripo. Aus Kiel. Wer hat das bestellt? Jansen? Maas?« Die Namen des LKA-Beamten und aller Reviermitglieder hatte er dank Internet und Fernsehbeiträgen erfahren und sich eingeprägt.

Der Mann sah auf den Bon, den er an die Brötchentüte getackert hatte. Jemand hatte mit Kuli einen Namen drauf geschrieben. »Jansen.«

»Ach ja, Knut ... Wissen Sie was, ich zahl das. Dann sparen Sie sich den Scheiß mit den Touris da.« Rutger nickte Richtung Menschenauflauf.

»Von mir aus. Wenn Sie wollen. Drei Lachs, vier Hering, sechs Brat. Zweiunddreißig fünfzig.«

Rutger reichte ihm zwei Zwanziger. »Gib mir drei raus.«

»Danke.«

Eine Minute später schob er sich durch die Reporter, hielt die zwei Tüten hoch und wie ganz nebenbei vor sein Gesicht und schimpfte über die Belagerung wie ein Rohrspatz. Er klopfte und klingelte mehrmals. Sein Glied meldete sich zurück. Er hörte das Blut in seinen Ohren rauschen und spürte das wohlige Kribbeln auf der Brust. Es fühlte sich an, als fingen die Linien seiner Tätowierung langsam an zu glühen.

Es dauerte, bis jemand die Tür aufschloss.

Valandsiel, dachte er. Das einzige Polizeirevier Deutschlands, dessen Tür verschlossen ist. Ha! Und das alles deinetwegen.

»Na endlich«, begrüßte ihn Jansen, dieses Arschloch, das bereits sein Messer schmecken durfte. Anscheinend hatte er ihn ordentlich erwischt, denn der Typ lief mit einer Armschlaufe rum.

»War nicht ganz leicht, hier durchzukommen«, entschuldigte sich Rutger lächelnd.

»Was kriegen Sie?«

»Zweiunddreißig fünfzig.«

Jansen suchte nach Geld, hatte aber zu wenig. Sie standen unter Blitzlichtbeschuss, sofort waren sechs Sprecher mit Mikros vorgestürmt, bedrängten Jansen mit Fragen. Der war sich nicht sicher, ob er die Tür weiter öffnen oder das Geschäft schnell vor Ort abwickeln sollte.

Mann, du bist schlecht vorbereitet, stellte Rutger höhnisch fest. Du hättest das Geld einsammeln und gleich zahlen sollen. Du bist einfach nicht cool genug, Jansen.

»Wie sieht's aus? Kann ich das irgendwie loswerden?«, stichelte er, um dem Typen die Entscheidung schmackhaft zu machen, ihn reinzulassen. Da packte ihn der Beamte, zog ihn durch die Tür und ließ sie sofort ins Schloss fallen.

Er war drin.

Das hatte er sich vor zehn Minuten noch nicht erhofft.

Es war ein äußerst erhebendes Gefühl, diesem Jansen ein zweites Mal von Angesicht zu Angesicht gegenüberzustehen. Sollte er vermeiden, ihn direkt anzublicken? Seine Augenfarbe kannte der Typ doch sicher. Auch wenn er die Augenbrauen heute früh gestutzt und die Haare leicht gefärbt hatte, es war erst Stunden her.

Egal. Er tat es einfach, schenkte Jansen einen Blick. »Was is' nun?«

»Ich komm gleich. Sekunde.« Über sich selbst fluchend, verschwand der Beamte im Flur.

Der Geruch von Schweiß und abgestandener Luft, vermischt mit dem Duft alten Holzes schlug ihm entgegen. Hier im Innern des Hauses war es überraschend ruhig.

»Sieht hier drin ja aus wie 'n Museum«, meinte er und reichte einer Frau in Fünfzigerjahreklamotten die Brötchentüten.

»War mal 'n Gemüseladen«, trällerte sie.

»Echt? Hm …« Rutgers Blick streifte umher. Es gelang ihm, kurz den Flur hinunterzusehen, in den Jansen verschwunden war. Das Büro am Ende war mit Fahndungsmaterial zugepflastert. Mehrere Beamte hockten vor Laptops, tranken Kaffee und quatschten vor Stellwänden.

Die Fünfzigerjahretante hatte ein Tablett organisiert und packte die Brötchen drauf. Sein Blick fiel auf ihr Dekolleté. Einen Moment lang stellte er sich vor, wie er seine Einweckgläser herausholte und ihr ganz sanft in die Brüste stach, wie er die lange Nadel tief in ihr Fleisch senkte, erst rechts, dann links …

Nein, ermahnte er sich. Komm runter.

Doch er konnte sich gar nicht sattsehen, musste sich anstrengen, den Blick von ihren Brüsten abzuwenden. Seine Erektion war stahlhart.

Die Frau griff sich das Tablett und folgte Jansen. Der war anscheinend immer noch dabei, das Geld zusammenzusuchen. Er hörte, wie er nach Scheinen fragte.

Konnte er es wagen, den beiden hinterherzugehen, in ihre Zentrale vorzudringen?

Es war einfach zu verführerisch, einen Blick auf die ganzen Beamten und ihre Fortschritte zu werfen, mit eigenen Augen zu sehen, wie die Kriminalpolizei arbeitete und vor allem, wie weit sie war.

Sein Herz raste, eine mächtige Hand hielt es umklammert und presste rhythmisch, als er in den kurzen Flur eintauchte und den beiden folgte. Seine Finger strichen über die Wand. Hüfthohe Holzvertäfelung, schlecht lackiert, jahrzehntealt. Schwarz-Weiß-Fotos aus glorreichen Zeiten Valandsiels, als die Fischfabriken Tag und Nacht produzierten, als Damen noch in Schwimmanzügen und mit schwarzen Sonnenschirmen ins Wasser gingen und die Promenade bloß eine Schotterstraße mit Umkleidehüttchen war. Er meinte, das Holz unter seinen Fingerkuppen zu *schmecken*, die Fotos zu *riechen*, glaubte, sie in Farbe zu *hören* und in ihnen Bewegungen wahrzunehmen. Alles lebte. Da war es wieder, dieses Gefühl aus rasender Angst und unbändiger Lust, aus alles verschlingender Glut, die sein Bewusstsein so wunderbar schärfte.

Seine Welt schmeckte endlich. Laut und voller Farbe.

Und er fühlte sich als Teil. Er war ein Teil dieser Welt, er schwamm im Strom – und er würde bestimmen können, wohin der Fluss der Zeit sich bewegte. Der Gedanke an all die Schicksale, deren König er werden konnte, erregte ihn zusätzlich.

Das Stimmengewirr lichtete sich, er hörte, wie die Beamten lautstark über das Zeichen seines Gottes sprachen. Über das Zeichen des Jägers. Nur noch drei Meter bis zur Bürotür, er blieb einen Schritt davor stehen. Sein Blick strich in den Raum, über die Laptops, die Unmenge an Fotos, die Aufsteller. Plötzlich entdeckte Rutger sein Phantombild, dachte: Das soll ich sein? Ihr macht Witze. Wer hat so viel Fantasie?

»Oh!« Eine drahtige Blondine im Anzug wäre beinahe in ihn gerannt, als sie aus dem Büro eilte. Er erkannte sie sofort als Ermittlerin vom Schiff. Jansen hatte mit ihr gesprochen, während sie telefoniert und er alles in der Telefonzelle auf seinem Tablet beobachtet hatte.

»Alles gut bei Ihnen?« Sie hatte Scheine in der Hand.

»Was?«

»Geht es Ihnen gut?«

»Äh, ja?«

»Hier.« Die Blonde reichte ihm das Geld und musterte ihn weiterhin. »Stimmt so ... Sie schwitzen ziemlich.«

»Danke ... ist ... Bei mir ist alles okay«, brachte er, leicht überrumpelt, heraus. Ihre Finger berührten sich, als er das Geld nahm. Er meinte, jede Pore ihrer Haut zu spüren, jede mikroskopische Erhebung. Die Verrückte mit den Fünfzigerjahreklamotten war augenblicklich vergessen. »Ist nur, weil ich immer rein, raus, rein, raus … Der Kreislauf.« Er versuchte, ihr ein Lächeln zu schenken. Als er die Scheine in die Hose steckte, bemerkte er ihre Prothese.

Die Bilder kamen schlagartig: Er streift ihr die Prothese ab, sein Messer fährt durch ihren Stumpf, öffnet ihn … Und das Blut rauscht so schön …

Einen Atemzug lang gab er sich seiner Fantasie hin …

Nein! Besser! Das *andere* Bein. Bei der Vorstellung wurde sein Mund ganz trocken.

Er könnte ihr das andere Bein abtrennen! Sie zusehen lassen und ihren Schmerz spüren. Sie würde flehen und weinen, aber es würde ausschließlich in seiner Hand liegen, ob sie jemals wieder gehen könnte. Oder verblutete …

»Was?«, fragte er, weil er meinte, sie habe etwas gesagt. Er hatte es nicht verstanden.

Auf seiner Brust tanzte ein intensives Kribbeln, als trippelten Dutzende Frauen mit ihren Fingernägeln darauf herum. Das Atmen fiel ihm vor Erregung schwer.

»Sie sollten sich untersuchen lassen«, wiederholte sie. »Nehmen Sie sich frei!«

»Ja, ja sicher.« Er musste erst einmal auftauchen, wieder durch die Hülle dieser Welt stechen. Er setzte ein Lächeln auf. »Wenn mein Chef nich' so 'n Arsch … Sie kriegen noch was raus.«

»Nein, nein. Wir hatten vierzig gesagt. Passt.« Sie schob sich an ihm vorbei und ging voraus, um ihn zur Tür zu bringen. Ihm fiel auf, wie leichtfüßig sie sich trotz der Prothese bewegte, ihr Schritt war wiegend, aber nicht unelegant.

Bloß ihre bunten Sneaker passten nicht zu ihrem Business-Outfit.

Im Saal angekommen, blickte er noch einmal den Gang hinunter zum Büro. Jansen konnte er nicht sehen, wahrscheinlich aßen sie alle gerade ihre Brötchen.

Die Frau schloss auf, wartete, dass er an ihr vorbeiging. Sie nickte ihm zum Abschied zu.

»Willst du Lachs oder Bratfisch, Helen?«, drang Jansens Ruf in den Saal. Die Blonde sah sich um.

»Danke«, rief sie. »Ich – ich hab keinen Hunger.«

Helen also, flüsterte er tonlos. Helen. Wo du wohnst, bekomme ich leicht raus.

In dem Moment riss sie die Tür auf und forderte ihn auf, zügig hinauszutreten. Es hatte wieder zu nieseln begonnen, dennoch belagerten die Reporter weiterhin das Revier. Sie schubsten und drängelten. Rutger tauchte in die Welle und war Sekunden später völlig versunken.

Kaum durch die Presse und Schaulustigen hindurch auf den Bordstein getreten, überkam ihn ein seltsames Gefühl der Ernüchterung. Die Anspannung fiel von ihm ab, die farbige Welt wurde entsättigt. Der Regen war kühl.

Wieso interessierte sich niemand für ihn?

Wieso fragte niemand, was sie im Revier besprochen hatten? Ob er etwas gesehen hatte?

Nicht ein einziger Reporter kümmerte sich um ihn.

Enttäuscht sah er sich nach ihnen um, erkannte jedoch bloß Regenschirme, Capes und Rücken.

Niemand drehte sich zu ihm um. Niemand wollte etwas von ihm wissen.

Er musste sich einen Ruck geben, musste sich losreißen von diesem trostlosen Bild, dem niedergetrampelten Rasen, dem pappbechergesprenkelten Vorgarten, den Regenmenschen, die sinnlos nach Antworten gierten.

Rutger wandte sich ab und ging niedergeschlagen durch den Regen zurück zu seinem Lieferwagen. Nicht einmal den Blick der Polizeikamera spürte er in seinem Rücken. Nicht mal die scherte sich um ihn.

Wie frustrierend.

In diesem Moment wurde ihm klar, dass es zwar schwierig war, ein Geheimnis für sich zu behalten – aber noch sehr viel schwerer war es, niemandem zu erzählen, dass man überhaupt eines besaß.

Am liebsten hätte er es hinausgeschrien.

22

Knut wollte eben eine Kanne Kaffee aus dem Empfangsraum holen und ging durch den Flur, als ihm auffiel, dass die Tür zum Umkleideraum einen Spalt offen stand. Sein Blick fiel auf den Boden neben die Bank.

Die Klappe zum Keller stand offen.

»Birthe, sag mal, hat jemand was aus dem Archiv gebraucht?«, rief er den Flur runter.

Ihr Gesicht erschien in der Bürotür. »Nein, wieso?«

»Nee, alles klar. Schon gut.« Leise öffnete er die Umkleide und trat ein. Einst hatten sich hier das Warenlager des Gemüseladens und die Abfüllung für Kartoffeln und Zwiebeln befunden. Die Bodenklappe führte zu einem ausgebauten Kohlenkeller. Inzwischen beherbergte er Regale voller Akten – zumindest all jene Fälle, die Thor bis zu seinem Ausscheiden aus dem Dienst nicht digitalisiert hatte.

Knut trat heran und sah die steile Treppe hinunter. Unten brannte Licht, und er konnte Schritte auf dem nackten Betonboden hören. »Hallo?«

War irgendeiner von Maas' Soko-Männern, ohne zu fragen, ins Archiv gegangen? Unwahrscheinlich, denn woher sollte er von den Akten da unten wissen?

»Ist da wer?«, rief er, bekam aber wieder keine Antwort. Knut trat auf die erste Stufe. Staub rieselte, die Kellerlampe surrte. »Veith? Diehl?«

»Ja. Ich bin hier.« Noch bevor Knut die Treppe weiter

hinabgestiegen war, kam Diehl ihm entgegen. »Ich bin's. Alles okay.« Er räusperte sich.

»Was machst'n du da unten? Die Brötchen sind da.«

»Äh … Ich … ich weiß. Ich hab nur 'ne Akte gesucht. Ich muss da mal was nachsehen.«

»Zu unserm Fall?«

Diehl schüttelte vehement den Kopf. »Nein, nein. Ist 'n privates Ding. Mich hat jemand … Also, ich bin gefragt worden, ob ich noch mal nachschauen kann. Wegen einer Anzeige.«

»Anzeige?« Unten lagerten nur alte Fälle, keine frisch aufgenommenen.

Verlegen lächelnd, drückte Diehl die Akte vor seinen bowlinghemdbewehrten Bauch. »Ist schon verjährt. Ein Bekannter ist Anwalt, der wollte was vergleichen …«

»Aha.«

»Bisschen, äh … delikat.«

Knut musterte ihn streng und bemerkte, wie Diehl die Akte in seiner Ledertasche verschwinden ließ, aus der er morgens immer eine Unmenge an Tupperdosen fürs Frühstück zog.

»Ich … ich trag's ein. Die Handentnahme, mein ich. Trag ich ein.« Mit einem Lächeln schob sich Diehl an Knut vorbei und tapste die Treppe rauf.

»Ich kontrollier das, Diehl.«

»Ist gut.«

»Wirklich. Hol dir von Birthe den Zettel und füll den aus.«

Diehl nickte, und schon war er oben.

Einen Moment sah Knut seinem Kollegen nach. Diehl hatte ihn angelogen, das war offensichtlich.

23

Der Wind wehte salzgeschwängerte Luft über die Klippe. Sie war nicht sehr hoch, bot aber einen fantastischen Ausblick. Die Backsteinkapelle und der von einer an vielen Stellen eingebrochenen Mauer umzogene Friedhof hatten etwas Wildromantisches. Ganz anders als die moderne, streng gegliederte Anlage nahe dem Sportplatz von Valandsiel. Allerdings wirkte diese Stelle hier oben über den Wellen auch deswegen so malerisch, weil das Gräberfeld aufgegeben und eigentlich nicht mehr in Benutzung war. Das letzte Mal war vor zwei Jahren jemand hier begraben worden – wie heute mit einer Sondergenehmigung des Bürgermeisters, von dem man munkeln hörte, er werde den Friedhof sanieren und wieder freigeben. Vor zwei Jahren hatten sie Magnussens Tochter Jasmin im Familiengrab beigesetzt.

Nun fand ihr Vater einträchtig neben ihr seine letzte Ruhestätte.

Knut wischte sich die Regentropfen aus dem Gesicht. Der Nieselregen war fein. Winzige Tröpfchen, die vom scharfen Wind nahezu waagerecht gegen alles drückten. Eines der Blumengestecke kippte um. Während sich ein junger Mann der freiwilligen Feuerwehr drum kümmerte, ließ Knut seinen Blick schweifen.

»… galt seine Liebe stets seiner Familie. Für sie hätte, nein *hat* Bernd alles getan. Beherzt und selbstlos setzte er sein Leben aufs Spiel, um seine Tochter zu retten. Leider, wie wir alle wissen, war das Schicksal gegen ihn. Der Herr gibt, und der Herr nimmt.« Thor nickte zu Magnussens Frau, die vollkommen verheult dastand und tapfer eine weiße Rose umklammert hielt. »Furchtlos sprang er Jasmin bei und hat sich nie verziehen, sie verloren zu haben. Nun jedoch, vielleicht ist das ein Trost, können sich Vater und Tochter wieder in die Arme schließen. Für immer.«

Seit gut zwanzig Minuten hielt sein Vater seine Rede – frei und ohne Zettel – und, das musste Knut zugeben, äußerst bewegend. Am Parkplatz, hinter der Mauer, hatte sich nur eine kleine Schar Journalisten eingefunden. Wie Schwerverbrecher waren Knut und seine Mannschaft aus dem Revier geflüchtet. Schnell zur Beerdigung umziehen und hinten raus. Gefolgt waren ihnen aber schließlich bloß eine Handvoll Reporter, wahrscheinlich weil allen bekannt war, dass sie nicht zu einem neuen Tatort, sondern zu einer Beisetzung wollten, die nichts mit dem Fall zu tun hatte.

Vielleicht, grübelte Knut, war es auch schlicht das nordische Wetter, das sie abhielt, sich hier die Beine in den Bauch zu stehen.

»... nein, sage ich jedem, der fragt: Kein Kollege! Du, Bernd, warst ein Freund! Ein guter Freund. In jeder Hinsicht.« Thor zupfte den Ärmel seiner Galauniform zurecht und kämpfte mit dem Wind. Seine Mütze musste er unter den Arm klemmen.

Bei seinen Worten dachte Knut daran, wie sein Vater Magnussen angestiftet hatte, ihn über jeden Schritt seines Sohnes zu informieren. Thor hatte schon recht, Magnussen war mehr als ein guter Kollege gewesen.

Während das Verhältnis zwischen Thor und Magnussen nicht hätte inniger sein können, war es zwischen ihm und Knut von der ersten Stunde an distanziert gewesen.

Magnussen hatte Knuts Anweisungen generell abgelehnt, hatte sich verweigert und Kritik geübt, wo es nur ging. Er hatte es nie verwunden, nicht selbst Revierleiter geworden zu sein und stattdessen den jungen Sohn seines besten Freundes vor die Nase gesetzt zu bekommen. Dass er dafür jedoch nicht Thor, sondern Knut verantwortlich machte, wollte nicht in dessen Kopf.

Erst in den letzten Tagen vor dem Anschlag auf Magnussen waren sie sich nähergekommen. Knut hingen noch die Worte von diesem Bären von Mann im Ohr: »Du hast das vollkommen richtig gemacht.« Das hatte Magnussen damals zu ihm gesagt. Nur diese wenigen Worte. Aber sie hatten Knut ungeheuer Mut gemacht. Damals hatte er sich illegal Zutritt zum Gelände eines Verdächtigen verschafft und eine Mädchenleiche in einem Kühlschrank entdeckt – und trotzdem sämtliche Ermittlungen durch sein gesetzeswidriges Vorgehen gefährdet. Vor allem Magnussen hatte ihn damals verstanden und sein Vorgehen gutgeheißen. Jener Abend, an dem sie einsilbig, aber gemeinsam ihr Bier im Dock-5 getrunken hatten, war das erste und letzte Mal gewesen, dass Magnussen ihn bestärkt hatte. Dieser eine Satz war Knut damals mehr wert gewesen als jedes Lob seines Vaters. Es hatte ihm gezeigt, dass er auf einem guten Weg war, in die Gemeinschaft der Valandsieler Polizei aufgenommen zu werden. Bei Knuts Besuchen im Krankenhaus hatten er und Magnussen nie über irgendwelche Kriminalfälle gesprochen, sondern stets über den allgemeinen und alltäglichen Revierwahnsinn.

»Ich verneige mich vor dir, Bernd. Mögest du deine Tochter in deine starken Arme schließen und für immer glücklich sein an diesem anderen, besseren Ort. Danke für all die Jahre – ob im Dienst oder privat.«

Die freiwillige Feuerwehr begann zu spielen, und Knut verfolgte, schweigend wie alle anderen, wie die Helfer des Bestatters Stockfleth den Sarg ins Grab hinabließen.

Nach der Kondolenz leerte sich der Friedhof schnell. Selbst die Witwe verließ ihn wegen des Wetters zügig. Nachbarinnen und Magnussens Bruder gaben ihr Halt, während sie durch die verwilderten Reihen der Grabsteine zum Ausgang schritt.

Der Leichenschmaus fand im Anschluss im Dorfkrug Ehlers am historischen Hafen statt, aber im Gegensatz zu Thor hatte Knut nicht vor hinzugehen.

»Er hat nicht mal hergesehen«, stellte Knut seufzend fest.

Helen kämpfte mit ihrem Regenschirm. »Ja. Hab ich bemerkt.«

Das war es, was er so an ihr mochte: Sie begriff meist sofort, wovon er sprach.

»Er hätte ja mal rüberkommen können.«

Der Schirm wollte sich nicht entfalten. »Du bist aber auch nicht zu ihm hin. Und du hast es vermieden, dich direkt hinter ihm in die Kondolenzschlange einzureihen … Verfluchtes Mistteil.«

»Das hast du bemerkt?«

»Das ist mein Job. Schon vergessen?« Mit einem Mal riss sie so entnervt an dem Schirm, dass Knut dachte, sie zerbreche ihn. »Das nennt man Vermeidungsstrategie aus Enttäuschungsangst.«

Knut schnaufte. Zu gern hätte er ein Wort mit seinem Vater gewechselt, aber irgendwie beharrte er stur darauf, dass Thor den Anfang machte und nicht er. Oder hatte Helen einfach recht, und er hatte Angst vor einer neuerlichen Zurückweisung?

»Damals hab ich zugeschlagen, okay. Aber ich hab immerhin schon zwei Mal bei ihm angerufen und …«

»Verschon mich bitte, verf… noch mal, mit deinem kindischen Mist! Entscheid dich! Reden oder nicht«, platzte es aus ihr schroff heraus. »Verfluchte Scheiße!« Mit einem Wutschrei pfefferte sie den Schirm in die nächstbeste Pfütze. »Fuck!« Ein paar Trauergäste drehten sich zu ihnen um.

Sprachlos starrte Knut sie an. Was zum Teufel war das denn?

Immerhin bemerkte sie seinen Blick, nachdem sie ein paar Grad abgekühlt war. »Tut mir leid«, setzte sie an. »Es … es ist nur, also … Ich hab einfach grad nicht den Kopf für euer Vater-Sohn-Geplänkel, Knut. Mach direkt einen Cut und gut. Man muss sich mit seiner Familie nicht unbedingt immer versöhnen. Wenn's nichts wird, wird's nichts. Punkt.« Sie schnaufte.

Er ließ die Worte sacken, holte dann den Schirm trotz Schmerzen aus der Pfütze. »Vielleicht hast du recht. Aber sag mir lieber, was mit dir …« Als er sich zu ihr drehte, war sie nicht mehr da. Sie eilte bereits zu Veith.

Besorgt sah er ihr hinterher, ahnte, weswegen sie so dünnhäutig war und sich vorhin blindlings in die Arbeit gestürzt hatte.

»So viel zu Vermeidungsstrategien«, brummte er leise. »Wir sollten dringend über Chris Sawyer reden.« Seufzend wandte er sich vom Friedhof ab und ging ihr nach. Da fiel sein Blick über die verfallene Backsteinmauer zum Parkplatz. Diehl stand vor Thors Wagen. Sein Vater sprach konzentriert mit ihm, und trotz des Nieselregens schienen sie es nicht eilig zu haben einzusteigen. Schließlich rückte Diehl seine Ledertasche zurecht, und Knut konnte erkennen, wie er die Akte herausholte.

Er übergab sie Thor, bevor er ums Auto ging und sich reinsetzte. Sein Vater stieg ebenfalls ein, fuhr jedoch nicht los, sondern blätterte durch die Seiten. Anscheinend waren sich die beiden über irgendwas uneins.

Knut lief los, eilte an den Gräbern vorbei und durch das verzierte Eisentor. Ohne zu zögern, riss er die Tür von Thors Wagen auf.

»Knut!«

»Was ist hier los, Papa?«

Thor war nur den Bruchteil einer Sekunde überrascht und lächelte sofort lässig. Seufzend atmete er ein und klappte dann mit gewollter Langsamkeit die Akte zu. »Was meinst du?«, fragte er scheinheilig und legte die Papiere auf seinen Schoß.

»Was ist das für ’ne Akte? Wieso hat Diehl die geholt?«

»Das? Das ist …«, begann Diehl, aber Thor stoppte ihn mit einem Blick.

»Hör zu, mein Junge«, brummte er und fuhr seufzend fort, als sei jede Erklärung zu viel der Worte: »Das ist nur ein alter Fall. Diehl wollte was mit mir besprechen. Stimmt doch, Diehl, oder?«

Diehl nickte, sah aber ertappt drein.

»Was besprechen?«

»Nichts Wichtiges. Altes Zeug«, Thor schob den Hefter zwischen Sitz und Mittelkonsole.

»Blödsinn!«

»Er hat gedacht, dass – na ja – das der Fall eventuell was mit den neuesten … *Vorkommnissen* zu tun haben könnte.«

»Vorkommnisse?«

»Mit … also«, begann Diehl, wurde aber von Thor abermals zum Schweigen gebracht.

»Was willst du sagen, Diehl?«, hakte Knut sauer nach.

»Die Akte hat was mit den beiden Seglerinnen zu tun? Und dem letzten Opfer?«

»Nein, Knut. Nein.«

»Was denn nun? Wenn da ’n Verdacht besteht ... Wieso kommst du nicht zu mir?«

»Jetzt reg dich nicht gleich wieder auf«, versuchte Thor, die Lage zu entschärfen.

»Ich reg mich aber auf. Ihr nehmt ’ne Akte aus dem Revier mit, sitzt hier und druckst rum. Wieso lügt ihr?« Er erhielt keine Antwort, also fuhr er schroff fort: »Gib mir die Akte.«

Thor reagierte nicht sofort.

»Du sollst mir die Akte geben«, befahl Knut bestimmt. Er spürte, wie seine Enttäuschung über seinen Vater in Zorn umschlug. Viel schneller, als ihm lieb war. Er zwang sich zur Ruhe: »Du händigst mir jetzt bitte die Akte aus, und dann erzählt ihr mir beide, was los ist.«

Thor und Diehl warfen sich einen zweifelnden Blick zu, nicht sicher, ob sie Knut nachgeben sollten.

»Diehl. Ich schwör dir, du kriegst ’n Verfahren an den Hals. Kannst du Gift drauf nehmen, wenn ich nicht bis drei die Akte habe und ihr beide endlich ...«

»Thor? Chef?«, forderte Diehl Knuts Vater auf.

Nannte Diehl seinen Vater etwa immer noch Chef? Shit. Immerhin rang sein alter Herr mit sich. Er strich sich mehrmals über das lange weiße Haar. »Knut, das ist ... nicht einfach ...«

Mit einem Mal wurde Knut klar, was lief. »Ihr habt Scheiße gebaut. Okay. Wenn die Akte was mit jetzt zu tun hat, habt ihr Scheiße gebaut. Irgendwann mal.« Konsterniert schüttelte er den Kopf. »Stimmt’s?«

»Der Typ war ’n Arschloch. Wirklich, Knut«, brummte

sein Vater und reichte ihm endlich die Akte. »Hier. Das hat nichts mit den Toten zu tun.«

»Was soll das heißen, *er war'n Arschloch?* Wer?« Er schob sein Sakko über den Kopf, damit der Hefter nicht so nass wurde, und sah aufgeregt hinein. Die Akte war dünn, nur wenige mit Maschine beschriebene Seiten.

Rasch überflog er die Zeilen. »Wanderunfall ... Eins Komma zwei Promille ... Fremdverschulden auszuschließen ... Sturz.« Neben der Unterschrift eines Arztes sah Knut die seines Vaters. Er blätterte weiter, landete bei einem Fotoabzug: Ein Mann in Outdoorklamotten, sofern man das noch erahnen konnte, lag am Kiesstrand, verrenkt. Ein Bein und ein Arm standen im falschen Winkel ab, der Körper war aufgerissen. Sein Bauch war fort, eine Gesichtshälfte weggebissen.

»Peter Rasmussen«, las er. »Wer war das?«

»Das ist sechzehn Jahre her.« Thor drückte sich an Knut vorbei aus dem Auto und stellte sich neben ihn, um ebenfalls in die Akte zu sehen. »Das waren Tiere. Die haben die Leiche gefleddert.«

»Ja. So steht's im Bericht«, warf Diehl ein, der auch ausgestiegen war und von der anderen Seite übers Wagendach blickte.

Knut musterte die beiden, dann glitt sein Blick über die Reporter, die in einiger Entfernung an der Mauer zum Friedhof standen und romantische Bilder schossen. Füllmaterial für irgendwelche Beiträge. Er atmete einmal durch, bevor er leise fortfuhr: »Ihr habt Scheiße gebaut, und jetzt rächt es sich.«

»Nein«, lautete Thors feste Antwort. »Er ist von der Klippe gefallen, hat sich zu weit an den Rand gewagt ... und dann ... dann kam es zu Tierfraß. Hat der Gerichtsmediziner damals ebenfalls bestätigt.«

Knut hob die dünne Akte an. »Ja«, knurrte er. »Weil ihr es schnell abschließen wolltet. Thor, ich kenn dich. Du hängst dich rein wie kein Zweiter, wenn dich die Sache berührt. Aber wenn's ein … Was war er noch, Diehl?«

»Ein … Arschloch?«, antwortete der leise.

»Ein Arsch ist, dann kann's auch mal schnell gehen. Wieso so viel Staub aufwirbeln? Klares Ding: ein Unfall. Und er stirbt, und die Tiere fressen ihn halb auf. Da macht ihr die Akte zu – am selben Tag, als ihr die erste Seite in die Schreibmaschine spannt. Hab ich recht?«

Während Diehl nickte, rieb sich Thor die Augen. »Ich weiß nicht, ob mir dein Ton gefällt.«

»Der kann noch sehr viel schärfer werden, *Papa*. Wenn ihr nicht endlich mal das Maul aufmacht.«

»Ich bin nicht irgend so 'n Kollege von dir, Knut, ich bin verdammt noch mal dein Vater.«

»Ja. Leider.«

Sie taxierten sich. Knut hatte es absichtlich so rotzig gesagt, dass es auch ankam.

Thor seufzte. »O.k. Du bist der Sheriff«, lenkte er ein. »Ich kann dir nur sagen, wir sind komplett nach Vorschrift vorgegangen. Mein Gott. Wir haben alle hinzugezogen – wie immer. Staatsanwalt, Kripo, Gerichtsmedizin. Die Staatsanwaltschaft hat die Akte geschlossen. Nur die kann das.«

»Weiß ich. Natürlich. Nachdem du 'n Bierchen mit ihm getrunken hast.« Eine Unterstellung, keine Frage.

»Knut, jetzt reicht's aber.«

Mochte sein, dass er zu persönlich geworden war, aber er glaubte den beiden kein bisschen. Dass sie ein schlechtes Gewissen hatten, stand ihnen auf die Stirn geschrieben. Fett, mit Leuchtbuchstaben. Blinkend. »Ihr habt

Mist gebaut und Angst, dass es euch auf die Füße fällt. Deswegen habt ihr die Akte heimlich geholt.«

»Nein. Diehl wollte nur ohne viel Aufsehens erst einmal nachprüfen …«

»Ja, ich wollte checken, ob was dran ist …«, setzte Diehl an, sprach aber nicht weiter, sondern biss sich wieder auf die Lippe.

»Was nachprüfen?« Knut war so laut geworden, dass sich zwei der Reporter zu ihnen umdrehten.

»Sei leise, Mensch«, zischte Thor. »Diehl kam es seltsam vor, weil dem Opfer da auch die Lunge fehlte.«

»Was?« Erstaunt sah Knut seinen Vater an. »Was?«

Betretenes Schweigen senkte sich auf den Parkplatz, bis Thor endlich zu reden begann. »Wahrscheinlich Hunde und Ratten. Er lag da bereits … Was steht da?« Knuts Vater zog die Akte zu sich, überflog die Einträge des Gerichtsmediziners. »Zweiundsiebzig bis sechsundneunzig Stunden. Sein Körper war schlimm zugerichtet. Es war eindeutig, dass er von der Klippe gestürzt war und dann Tierfraß stattgefunden hatte. Dachten wir. Denk ich. Jedenfalls.«

»*Dachtet ihr, denkt ihr.* Na großartig.« Stöhnend blätterte Knut noch einmal die Seiten durch und begann zu lesen: »Brustkorb zerschlagen, neun Rippen gebrochen. Stumpfe Gewalteinwirkung aufgrund des Sturzes.«

»Keine Stichverletzungen oder dergleichen«, warf Thor ein.

»Und die Organe«, präzisierte Diehl. »Also, die waren weggegessen.«

»Weggefressen.«

»Was?«

»Gefressen.« Knut winkte ab. »Vergiss es. Wo war das?« Er schlug in der Akte nach, fand den Fundort aber nicht sofort.

»Oben. Bei den Klippen im Naturschutzgebiet Norderspill.«

»Gut.« Er steckte die Akte unter sein Sakko. »Wir fahren da jetzt hin. Sofort.«

»Was? Wieso? ... Okay, okay. Ist gut«, lenkte Thor ein.

»Wir fahren da jetzt hin, und dann erzählt ihr mir alles. Alles. Verstanden?!«

24

Knut folgte dem Wagen seines Vaters. Sie fuhren auf einem matschigen Sandweg durch den Kiefernwald bis auf einen Wandererparkplatz im Naturschutzgebiet.

In dieser Ecke der Gemeinde war Knut selten. Die dänische Grenze war nicht weit, und normalerweise war es hier im Wald und dem Küstenabschnitt ziemlich ruhig. Zumindest konnte sich Knut an keinen Zwischenfall in den letzten Jahren erinnern.

Er parkte vor den Dünen und stieg aus. Einen Augenblick hatte er überlegt, Helen mitzunehmen – aber nachdem er sie am Friedhof nicht mehr gesehen hatte, war er davon ausgegangen, dass sie bereits mit Veith zum Revier aufgebrochen war. Außerdem fühlte es sich richtiger an, erst einmal nicht zu viel Staub aufzuwirbeln, sondern die Sache vertraulich zu behandeln.

Thor und Diehl brauchten sich kaum zu orientieren, sie gingen gleich voraus.

»Es ist nicht weit. Dreihundert Meter vielleicht.« Unschlüssig blieb Diehl stehen, wusste nicht, ob er auf Knut warten oder lieber seinem *Chef* hinterherlaufen sollte.

Er entschied sich für Knut. Gemeinsam gingen sie hinter Thor her, ließen nach wenigen Minuten die Dünen hinter sich und kamen an einen Abschnitt, der wieder bewaldet war. Ein schmaler Joggingpfad führte direkt an der Bruchkante entlang, hinter der die Klippe senkrecht zum Strand abfiel. Sein Vater folgte dem Pfad weitere hundert Meter und blieb schließlich stehen. An dieser Stelle der Klippe war der Weg keine zwei Meter von der Kante entfernt.

»Bleib ein bisschen zurück, Knut. Da geht's wirklich steil runter«, warnte Diehl, doch Knut wollte nicht auf ihn hören, sondern trat vor und prüfte wippend seinen Stand im Dünengras. Er lehnte sich vor. Unter ihm erstreckte sich ein steiniger Strandabschnitt. Hauptsächlich Kies. Sichelförmig schnitt die Klippe durchs Meer und verschwand im Dunst des Nieselregens.

»Ungefähr hier ist es gewesen.« Thor trat mit seinen edlen Halbschuhen, die vom Matsch besudelt waren, ein wenig wildes Gras vor einer Wegmarkierung platt. »Ja. Da drüben.« Er zeigte zehn, fünfzehn Meter weiter. »Ein Spaziergänger hat ihn gesehen und uns alarmiert. Steht alles in der Akte.«

Der Kies schimmerte vom Regen. Die anbrandenden Wellen ließen die Steine eigentümlich rauschen. Ein schöner, gleichmäßiger Klang. »Und da lag er schon drei, vier Tage?«

Thor nickte. »Da unten. Ja. Hier gibt's Füchse und wilde Hunde. Rainer hat erst letztens wieder welche geschossen, weil die ans Wild sind.«

Knut nickte und trat von der Kante zurück. Es stimmte, dass sich in den Wäldern ab und an Hunderudel zusammenrotteten. Drei, vier arme entlaufene Kreaturen, die aus purer Not Rehkitze rissen. »Und der Gerichtsmediziner hat nichts gefunden? Keine Schnittwunden oder so?«

»Nein.«

»Nee, hat er nich'«, bekräftigte Diehl schnell. »Der is' hier von der Klippe gestürzt und da unten aufgekommen. Und dann sind die Tiere an ihn ran.«

Knut zückte noch einmal die Akte, verglich das Foto mit ihrem Standort. Da es aber so gut wie keine markanten Stellen gab, musste er den beiden einfach glauben, am richtigen Abschnitt zu stehen. »Habt ihr außer der Leiche noch was entdeckt?«

Wieder warfen die beiden sich einen schweigenden Blick zu.

»Was ist? Ihr verheimlicht was. Richtig?«

»Wir wollten es morgen checken.«

»Was checken?«

»Wir wollten die Akte nicht vernichten oder so. Wenn du denkst, dass wir … Nein, nein.«

»Das habe ich auch nie behauptet.«

»Diehl hat recht. Wir wollten erst mal reinsehen und dann hier rausfahren. Wir hätten morgen nachgesehen.«

»Wonach?«

Statt einer Antwort nickte Thor in Richtung Wald. Die Kiefern knackten bei jeder Böe, die zwischen sie fuhr. »Es war da drüben. Da lag ein Rucksack von ihm. Und …« Er brach ab. »Wir zeigen's dir.«

Gemeinsam gingen sie querfeldein. Nach wenigen Schritten blieb Thor jedoch wieder stehen und deutete zwischen den Bäumen hindurch.

Eine einzelne Esche stand inmitten der Nadelbäume. Sie war mehr als stattlich. Geradezu perfekt strebte sie dem Himmel entgegen, und Knut schätzte, dass er ihren Stamm nicht umarmen konnte.

»Was? Der Rucksack lag am Baum?«

Diehl nickte und schlug sich sein Haar über die beginnende Glatze. Es war vom Nieselregen klitschnass. Knut ahnte, dass sie ihn allein vorschicken wollten, also tat er ihnen den Gefallen, trat zwischen die letzte Reihe Fichten und umrundete den mächtigen Baum.

»Vor sechzehn Jahren war er schon ziemlich fürstlich, aber nicht ganz so«, stellte Diehl unnötigerweise fest.

Knut suchte die Esche und das ganze Areal mit Blicken ab, obwohl er nicht wusste, wonach er eigentlich suchen sollte.

»Es ist bestimmt ein bisschen höher.« Thor trat mit Diehl ebenfalls zum Baum.

Ein weiteres Mal umrundete Knut den Stamm und kam sich wie ein Kind vor, gerade so, als würde Thor ihn mit Ostereierverstecken foppen.

»Was wird das hier? Heiteres Beruferaten? Wenn …« Er hielt überrascht inne. Zwei Handbreit über seinem Kopf sah er es. Es war ein runder Stein, der von der Rinde des Baumes umwuchert war.

Seine Oberfläche war grün von Moos, aber Knut erkannte es sofort.

In den Stein waren die drei Runen eingemeißelt worden.

Jäger des Leids.

»Ach du Scheiße«, entfuhr es ihm. »Hat er das? … Ich meine, glaubt ihr, *er* hat?«

»Unser Mörder vom Schiff?«

Knut bejahte stumm. Seine Gedanken rasten.

»Wir wollten das erst vergleichen«, erklärte Thor. »Aber … Also damals haben wir es nicht mit ins Protokoll aufgenommen, weil es uns unwichtig erschien.«

»Unwichtig?«

»Der Stein sah nicht neu aus, Knut. Wir haben hier mehrere unangezündete Fackeln gefunden und seinen Rucksack. Das steht alles im Protokoll. Der Stein da, der war schon länger ins Holz gehauen. Sicher schon Wochen oder Monate.«

»Ja«, brummte Diehl. »Und weil's ein Unfall …«

»Unfall!«, stieß Knut lachend aus. »Klar.«

»Deswegen bin ich ja zu deinem Vater, als ich das gesehen habe. Das Symbol vom Schiff und von dem Stein bei de Plakken.«

Knut atmete hörbar ein. »Das gibt's doch alles nicht.«

Wenn er auf das Zeichen sah, erstreckte sich dahinter das Meer. Wahrscheinlich waren vor sechzehn Jahren die Fichten kaum kniehoch gewesen, und die Esche hatte hier relativ frei gestanden.

»Gab's da nicht so 'n Baum …?«, überlegte Knut. »Ich meine, in der Mythologie?«

»Yggdrasil oder so ähnlich«, antwortete Diehl. »Der Weltenbaum.«

Knut nickte und sah in die mächtige Krone. Die Äste zeichneten sich schwarz vor dem bleiernen Himmel ab. »Niemals war das ein Unfall«, fluchte er. »Die Zeichen, die Lunge weg … Ihr habt Scheiße gebaut, ihr *habt* … Das kann kein Zufall sein. Das kann es einfach nich'.« Als er sich zu seinem Vater umsah, blickte der auf seine dreckigen schwarzen Lederhalbschuhe.

»Kann sein«, brummte Thor schließlich. »Wir haben einen Fehler gemacht. Wahrscheinlich … Bist du jetzt zufrieden?«

Nein, das war Knut nicht im Mindesten. Immerhin dämpfte es den Frust ein wenig, dass Thor endlich einmal einen Fehler eingestand. Mister Perfect.

Kaum zu Ende gedacht, musste Knut seufzen. Ein bisschen Mitleid hatte er auch – denn was hätte er denn an Thors und Diehls Stelle getan?

Wahrscheinlich hätte ich nicht viel anders gehandelt, überlegte er.

»Wir müssen diesen Rasmussen exhumieren«, durchbrach er die Stille. »Wir müssen rausfinden, ob er wirklich mit den Morden zu tun hat.«

Sein Vater nickte schweigend.

»Na ja«, warf Diehl ein. »Das ist sechzehn Jahre her …«

Wie unwahrscheinlich es war, nach all den Jahren noch eine brauchbare Spur bei einem Leichnam zu finden, war Knut klar – aber er hatte einfach keine andere Lösung.

»Die Böden sind hier sehr feucht«, warf Thor ein. »Deswegen hat die Stadt ja auch den Friedhof geschlossen. Vielleicht haben wir Glück.«

Diehl räusperte sich. »Na, auf das Glück kann ich ehrlich gesagt echt verzichten.«

Erschöpft standen die drei da, sahen aufs Meer, das Symbol über ihnen und dachten sich ihren Teil. Drei durchnässte Männer irgendwo am letzten Rand von Valandsiel.

25

Die Strecke über das Watt hatte der alte Trecker Tausende Male bewältigt. Ruckelnd, aber mit störrischer Ruhe zog der Deutz den Anhänger, der mit gitterartigen Poches für die Austernzucht beladen war.

Während Vater lenkte, hing Rutger seinen Gedanken nach. Er roch das Meer und die Austern, die sie den Nachmittag über in die Poches sortiert hatten. Für gewöhnlich bezogen sie ihre jungen Muscheln von einem Austernbauern, der sich auf die Aufzucht der Jungtiere spezialisiert hatte. Dieses Jahr hatte Vater jedoch etwas Besonderes vor: Er wollte es mit zweitausend Exemplaren aus einem kommerziellen Zuchtlabor versuchen. Der Vorteil war, dass sie die Austernbabys nicht wie üblich an einem Stückchen Schale oder Kalk, dem Cultch, gewachsen waren. Stattdessen wurde ihnen bloß ein winziges bisschen Substrat angeboten, an das sie sich als Larve heften konnten. Davon versprach sich Vater eine sehr viel besser geformte Auster: nämlich eine Krooß-Schlürfauster-Deluxe. In vier Jahren würden sie die ernten und hoffentlich für jede von ihnen ein hübsches Sümmchen verlangen können.

Vater hielt an. Rutger wusste, dass er warten musste, bis er abgestiegen war. Erst dann durfte er ihm folgen. Wie gewöhnlich sprach Vater kein Wort. Er verschenkte keine Zeit, sondern steckte sich im Gehen eine neue Zigarette an der alten an und wandte sich dem Anhänger zu.

Mit einem emotionslosen Ausdruck wartete er auf Rutger, das hieß, eigentlich musste er nicht warten, denn sein Sohn war sofort bei ihm, öffnete die Klappe und kletterte auf die Ladefläche.

Diesmal hatten sie feinmaschigen Poches genommen, wegen der kleinen Austern. Pro Tasche hatten sie zweihundertfünfzig Stück hineingetan. Jedes dieser Kissen war um die zwanzig Kilo schwer.

Als Rutger das erste Gebinde anhob, riss er sich die rechte Hand an den scharfen Muschelschalen auf. »Scheiße«, entfuhr es ihm, obwohl er wusste, dass Vater ihn nicht gerne fluchen hörte. Im Gegensatz zu Vater trug Rutger keine schweren Arbeitshandschuhe. Sie mussten sie oft austauschen, weil die Austern sie zerschnitten, aber Rutger hatte seine aus Versehen letzte Woche vor dem Haus liegen gelassen. Sie waren vom Regen aufgeweicht gewesen – nicht schlimm, bei der Arbeit mit den Austern wurden sie eh immerzu nass. Trotzdem hatte Vater seine Unachtsamkeit bestraft, indem er die Handschuhe in den Müll geworfen hatte.

»Wenn du sie nicht brauchst, dann schmeißen wir sie eben gleich weg«, hatte er gebrummt und offengelassen, wann Rutger neue bekäme. So lange würde er sich die Hände eben an den rauen Schalen aufratschen.

Immerhin war Vater nicht mit den Vögelchen gekommen.

Rutger leckte das Blut ab und biss die Zähne zusammen. Er packte erneut zu.

Gemeinsam trugen sie die erste Poche zu den Tischen, auf denen sie festgebunden und bei Flut von allen Seiten mit Wasser umspült wurden. Wie immer schwiegen sie bei der Arbeit.Und wie immer kam Rutger das Watt unwirklich vor, als würde er auf dem Mond spazieren. Nebel konnte innerhalb von Minuten aufziehen, so dicht, dass man kaum die Hand vor Augen sah. Selbst ein Kompass half dann wegen der Priele und lebensgefährlichen Schlickgruben kaum.

Die Stahltische, grob aus Armierungseisen zusammengeschweißte Konstruktionen, standen gut einen halben Kilometer vor der Küste. Der Platz war perfekt, weil die Strömung an dieser Stelle viele Nährstoffe heranspülte, die ihre Austern herausfilterten. Probleme bereitete jedoch das ausgedehnte Miesmuschelfeld, das sich an der westlichen Seite anschloss, und die Schlicklöcher. Mittlerweile kannte er jede dieser tückischen Stellen rund um ihre Austernbänke. In dem Jahr, als Mutter gestorben war – er war elf Jahre alt gewesen –, war er einmal in ein solches Loch getreten. Es hatte bloß Sekunden gedauert, und schon hatte er bis zur Hüfte im Schlick gesteckt. Er hatte keine Chance gehabt, sich zu befreien. Vater hatte ihn herausgezogen und windelweich geprügelt – ohne ihn wäre er in der nächsten Flut jämmerlich ersoffen.

Sie holten die nächste Poche. Vater nickte zu den anderen Tischen, die mit prall gefüllten Netzkissen bedeckt waren.

»Wir müssen sie noch wenden.«

Rutger nickte. Seitdem er denken konnte, taten sie nichts anderes: Alle zwei Wochen fuhren sie raus, reinigten die Kissen, schüttelten die Austern durch, damit sie nicht aneinanderwuchsen und eine schöne Form bekamen, und wendeten die Poches. Alle Austern sollten die gleiche Chance bekommen.

Jede Auster ist für Vater wie ein Kind, dachte Rutger plötzlich. Nein, korrigierte er sich. Jede Muschel ist ihm *wichtiger* als ein Kind. Sogar als sein Kind.

Rutger zog das Netzkissen auf dem Stahltisch zurecht.

In rund vier Jahren, nachdem sie die Austern mehrmals in neue Kissen verteilt hätten, weil sie zu voluminös für ihre Poche wurden, konnten sie sie ernten.

Er zückte sein Jagdmesser und kratzte ein paar Seesterne von Tischbein und -rahmen. Es sah interessant aus, wenn man ihnen die Arme abschnitt und zusah, wie sie sich wie in Zeitlupe krümmten.

Noch schöner war es, Möwen abzustechen. Ihr Blut rauschen zu hören. Damit hatte er angefangen, als er noch ein Kind gewesen war.

Vor so langer Zeit, vor so unendlich langen Tagen.

Vater war in den Trecker gestiegen, um seine »Bücher« aufzufrischen. Bücher? Das war einmal. Seit Langem waren es lediglich einzelne Blätter, eine lose Sammlung. Vollgekritzelt mit Stückzahlen, Zeiten und Lieferadressen. Mutter hatte die Bücher geführt, jetzt tat Rutger es – indem er Vaters Kritzeleien in ihren PC eingab. Vater versenkte sich in seine Notizen, überließ die letzten drei Poches allein Rutger.

Der junge Mann packte das Kissen und spürte, wie die Austern abermals seine Haut aufschnitten. Mit schmerzverzerrtem Gesicht lud er sich die Poche auf die Schulter. Die spitzen, scharfen Muscheln drückten sich in seine Haut, in seinen Hals. Gott sei Dank waren es noch Jungtiere, die Schalenränder noch nicht so ausgeprägt.

Er wankte auf die Stahltische zu. Sein keuchender Atem stieß Wölkchen in die klamme, feuchtkalte Luft.

Auf halbem Weg zu den Tischen meinte er plötzlich, ein Feuer über dem Watt zu sehen. Es war noch etwas entfernt, aber es kam schnell näher. Er glaubte, die Wellen zu hören, das Meer, das heranrollte und das Watt unter sich fraß. Das Licht tanzte auf den Wellen, auf schaumspritzenden Brechern, die in rasender Geschwindigkeit näher kamen. Die Flammen schossen höher und höher in den Himmel hinauf.

Vom Anblick fasziniert, stolperte Rutger vor. Er achtete nicht mehr auf die Arbeit, hatte nur noch Sinn für dieses Feuer, das heiß und golden, verheißungsvoll, auf dem Meer tanzte.

Irgendwie taumelte er bis zum Tisch, den Blick sprachlos auf das Phänomen gerichtet. Er wollte die schwere Poche von der Schulter wuchten, als er bemerkte, dass das Feuer ein brennendes Schiff war.

Eindeutig.

Und das Flammenschiff kam schnell näher, schneller als jedes normale Boot. Es glitt über das Watt, ragte schon einen Atemzug später direkt vor ihm auf. Der Bug, umzüngelt von Flammen, überragte ihn haushoch. Der ganze Rumpf eine einzige Feuerwand, das Rahsegel ein Berg aus lodernden Flammen.

Er streckte die Hände danach aus. Wollte, musste unbedingt seine Wärme spüren. Die Flammen flackerten in seinen Augen, die Hitze wärmte seine geschundenen Hände.

Das Netzkissen klatschte in den Schlamm, dann stolperte Rutger darüber, dem Flammenschiff entgegen. Er fiel auf die Knie, legte seinen Kopf in den Nacken und genoss die heilende Wärme.

Mit einem Mal erhob sich am Bug eine Gestalt. Ein muskulöser Mann mit Schwert blickte auf ihn herab.

Seine Augen waren gütig.

Seine Lippen formten Worte …

Rutger trat näher an die Flammen …

… und hörte ihn, hörte seine Worte direkt in seinem Kopf.

»Lass dich nicht beirren. Folge meinem Pfad. Das Leid wird dich formen, und ich werde dich befreien.«

Rutger streckte seine blutende Rechte nach dem Jäger des Leids aus, wollte dessen Hand greifen, ihn berühren, ihn festhalten, wollte aufs Schiff hinaufgezogen werden und für immer in diesen Flammen aufs Meer hinausgleiten.

Mit ihm.

Fort.

Der Schlag traf seine Nieren. Rutger japste nach Luft und fiel nach vorn. Er stützte sich im Watt ab, spürte die Kälte des Schlicks in seinen Schnittwunden, und als er aufblickte, war das Flammenschiff spurlos verschwunden. Kälte umfing ihn, während der pochende Schmerz ihn nach Luft ringen ließ.

»Du unnützer Bengel«, stellte Vater verbittert fest und spuckte aus. Er zog Rutger an den Haaren hoch und riss seinen Kopf herum. »Guck dir an, was du getan hast!«

Die Poche lag im Dreck. Sie war aufgeplatzt, ein paar Austern waren in den Schlamm gefallen.

»Nicht mal eine einfache Aufgabe kann man dir geben. Du bist selbst zum Tragen zu dumm.« Er zog seine Handschuhe aus. »Es wird wohl wieder Zeit, hm.« Er griff in seine Arbeitshose und zog seine metallene Spaltringzange heraus. Auf ihrem kurzen Griff war eine bunte Schar Vögel eingraviert. Eine Meise, ein Sperling, eine Möwe. Das Werkzeug sah wie eine normale Zange aus, doch es besaß einen spitzen Zahn, mit dem man zwischen Ringe kneifen und sie aufdrücken konnte. Der Zahn war vom vielen Benutzen abgenutzt und etwas stumpf. Ein Geschenk von Mutter, als Vater noch jede Woche zum Angeln rausgefahren war.

Vater packte Rutgers blutige Hand und zog sie zu sich. Ohne ein weiteres Wort legte er die Spezialzange hinein und schloss Rutgers Finger darum.

Es bedurfte keines weiteren Befehls. Ohne sich um Rutger zu scheren, ging Vater zum Trecker. Er steckte sich eine weitere Zigarette an, während er prüfend zu seinem Sohn sah.

Rutger zog seine dreckige Arbeitsjacke und den Pullover hoch, suchte eine Stelle an seinem Bauch. Noch einmal blickte er zu Vater, der ihn stumm und hart musterte.

Kein Nicken, keine weitere Aufforderung.

Rutger wusste, was kam. Er wusste, was er zu tun hatte. Er machte eine Falte mit seiner Haut und setzte die Zange an.

Er drückte zu. So fest er konnte.

PICK … PICK … PICK.

Er drückte wieder zu.

Rutger weinte nicht.

Er drückte ein drittes Mal.

26

Im Dünenkieker herrschte Vollbetrieb. Als Knut eintrat, fand er sich in einem Gewimmel aus Gästen und gestresstem Personal wieder. Der Koch und eine Aushilfe arbeiteten wie am Fließband, während zwei Servicekräfte Essen um Essen in den restlos ausgebuchten Saal brachten. Nach der Wanderung zur Klippe, der steifen Brise ausgesetzt und die ganze Zeit im Nieselregen, kam Knut die mit warmem Lachen gefüllte Atmosphäre des Restaurants geradezu heilsam vor.

Er streckte den Kopf in die Küche. »Moin. Helen da?«

Der Koch wischte sich den Schweiß von der Stirn. »Oben, glaub ich.« Er zog ein Tablett aus einem Dämpfer. Es roch köstlich nach Blumenkohl.

»Danke.« Knut hatte schon befürchtet, Helen sei gar nicht hier. Weder war sie mit Veith zum Revier gefahren noch die letzte Stunde über Handy erreichbar gewesen. Sie hatte nicht abgenommen und nicht zurückgerufen, und ihren Wagen hatte er auf dem vollen Parkplatz eben gerade auch nicht ausmachen können.

Knut ging nach oben. Hier lag alles in stiller Dunkelheit. Die Ruhe wunderte ihn, denn normalerweise drangen aus Björns Zimmer Metal oder die Ballergeräusche seiner PC-Spiele.

»Helen?«, kündigte er sich an, erhielt aber keine Antwort. Nachdem er geklopft hatte, öffnete er behutsam ihre Tür. Er stutzte, denn das Zimmer war dunkel. »Helen?«

»Komm rein.«

Seine Augen brauchten einen Moment, um sich an die Dunkelheit zu gewöhnen. Sie saß vor dem Bett auf dem Boden, hatte bloß einen Schlüpfer und ihr Top an. Ihre Prothese hatte sie abgenommen und den künstlichen Fuß neben sich gestellt. Auf dem Bett lag ein zugeklappter Laptop.

»Is' was passiert? … Geht's dir gut?«

Sie nickte stumm, legte ihren Kopf auf die Bettkante und starrte an die Zimmerdecke. Er folgte ihrem Blick, aber da oben gab es nichts zu entdecken außer der Lampe. Jedoch scheute er sich davor, sie einfach einzuschalten. Leise trat er näher und sah, dass sie getrunken hatte. Zwei Flaschen Weißwein standen in Reichweite. Die eine war leer.

»Gibt's was zu feiern?«, fragte er, obwohl er ahnte, weswegen sie im Dunkeln saß.

»Haha. Witzig«, antwortete sie mit alkoholschwerer Zunge.

Von unten hörte er die Gäste, das Klirren von Gläsern, Besteckklappern.

»Es ist wegen Chris, richtig? Was ist los?« Er setzte sich neben sie. »Is' noch 'n Glas da?«

»Hab aus der Flasche getrunken.« Sie nickte in die Richtung des Weins, legte den Kopf aber dann auf die Bettkante und schloss die Augen. Er lehnte sich über sie, um nach dem Wein zu fischen. Helen roch gut, und als er so nah bei ihr war, streifte sein Blick ihr Gesicht. Unverkennbar, sie hatte geweint.

»Was ist los? Komm, red mit mir, Helen.«

Sie bewegte sich keinen Deut.

»Hey. Ich bin Polizist. Ich krieg schon raus, was Sache ist«, versuchte er sie aufzuheitern. Er trank einen Schluck.

»Gut. Also Butter bei die Fische. Chris hat wieder angerufen, richtig? Deswegen warst du auch so durch den Wind. Im Revier und auf dem Friedhof.«

Sie schüttelte den Kopf.

Einen Moment war er verwirrt, hätte er doch schwören können, dass Chris …

»Die werden ihn rauslassen.«

»Was?«

»Er kommt raus. Aus dem Knast. Die lassen ihn da raus. Aus dem King County Jail.«

Knut brauchte einen Moment, um die Tragweite ihrer Worte zu verstehen. Schweigend saßen die beiden ein paar Atemzüge lang da, hörten den Menschen unten beim Feiern zu.

»Das kann doch nicht sein«, durchbrach er schließlich die Stille.

»Hab ich auch gedacht. Ist aber so.«

»Aber … aber wie? Ich meine … warum?«

Mit bebender Stimme erzählte sie ihm von den unbestätigten Gerüchten, von Nicols' Anruf und vom bevorstehenden Verfahren. Sie zog den Laptop zu sich, klappte ihn auf und hielt ihn Knut hin. Eine neue Meldung hatte Helens Albtraum bestätigt. Das Verfahren war tatsächlich eröffnet worden, und Chris' Anwälte plädierten für das Fallenlassen sämtlicher Anklagepunkte aufgrund mehrerer Verfahrensfehler.

»Helen, das Verfahren läuft noch, du kannst gar nicht wissen, ob …«

»Ich spür es. Ich spür es einfach. Ich meine, ich … Ich meine, seit Nicols' Anruf hab ich das Gefühl, ich kann die ganzen kleinen Regungen bei anderen nicht mehr sehen, verstehst du?«

»Die Tells? Diese Mikrobewegungen?«

»Ja. Ich … ich hab das Gefühl, ich kann überhaupt nichts mehr sehen. Ich meine, *Leute sehen* – wie früher. In sie reinsehen. Ich bin blind. Die Regungen, die kleinen Gesten … Ich sehe plötzlich immer nur mich. Immer nur mich und ihn. Mich und Chris. Dieses Grinsen. Sein beschissenes Grinsen.« Sie begann zu weinen. »Weißt du, wie das ist, wenn man helfen will, aber immer nur seine eigene Stimme hört und … und vom Zuhören ganz taub wird? Nur dastehen kann und in sich hineinhorchen muss? Wie betäubt. Und du … du … du wirst verletzt und …«

»Sssssssscht«, versuchte er, sie zu beruhigen und nahm sie in den Arm. Er hielt sie fest, soweit das auf dem Boden und mit seiner Armschleife möglich war.

»Was soll ich denn jetzt machen?« Ihre Worte gingen in Tränen unter. »Der kommt hierher! Chris kommt nach Valandsiel! Dieser Wichser hat mich angegrinst, als sein beschissener Freund mein Bein … FUCK!« Sie trat mit ihrem gesunden Fuß die Prothese weg. Ihre Wut ließ sie beben. »Ich geh nich'. Ich hau hier nich' ab. Ich hab das hier aufgebaut. Ich … Nein! Das Zuhause lass ich mir nicht nehmen. Chris zerstört mir nicht noch ein Leben! Ich …« Sie fluchte und weinte gleichzeitig, wischte sich die Tränen weg, wollte hart und zornig sein, aber es gelang ihr einfach nicht. Stattdessen zitterte sie am ganzen Körper.

»Schhhhhht. Das Verfahren ist doch noch gar nicht durch, Helen.« Er umarmte sie erneut, wiegte sie tröstend. »Schhhhht … Wir lassen uns was einfallen, okay … Ist gut …«

»Halt mich einfach fest. Ja?«

»Okay. Alles gut.« Er schmiegte seinen Kopf an ihr Haar, beruhigte sie mit leisen Worten. Langsam hörte sie auf zu zittern, und ihr Schluchzen ließ nach.

Mit einem Mal lehnte sie sich zu ihm und küsste ihn. Ihr Kuss schmeckte herb und gut. Er spürte ihre Zunge zwischen seinen Lippen und erwiderte den Kuss. Sein Herz hämmerte wild … es tat so gut, sie zu spüren. Ihre Lippen zu schmecken, sie zu riechen – dennoch stoppte er sie, als sie sich über ihn schwingen und noch inniglicher liebkosen wollte.

»Nicht! Helen«, brachte er unter Schmerzen hervor.

»Hab ich dir wehgetan? Entschuldige.« Sie küsste ihn sanfter, bedeckte seine Wange mit zärtlichen Küssen.

»Das … das ist es nicht. Ssssscht, bitte.«

»Was?«

»Ich … ich glaub nicht, dass das eine gute Idee ist.«

»Ich brauch dich.«

»Ja. Aber nicht so. Nicht jetzt. Glaub mir, das wirst du bereuen. Und dann werd ich's bereuen, wenn du es bereust.«

Abermals wollte sie ihn küssen, nahm seinen Kopf in beide Hände.

»Du bist betrunken und … und … stopp, bitte.« Er drückte sie sanft von sich und spürte seine Wunde. Beinahe hätte er vor Schmerz aufgeschrien.

Sie rollte sich von ihm, blieb wieder neben ihm sitzen und lehnte den Kopf erneut auf die Bettkante. »Ist schon gut.«

»Also, versteh mich nicht falsch, Helen. Nicht dass ich es nicht toll finden würde, aber … Na ja. Du hast ziemlich einen sitzen, und wenn wir morgen aufwachen, und du siehst das als Fehler, dann … Also, das würd ich nicht überleben.«

Sie nickte und rückte ein bisschen von ihm ab. Dann saßen sie schweigend nebeneinander und sahen in die Dunkelheit. Nur ein heller Lichtstreif glomm unter der Tür hindurch. Ihr Top war von den Tränen nass, ihre Wangen rot. Äderchen ließen ihre Haut im spärlichen Licht zerbrechlich wie hauchdünnes Eis aussehen.

Schließlich gab sie ihm die Flasche, und nachdem er getrunken hatte, nahm sie ebenfalls einen gehörigen Schluck. Sie wischte sich den Mund ab.

»Es gibt nur zwei Männer, die mich reingelegt haben. Aber die haben's der Kinesikexpertin so richtig gegeben.«

»Zwei?«, fragte er und bereute sofort, nachgehakt zu haben. In den – zugegeben wenigen – Jahren seiner Polizeilaufbahn hatte er gelernt, dass Menschen oft mehr von sich preisgaben, wenn man sie einfach erzählen ließ. Auch bei Helen dauerte es nur einige Augenblicke, doch mit ihrer Reaktion hatte er nicht gerechnet.

»Chris Sawyer …« Ohne Vorwarnung warf sie die Weinflasche neben die Tür, wo sie krachend zersplitterte. »Und Executive Director Nicols.«

27

Seattle, siebzehn Monate zuvor

Der Flur roch nach Reinigungsmitteln. Irgendein Spaßvogel von Innendesigner hatte einen Linoleumboden mit Wellenmuster bestellt. Helen wurde bei jedem Hinsehen schwindelig. Sie fuhr mit dem Rollstuhl zum Aufzug und hatte das Gefühl, sich an Deck einer schwankenden Jacht zu befinden.

Eigentlich wollte sie zur Cafeteria ins Erdgeschoss, aber dort waren alle Plätze belegt, und vor der Ausgabe hatte sich eine Schlange gebildet. Für einen Kaffee und ein bisschen Ruhe zu viel Aufwand und Trubel. Kurzerhand entschloss sie sich für die Ambulanz. Es war später Mittag, kaum etwas los in der Notaufnahme und der triste Warteraum wie leer gefegt. Er wirkte wie ein Bunker: ein fensterloser, neonbeschienener Raum mit zwei Reihen fest verschraubter Wartestühle und einer Batterie aus Snack- und Softdrinkautomaten. Nicht sehr heimelig, aber immerhin war sie hier allein – und es gab einen Kaffeeautomaten. Darüber hinaus spiegelte der Raum ganz gut wider, wie sie sich fühlte: wie auf einem verlassenen Bahnhof, ungeduldig auf irgendeinen Zug wartend, der sie aus diesem Loch bringen würde.

Ihr Arzt war heute später als sonst zur Visite erschienen. Mit zwei Assistentinnen hatte er ihren Stumpf geprüft und geduldig ihre Fragen beantwortet. Helen hatte befürchtet, dass sich die Narben entzündet hätten, aber das Jucken und die Hitze waren angeblich gute Zeichen. Immerhin.

Sie ließ den Rollstuhl vor dem Automaten ausrollen. In den letzten Wochen im Harborview Medical Center hatte sie mehr schlecht als recht gelernt, mit dem Ding umzugehen. Ab und an versuchte sie es auch hüpfend auf Krücken, aber das war extrem anstrengend.

Es wurde Zeit, dass ihre Narben verheilten, sie eine Prothese tragen und irgendwie wieder am Leben teilnehmen konnte.

Wie auch immer dieses Leben nach Chris Sawyer aussehen sollte.

Nachdem sie ein paar Münzen aus ihrem Portemonnaie gefischt hatte, musste sie feststellen, dass der Schlitz für den Einwurf zu hoch angebracht war.

»Na prima!«, entfuhr es ihr. Da konnte sie den Kaffee schon auf der Zunge schmecken – und dann das! ... Gerade wollte sie umparken, sodass sie sich auf einem Bein hochziehen konnte, als sich ein Mann zu ihr beugte.

»Agent Henning«, begrüßte er sie lächelnd.

»Director Nicols.« Helen war überrascht, ihren Vorgesetzten zu sehen. Bisher hatte sich der glatzköpfige Chef der Seattler Dependance nicht im Krankenhaus blicken, sondern bloß Genesungswünsche schicken lassen. Standardfaltkarten.

»Sie waren nicht oben und ... Ich glaube, die suchen Sie schon.« Er reichte ihr mit einem verlegenen Lächeln ein Geschenk. Das Mitbringsel war in gewöhnliches Malpapier eingeschlagen, auf dem Schmetterlinge und Blüten gekritzelt waren. »Meine Tochter wollte es einpacken. Ich dachte, es ist okay. Besser als im Laden ...« Er brach ab.

»Sicher. Danke«, sagte Helen artig, musterte den Mann aber äußerst argwöhnisch. War es Masche oder ihm wirklich wichtig? Normalerweise ließ der Chef seine Geschenke von einem Laufburschen aussuchen und betrieb keinen solchen Aufwand.

»Warten Sie erst mal, bis Sie es gesehen haben.« Er wandte sich dem Automaten zu. »Ich lad Sie ein. Was wollen Sie?«

»Café Latte.«

Weil eine seiner Münzen immer wieder durchfiel, rieb er sie am Automaten. Das Geräusch nervte sie. Endlich schluckte das Ding das Geld.

Er zog zwei Kaffee und setzte sich zu Helen ans Ende der Wartestuhlreihe. Schweigend tranken sie ihren Kaffee. Er schmeckte nach Wasser.

»Wie viele haben überlebt?« Bisher hatte Helen es tunlichst vermieden, auch nur einen einzigen Zeitungsartikel über den Einsatz zu lesen. Und bei Sondersendungen strikt weggeschaltet.

»Drei. Sie, Jiménez und Berenson.«

Helen starrte in ihren Kaffee. Mit einem Mal spürte sie, wie sich eine riesige Last auf ihre Schultern senkte. »Ich ... ich weiß nicht, ob ich das kann.«

»Was können, Agent Henning?«

»Damit leben.«

»Mit einer Prothese? Ich denke, Sie ...«

»Nein.« Sie seufzte. »Nicht die Prothese. Mit den ... den Toten. Ich meine, wenn Chris wirklich durch seine Immobilienfirma seine kriminellen Machenschaften innerhalb des Syndikats verschleiert hat, dann ... Wenn er tatsächlich einer der führenden Köpfe ist ... Dann ...«

Nicols faltete die Hände, presste die Fingerspitzen aufeinander. Helen wusste, dass er dies zur Beruhigung tat.

Viele konzentrierten sich so auf ihren Atem. Er wollte sprechen, musste sich aber erst einmal räuspern.

»Wir gehen davon aus, dass er seit mehr als fünfzehn Jahren einer der Hintermänner ist. Er hat Geld gewaschen für die 'Ndrangheta, und zwar im großen Stil. Einige hundert Millionen in den letzten Jahren. Wir stufen ihn als Capo ein, mit Tendenz zum Underboss.«

»Und ich hab's nicht gemerkt.« Sie spürte, wie ihr die Tränen kamen. Sie hatte immer gedacht, niemand könne sie, die Kinesikexpertin, reinlegen. Vor allem niemand, mit dem sie täglich alles teilte, mit dem sie ins Bett ging, mit dem sie verlobt war, den sie ... *liebte.*

Vielleicht war das ihr Problem gewesen.

Die Liebe.

Vielleicht hatte er sie deswegen so blenden können. Im Nachhinein fielen ihr Tausende Kleinigkeiten auf – kuriose Telefonate in der Nacht, eigenartige Fahrten, ein Blick hier, ein Augenaufschlag da, das Wegdrehen des Monitors, das zu schnelle Wechseln eines Themas ... So erging es wahrscheinlich auch betrogenen Ehefrauen. Bloß dass in diesem Fall die Geliebte keine Frau, sondern die organisierte Kriminalität gewesen war.

Wie hatte sie so dumm sein können?

Wenn die Liebe blind macht, dachte sie, hat Chris mir die Augen mit einem stumpfen Löffel ausgekratzt.

»Fuck«, entfuhr es ihr leise, und sie spürte, wie sie die Tränen nicht aufhalten konnte. Sie schämte sich fur die Tränen und für die Toten. »Mit der Prothese kann ich leben, aber nicht mit ... der Schuld.«

Nicols blickte auf.

»Ich war mit diesem Arschloch zusammen. Er wusste, dass wir kommen. Weil ich ihm zu viel erzählt habe. Verdammte Scheiße, ich war über ein Jahr mit diesem Mann verlobt. Ich will nicht wissen, was ich alles verraten habe! Ich … Die sind meinetwegen gestorben.« Sie schluchzte.

Nicols tastete nach ihrer Hand. Sie fühlte sich schlank, fest und warm an. »Sie müssen sich nichts vorwerfen, Henning. Sie haben im letzten Jahr fantastische Arbeit geleistet.«

Abrupt zog sie ihre Hand zurück und starrte ihn an. Wovon zum Teufel …?

»Was soll das heißen?« In Helens Kopf wirbelten die Gedanken.

»Ich glaube, er wusste so oder so vom Einsatz. Aber ohne Sie hätten wir niemals hinter das Geflecht seiner Firmen kommen oder ihm irgendetwas nachweisen können.«

Helen glaubte nicht, was sie da hörte.

Sie hatte Chris Sawyer auf einem Charityball kennengelernt. Eine Party mit offiziellem Touch und hochkarätigen Gästen aus Sport und Politik in einer Villa an der Elliot Bay mit direktem Strandzugang. Ein wolkenloser Abend. Chris hatte sie umschmeichelt, hatte mit ihr geflirtet und sie schließlich zum Tanz aufgefordert. Der Abend war wie in einem Märchen gewesen. Tausende Kerzen, die Sommernacht, die weite Terrasse mit Meerblick, die Herren in Smoking, die Damen in Ballkleidern. Ein wenig war sie sich fehl am Platz vorgekommen bei all dem Prunk. Wie das Aschenputtel auf der Feier des Prinzen.

Ihr wurde schlecht. Zitternd wischte sie sich die Tränen weg. »Was soll das heißen?«

»Sie glauben doch nicht, dass Sie zufällig auf diesem Charityball waren.«

Fassungslos musterte sie ihren Chef.

»Wir wussten, dass er auf athletische Blondinen steht, und wir wussten, dass er unbedingt jemanden von der

Polizei kennenlernen wollte … Wir haben nur eins und eins zusammengezählt.«

»Eine … eine Venusfalle?« Sie brachte die Worte kaum heraus. »Ich war eine Venusfalle, ohne es zu wissen?«

Nicols lächelte. »Die beste Falle, die es gibt. Wir haben Ihr Handy angezapft, Sie ab und an verwanzt. Drei Tage, und wir hatten durch Sie Zugriff auf seinen PC!« Er lachte stolz.

Helen konnte sich nicht mehr zurücknehmen, sie wollte diesem Kerl eine runterhauen. Sie sprang auf, hatte vor Zorn ganz vergessen, dass ihr Bein amputiert worden war.

»Was machen Sie denn?«, entfuhr es ihm noch, da fiel sie schon vor ihm auf den Boden. »Um Gottes … Henning!« Er wollte ihr aufhelfen, aber sie schlug seine Hand weg, rollte sich wie ein Baby zusammen.

Reglos blieb sie auf dem kalten Boden liegen.

28

Die Motten waren alle fort.

Sie waren einfach weggeflogen. Ob sie auch die Rutsche nahmen, um aus dem Haus zu entwischen? Rutger lächelte. Das war natürlich Unsinn.

Mit gekonntem Schwung wischte er den Rest Staub von der Lampe, warf das Tuch zurück in den Eimer und setzte sich auf seine Küchenbank, um einen Moment zu verschnaufen. Sein Blick fiel auf seine Hände. Das Scheuermittel hatte die Wunden von den Austern wieder geöffnet. Sie brannten höllisch, und er musste seine ganze Willenskraft aufbringen, um nicht daran zu kratzen.

Behutsam schleppte er den Eimer zur Spüle. Die letzte halbe Stunde hatte er alles Geschirr und Vaters Kettenhandschuhe abgewaschen. Leise kippte er das Wischwasser aus, peinlichst darauf bedacht, Vater nicht zu wecken.

Er schlief erst seit ein paar Minuten.

Draußen hatte der Tag längst gegen die Nacht verloren. Der Hof lag im Schummerlicht der fahlgelben Strahler. Die meisten waren vor Jahren kaputtgegangen und nie ersetzt worden. Rutger sah einen Moment einer Katze zu, die um die Kisten und Metallteile schlich, auf den Trecker sprang und schließlich bei der Lagerhalle in der Finsternis verschwand.

Finsternis.

Rutger hoffte, die Finsternis würde nicht sein ganzes

Herz fluten. Seit dem frühen Abend im Watt fühlte er sich nur noch antriebslos.

So ohne Sehnsucht.

Ohne Verlangen.

Seitdem ER mit seinem Flammenschiff fortgesegelt war, fühlte er sich leer. Und diese Leere hatte sich die Stunden über mehr und mehr mit dunklem Schlick gefüllt. Die Schwere, die er schon am Morgen vor dem Revier empfunden hatte, dieses Gefühl, bloß Nebel über dem Watt zu sein, ein kalter Geist, den niemand kennt und niemand kennenlernen will, hatte sich seit dem letzten Pick-Pick-Pick in ihm festgesetzt und drohte auch noch den letzten Quadratzentimeter seines Herzens zu erfüllen.

Das unsagbar traurige Gefühl, nicht beachtet zu werden, hatte längst seine Finger nach ihm ausgestreckt. Wie sehr sehnte er sich nach IHM. Wie sehr sehnte er sich nach seinem Feuer, dass ihn erlösen würde …

Seine Hände so geschunden, die Knie aufgerissen … *Pick-Pick-Pick.*

Behutsam stellte er den Eimer zurück und spähte den Flur hinunter.

Der Fernseher lief. Das Phenobarbital in Vaters Wärmerchen hatte sicher längst angeschlagen.

Er trieb dahin. Seine Seele trieb und brauchte Halt. Er musste es sich noch einmal ansehen, seine Sammlung. Die Einweckgläser, die neue Zutat, mit dem er IHN sicherlich schneller und länger herholen konnte.

Langsam strich die Erregung über seine Haut, ließ ihn frösteln und die Haut auf seiner Brust prickeln. Sein Schwanz meldete sich.

Geh. Schau dir die Gläser an.

Barfuß schlich er durch den Flur, roch das Nikotin in den Wänden, hörte das Lachen aus der flackernden Fernsehwelt und öffnete den Zugang zum Keller. Einige Sekunden später hatte er sein Regal freigeräumt und betrachtete die Einweckgläser.

Nur Rutger sah im Schein der Lampe, welche bereits gefüllt waren.

Es waren einfach zu wenige. Genau wie die Lungen. Zu wenig Lungen, zu wenig Gläser. Rutger bezweifelte, dass die von Katzen und Hunden funktionierten. Ihnen wohnte einfach nicht der Zauber inne. Selbst das Glas von diesem Köter, diesem Butch, war deprimierend stumpf.

Seine Erektion erschlaffte. Es war so niederschmetternd. Er hatte doch bereits zwei in Händen gehalten.

Vater, dachte er. Du hast die Gläser dieser Nutten zerstört. Warum? Warum hast du sie zerstört?

Sie hatten Magie, Vater. In ihnen gab es das Leuchten. Du hast es doch gesehen. Du musst es doch auch gesehen haben. Sie haben gefunkelt. Sie hatten den Funken SEINES Feuers.

Ihm war zum Heulen zumute, aber er kämpfte tapfer dagegen an.

»Ich weiß, es funktioniert. Die Lungen und die Gläser«, sprach er laut und nahm Butchs Glas aus dem Regal. »Es muss von Menschen sein. Dann wird es IHN herholen. Es muss einfach.«

»Wen holen?«

Rutger fuhr herum. Vater musterte ihn, dann das Regal. »Was soll der Scheiß? Du sollst schlafen!«

Eingeschüchtert blickte Rutger zu Boden. »Die Gläser, sie …«, begann er, doch Vater unterbrach ihn.

»Scheißgläser Ich meine das hier. Glaubst du etwa, ich bemerk es nich'?« Er hielt ihm die Tabletten hin. »Meinst wohl, dein alter Herr merkt's nich'.«

Er baute sich vor ihm auf.

»Willst *du* die fressen?«

Rutger wich zurück. Wenn Vater ihm die alle in den Mund stopfte, dann ... dann wäre alles zu Ende.

Er stieß mit dem Rücken gegen einen Schrank voll ausrangiertem Werkzeug. Mit einem Mal griff Vater neben sich, packte sein Regal und riss es um. Die Gläser zersprangen scheppernd. Der Knall war so laut, dass Rutger sich am liebsten die Ohren zugehalten hätte.

»Du unnützes Stück«, zischte er. »Du vergiftest deinen eigenen Vater? Glaubst du, ich weiß nichts von deinen perversen Spielchen? Glaubst du, ich weiß nichts von der Hütte? Glaubst du das? Du Aas.«

Rutger zitterte stark. Er wollte weiter zurück, aber der Schrank hielt ihn auf. Hammer, Schraubenschlüssel, Muttern rieselten zu Boden, als er fester dagegen stieß. Er spürte, wie ihm heiß wurde. Er konnte kaum atmen.

Vater warf ihm lachend die Tabletten an den Kopf. »Hast für heute einfach nicht genug, hm.«

Sein Atem roch nach Zigarette. Sie standen sich so nah gegenüber, dass er jeden Atemzug roch und spürte.

»Morgen wirst du die Klappe da verschweißen.« Er nickte zur Rutsche. »Und bis dahin ...« Er drückte ihm die Zange in die Hand. »Erst aufhören, wenn ich es sage. Verstanden?«

Rutger sah auf die Zange. »Ja«, flüsterte er tonlos, nur um sich sofort zu korrigieren und laut zu wiederholen. »Ja!«

Auf Vaters Lippen zeichnete sich ein zufriedenes Lächeln ab. »Glaub ja nicht, dass die Vögel die ganze Strafe sind.« Er wandte sich ab, wollte zur Treppe gehen ...

»Pick-Pick-Pick. Mein Sohn. Pick-Pick ...«

Mit einem Mal, ohne Vorwarnung und ohne dass Rutger es selbst begriff, sprang er vor.

Er schrie, wie er noch nie in seinem Leben geschrien hatte.

Und er holte mit der Zange aus. Sie war leicht, aber spitz.

29

Vier Tage später stand Knut erneut auf dem in die Jahre gekommenen Friedhof, keine dreißig Meter von Magnussens Grab entfernt, und sah dem grellorangen Minibagger der Stadt zu, wie er behutsam eine schlichte Grabplatte beiseitehob und sich dann Zentimeter um Zentimeter in die feuchte Erde arbeitete.

Knut hatte nicht bis zur verabredeten Zeit warten können, sondern war noch vor dem Klingeln des Weckers aufgestanden. Die letzten Nächte hatte er im Dünenkieker verbracht und die Abende mit Helen genossen. Sie hatten es sich zur Gewohnheit gemacht, sich an die Restaurantbar zu setzen und sich bei einem Wein über alles Mögliche zu unterhalten. Obwohl Chris Sawyer und die Morde eigentlich tabu waren, dauerte es meist bloß wenige Minuten, und sie mussten wieder darüber sprechen.

Die allabendlichen Gespräche sog Knut in sich auf, denn sie waren wie Balsam für ihn und seine ruhelose Seele. Obwohl er erst seit ein paar Nächten bei Helen Unterschlupf gefunden hatte, hatte er sich noch nie so heimisch gefühlt. Zumindest nicht, seitdem er vor neunzehn Monaten bei Thor ausgezogen war.

In der Bar des Dünenkiekers hatte er am Morgen nur eine Industriekaffeemaschine vorgefunden und keine Ahnung gehabt, wie man sie bediente. Er hatte sich aus der Restaurantküche ein Brötchen vom Vortag stibitzt und sich an der Promenade einen Kaffee to go besorgt.

Der Weg zum Bäcker war eigenartig gewesen. So ganz allein, ohne Butch. Er vermisste ihn, die Spaziergänge, das allabendliche Kuscheln. Seitdem der Mörder ihn regelrecht abgeschlachtet hatte, war nichts mehr passiert. Es war eine trügerische Ruhe, wie Knut fand. Irgendetwas braute sich zusammen, denn niemand drohte derart massiv und meldete sich dann nicht mehr. Dem Killer konnte nicht entgangen sein, dass sie weiterhin fieberhaft nach ihm fahndeten.

Alle Kameras um den Tatort im Skaerbaekvej waren ausgewertet worden. Maas' Männer hatten im Umkreis von einem Kilometer sämtliche Kameras an Häusern und Toreinfahrten gecheckt. Durch den Kampf am Parkdeck hatten sie Haarproben, Hautschuppen und Blutspritzer, mit denen sie die DNA des Verdächtigen bestimmen konnten. Und auch wenn es laut Gesetz nicht zulässig war, so hatte Maas unter der Hand die DNA nach Augen-, Haar- und Hautfarbe prüfen lassen. Der forensische Bericht zeigte zwar nur Wahrscheinlichkeiten auf, aber sie deckten sich mit Knuts Aussagen: männlicher Weißer, zu siebenundneunzig Prozent europäischer Abstammung, blonde Haare, blaugrüne Augen. Maas hatte alle beschworen, niemals zu verraten, dass er ihnen die Ergebnisse überhaupt gezeigt hatte.

Wegen der Fülle an Spuren an den verschiedenen Tat-, Fund- und Einsatzorten schoben Maas und seine Männer Überstunden. Sie waren noch immer nicht mit der Sicherung sämtlicher Details am Skaerbaekvej fertig – von der Auswertung ganz zu schweigen. Das alles würde sich sicherlich noch Wochen, wenn nicht Monate hinziehen. Der Mörder hatte ihnen eine Atempause verschafft, aber Knut schmeckte das ganz und gar nicht. Genauso wenig, wie es ihm gefiel, wegen seiner Verletzungen beurlaubt zu sein. Er hatte sich einfach über die Anweisung hinweggesetzt, und bisher hatten weder Maas noch das LPA oder die Polizeidirektion Flensburg ihn gerügt. Sollten sie ihm doch das Arbeiten höchstrichterlich verbieten.

Er nippte am Kaffee und sah zu, wie eine weitere Schaufel flüssiger Matsch auf einer Plane abgekippt wurde. Es war erst kurz nach sechs, die Sonne noch nicht aufgegangen. Der Regen hatte letzte Nacht aufgehört, dafür war der Nebel wieder aus dem Boden gestiegen. Noch war er fein, keine dicke Brühe, dennoch ließ er einige entfernte Grabsteine und die zwei Ü-Wagen auf dem Parkplatz seltsam verblasst erscheinen.

Der Staatsanwalt beriet sich mit Maas und Friedrichs. Die drei hatten einen Leichenwagen kommen lassen, der soeben vorfuhr. Stockfleth, der hiesige Bestatter, und seine Männer beäugten den Konkurrenten argwöhnisch, während sie ihre Frühstückbrote aßen und versuchten, Atemwölkchen in die Luft zu pusten. Wahrscheinlich hatte Bürgermeister Warendorp sie als Aufpasser geschickt.

Zufrieden stellte Knut fest, dass ein paar Arbeiter vom Bauhof Elemente für einen Sichtschutz von einem Anhänger luden. In wenigen Minuten würde den Journalisten der Blick versperrt sein. Von weiter hinten drangen Diehls Rufe durch den Morgen, der ziemlich bestimmt ein Kamerateam des Friedhofs verwies. Unter ihnen erkannte Knut wieder ihren ganz persönlichen Freund, Michael Rudolph. Der war offenbar ein ganz Hartnäckiger.

Weil der Bagger die nächste Schaufel ablegen wollte, trat Knut einen Schritt zurück. Er zog die Kapuze seiner Jacke hoch und versuchte, etwas in dem Schlammloch zu erkennen.

»Schietwetter für so was. Findest du nicht auch?« Thor trat neben ihm. Auch er war mit einem Kaffee und einer Papiertüte vom Bäcker bewaffnet.

»Du hättest mir das da sofort sagen müssen«, kam Knut gleich zur Sache und nickte zum offenen Grab. Das Erdloch erinnerte ihn an eine monströse Pfütze. Abermals stach die Baggerschaufel zu. Die Erde war derart aufgeweicht, dass sie wie Pudding auf die Plane klatschte. Augenblicklich floss die Pampe im Grab nach.

Thor schwieg, und Knut vermied es, seinen Vater anzusehen, registrierte aber, dass er dennoch näher trat. »Sieh mich mal an.«

Obwohl Knut den Blick seines Vaters spürte, hatte er keine große Lust zu gehorchen. Nur widerwillig tat er es schließlich. »Was?«, fragte er schroff.

»Guten Morgen. Das vorweg ... Du kennst mich, Knut. Ich bin nicht gerade ein Weltmeister im Fehler-Eingestehen. Das wissen wir beide.«

Der versuchte Gag entlockte Knut lediglich ein halbes Lächeln.

»Und wenn das stimmt, was Diehl denkt ... Wenn der Tote hier was mit den Morden zu tun hat ... Und wir sind damals von einem Unfall ausgegangen ...« Thor seufzte und nippte am Kaffee. »Bei der Welle, die der Fall jetzt schon schlägt, und den ganzen Reportern in der Stadt ...«

»Du hast Angst um deine Reputation? Das ist es? Deswegen verschweigst du so einen Hinweis?«

»Um *meine* Reputation?« Sein Vater schnaufte. »Ich bin in Pension, Himmel noch mal. 'n gottverdammter Rentner, wenn du so willst. Wenn das hier stimmt, wenn Diehl recht hat, zerpflücken die nicht mich, sondern *dich,* Knut. Nicht mich. Ich bin raus.«

»Komm. Du willst mir jetzt nicht wirklich verkaufen, dass du nur wegen mir geschwiegen hast.«

»Meinetwegen.«

»Was?«

»Meinetwegen geschwiegen.« Thor winkte ab. »Denk, was du willst, Knut. Vielleicht haben wir Mist gebaut, damals. Vor sechzehn Jahren. Vielleicht wollten wir alle die Sache möglichst schnell unter die Erde bringen.«

Knut nickte zum Grab. »Mit der Sache meinst du den Typen da. Den wolltet ihr schnell unter die Erde bringen.«

Erneut blieb Thor ihm eine Antwort schuldig.

Während sein Vater an seinem Kaffee nippte, musterte Knut ihn unauffällig. Irgendwie kam er ihm ungewöhnlich alt vor. Normalerweise hatte er in seinem Vater stets den braun gebrannten, für sein Alter extrem fitten Surfer gesehen. Ein schlanker, aber muskulöser Mann mit langen weißen Haaren, der gut gelaunt durch Valandsiel ging und jeden Hans und Franz grüßte. Doch jetzt im harten Licht des Baggers, hier in der klammen Kälte auf dem nebeligen Friedhof, bemerkte er, wie eingefallen seine Wangen wirkten. Er hatte Augenringe, seine Haut war mit Altersflecken übersät, und die Finger, die er sich am Kaffee wärmte, sahen ebenfalls eine Spur zu dürr aus.

Hatte der Ruhestand ihn so schnell altern lassen?

Kaum bewegte sich Thor, verflog der Eindruck so schnell, wie er gekommen war.

»Was ist los?« Sein Vater hatte den Blick bemerkt.

Knut schüttelte den Kopf. »Alles okay.« Er wechselte lieber das Thema. »Du hast gesagt, der Typ war ein Arsch. Wie meinst du das? Wer war er denn überhaupt?«

»Peter Rasmussen? Kennst du diese Menschen, die bei jeder Gemeindesitzung auftauchen und immer Rabatz machen? Von denen man dauernd seltsame Gerüchte hört und nie weiß, wie sie wirklich ihr Geld verdienen?«

Knut schüttelte den Kopf. »Du meinst so was wie den Bürgermeister?«

Thor grinste. Es war lange her, dass Knut ihn lächeln gesehen hatte. »Der war nicht schlecht …«

»Im Ernst. Was denn für Gerüchte?«

»Die waren hier nicht gut auf ihn zu sprechen. Der war ihnen suspekt und zu radikal.«

»Radikal?«

»Einige haben gesagt, der wär' bei Greenpeace, andere meinten, der wär' irgend so 'n radikaler Ökotyp, der einfach ein paar Spinner um sich scharte. Die haben sich alle komische Namen gegeben. So Namen von Runen oder so. Dagaz, Fehu … Was weiß ich. Biike, wie unser Feuer.«

»Aha.«

»Die haben behauptet, der Rasmussen treibt's mit Minderjährigen. Die sind bei ihm immer ein und aus gegangen.«

»Minderjährige?«

Thor schüttelte den Kopf. »Keine Kinder. Eher Studenten. Das waren sechs, sieben Leute. Die waren alle um die zwanzig.«

Bei Knut fiel ein Groschen. »Du meinst den Leuchtturm am Süderdeich?«

Er war damals dreizehn Jahre alt gewesen, und unter den Schülern hatten Gruselgeschichten über den Leuchtturm kursiert, weil sich dort ein illustrer Haufen von Spinnern einquartiert hatte. Langhaarige Hippies in seltsamen Gewändern, die angeblich den Leuchtturm als spirituelles Zentrum ausbauen wollten. »Dieser Rasmussen hat dazugehört?«

»Ja. War so was wie ihr Guru. Der wollte damals den Fischfang komplett verbieten, hat zum Biikebrennen seltsame Texte vorgelesen und für seine komische Vereinigung geworben. Ich weiß nicht, wie oft wir da draußen am Leuchtturm waren. Nur Stunk.«

»Und nachdem er gestorben is', war das vorbei? Mit den Studenten und dem Leuchtturm und so?«

Thor schüttelte den Kopf. »Nein. Schon vorher. Ein halbes Jahr vorher hat er seine kleine Gruppe aufgelöst. Zumindest gab es keine Partys mehr, keine Ruhestörungen, keine Versuche, irgendwelche Fischerboote zu versenken, kein Vandalismus. Die waren plötzlich weg, verstreut in alle Himmelsrichtungen. Zwei, drei Mal hat jemand im Revier angerufen, wollte wissen, ob wir eine Adresse haben. Hatten wir natürlich nicht.«

»Und Peter Rasmussen? Ich meine das halbe Jahr vorher. Was hat der getan?«

»Hat sich vollkommen zurückgezogen, soweit ich das weiß.«

»Keine Ratssitzungen, kein Stunk?«

Thor schüttelte den Kopf.

»Wenn er so viele Feinde hier in Valandsiel hatte, warum habt ihr dann nicht …« Er hatte fragen wollen, warum sie den *Unfall* dann nicht erst recht genauer untersucht hatten, aber sein Vater unterbrach ihn.

»Weil so was hier keiner macht. Auch wenn die ihn alle fürn asozialen Querulanten gehalten haben. Hier schlägt doch keiner einen tot, weil er 'n Öko ist.«

Knut fielen Maas' Unterstellungen auf der Segeljacht ein … *Lesben – soll es geben, Herr Jansen. Vielleicht nicht in Ihrem sauberen, hübschen Valandsiel* … So ähnlich hatte er sich ausgedrückt.

Ob Thor damit wirklich richtiglag? Oder hatte Maas recht, und sie waren hier konservativer und rechter, als Knut glauben wollte? Hatten ein paar Fischer Rasmussen erledigt, weil er ihnen Scherereien machte?

»Weil's ›keiner macht‹ ist aber ziemlich dünn als Begründung.«

Thor stöhnte genervt. »Lass es einfach gut sein, Knut! Er lag da unten. Sein halber Brustkorb war von Ratten und Möwen und was weiß ich aufgefressen. Der Arzt hat keine fremdverschuldete Gewalteinwirkung festgestellt. Nicht niedergeschlagen, nicht erstochen, keine Kampfspuren, keine Schussverletzungen. Also sind wir davon ausgegangen, dass er da runtergefallen ist. Punkt. Da gab's auch niemanden, der nachfragte. Keine Familie, keine Kinder, keiner seiner ... seiner *Ökos* oder was immer. Niemand.«

»Deckel zu.«

»Deckel zu. Ab in die Grube. Punkt.«

Knut nickte.

Schweigend sahen die beiden einen Moment auf das Grab, in das sich unablässig die Schaufel senkte.

»Wieso bist du nicht zum Konzert gekommen?«, wollte Knut wissen und war über sich selbst überrascht, so geradeheraus nachzufragen. »Du hattest doch zugesagt.«

»Was? ... Ach komm schon ... Damit fängst du jetzt an? Hier?«

»Warum nicht? Irgendwann müssen wir ja mal miteinander sprechen, oder?« Er wartete auf eine Antwort, doch Thor blickte stoisch auf das Grab. »Warum kommst du nicht einfach, wenn du es zusagst? Ich meine, du hast angerufen und gesagt, du kommst.«

»Ich hatte was Besseres zu tun«, knurrte sein Vater und stierte weiterhin auf die Riesenpfütze in diesem dunklen Grab.

»Was Besseres?« Beinahe hätte Knut lauthals gelacht. »Ja, ist klar. Dein Sohn will endlich mit dir reden, die Friedenspfeife rauchen, aber du hast was Besseres zu tun.«

Thor war anzusehen, dass er nicht darüber sprechen wollte. Als er sich seinem Sohn zuwandte, war sein Blick ungewohnt strafend und härter als sonst. »Verdammt noch mal, Knut. Es gibt eben manchmal Wichtigeres als ein olles Konzert, was Wichtigeres als dich.«

Das war eindeutig. Selbst wenn er es nicht so hart gemeint hatte, spürte Knut den Magenschwinger und musste erst mal durchatmen.

Gut, dachte er, dann haben wir das geklärt. Was hat Helen vor ein paar Tagen noch gemeint? *Einen Cut machen.* Also, machen wir einen Schnitt. »Dann weiß ich ja, woran ich bin. Alles klar«, antwortete er getroffen.

»Herrgott!« Thor seufzte. »Ich … Tut mir leid, Knut, so war das nicht gemeint.«

»Doch! Genau *so* war es gemeint.« Knut trank seinen Kaffee aus, ließ seinen Vater stehen und trat zum Bagger vor. Unterhaltung beendet. »Und? Sieht man schon was?«, rief er zum Fahrer.

»Knut …«, setzte Thor an und folgte ihm. »Hör mal. Ich war nicht im Dock-5, weil ich … also …«

Knut zeigte ihm die kalte Schulter. Er hatte einfach keine Lust mehr, sich irgendetwas von Thor anzuhören.

»Die letzten Wochen, na ja«, begann sein Vater dennoch. »Die waren nicht gerade einfach für mich, weißt du. Ich …«

Das knorrige Brechen von Holz unterbrach ihn.

Neugierig sah Knut ins Grab. Die Baggerschaufel hatte den Deckel des Sargs aufgerissen.

»Ja? Ich bin ganz Ohr«, meinte er zu Thor. Anstatt jedoch ernsthaft auf eine Antwort zu warten, trat er zur Schaufel.

»Vergiss es. Schon gut.« Angesäuert winkte Thor ab. »Ein andermal dann halt eben.«

Widerwillig sah Knut seinen Vater an. Er spürte, dass er wohl nachhaken sollte, doch bevor er etwas sagen konnte, trat Friedrichs zu ihm ans Grab. »Den Sarg kriegen wir nicht hoch. Soll er gar nicht erst versuchen, das endet in einer Sauerei.« Skeptisch musterte der Gerichtsmediziner die Schlammgrube.

Friedrichs hatte recht. Der Sarg war durch und durch morsch, aber eindeutig noch vorhanden. Nach sechzehn Jahren hätte Knut angenommen, nur ein paar vergammelte Stückchen Holz und vielleicht den ein oder anderen Knochen vorzufinden.

Der Baggerfahrer stellte die Maschine ab, kletterte vom Bock und inspizierte die Lage. »Rechts und links freiräumen und ein Gitter drunter?«, fragte er in die Runde.

Friedrichs bejahte.

»Gitter drunterschieben und dann Schlupf dran und vorsichtig raus«, schlug Thor vor, und genau wie er gesagt hatte, wurde es schließlich auch gemacht.

Es klang simpel, doch es dauerte bis zum Mittag, bis der Baggerfahrer und Stockfleths Männer, die die ganze Zeit über lautstark fluchten, ein Eisengitter unter die Überreste des Sargs geschoben und zwei Schlupfe befestigt hatten, sodass sie alles komplett aus dem Grab heben konnten.

Kaum lag der Sarg samt Gitter auf einer weiteren Plane, bat Friedrichs um Erlaubnis, ihn zu öffnen und die Leiche einer ersten Augenschau zu unterziehen. Mit wenigen Handgriffen baute die Kriminaltechnik einen Faltpavillon über dem Sarg auf, während sich Friedrichs einen Einwegoverall überzog. Stockfleth mit seinen Männern und die anderen Helfer wurden des Ortes verwiesen. Sie durften bei den Reportern hinter der Abschirmung warten.

Maas, der sich im Hintergrund gehalten hatte, trat neugierig heran. Der Sarg war doch stärker verrottet, als Knut auf den ersten Blick vermutet hatte, denn als Friedrichs den Deckel mit zwei Kriminaltechnikern lösen wollte, zerrieb sich das Holz wie brockige Paste unter ihren Fingern. Eine Seite des Sargs kippte weg, und mit einem Mal lag der Leichnam vor ihnen.

Zumindest das, was von ihm übrig war.

Knut wandte sich ab.

Was er für die Dauer eines Lidschlags hatte erkennen können, reichte für eine Woche schauriger Träume. Er schnaufte, denn ihm war klar, dass er gleich länger hinsehen müsste.

Peter Rasmussen war eine Wachsleiche.

Teile des rechten Arms und des linken Beins waren verrottet oder weggefressen, sodass bloß noch Knochenreste zu sehen waren, aber der Rest des Körpers sah fast so aus wie bei der Grablege. Wo immer Haut zu sehen war, war sie mit einer fettig wirkenden hellen Schicht überzogen.

»Das ist ja mal eine schön erhaltene Leiche. Der hohe Grundwasserstand hat die Zersetzung verhindert«, erklärte Friedrichs. »Der Körper hat nicht genug Sauerstoff bekommen, um den Verwesungsprozess abzuschließen. Es ist zu einer Fettverhärtung gekommen. Fettwachs nennt das der Volksmund. Adipocire. Das legt sich wie Panade über alles und verhindert die vollständige Verwesung. Wir kennen Leichen, die dreißig, vierzig Jahre in extrem nassen Gräben gelegen haben. Die waren noch großartig erhalten. Dass ihm damals der Brustkorb geschlossen und verbunden wurde, hat das Ganze noch begünstigt.« Er zeigte auf ein handgroßes plastikartiges Gewebe, ein großes Pflaster unter dem reichlich zersetzten Totenhemd.

Langsam hatte Knut von Toten die Schnauze gestrichen voll. Für eine Sekunde sah er Magnussen vor sich, der in seinem feuchten Grab ebenso unvollständig verfaulte, während über ihm die Jahreszeiten dahinzogen. Ihm wurde schlagartig schlecht. Schnell fixierte er die Spitzen seiner Cowboystiefel und sammelte sich.

Maas machte Friedrichs Platz, der sich als Erstes dem Kopf widmete. »Neurocranium sieht noch intakt aus, kein Bruch der Schädeldecke zu erkennen. Am besten, wir röntgen den Leichnam, dann können wir alle Brüche identifizieren.« Er lehnte sich über die Wachsleiche, inspizierte den Brustkorb. »Ich entferne Totenhemd und Fremdmaterial, wahrscheinlich aus kosmetischen Gründen vom damaligen Bestatter verwendet.« Mit einer Pinzette zog er das Stück weg und offenbarte die Brust. Weil zu viel Haut fehlte, weggerissen oder zerdrückt worden war, hatte der Bestatter den Brustkorb nicht komplett geschlossen, aber wo es ging, die Wunden zugetackert. »Das Problem ist, wir haben letztes Jahr laut Statistik gut fünfundneunzig Prozent aller Mordfälle klären können – aber zahlreiche Morde werden einfach nicht als Tötungsdelikte erkannt.« Friedrichs begann die Tackernadeln herauszuprokeln. »Weil es zu wenig Rechtsmediziner gibt.«

»Klar … Und?« Maas beugte sich vor.

»Ich spreche mal ins Unreine. Eine grobe Einschätzung, bitte nicht ins Protokoll … Also, das sieht mir schon mal nicht nach einem Messer aus. Ganz und gar nicht. Sehen Sie das hier?« Friedrichs deutete auf einen Bereich, bei dem die Wundränder den Anschein erweckten, als habe man sie zerfetzt. »Das ist entweder wirklich Tierfraß, oder jemand hat mit etwas Stumpfem brutal zugeschlagen, immer wieder auf seinen Brustkorb eingedroschen … Warten Sie, ich öffne die Naht.«

Knut wagte einen weiteren Blick und sah zu, wie Friedrichs die letzten Klammern, mit denen der Bestatter Rasmussens Brust notdürftig und so weit es eben ging verschlossen hatte, mit einer Zange löste.

»Öffne jetzt die Cavitas thoracica. Die noch bestehende Haut über der Brusthöhle ist wächsern und mit ausgeprägter Adipocire.« Er klappte die Haut beiseite, krümelige Brocken lösten sich, als er die steifen Hautlappen bewegte. »Ja. Der Eindruck verstärkt sich. Sehen Sie die Rippen?«

Knut, Maas und Thor beugten sich über den Leichnam.

»Rippen drei, vier, fünf sind nahe dem Brustbein gesplittert. Warten Sie … Ich untersuche das Sternum …« Friedrichs wischte das Brustbein frei. »Ja … Corpus sterni und Manubrium sterni zeigen ebenfalls Absplitterungen.«

»Und das Fazit?«, fragte Knut. Er atmete schwer. Angestrengt starrte er auf die Kante des Metallgitters, um nicht ständig die Leiche im Blick haben zu müssen.

»Das kann ich Ihnen hier aus der hohlen Hand noch nicht sagen. Aber so viel steht meiner Meinung nach schon fest: Wir haben es mit einer massiven Gewalteinwirkung von außen zu tun.«

»Das kommt nicht vom Fall oder durch Tiere?«

»Tierfraß ist durchaus zu erkennen, Herr Jansen. Sehen Sie sich die Sternum-nahen Enden an Rippe vier links und fünf rechts an. Keine scharfen Kanten, und der ganze Knorpel ist sauber weg – das könnte sehr wohl von Zähnen stammen. Warten Sie.« Friedrichs griff sich einen Spreizer, zog den Brustkorb der Leiche weiter auf und leuchtete hinein. »Ja … hier … Sehen Sie? Die Absplitterung am Brustbein – hier und hier … Sekunde … Ja, das ist auch was … Hier sind Frakturen an drei, vier rechts, fünf links und …« Er schabte an einer weiteren Rippe. »Selbst sechs hat etwas abbekommen. Teilweise ist dieselbe Rippe mehrfach gebrochen. Das sieht mir sehr nach einem stumpfen Gegenstand aus.«

»Hammer, Stein?«, murmelte Knut.

»So etwas, ja.« Friedrichs zog mit seinen behandschuhten Händen die Rippen leicht auseinander, leuchtete den Brustraum ab. »Hier ist ein Stückchen des Rippenknochens. Abgesprungen. Rippenfragmente ... Sekunde ... Ja, kann ich ebenfalls entdecken.« Er wandte sich Knut und Maas zu. »Bei einem Sturz hätte er versucht, sich abzurollen, um nicht frontal aufzuprallen. Wenn jemand bei Bewusstsein ist und stürzt, schützt er im Reflex mit den Unterarmen den Kopf, damit ist aber auch der Bereich des Brustbeins abgeschirmt. Da wären die Rippen eher ...« Er zeigte auf Knuts untere Rippen. »... eher hier unten in diesem Bereich gebrochen. Außerdem wären die Rippen nicht an so vielen unterschiedlichen Stellen zersplittert.«

Maas hatte sich Notizen auf seinem Tablet gemacht. »Das heißt?«

»Jemand hat ein paar Dutzend Mal mit irgendetwas Stumpfem zugeschlagen und ihm den Brustkorb zertrümmert. Hammer? Hm ... Wahrscheinlich wirklich eher der Stein.«

»Und die Organe?«, fragte Knut.

»Das ist schwer zu sagen. Es hat hier tatsächlich ziemlicher Tierfraß stattgefunden. Warten Sie ...« Friedrichs schob seinen Mundschutz hoch und widmete sich noch einmal der Wachsleiche. Seine Hand tastete im Bauch, dann in der Brust. Er zog Falten auf, schob wächserne Haut und schwarzes Fleisch beiseite. Nach ein paar Minuten konnte er einen ersten Überblick geben: »Rechter und linker Lungenflügel sind nicht mehr zu sehen, wahrscheinlich fort. Herz und Magen sind – wenn auch nur partiell – vorhanden. Teilweise angefressen. Die Leber ist noch ungefähr zur Hälfte da. Da ist wahrscheinlich die Gallenflüssigkeit drübergelaufen, sonst wäre sie bestimmt auch gefressen worden. Dickdarm konnte ich ebenfalls erkennen. Genauer kann ich es aber erst in Kiel analysieren.«

»Aber die Lunge fehlt?«, hakte Thor nach.

Friedrichs zupfte sich die Atemmaske runter. »Ja. Sie ist fort. Gefressen oder entfernt, kann ich so noch nicht sagen. Aber sie ist fort. Definitiv.«

»Scheiße«, entfuhr es Thor.

»Was ist das da?« Die Hand vor den Mund gepresst, lehnte sich Knut über die Leiche und deutete auf den Arm. Das Totenhemd war verrutscht, und am Oberarm zeichnete sich ein dunkler Fleck ab.

Behutsam strich Friedrichs ein wenig von der wächsernen Schicht beiseite. Knut hatte an ein Hämatom gedacht, und die Stelle sah beinahe wie eines aus, doch dann erkannte er es. Die Haut war von der Fettschicht so stark überzogen, dass die Tätowierung halb weggewaschen wirkte, wie ein unscharfes Foto.

»Das darf doch alles nicht wahr sein.« Schnaufend wandte er sich ab und sah auf die Gräber. »Ich dachte, wir beweisen, dass er ein Opfer ist … Und jetzt hat er dasselbe Zeichen am Arm, das wir auf dem Schiff gefunden haben? Das hat ihm ja wohl kaum der Killer nach der Tat eintätowiert!«

Der Nebel hatte sich aufgelöst. Die Wellen, die an die Klippe schlugen, warfen ihr gleichmäßiges Rauschen zu ihm. Eigentlich beruhigend, aber er spürte, wie sich wieder Unruhe in ihm breitmachte.

»Das ist doch wie verhext. Je weiter wir forschen, umso mehr Fragen tauchen auf.«

30

»Ein Zeichen haben wir hier bisher nicht gefunden. Wir gehen davon aus, dass Sie ihn zu früh gestört haben«, erklärte Maas und bat Knut und Helen, auf der schmalen Spurengasse zu bleiben.

Der Begriff war in diesem Fall etwas hochtrabend. Die Kriminalisten hatten kaum zwei mal zwei Meter des Zimmers direkt an der Tür freigegeben.

»Hört der irgendwann mal auf?«, meinte Knut zu Helen, als er mit ihr hinter Maas ins Zimmer trat.

»Ja. Wenn er stirbt. Oder wir ihn kriegen«, lautete ihre trockene Antwort.

»Sehr beruhigend«, warf Maas ein.

Genau Knuts Meinung, aber er verkniff sich einen Kommentar.

Helen hatte darauf bestanden, den Tatort im Skaerbaekvej noch einmal zu inspizieren. Im Gegensatz zu ihr konnte Knut darauf sehr gut verzichten. Allerdings hatte er Maas testen wollen, ob er auch keinen Einwand gegen seine Stippvisite vorbrachte. Immerhin war Knut offiziell krankgeschrieben.

Maas hatte nichts dagegen. Im Gegenteil. Nach der Exhumierung hatte er Knut beiseitegenommen und ihm klargemacht, dass er es gut fände, wenn der »Revierleiter Valandsiels« am Ball bliebe. So hatte er sich ausgedrückt. »Revierleiter Valandsiels« hatte er gesagt und eine Allegorie aus dem Fußball gebraucht. Immerhin hatte Maas kein Wildwest-Bild bemüht – irgendwas wie »im Sattel halten« oder dergleichen.

Das Kinderzimmer sah noch immer wie ein Schlachthaus aus, auch wenn es sich vollkommen verändert hatte. Strahler erhellten jede Ecke. Luminol war verspritzt worden, und Tafeln und Aufkleber mit Zahlen markierten Tausende Blutspritzer. Noch immer nahmen Maas' Männer Faserspuren, klebten Stellen ab und hofften auf aussagekräftige Beweise.

Die werden jede Menge Spuren finden, dachte Knut. Aber die helfen uns nicht weiter. Der Typ ist einfach zu schnell. Und er plant ziemlich gut. Er hat Handschuhe angehabt und die Taucherhaube auf. Immerhin hab ich ihn überrascht, und wir haben den Rucksack.

»Was war mit dem Rucksack?«, fragte er deswegen.

Maas zückte sein Tablet. »Ich habe hier eine Liste. Da drin befanden sich Seile. Handelsübliche Meterware, in jedem Baumarkt erhältlich. Und zwei Plastikboxen der Firma NoSmell. Kann man im Supermarkt wie auch online für ein, zwei Euro kaufen. Eine Plastiktüte von einem Edeka aus Büsum. Außerdem Spuren von Meerwasser und Blut. Laut DNA wohl eine Mischung aus dem Blut der ersten beiden Opfer.«

»Fingerabdrücke, Haare?«

»Haben wir alles.« Seufzend scrollte Maas durch den Bericht. »Am Rucksack wurden mehrere unterschiedliche Haare, Pilzspuren und Staub entdeckt. Die Haare stammen aber nicht von den uns bekannten Opfern. Eines ist männlich, die anderen weiblich.«

»Wie? Noch weitere Opfer?«, wollte Knut wissen.

»Gut möglich.«

»Und die Einweckgläser?«, fragte Helen.

»Da sind wir ratlos. Zur Aufnahme von einem Lungenflügel sind sie zu klein. Wir haben denselben Staub wie am Rucksack und eine Pilzart gefunden, die bevorzugt in feuchten Kellern vorkommt. Ansonsten waren sie leer. Vollkommen leer.« Maas holte Luft. »Was das ganze Blut hier anbelangt: Es ist zwar reichlich da, aber er hat den Mann erst aufgeschnitten, *nachdem* er ihn mit den Stichen erstickte.«

»Sonst wäre noch viel mehr Blut verspritzt worden«, meinte Helen grübelnd. »Das Herz hat nicht mehr gepumpt.« Sie ließ den Blick über den Teppich und die besudelten Möbel gleiten. »Ich gehe von zwei Tätern aus. Das LKA auch?«

Maas nickte. »Das sehen wir derzeit genauso.«

»Ist ja auch von den Jahren her Quatsch«, brummte Knut. »Der Typ von hier, der mich angegriffen hat, war höchstens zwanzig. Der wird ja wohl kaum mit drei, vier Jahren diesen Peter Rasmussen getötet haben.«

»In der Tat recht unwahrscheinlich«, stimmte Maas zu. »Die Frage ist aber: Haben wir es mit einem Trittbrettfahrer zu tun? Ist da jemand am Werk, der den alten Mörder nachahmt?«

»Gute Frage«, meinte Helen. »Auf jeden Fall ist der Täter bei Rasmussen anders vorgegangen. Viel … impulsiver.«

»Du meinst, wegen des zerschlagenen Brustkorbs?«

Helen nickte. Sie führte Knut einen Schritt weiter und zeigte ihm, was ihm beim ersten Mal nicht aufgefallen war: Der Täter hatte bereits ein Seil um den Deckenbalken des Zimmers geschlungen. »Der Täter von damals hat die Leiche weder drapiert noch aufgehängt, um sie auszunehmen. Er hat den Toten einfach unten auf dem Kies liegen gelassen. Wenn Friedrichs recht hat, dann ist auf Peter Rasmussen wie im Rausch eingeschlagen worden: mit einem Stein, mit einem Eisenrohr oder einem Hammer. Stumpfe Gewalt. Der Mörder hat den Brustkorb zerschmettert. Und dann hat er die Lunge entfernt.«

»Wahrscheinlich entfernt«, präzisierte Maas. »Ich warte noch auf Friedrichs' Bericht.«

»Genau das wird er feststellen«, warf Knut ein.

»Unsere jetzigen Morde wurden sehr geplant durchgeführt. Der Täter überwältigt die Opfer, fixiert sie, sticht die Opfer, dass sie ersticken. Erst dann schneidet er sie auf.«

»Und zwar recht chirurgisch«, sagte Helen. »Das sind zwei unterschiedliche Täter. Es kommt zeitlich nicht hin – und auch von der Art der Tötung nicht. *Impulsiv* im Gegensatz zu *geplant.*«

»Aber sie könnten sich kennen«, warf Knut ein. »Wäre das nicht plausibel?«

»Also doch ein Trittbrettfahrer?«, wollte Maas wissen.

»Nein, das mein ich nicht. Mein Vater hat damals …« Er wollte schon sagen, Thor habe alles als Unfall abgetan, konnte sich aber noch rechtzeitig bremsen. »Er hat damals keine Details an die große Glocke gehängt. Ich meine, unser Täter hat ziemliches Detailwissen.«

»Und das heißt?«

»Dass er vielleicht vom damaligen Mörder *direkt* von der Tat erfahren hat. Ich dachte, dass sie sich wirklich kennen. Physisch, nicht über Zeitungen oder so. Was ist denn mit … mit diesen radikalen Ökos, dieser … Kommune?«

»Rasmussen trug das Runensymbol, und unser Killer hinterlässt es«, stellte Maas grübelnd fest.

»Ja. Was, wenn jemand aus diesem Ökogrüppchen Rasmussen getötet und sein Wissen weitergegeben hat?«

»Angeblich waren es alles junge Leute«, warf Helen ein.

»Ja«, bestätigte Knut. »Laut meinem Vater waren die um die zwanzig … Einer hat früher impulsiv getötet, killt Rasmussen und gibt sein Wissen Jahre später weiter. Vielleicht an seinen Sohn.«

»Der tritt in die Fußstapfen vom ersten Mörder und macht aus dem Töten ein ausgefeiltes Handwerk?«, fragte sich Helen.

»Klingt für mich plausibel«, meinte Maas. »Helen?«

Sie nickte. »Vater – Sohn, Lehrer – Schüler? Hmm …«

Maas und Knut warfen sich einen Blick zu, dann nickten sie.

»So abwegig ist das nicht«, gab Helen schließlich zu. »Wir brauchen einfach mehr Infos über diese Ökoaktivisten.«

»Wenn sie wirklich so auf Wikinger … nein, auf Friesen und ihre Runen standen, dann weiß ich jemanden, der uns helfen kann.«

»Ach?« Helen sah ihn fragend an.

»Ich hab eine neue Verehrerin. Die kennt sich aus.«

31

Vier Tage hatte Rutger bei Vater verbracht, hatte bei ihm gesessen und seine Hand gehalten, während er zugesehen hatte, wie der Fernseher mit flackernden Mustern seine blutigen Wangen und die Zange in seinem Auge streichelte.

Er hatte Vater den ganzen Weg die Treppe hinauf und vor den Fernseher geschleift. Eine Schinderei. Geradezu fürsorglich hatte er ihn hingesetzt. Weswegen, konnte er nicht sagen, es war ihm einfach ein Bedürfnis gewesen, Vater in seinen Sessel zu setzen. Vielleicht, damit er irgendwie … *friedlich* einschlafen konnte.

Er hatte sich den Hocker rangeschoben und Vaters Hand gehalten. Rutger hatte sie gehalten, ganz wie er dachte, dass Trauernde es tun.

Den Blick auf das Blut, den Blick auf das Fernsehlicht, den Blick auf seine Hände. In den Stunden war er mehrfach eingenickt, und immer wieder hatte er vom Flammenschiff geträumt. Von *seiner* Ankunft.

Um nicht aufzustehen, hatte er Vaters Wärmerchen ausgetrunken – zerstoßene Tabletten hin oder her. Aber heute Morgen war sein Durst übermächtig geworden, und er war endlich aufgestanden. Beinahe wäre er gefallen.

Vier Tage.

Kein Wort.

Keine Tränen.

Er hatte nicht weinen können.
Er hatte nicht schreien können.
Eigentlich hatte Rutger nicht einmal denken können.
Er hatte bloß in diese unsagbare Leere geblickt, in diesen Schlund, den er mit einem einzigen Stich erschaffen hatte. Er hatte Vater die Zange ins rechte Auge gerammt. Und Vater war gefallen wie die Poche, die ihm entglitten war. Ohne zu schreien, ohne ein Wort. Er war einfach lang hingeschlagen und nicht wieder aufgestanden.
Heute Morgen hatte Rutger am Wasserhahn getrunken, hatte sich ganz nass gemacht vor Gier, und dann war er ein letztes Mal zu seinem Vater an den Sessel getreten.
Mit einem Ruck hatte er Vater die Zange rausgezogen. Er hatte den festen Willen gehabt, das besudelte Ding in den Abfall zu werfen, doch eigenartigerweise hatte er es nicht übers Herz gebracht.
Obwohl sie ihm so viel Leid zugefügt hatte, die Zange mit ihrem scharfen Zahn, wusch er sie und steckte sie in die Tasche wie Kinder einen liebgewonnenen Stein.
Die Zange war Vater.
Ein Andenken.
Dann hatte er die Tür zum Wohnzimmer geschlossen. Er zog sie zu, wie jemand die Tür eines Hauses schließt, das er niemals mehr betreten will.

Rutger öffnete die Haustür.
Der Geruch des Hofes, von Austern und Metall, wehte ihm entgegen.
Der Geruch der Welt roch anders als sonst.
Sehr viel besser. So unglaublich frei. Die Luft fühlte sich frisch an.
Freiheit.
Es wurde Zeit, die schwarze Flut zu beenden.

Rutger trat in den grauen Tag. Er trug eine der Plastikkisten, in denen er gewöhnlich die Austern zu den Restaurants ausfuhr. Und wie sonst auch sah er sich um, bevor er hinter den Berg morscher Paletten und ausrangierter Stahltische trat, als könne Vater noch immer unerwartet aufkreuzen. Er ging am Lager vorbei, in dem sich leere Poches befanden, außerdem Kisten für den Transport, die Wannen und Pumpen fürs Reinigen und ihr Lieferwagen. Hinter dem Lager wurde das Gelände noch unübersichtlicher. Die Natur hatte sich ihren Teil zurückerobert. Büsche wucherten über spröden Autobatterien, und aufgeschichtete Steine, die niemals Verwendung gefunden hatten, lagen neben wilden Birken und hüfthohem Gras.

Zwischen dem Schrott, der sich die Jahrzehnte über angesammelt hatte, stand ein Schuppen mit rostigem Wellblechdach und bröckeligen Backsteinen. Einst hatte er zum Räuchern und Abhängen von Fisch gedient, doch sein Vater hatte ihn noch vor Rutgers Geburt aufgegeben.

Ängstlich blickte er sich um. Die Furcht war ihm über die Jahre in Fleisch und Blut übergegangen. Ohne es zu wollen, ließ er ganz automatisch seinen Blick verstohlen wandern, als könne Vater plötzlich hinter ihm auftauchen.

Er ist nicht mehr hier. Vater ist fort.

Dennoch schob er mucksmäuschenstill das Vorhängeschloss auf und öffnete die Tür wie ein Dieb.

Er zog an einer Schnur mit abgegriffenem Plastikzapfen. Das Licht war spärlich, reichte aber aus. Er hatte sich nie getraut, die alte Glühlampe durch eine helle LED auszuwechseln, weil er immer Angst gehabt hatte, Vater würde das Licht bemerken. Der Strom kam über eine abgenutzte Kabeltrommel, die er heimlich in der Scheune angeschlossen hatte.

Rutger wandte sich einer Werkbank zu, die er aus dem Monierstahl alter Austernbänke zusammengeschraubt hatte. In der Mitte des Tisches stand eine zerschrammte Mikrowelle.

Behutsam stellte er den Plastikkorb ab und nahm die Lunge heraus. Er wollte sie auftauen – zumindest so gut es ging, ohne sie zu kochen. Das vorsintflutliche Ding hatte keine Defrost-Funktion.

Nach wenigen Augenblicken nahm er die Lunge wieder heraus und packte sie auf ein abgenutztes Holzbrett. Geduldig schnitt er sie in feine Streifen, dann spießte er jeden auf einen Haken, den er auf eine Eisenstange fädelte.

Der uralte Räucherschrank rostete in einer Ecke des Schuppens vor sich hin. Als er ihn öffnete, schlug ihm würziger Rauchduft entgegen. Der Schrank war von Ruß schwarz. Hier räucherte er oft, was von den Tieren übrig war.

Für die Lungenstückchen hatte er jedoch etwas anderes im Sinn. Er würde sie lediglich trocknen, damit sie besser brannten. Dagaz hatte ihm eingebläut, wie wichtig es war, dass der Rauch in den Himmel stieg. Nur so fand die Verbindung zu Yngvi statt.

Dagaz hatte damals die Lungen zu feucht angezündet – ein grober Fehler.

Er würde es besser machen.

Außerdem hatte er ja nicht nur die Lungen – er hatte auch seine Einweckgläser.

Und die funktionierten!

Sorgsam fachte er das Feuer an und kontrollierte die Temperatur. Er ließ den Schrank ein wenig offen, damit die Luft gut zirkulieren konnte, und ging zurück zur

Werkbank. Aus einer wurmstichigen Kommode holte er seine Schale heraus: eine selbst geschweißte Schüssel aus den Resten eines Druckbehälters, wie er in Heizungen eingebaut wurde. Ein wundervolles Werk samt Runeninschrift. Liebevoll ließ er die Finger über die drei Zeichen gleiten, die den Rand verzierten und für die er einige Nachmittage gebraucht hatte.

In dieser Schüssel würde sein Feuer perfekt lodern – und der Rauch der Lungen in den Himmel steigen.

Sicher würde *er* ihn erhören. Ganz sicher.

Immerhin war *er* Rutger schon erschienen.

Dagaz hatte es zweimal nicht vollbracht, hatte ihn nicht rufen können.

Aber er.

In aller Ruhe widmete er sich der Schüssel, feilte nach und polierte. Ein paar Ornamente fehlten noch. Nach zwei Stunden checkte er abermals die Temperatur im Räucherschrank und stellte fest, dass die Lungenstücke noch ein wenig brauchten.

Langsam wurde er doch unruhig. Er war es nicht gewohnt, so viel Zeit zu haben.

So lange unbeobachtet zu sein.

Er konnte tun und lassen, was er wollte.

Was für ein Gedanke!

Ich bin frei, schoss es ihm durch den Kopf. Frei!

Aber die Stückchen auf den Haken sahen so … *winzig* aus. Getrocknet waren sie so furchtbar klein.

Er würde noch mehr holen. Auf jeden Fall. Mindestens noch eine Lunge.

Rutger musste an den Polizisten denken. Er hatte diesem Idioten gedroht und seinen verfickten Hund gekillt.

Hunde, die bellen, beißen nicht, hieß es doch.

Er hatte nicht vor zu bellen.

Er würde noch heute zuschnappen.

Es war Zeit für eine neue Jagd.

Und diesmal würde sein Opfer jemand ganz Besonderes sein.

Rutger musste lächeln.

Er wusste schon, wer.

32

Doktor Roselius' Haus lag am Ende eines Kopfsteinpflasterwegs. Hohe Pappeln säumten die Einfahrt, die in einem geschwungenen S vor dem rüstigen Bauernhaus auslief. Es stand direkt am Deich, und seine gelb getünchten Gefache strahlten freundlich in den sonst grauen Tag. Die Beete wirkten gepflegt, und Knut gefiel, wie Doktor Roselius der Einfahrt durch Kunst ein bisschen mehr Pfiff verliehen hatte. Auch wenn es nicht sein Geschmack war, passten die urtümliche Kräuterspirale und das drei Meter hohe Pärchen aus bunt bemalten Kiefernstämmen hervorragend zum Haus. Wie zwei überdimensionierte Strichmännchen begrüßten die Holzgestalten jeden Gast.

Doktor Roselius trug eine dünne Bluse und rieb sich fröstelnd die Arme, dennoch war sie für seinen Empfang nach draußen geeilt.

»Hallo«, begrüßte sie Knut. »Schön, dass Sie gekommen sind.«

Er stieg aus dem Landrover und kam um den Wagen herum. Eigentlich hatte er Helen mitnehmen wollen, aber die hatte entmutigt abgewinkt. Bei einer Befragung sei sie ihm »in ihrem Zustand« nicht sonderlich hilfreich, hatte sie geseufzt. Er hatte sofort verstanden, was sie meinte, und sie nicht weiter mit ihrer Blockade konfrontieren wollen. Immerhin war sie bei Maas geblieben und half bei der Rekonstruktion der Tat. »Das ist mir gerade lieber, als in Menschen reinzuhorchen und nur wieder das Echo meiner eigenen Stimme zu hören«, hatte sie gesagt.

»Hi«, begrüße Knut die Doktorin. »Tut mir leid, dass ich Sie schon wieder störe.«

»Sie stören doch nicht.« Sie winkte ab, wollte sich bei ihm unterhaken, bemerkte jedoch seinen Verband. »Oh! Was ist passiert?«

»Kleiner Unfall.«

»Nichts Schlimmes, hoffe ich?«

Knut schüttelte den Kopf und bot ihr den anderen Arm an, den sie schmunzelnd nahm, dann zog sie ihn gut gelaunt zu ihrem Haus.

Im Innern verbreitete ein Designerkamin mollige Wärme. Es roch nach Büchern und altem Holz. Sämtliche Möbel zeugten von der seltenen Mischung aus Geld und Geschmack. An den weiß verputzten Wänden hingen zwischen Bücherregalen Fotos ihrer Ausgrabungen. Knut entdeckte sogar eines aus Ägypten – zumindest nahm er an, dass es von dort stammte.

»Zolat el Hamad. Nordsudan. Ur- und Frühgeschichte«, erklärte Doktor Roselius, weil sie Knuts neugierigen Blick bemerkt hatte. »Das war 2002. Ich war dort knapp drei Jahre. Auch schon wieder eine Ewigkeit her. Wissen Sie, mein Vater hat immer gesagt: ›Nichts Schnelleres gibt's als die Jahre.‹ Aber Sie sind da wahrscheinlich noch ein bisschen zu jung dafür.«

Weil Anspielungen auf sein Alter ihm immer einen Stich versetzten, warf er ihr einen leicht missmutigen Blick zu.

»Ich meine das ganz positiv, Herr Jansen«, beeilte sie sich zu sagen. »Seien Sie doch froh. Wenn man älter wird, verfliegt die Zeit. Und das ist nicht gerade von Vorteil. Setzen Sie sich doch. Wollen Sie einen Kaffee, Latte macchiato oder was mit mehr Pfiff?«

»Nein danke«, meinte Knut.

»Sie wissen nicht, was Ihnen entgeht. Ich habe ein paar wirklich erstklassige Bohnen aus Brasilien. Eine relativ wilde Arabicasorte.«

»Danke.« Knut folgte Doktor Roselius in die offene Küche, wo sie sich einen Kaffee zubereitete. Er zog ein paar Fotos aus seinem Notizbuch und schob sie auf der Kücheninsel zu ihr hin. »Wir haben ein paar Fragen an Sie.«

»Dass Sie nur für einen Kaffee rumkommen, hätte ich auch nicht zu träumen gewagt.« Sie zwinkerte ihm amüsiert zu.

»Die Fotos hier, die sind ziemlich heftig. Ich möchte dennoch gerne, dass Sie einen Blick ...«

»Als Archäologin sollte man Leichen und den Tod wohl nicht fürchten, oder?« Sie setzte ihre Brille auf.

»Kann sein.«

»Zeigen Sie ruhig.« Ihr Kaffee war fertig. »Wirklich keinen?«, erkundigte sie sich noch einmal, bevor sie die Tasse nahm und sich an den Esstisch setzte. »Ich hab schon so viele Tote gesehen ... Ich war mal als Studentin an einer Grabung in Verdun beschäftigt, da ... Na, lassen wir das. Zeigen Sie ruhig, Herr Jansen.«

Abermals legte er die Bilder vor sie hin und erklärte ihr in knappen Worten, dass sie das Symbol als Tätowierung auf der Wachsleiche entdeckt hatten.

»Mein Gott, das sieht ja wirklich furchtbar aus. Wer war das?«

»Ein Mann namens Rasmussen.« Er hatte den Namen kaum ausgesprochen, da blickte sie schon grübelnd in ihren Kaffee.

»Kennen Sie ihn?«, hakte er nach.

»Der Name sagt mir was. Ja ...« Ihr Blick glitt zur Panoramascheibe, hinter der sich der Garten und der Deich anschlossen. In den gestutzten Büschen verfing sich erster Nebel. Windspiele aus Treibhölzern hingen reglos in den Ästen. Draußen regte sich kein Lüftchen.

»Rasmussen … hm …« Sie sah sich die restlichen Fotos an. Bei den Zeitungskopien, die Maas über die Ökoaktivisten angefertigt hatte, fiel der Groschen. *»Yngvi Morgenröte.* Die vom Leuchtturm. Ja.«

»Im Leuchtturm haben die wohl gewohnt.« Knut trat wissbegierig näher, doch sie sprach nicht weiter, sondern blickte noch einen Moment nach draußen. »Ich bin ihm einmal begegnet. Und es ging tatsächlich um das Zeichen. Ich meine, um das von de Plakken. Das war … kurz nachdem meine kleine Abhandlung erschienen war. Er wollte mehr über den Stein wissen und was ich darüber dachte.«

»Warum haben Sie das letzte Woche nicht erwähnt?«

»Rasmussen?« Sie blickte von den Fotos auf. »Sie haben nicht gefragt«, meinte sie beinahe entrüstet. »Ich wusste doch nicht, dass dieser … dieser Herr wichtig ist.«

»Der Mann hat damals vor allem gegen die Fischer gewettert, aber auch mit seinen Freunden gegen die Ölförderung im Watt protestiert und gegen die Wellenbrecher südlich der Promenade.«

»Die hässlichen Tetrapoden?«

»Ja. Der hat die lokale Politik ganz schön auf Trapp gehalten mit seinen Ökoaktivisten.«

»Ökoaktivisten?« Erstaunt sah sie Knut an. »Waren die nicht eher eine … na ja, so was wie eine Sekte?«

Knut setzte sich ihr gegenüber. »*Sekte*? Wie meinen Sie das?«

»Die hatten eigene Rituale. Wohnten alle im Leuchtturm und versuchten, wie die Frisii zu leben, zu essen, zu beten.« Doktor Roselius blies in ihren Kaffee und nippte. »Ich weiß nicht mehr, ob wir kurz telefoniert haben?

Na ja, auf jeden Fall bin ich einmal raus zu denen, weil Rasmussen mich sprechen wollte. Zum Leuchtturm. Rasmussen wollte unbedingt mehr über die Frisii wissen und über meine Theorie zum Zeichen auf dem Stein. Ja, ich erinnere mich … Die sind im Leuchtturm mit so Pseudogewändern rumgelaufen. Kennen Sie diese Rollenspieler? Als Archäologin konnte ich das nun wirklich nicht ernst nehmen. Erwachsene, die sich nach alten Schnittmustern Gewänder nähen. Kostüme! Himmel … Und Dolche anfertigen und Broschen. Denken, sie sind Friesen und leben in einem Leuchtturm.« Sie winkte lachend ab. »Im Turm gab's tatsächlich Runen und Wandbilder und ein Spinnrad. Ja, daran erinnere ich mich. Ein *Spinnrad,* also …« Erneut musste sie lachen. »Spinnräder sind erst Jahrhunderte nach den Friisi nach Europa gelangt. Das ist ein bisschen so, als würde ein Ritter auf seine Armbanduhr sehen.«

»Haben die Ihnen auch das hier gezeigt?« Knut schob ihr das Foto vom Stein im Baum hin.

Doktor Roselius legte die Stirn in Falten. »Nein. Nur einen Baum. Da sind sie mit Fackeln hin. An der Steilküste.« Sie zog das Foto näher heran. »Das sah anders aus dort. Da waren weniger Tannen. Nur ein Baum weit und breit. Sehr romantisch.«

»Und der Stein mit dem Symbol?«

»Nein. Ich glaub nicht, dass es den schon gab. Der wäre mir sofort aufgefallen.«

»Und was haben die gemacht? Am Baum. An der Klippe.«

»Fackeln angezündet. Haben sich für irgendwelche Germanen gehalten. Gebetet. Für eine bessere Natur und für ihren Gott, der mit seinem Flammenschiff über das Meer zurückkommen soll.«

»Warum haben Sie das denn alles nicht gesagt?« Ohne es zu wollen, war Knut lauter geworden. So laut, dass Doktor Roselius zusammenzuckte.

»Tut mir leid, ich … Die hatten doch nichts mit dem Symbol zu tun. Das waren ein paar gelangweilte Studenten, die sich eingebildet haben, ein bisschen Germanen zu spielen und irgendwelchen Hokuspokus zu veranstalten.« Sie nahm Knuts Hand. Sie war von der Kaffeetasse ganz warm und fühlte sich äußerst weich an. »Tut mir leid. Hätte Ihnen denn das weitergeholfen? Das ist doch so lange her …«

Knut seufzte. Behutsam zog er seine Hand zurück. »Keine Ahnung. Wahrscheinlich nicht«, gab er zu, dann tippte er noch einmal auf das Foto. »Das ist eine Esche, richtig?«

»Worauf wollen Sie hinaus?«

»Yggdrasil ist der Weltenbaum. Und der Weltenbaum war eine Esche.«

»Ach.«

»Ein bisschen was weiß ich auch.«

»Ohne Ihnen zu nahe treten zu wollen, er kann auch eine Eibe gewesen sein. Ich meine, in germanischen Zeiten«, relativierte Doktor Roselius und trank ihren Kaffee aus. »Da ist sich die Forschung nicht sicher. Wenn es ein immergrüner Baum gewesen ist, dann eher eine Eibe. Die Germanen suchten sich wahrscheinlich einige markante Bäume aus und schrieben ihnen mystische Fähigkeiten zu. In der Edda steht, dass unter Yggdrasils Krone der Thingplatz der Götter war.«

»Thing?« Knut nahm das Foto und sah es sich noch einmal an. Das Symbol über den Köpfen von Thor und Diehl, dahinter die Bruchkante, das Meer. Alles im Grau des Nieselregens. Wunderschön auf eine triste Art.

»Ein Platz, um Recht zu sprechen. Ein Ort für eine Gerichtsverhandlung, wenn Sie so wollen. Und für Zeremonien. In der Nähe solcher Bäume wurden Strafen verhängt und Rituale ausgeführt.«

»Rituale. Aha. Gibt es vielleicht ein altes Ritual, bei dem Lungen im Mittelpunkt stehen?«

»Lungen?« Sie überlegte. »Nun, bei Mumifizierungen im alten Ägypten wurde die Lunge entnommen – neben Leber, Magen und Gedärm. Die Organe kamen in sogenannte Kanopen und wurden mit dem Toten bestattet. Das Herz gehörte übrigens nicht dazu. Interessant, nicht wahr? ... Ich meine, dass diese vier Kanopen von den Söhnen des Horus beschützt wurden. Wenn ich mich nicht irre, war es Duamutef, der Schakal, der ... Nein, Hapi – Hapi hat auf die Lunge aufgepasst. Der Pavian. Ägyptologie war nie wirklich meine Stärke.«

»Und später? Die Ägypter kamen doch zeitlich vor diesen ...« Knut warf einen Blick in seine Notizen. »... Ingwäonen?«

»Kommt drauf an. Das Alte Ägypten endete mit dem Zerfall des Römischen Reichs. Wenn meine Theorie stimmt, war der Runenstein bei de Plakken zu diesem Zeitpunkt bereits seit dreihundert oder sogar vierhundert Jahren behauen!«

Knut sah ihr an, dass sie die These noch immer begeisterte. Ein Strahlen huschte über ihr Gesicht, bevor sie seufzend feststellte: »Die Ingwäonen und das Alte Ägypten ... Es gab immer schon einen Kulturaustausch, aber ich kenne keine Quellen, die eine solche Vermutung stützen.«

»Und es gab auch keinen Ritus der Ingwäonen, der mit der Lunge zusammenhängt?«

»Wer weiß das schon, Herr Jansen? Die Riten und Sitten der Friesen liegen nach wie vor im Dunkeln. In Uppsala, wo ein heiliger Baum gestanden haben soll, sprechen einige Quellen von Menschenopfern. Sie wurden angeblich unter der Krone Yggdrasils geopfert. Aber Lungen? Ich enttäusche Sie nur ungern, Herr Jansen. Aber soweit ich weiß, nicht. Und ich bin schon seit dreißig Jahren Archäologin.«

Knut nickte und notierte sich die Schlagworte. Schließlich kam er noch einmal auf die Ökoaktivisten zurück. »War Rasmussen ihr Anführer?«

»Nun ja, zumindest war er es, der sich damals an mich gewandt hat. Wegen des Zeichens bei de Plakken.«

»Gut. Und was ist damals am Baum genau geschehen?«

»Nicht viel wie gesagt. Ein paar Gesänge im Fackellicht, eine ziemlich peinliche Ansprache von Rasmussen. Der war so etwas wie ihr Häuptling.«

»Was hat er gesagt?«

Doktor Roselius zog die Stirn in Falten und überlegte. »Puh, das ist Jahre her … Also, das Übliche meine ich. Es wäre ihre Pflicht, Gottes Werk – die Natur – zu schützen. Ein Gott werde sie erlösen. So etwas in der Richtung. Ich bin früh gegangen, weil ich ins Institut musste.«

Knut stand auf, trat zu einem der Bücherregale und sah sich die Buchrücken an. Es handelte sich überwiegend um alte Ausgaben mit Ledereinband.

Seufzend erhob sich Doktor Roselius ebenfalls und brachte ihre Tasse zurück in die Küche. Knut folgte ihr. »Rasmussen war ihr Häuptling, sagten Sie. Hatte jemand von denen Kinder?«

»Kinder?«

»Ja. Haben Sie da Kinder gesehen? Vielleicht drei, vier Jahre alt.«

»Im Leuchtturm?«

Knut nickte.

»Nicht dass ich mich erinnere. Es waren eine Handvoll

junger Menschen, Studenten würde ich tippen. Alle um die zwanzig, fünfundzwanzig Jahre alt. Kinder habe ich da keine gesehen.«

Kaum aus dem Haus, zückte Knut sein Handy und rief Maas an.

»Ich war gerade bei Doktor Roselius. Wie es aussieht, war Rasmussen nicht nur ein Ökofreak, sondern der Anführer einer Art Sekte, die gerne Germanen oder Friesen spielten und unseren Gott Yngvi anbeteten.«

»Wirklich?«

»Ich erklär es Ihnen morgen. Treffen wir uns beim Leuchtturm?«

»Am Süderdeich?«

»Ja genau.«

Maas versprach, gegen neun Uhr in der Früh dort zu sein.

Knut legte auf. Als er einstieg, fiel sein Blick zurück auf das hübsche Bauernhaus. Er meinte, Doktor Roselius an ihrem Sekretär sitzen zu sehen, über einige Bücher gebeugt. Es würde ihn nicht wundern, wenn sie sich morgen mit neuen Erkenntnissen bei ihm meldete. Dass sie bei ihrem ersten Treffen nichts über Rasmussen gesagt hatte, fuchste sie wahrscheinlich genauso wie ihn.

Während er losfuhr, grübelte er vor sich hin. Und je länger er grübelte, desto mehr Sorgen machte er sich.

Was hatten die Lungen wirklich zu bedeuten? Ziemlich sicher wurden sie aus rituellen Gründen entfernt. Und die Einmachgläser? Waren sie vielleicht so etwas wie diese Kanopen? Heilige Gefäße? In denen ihr Mörder zumindest Teile der Lungen aufbewahrte? Aber Einmachgläser waren so absolut weit weg von irgendetwas Heiligem. Und bemalt oder geschmückt waren sie auch nicht.

Knut schwirrte der Kopf.

Rasmussen hatte Doktor Roselius vor Jahren eingeladen, weil er ihre Abhandlung über den »Jäger des Leids« interessant fand. Kannte er das Symbol schon vor ihrem Treffen? Oder war das Zeichen auf dem Stein erst durch Doktor Roselius in diese Sekte gekommen? Und mit ihrer Abhandlung auch die Idee eines Jägers, der zurückkehren würde? Hatte sie unbeabsichtigt dem Anführer einer kleinen Kommune, die sich um die Natur sorgte und so wie die Friesen leben wollte, einen religiösen Bezug geliefert? Hatte Roselius, ohne es zu ahnen, den Keim des Wahnsinns gesät?

Irgendetwas hatten sie die ganze Zeit übersehen.

33

Weil der Sand zu feucht war, hatte Knut sich einen der Palettenholzsessel hinter dem Dünenkieker ausgesucht. Der Blick in die Nacht beruhigte ihn, auch wenn er durch die Wolken keinen einzigen Stern sehen konnte. Seltsamerweise war auch die Brandung nicht zu hören, das stete rhythmische Rauschen war wegen der anhaltenden Flaute verstummt. Immerhin roch er das Salz des Meeres.

Er fühlte sich müde. Zwar hatte der Täter tatsächlich in der Telefonzelle per Stream die Nachrichtensendung angesehen, aber alle Bemühungen endeten bei einer anonymen SIM-Karte. Sie war schlicht bei einem Discounter in Silberstedt gekauft worden. Doch niemand hatte anhand von Knuts Phantombild den Käufer erkannt. Und an der Supermarktkasse hatte man auch keine Personendaten erhoben. Ein Computerforensiker aus Maas' Gruppe hatte die Anmeldung für die SIM-Karte beim Anbieter online ausgeführt und testhalber falsche Angaben gemacht. Kein Ausweis war erforderlich, und es fand auch sonst keine Kontrolle statt. Ihr Täter hatte noch nicht einmal einen fantasievollen Namen verwendet, sondern wahrscheinlich rein zufällig einen gewählt. Gerd Pritzner.

Die IMEI, die Gerätekennung des Handys, half ihnen auch nicht, denn sie war umgeschrieben worden, und leider war ihr Täter auch nicht so dumm, die Prepaidkarte per Girokonto aufzuladen. Er hatte schlicht das bereits installierte Guthaben genutzt und bloß ein paar Mal telefoniert. Im ganzen Stadtgebiet von Valandsiel. Ansonsten hatte er stets die Akkus rausgenommen.

Maas hatte dennoch angeordnet, ein Bewegungsprofil zu erstellen. Anhand der wenigen Daten war dies aber so gut wie unmöglich.

Die Handyspur würde sie erst weiterbringen, wenn der Täter sich noch einmal meldete. Dann hätten sie immerhin die Chance, ihn schnell über die Funkzelle zu lokalisieren.

Knut war sich sicher, dass der Typ für so eine Aktion dreist genug war – allerdings würde er dann sicher eine weitere Überraschung für sie bereithalten.

Knut las eine spärliche Akte aus dem Sand auf, die er in der Bücherei Valandsiels über Rasmussen und seine Jünger zusammengestellt und mit nach draußen genommen hatte. Sie umfasste lediglich ein paar DIN-A4-Seiten mit dürftigen Artikeln der hiesigen Lokalpresse, die über Rasmussens Trüppchen berichtet hatte. Wie es aussah, hatte sich Rasmussen 1996 im Leuchtturm Süderdeich einquartiert und von dort mehrere Aktionen gegen die »Ausbeutung und Überfischung der Nordsee« und gegen die »kommerzielle Nutzung des Meeres« gestartet. Er und seine Anhänger nannten sich *Yngvi Morgenröte,* zum einen nach dem friesischen Gott Yngvi, von dem Doktor Roselius bereits gesprochen hatte, zum anderen war wohl der Neubeginn, der Neuanfang oder die Wiederauferstehung gemeint. Zumindest gingen die Fachleute beim LKA davon aus.

Auf drei Fotos war Rasmussen mit zwei Frauen und vier Männern zu sehen, die sich an den Mast eines Kutters gekettet hatten. Auf einem weiteren Bild liefen die Aktivisten mit altertümlichen Kleidern herum, die Knut tatsächlich an Mantel-und-Degen-Filme erinnerten. Sie trugen Ledersandalen und Mäntel, die eher wie umgehängte Decken aussahen, dazu grobe Hosen und Tunikas. Oder hieß es Tuniken? Knut hatte keine Ahnung.

Die Fotos erinnerten ihn an Aufnahmen aus den Achtzigern, die Greenpeace-Aktivisten auf der *Brent Spar* zeigten, wie auch an Bilder von irgendwelchen Freikirchlern. Ein kurioser Mix.

Die Stadt – als Vermieter des Leuchtturms – hatte schon nach wenigen Monaten dem Grüppchen gekündigt, doch Rasmussen hatte nicht eingesehen auszuziehen. Er hatte begonnen, den Turm zu sanieren, und ihn kurzerhand besetzt, als der Vertrag ausgelaufen war.

Nachdem sich die Sekte aufgelöst hatte und Rasmussen verstorben war, hatte die Stadt noch drei weitere Jahre lang versucht, den Leuchtturm an den Mann zu bringen, und es schließlich aufgegeben. Ein weiteres Objekt, das dem Verfall anheimgegeben wurde, bis irgendein Verein zu seinem Schutz gegründet wurde. Was bisher jedoch nicht passiert war.

Knut drehte sich zu Helen um, die mit einem Glas Wein und einem Bier zu ihm herauskam. Sie reichte ihm die Flasche. Anerkennend bemerkte er, dass das Bier zimmerwarm war.

»Extra aufgewärmt.« Sie machte es sich neben ihm im Holzsessel bequem.

»Maas versucht, ein paar Namen rauszubekommen«, meinte er. »Auf den Fotos sind immer dieselben sechs Leute und Rasmussen zu sehen, aber in den Bildunterschriften stehen bloß Fantasienamen. Bei einem heißt es: ›Fehu und Dagaz bereiten ein Opfer für Yngvi vor.‹ Da sind sie beim Biikebrennen mit Rasmussen zu sehen … Vielleicht haben wir Glück, und wir können einen von denen befragen, wenn wir einen Namen haben.

Wir treffen uns morgen und sehen uns mal den Leuchtturm an.«

»Sehr gute Idee.« Sie streifte ihre Prothese ab und stellte sie samt Sneaker neben sich. »Ein Einarmiger und eine Einbeinige. Da können wir ja bald den Klub der Krüppel aufmachen.«

»Klub! Aber Helen! In Deutschland gründet man einen Verein. Satzung, Protokolle, Schriftführer.« Knut lachte. Es war ein befreiendes Lachen. »Zwei Krüppel in Valandsiel. Passt doch. Du weißt, woher der Name kommt?«

»Valandsiel?«

Er nickte und trank ebenfalls einen Schluck.

»Ich bin zwar hier groß geworden, aber Heimatkunde?«

»Mein Vater hat mir das mal erzählt. Valand ist wohl ein altes Wort für Teufel. Valant, eigentlich. Und Siel …«

»Das ist die Schleuse.«

»Richtig. Ein Tor im Deich. Und zusammen?« Er wartete, sodass sie es gemeinsam sagen konnten.

»Valandsiel, das Teufelstor.«

Grinsend stieß er mit ihr an. Auch Helen musste schmunzeln. Sie nippte an ihrem Wein und genoss ein paar Atemzüge die kühle Abendluft. »Du solltest mit ihm reden.«

»Mit dem Teufel?«

»Blödmann.« Sie nickte zum Handy. Vor zwanzig Minuten hatte Thor versucht, ihn zu erreichen. Knut hatte es klingeln lassen.

»Ja. Sollte ich wohl. Aber nicht jetzt.« Er wollte sich zu ihr rüberlehnen, rutschte auf dem Holzsessel herum, belastete aber seinen verletzten Arm. Es zog höllisch. Er biss die Zähne zusammen.

»Bisher hat Thor doch nur versucht zu helfen.«

Das ließ Knut auflachen. »Das Problem ist nicht, dass

er helfen will, das Problem ist, dass er so tut, als sei er immer noch im Dienst. Der große King.«

»Das tust du doch auch.« Sie nickte zu seinem Verband.

»Das ist was anderes.«

»Ach …«

Er lächelte. »Irgendwie. Irgendwie auch nicht … Weißt du was? Diehl nennt ihn immer noch Boss und Chef … Stell dir das vor. Und mein Vater turnt wie selbstverständlich neben Maas herum.«

»Das ist so ein Schwanz-Ding.«

Knut warf ihr einen strafenden Blick zu. »Na, na, na.«

»Tu nich' so. Er stiehlt dir die Show. Und das ist dein Problem?«

»Er gefährdet unsere Ermittlungen. Hat er letztes Jahr zumindest. Das ist mein Problem.«

»Meinst du nicht, du gehst ein bisschen zu hart mit ihm ins Gericht?«

Knut zuckte mit den Achseln. Er nippte an seinem Bier und sah auf die Dünen und das Gras, das sich kaum merklich wiegte.

»Woran denkst du?«

»Dass das alles grad ein bisschen viel ist. Ein bisschen viel Verlust für meinen Geschmack. Mein Vater interessiert sich erst für mich, seitdem ich niedergestochen wurde, dann ist Magnussen weg und auch noch Butch … Ich … ich vermisse ihn. Ich hab ihn damals als Welpe vom Tierheim geholt. Mit meinem Vater zusammen. Da waren sicher vier, fünf pelzige Babys. Aber er ist gleich auf mich zu, hat sich an mich geschmiegt. Ich wollte mir einen Hund aussuchen, aber Butch hat mich ausgesucht. So rum.« Knut spürte, wie ihm die Tränen kommen wollten, und strengte sich an, sie runterzuschlucken. »Wenn er jetzt hier wäre, würde er seine Schnauze auf mein Bein legen und so lange schnaufend atmen, bis meine Hose nass ist.«

Helen nahm Knuts Hand. »Ich weiß, dass es Butch nicht zurückbringt, aber wir kriegen seinen Mörder. Da bin ich sicher.«

»Es ist, als hätte er mir persönlich was rausgeschnitten. Also bei mir«, sagte er in dem Versuch, seine Gefühle in Worte zu fassen. »Und diese Lücke, dieses Loch da in mir, das ist wie ein schwarzes Dings.«

»Ein Schlund?«

»Ja. Irgendwie so. Ich stehe am Rand und blicke rein und habe Angst. Angst davor, dass noch jemand weggeht. Aus meinem Leben verschwindet. Ich habe Angst vor noch mehr Verlust und vor dem Leben mit diesem Loch. Verstehst du?«

Sie nickte.

Einen Moment lang wanderte sein Blick wieder zum Dünengras, dann zu der Flamme des Windlichts. Der Anblick des winzigen Feuers tat gut. Es beruhigte und wärmte.

Zu seiner Überraschung beugte Helen sich zu ihm und küsste ihn. Er schmeckte ihre Lippen auf seinen. Ein zärtlicher, aber flüchtiger Kuss, hingehaucht.

»Was … also …«, meinte er überrumpelt, als sei er wieder vierzehn.

»Ich dachte«, unterbrach sie ihn, »wir küssen uns lieber schnell. Nicht dass ich wieder einen Wein zu viel trinke und dann nicht darf.« Sie zwinkerte ihm zu.

»Das war vor ’n paar Tagen nicht so gemeint, ich wollte nur nicht …«

»Sssssscht.« Sie nahm seinen Kopf zwischen ihre Hände und küsste ihn noch einmal. Ebenso gehaucht wie zuvor, und er roch ihr Haar und ihr Parfüm und schloss genussvoll die Augen.

»Darauf hab ich lang gewartet«, gab er zu, weil er vor Aufregung einfach nicht still sein konnte.

»Du kannst einfach nicht die Klappe halten. Sei nicht so nervös.«

»Nervös? Ich? Quatsch. Klar kann ich die Klappe halten. Siehst du. Klappe gehalten. Still. Bin ganz still. Ich sag nichts. Ich bin ganz still ... Gut, oder? Sage einfach nichts ... So ... Siehst du? Kein Problem.« Er lachte.

Mit einem amüsierten Kopfschütteln schwang sie sich halb über ihn und stoppte sein Geschwafel mit einem dritten Kuss. Ihre Zungen schlängelten sich umeinander. Als er sie auf seinen Schoß rücken wollte, zog sie ihn absichtlich nach hinten, und sie landeten im feuchten Sand. Er musste sich mit seinem verletzten Arm aufstützen und fluchte.

»Vielleicht sollten wir das Küssen lieber sein lassen«, schlug sie feixend vor.

»Was? Nein! Nein, nein! Nein! Auf keinen Fall.«

Er klang so überaus panisch, dass sie abermals lachen musste.

Obwohl der Sand klamm war, blieben sie liegen, schmiegten sich aneinander. Während er ihr durchs Haar strich, wurde ihm bewusst, dass er wieder atmen konnte. Das Loch im Innern war noch da, aber er war einen gehörigen Schritt vom Schlund zurückgetreten und hatte keine Angst mehr.

Sie lagen eine ganze Zeit so da, spürten ihren Küssen und ihrem Herzschlag nach.

34

Im Haus war es still. Nicht einmal die Wellen waren zu hören, die sonst ihr Rauschen über den Deich trugen. Der Duft von frischen Schnittblumen und Kräutern erfüllte die Küche. Ein paar Pflanzen hingen zum Trocknen über der Arbeitsplatte. Neugierig roch Rutger daran, bemüht, dass sie nicht abfielen oder krümelten. Lautlos spähte er von der offenen Küche durch das weite Wohnzimmer bis ins Schlafzimmer.

Er konnte Dagaz sehen, ihre nackte Haut im roten Abendlicht. Sie lag da, wie Gott sie erschaffen hatte, bloß halb verhüllt von ihrer weißen Bettdecke. So rein.

Das Bett hatte sie vor die alten Fenster mit den schwungvollen Rahmen geschoben, denn von dort aus hatte sie einen unglaublichen Blick in ihren Garten. Er wusste es von früheren Besuchen.

Ihr blondes, beinahe weißes Haar umfloss sie und fiel auf ihre Brüste. Sie sah so unberührt aus.

Leise zog er sein Messer und betrachtete das Muster der Damastzeichnung. Auch die Klinge sah so unberührt aus, so rein.

Obwohl sie noch vor wenigen Stunden so viel Fleisch zerschnitten hatte.

Dieser Cowboy hatte sein Jagdmesser schön zu spüren bekommen. Zu schade, dass er ihm nicht die Kehle …

Er zwang sich zu einem Lächeln und ließ den Blick noch einmal über Dagaz' Körper gleiten. Wahrscheinlich schlief sie und hatte nicht gehört, wie er ins Haus gekommen war. Perfekt.

Rutger spürte, wie er eine Erektion bekam.

Leise betrat er das Schlafzimmer. Ihre von Altersflecken übersäte Haut schimmerte. Obwohl sie über fünfzig war, wirkte ihre Haut straff, die Brüste wohlgeformt.

Ohne ein Geräusch zu machen, stellte er sich an Dagaz' Bett. Da fiel ihm auf, dass er noch nach seinem Ofen roch, dem Feuer im Räucherschrank. Er hätte den Parka besser gegen etwas Feineres austauschen sollen. Im Lieferwagen lagen immer ein paar Klamotten – für seine Verkaufsfahrten ein paar Hemden, aber für seine Jagden auch ein dunkler Pullover und derbe Hosen.

Einen Moment sah er sie an, genoss den Anblick ihrer reifen Weiblichkeit und ergötzte sich daran, wie ihr Schamhaar zwischen ihren Beinen hervorlugte.

Seine Erektion schmerzte.

Behutsam beugte er sich vor, darauf achtend, keinen Schatten auf ihr Gesicht zu werfen, um sie nicht zu wecken. Er setzte die Klinge an ihre Brust und strich sanft darüber.

Anstatt zu erschrecken, öffnet Dagaz lediglich die Augen. »Ich hab dich schon gehort, Rutger«, meinte sie schmunzelnd. »Wenn du ein guter Jäger sein willst, musst du noch leiser werden.«

Er war ein guter Jäger. Außerdem musste er zugeben, dass das Töten ihm mittlerweile Spaß bereitete. Besonders bei den Schlampen auf dem Schiff hatte es ihm Freude bereitet. Nein, Spaß und Freude waren zu oberflächliche Begriffe für das, was er empfunden hatte. Er hatte sich mächtig gefühlt, stark. Das erste Mal in seinem Leben hatte er sich stark gefühlt und dadurch eins mit allem. Mit seinem Leben. Die Ruhe nach diesem Gefühl war überwältigend.

Einfach überwältigend.

Was wollte sie also damit sagen?

Er lenkte innerlich ein. Wahrscheinlich, dachte er, hatte sie recht. Sie hatte bisher immer recht gehabt. Genau wie Vater.

»Ich dachte, du schläfst, Dagaz.«

»Nein. Ich habe auf ihn gewartet.« Sie richtete sich auf, während sie nach draußen in den dunklen Garten sah. »Und ich habe auf dich gewartet. Auf dich.«

Ihr Tonfall war verführerisch. So verheißungsvoll wie das Sandkorn in einer Auster.

Mit einem geübten Schwung steckte er das Messer zurück in die Scheide und zog das Hemd aus. Zum Vorschein kamen sein trainierter Körper, die Narben am Bauch. Er beeilte sich, aus Hose und Unterhose zu schlüpfen, wollte sich endlich zu ihr legen, sie spüren, sie küssen.

Er wollte sie schmecken.

Sie schmeckte jedes Mal anders.

Das hatte er bei ihren ganzen Treffen immer bewundert. Er war erst zum zweiten Mal über die Rutsche aus dem Keller entkommen, war ganz betäubt gewesen von all dem Neuen, von der Nacht ohne Küchenbank. Durch das Dunkel war er getaumelt, die Hände übers Dünengras streichend, staunend und ehrfürchtig – als er Dagaz traf.

Sie saß an einem mächtigen Baum und betete zu Yngvi. Scheu beobachtete er sie im Mondlicht, wollte sie aus der Nähe sehen, wollte dieses Geschöpf anfassen … Dann sprach sie mit einem Mal zu ihm, sie sprach ihn einfach an. Ihre Stimme klang so rein – so freundlich. Ganz anders als Vater. Sie interessierte sich für ihn, wollte wissen, was er in der Nacht am Meer treibe, wollte seinen Namen kennen, wollte ihn kennenlernen … Dieser Sommer war der schönste seines Lebens gewesen. Er hatte Dagaz gefunden – und sie ihn.

»Du hast die dritte Lunge nicht, richtig?« Ihre Stimme hatte einen Unterton, der ihm nicht gefiel, aber er schüttelte den Gedanken ab.

»Nein«, gab er zu und zwang sich, nicht demütig auf den Boden zu sehen. »Tut mir leid.«

»Du musst besser werden, Rutger.«

Er kniete sich zu ihr. »Ich bin besser. Ich bin besser«, wagte er sich vor. »Sogar … sogar als … als du.«

»Wie meinst du das? Willst du mir etwa widersprechen?«

»Nein, Dagaz. Du … du bist meine Lehrerin. Alles, was ich weiß, weiß ich von dir …«

»Aber?«

Rutger schüttelte den Kopf. Er wollte es ihr nicht sagen.

»Sag schon, Rutger!«, drohte sie.

Er biss sich auf die Lippen.

»Nichts zu sagen ist lügen, Rutger. Was ist passiert?«

»Ich … ich habe ihn gesehen.« Jetzt war es raus.

Bisher hatte er ihr von seinem Treffen im Watt nichts verraten, von dem Flammenschiff, dem er so nahe gewesen war … Er hatte aus Angst nichts gesagt, denn Dagaz konnte sein wie Vater. Auch wenn sie ihn anders demütigte.

Sie horchte auf. »Du hast Yngvi gesehen?«

Er nickte so heftig, dass sie beinahe lachte.

»Unsinn«, zischte sie. »Du brauchst drei Lungen, mindestens, um ihn zu rufen. Ich habe es zwei Mal versucht. Und sie haben mir die Opfergaben freiwillig überlassen!«

»Bis auf Rasmussen«, brummte er patzig.

»Was bildest du dir ein!«, herrschte sie ihn an. »Rasmussen war unwürdig. Er wollte fliehen, dieser Ungläubige. Bist du würdig, Rutger? Bist du *würdig*?« Ihre Stimme klang hart.

Rutger schluckte. Vor einigen Tagen hätte er niemals gewagt, ihr zu widersprechen ...

Gehorche.

Pick-Pick-Pick.

»Ich bin würdig. Ich habe ihn gesehen! Er *war* es.« Über sich selbst, über seine forsche Stimme überrascht, hielt er inne und fuhr sanfter fort: »Bei den Austernbänken. Und ich habe keine Lunge geopfert, Dagaz. Keine Lunge. Sie sind beide noch da.«

»Du lügst!«, sagte sie zornig.

Ihr harscher Tonfall ließ ihn zurückfahren. Warum glaubte sie ihm nicht?

»Du bist ein Lügner! Du bist noch nicht bereit, Yngvi zu begegnen.«

»Doch! Ich bete jeden Abend zu ihm, und ich habe das Ritual noch verbessert. Du hast es zwei Mal versucht, aber ich ... Meine Einweckgläser ...«

Sie lachte. »Du bist nur ein Jäger. Du bist kein Priester wie ich! Du verstehst es nicht. Du wirst ihn niemals rufen können.«

»Aber ich habe ihn gesehen, und ich ...«

»Lüg mich nicht an! Du gehorchst. Ist das klar?« Dagaz schrie jetzt.

Eingeschüchtert nickte er, aber seine Augen fixierten sie, durchdrangen sie. Seine blaugrünen Augen sagten das Gegenteil, und er bemerkte, dass sie es spürte. Er registrierte, dass ihre Wut in Angst umschlug.

Sein Schwanz pochte, als er bemerkte, dass sie Furcht vor ihm hatte. Obwohl er kein Messer in der Hand hielt. Einfach so Angst. Es war das erste Mal, dass er in Dagaz' Blick dieses Gefühl sah. Aber warum musste sie ihn auch anfahren? Warum musste sie ihn anschreien, als sei er ein dummer Junge? Warum!?

Die Vöglein waren alle fort.

Er war jetzt frei. Er war so frei.

»Du machst das alles wunderbar, Rutger. Du machst es ganz wunderbar. Du bist der beste Jäger, den sich eine Priesterin wünschen kann. Und ich weiß …« Dagaz' Hand fasste nach seinem Glied. Es tat gut, sie zu spüren. Gefühlvoll begann sie ihn zu streicheln. »Und ich weiß, dass wir ihn zusammen rufen können. Die Offenbarung wird sich erfüllen. Du holst noch eine Lunge. Sicher ist sicher. Und du zeigst mir deine Gläser. Ja?«

Er nickte und genoss ihre Bewegungen. Ihre Liebkosungen taten so gut. Ihre Wärme zu spüren, ihren Atem auf seiner Haut. Sie gab ihm so viel Halt. Wie hatte er nur so abweisend werden können?

»Bald werden wir Yngvi rufen.« Doktor Roselius beugte sich vor, flüsterte in sein Ohr, und ihre Stimme klang nun wieder sanft: »Schon morgen Abend. Das Meer schweigt seit Tagen. Keine Brandung. Das ist ein Zeichen. Der Zeitpunkt, das Ritual auszuführen, ist perfekt.«

»Ja.«

Ihr Haar glitt durch seine Hände, als sie ihren Kopf in seinen Schoß sinken ließ. »Hol noch eine Lunge, Rutger, ein Opfer. Mir zuliebe.«

»Dir zuliebe.«

»Vielleicht zeigst du dem Polizisten, wie reinigend das Leid sein kann.«

Er spürte ihren Mund, ihre Zunge und nickte voller Lust. »Ich weiß schon ein gutes Opfer. Ich weiß schon eins.«

»Das ist gut.«

35

Chris Sawyer legte den Koffer auf das Bett und ließ die Verschlüsse aufschnappen. Früher hatte er seine Kleider immer sofort herausgenommen und in den Schrank gehängt. Egal, wo oder weswegen er zu Besuch gekommen war. Es war ein Ritual, das er sich in den Jahren angewöhnt hatte, in denen er noch viel für die 'Ndrangheta herumgereist war. Damals, als kleiner Capo.

Für diesen Besuch hielt er es jedoch für unnötig. Er hatte nicht vor, länger als achtundvierzig Stunden zu bleiben.

Er holte eine komplette neue Montur und einen dickeren Pullover aus dem Koffer. Ein dünnes Regencape zum Überwerfen hatte er am Flughafen gekauft. Der Flug nach Frankfurt war reibungslos verlaufen, ihm aber unendlich lang vorgekommen.

Nachdem er seine Rolex auf deutsche Zeit umgestellt hatte, nahm er das Döschen mit Melatonin. Er zögerte jedoch, zwei der Pillen zu schlucken, die ihm früher immer gegen den Jetlag geholfen hatten. Sie würden ihn müde machen, aber wollte er sich wirklich schon hinlegen? Er entschied sich für eine Dusche.

Das heiße Wasser tat gut. Im King County Jail war er so ziemlich der einzige Insasse ohne Tätowierungen gewesen. Und der einzige, der beinahe jeden Tag die Bücherei aufsuchte. Eigentlich war er die Monate im Bau recht gut klargekommen, was nicht zuletzt an seinen finanziellen Mitteln lag.

Es war wie in Freiheit: Jeder war käuflich, alles eine Frage des Preises.

Er rieb sich seine Haare mit Shampoo ein und genoss den Geruch. Sicher, er hatte die letzten drei Tage des Öfteren geduscht, aber nach den Monaten im Gefängnis war es noch immer eine Wohltat. Während er sich das Haar wusch, sah er im Spiegel des winzigen Badezimmers, wie sein einst schwarzes Pferdehaar ergraut war.

Morgen würde er einen Friseur aufsuchen. Das Grau war leicht zu beheben, sehr viel leichter als sein zu drahtiger Körper. Die Stunden unter den Hanteln und auf dem Laufband hatten ihn zwar fit gehalten, aber trotzdem war er abgemagert. Zumindest war von seinem einstigen Waschbrettbauch und den definierten Muskeln nur noch wenig übrig.

Es wurde wirklich Zeit, neu durchzustarten; Zeit, den Resetknopf zu drücken.

Wenige Minuten später zog er eine Plastiktüte aus dem Koffer, griff hinein und zog eine ältere Walther P1 heraus. Die Pistole hatte sicher vierzig Jahre auf dem Buckel. Wenigstens sahen all ihre Teile gepflegt aus. Sie hatten ihm sogar einen Schalldämpfer besorgt. Ohne sich anzuziehen, setzte er sich an den winzigen Schreibtisch und baute die Pistole auseinander, prüfte jedes Bauteil, reinigte sie mit einem Tuch nach und steckte alles wieder zusammen.

Er war zufrieden. Die Waffe würde ihren Dienst tun. Sicher hatte sie einst irgendeinem deutschen Polizisten gehört – jetzt war es seine. Und irgendwie passte sie gut zu seinem grauen Haar und der zu schlaksigen Gestalt.

Morgen würde er ein paar Probeschüsse abfeuern. Patronen hatte er reichlich. Dieser bärtige Idiot von einem Wikinger, ein Chapter-Mitglied der Brüder Asgards, hatte ihm die Kugeln und die Walther noch auf dem Parkdeck am Frankfurter Flughafen ausgehändigt, wo er ihn mit drei ranghohen Hells Angels in Empfang genommen hatte. Das hieß, er hatte ihm die Waffe aushändigen *müssen,* reichlich wimmernd und mit zerschlagenem Gesicht. Nachdem die Brüder Asgards im letzten Herbst Helen nicht liquidiert hatten, ja sogar beinahe alle von einem LKA-Typen wegen irgendwelcher Nichtigkeiten vor den Richter gezerrt worden waren, hatte Chris verfügt, den restlichen Jungs gehörig den Marsch zu blasen.

Während er morgen auf dem Weg nach Valandsiel in der allerfeinsten Mercedes-Limousine säße, mit seinem Fahrer schwatzte und auf seinem Laptop letzte Informationen über Helen zusammensuchte, würde der Bruder kopfunter im Rhein Richtung Walhalla treiben.

Chris lud die Pistole. Einen Moment dachte er darüber nach, noch heute Nacht zum Dünenkieker hinauszufahren.

Seine Anwälte hatten sich zwar die ersten Monate als Stümper herausgestellt, aber immerhin hatten sie ihn durch diverse Kanäle im Gefängnis mit Informationen versorgt. Dass Helen ein Restaurant betrieb, war nur eine davon. Er hatte es kaum glauben können, dass sie so unvorsichtig gewesen war, einfach in ihren deutschen Heimatort zurückzukehren. Letzten Sommer hatte er sogar ein Foto von ihr im Internet bewundern können. Seine Exverlobte – zufrieden, stolz, lächelnd – mit einem Schraubenzieher in der Hand, feist grinsend auf einer Klappleiter. Ein ziemlich steifes Pressebild voll sprühender Laune, auf dem sie so tat, als würde sie das Schild mit der Aufschrift Dünenkieker über dem Eingang ihres Restaurants anschrauben.

Am liebsten hätte er das Schild gleich heute noch live und in Farbe gesehen, aber er entschied sich dagegen. Er wollte ihr ausgeschlafen gegenübertreten. Wenn er sich schon rächte, dann ohne Jetlag und mit klarem Verstand.

Er wollte es schließlich genießen.

Sonst hätte er auch jemanden bezahlen können.

Chris Sawyer nahm sein Melatonin und kroch ins Bett.

Kaum zwanzig Minuten später war er zufrieden eingeschlafen.

36

Die Luft war angenehm kühl und schmeckte nach Meer. Es war ein schattenloser Tagesanbruch, weil die Sonne sich noch immer hinter den Wolken verbarg. Morgendliche Ruhe hatte sich über den Schotterplatz gelegt, und dennoch konnte Rutger nicht entspannen.

Er stellte den Lieferwagen ab und stieg aus. Unauffällig sah er sich um. Da war es wieder, das Kribbeln auf seiner Brust. Das Blut in seinen Adern, das Rauschen in den Ohren und der Herzschlag …

Rutger zog die Ladefläche auf. Mehrere Dutzend Plastikkisten voller Austern stapelten sich im Heck. Er holte zwei heraus, ließ mit einer gekonnten Verrenkung die Schiebetür zufallen und wandte sich dem Haus zu.

Im Dünenkieker brannte bereits Licht.

Rutger wollte klingeln, hielt dann aber noch einmal inne. Er stellte die Boxen ab, zog seine Basecap mit der Aufschrift »Krooß & Krooß Austern« aus der Hosentasche und setzte sie auf. Routiniert zog er die Handschuhe aus seinem Gürtel. Es waren Vaters reichlich verschlissene Lederdinger, die er beim Wenden der Poches oft getragen hatte. Sie passten. Er streifte sie über, klingelte in aller Seelenruhe und nahm die Kiste wieder vor die Brust.

Was, wenn sie dich erkennt?

Erst jetzt schoss ihm der Gedanke durch den Kopf.

Das wird sie nicht, redete er sich ein. Anderes Umfeld,

anderer Job. Beweg dich ein bisschen anders, dann wird sie es nicht merken.

Und wenn doch?

Dann arbeitest du eben für Krooß & Krooß Austern und dieses Fischbrötchendings ... Ihm fiel nicht mehr ein, wie der Lieferant geheißen hatte.

Scheiß drauf, sie wird dich nicht erkennen. Punkt.

Das ist mehr als riskant, was du hier abziehst.

Er musste lächeln. Das war ja der Reiz. Der beste Jäger steht seinem Opfer Aug in Aug gegenüber. Der beste Jäger jagt den gefährlichsten Gegner. Und das waren nun mal die Polizisten.

Außerdem wollte er nur die Lage checken, nachsehen, wie er am besten vorgehen könnte.

Während er Schritte hörte, meldete sich sein Schwanz. Er bekam schon wieder eine Erektion.

Die Tür wurde aufgezogen. Es war tatsächlich diese Polizeibeamtin aus dem Revier. Helen.

Gib ihr keinen Namen.

Nenn sie Miststück.

Es hatte ihn keine Viertelstunde gekostet herauszufinden, dass ihr das Restaurant in den Dünen gehörte. Beinahe hätte er losgelacht: ein Restaurant. Das war mehr als passend.

»Sie sind aber früh«, begrüßte sie ihn. »Kommen Sie. Da rechts geht's zur Küche.«

»Danke. Früh? Nein«, er lachte. »Wir sind nur *frisch.*« Er trat in den Flur und meinte, ihr Parfüm zu riechen. Eine Mischung aus Orangenblüten und Jasmin, aber mit etwas Dunklem, irgendeinem Holz ...

Der Geruch machte ihn wahnsinnig. Sie roch so gut, so voller Verheißung. Sie auf dem Boden knien zu sehen, sie um ihr Leben betteln zu sehen ... Und dann dieser tolle Duft, der sich langsam mit ihrem Schweiß und ihrer Angst mischte, sich um sie legte, bevor der Eisengeruch ihres Blutes alles auslöschen würde.

Er sah sie dort, keine zwei Meter weiter, zwischen den Edelstahlregalen. Nackt. Auf dem Boden hockend, sich ihren blutenden Stumpf weinend und flehend halten, während er mit dem Jagdmesser über ihre Wange strich und ihr zeigte, wer hier der Herr war, wem sie zu gehorchen …

Seine Erregung war nur schwer auszuhalten und noch schwerer zu vertuschen.

Komm runter.

»Wo ist denn der Koch?«, fragte er und suchte die leere Küche mit einem schnellen Blick ab.

Sie war doch nicht etwa allein in diesem einsamen Haus irgendwo im Nichts.

»Einkaufen«, antwortete sie. »Kommt aber bald wieder.«

Er nickte, versuchte, Speichel zu sammeln, weil sein Mund ganz trocken war.

Auf seiner Brust explodierten Silvesterraketen, das Prickeln war kaum zu ertragen. Er schob die Kiste auf eine der Edelstahlablagen.

Einweckglas und Plastikschüssel waren noch im Wagen. Er hatte ja nur herumspionieren wollen, aber jetzt …

»Ich hab Ihnen Bestellformulare mitgebracht und unsern neuesten Flyer. Sekunde.« Er zog die Papiere hervor und trat zu ihr. Seine Linke fuhr in die Tasche seiner Firmenjacke, er spürte das Messer …

Du kannst es tun, sagte er sich. Tu es gleich. Wenn du ihr die Kehle öffnest und schnell das Glas holst, könnte es vielleicht klappen …

Sie schob sich an ihm vorbei. Da war es wieder, ihr Parfüm, diese Mischung aus Blumenwiese und verruchtem Wald. Dieses Miststück wandte sich den Austern zu, sah sich die Lieferung an und …

… drehte ihm den Rücken zu.

»Wie ich am Telefon schon sagte: Überlegen Sie in Ruhe. Ich lasse Ihnen die beiden Körbe hier, dann können Sie sich die Austern ansehen und dann entscheiden.«

Sie dreht dir den Rücken zu, einfacher kannst du keinen Schnitt ansetzen.

Er baute sich hinter ihr auf.

Dieser Geruch, dieses Miststück.

Er zog das Messer heraus und klappte es lautlos auf. Da spürte er, dass sie sich umdrehen würde, und verbarg die Waffe hinter seinem Rücken. Mit einem charmanten Lächeln auf den Lippen sah er ihr in die Augen.

»Alles okay?«, fragte er.

»Ich bin da kein Experte. Wenn mein Koch da ist, wird er sicher die Qualität ermitteln können.«

»*Ermitteln*. Auch nett.« Rutger hatte das Gefühl, seine Wangen stünden in Flammen. Seine Hand mit dem Messer wurde schweißnass, die Schnitte in den Fingern pochten und juckten. War er rot angelaufen?

Gleich erkennt sie dich.

Da fiel mit einem Mal sein Blick auf ihre Pistole. Sie hatte die Waffe ziemlich locker im Hosenbund stecken. Viel zu locker und leger für eine deutsche Polizeibeamtin.

»Äh«, entfuhr es ihm, leicht aus dem Konzept geraten. »Sicher werden Sie … also, unsere Qualität erkennen. Eruieren. Sozusagen.«

»Keine Sorge, ich hab einen Waffenschein. Ich war mal bei der Polizei.«

»Sie *waren*?«

Ihre Augen musterten ihn kritisch, so intensiv, dass er

verlegen wegsehen musste, um nicht noch röter anzulaufen.

»Ich bin nur noch beratend tätig.«

»Aha.« Es gelang ihm, das Messer mit einer Hand einzuklappen und unbemerkt hinten in die Hosentasche zu schieben.

»Nicht so wichtig. Ich wollte nur sagen, Sie müssen sich nicht sorgen.«

»Ich?« Ohne es zu merken, zupfte er mit der rechten Hand an seinem linken Ärmel herum.

»Ja. Wegen der Pistole.« Sie lächelte. »Sagen Sie, kenn ich Sie nicht?«

Rutger zwang sich zur Ruhe. Im Flur hatte er oft heimlich Mimiken geübt, hatte sich vorbereitet und alle möglichen Reaktionen vorgespielt, penibel darauf achtend, nicht zu dick aufzutragen.

Er tat überrascht und nachdenklich, dann brachte er mit charmantem Tonfall hervor: »Kann … also, kann schon sein, ich war ein paar Mal hier … Um zu essen, mein ich.«

Das war eine glatte Lüge, aber sie schluckte es. Diese Schlampe. Zumindest nickte sie, wenn auch ziemlich grüblerisch.

Übertreib's nicht.

Er verschränkte die Arme, wollte lässiger wirken. »Überlegen Sie es sich und melden Sie sich einfach. Unsere Nummer steht hier drauf.« Er griff nach dem Flyer, ihre Hände berührten sich. Behutsam drehte er das Papier in ihrer Hand. »Sehen Sie?«

Sie nickte, schien mit den Gedanken aber ganz woanders. Dieses Miststück, dachte er, grübelt noch immer, ob sie dich kennt – und woher.

Hau ab. Lass es gut sein.

Wenn du schnell zugreifst, hast du die Waffe, und sie ist wehrlos. Dann wird sie vor dir knien, und du kannst von ihr verlangen, was du willst … Und dann hängst du sie auf und nimmst ihre Lunge und …

»Morgen oder Mahlzeit?«, riss eine Männerstimme ihn aus seinem Tagtraum. Er fuhr herum. Im Türrahmen stand ein schlaksiger junger Mann. Er trug bloß eine Unterhose und ein zu großes Shirt mit der Aufschrift »Slipknot«. Gähnend schlappte er herein und steuerte den Kühlschrank an.

»Auch schon wach?«, begrüßte Helen ihn.

Rutgers Aufregung wich mit einem Schlag. Er spürte, wie sein Herzschlag verkümmerte und sich normalisierte. Die fade Realität hatte ihn wieder. Innerlich wütend, sah er dem Jungen zu, wie der einen Tetrapack Orangensaft aus dem Kühlschrank zog und gierig trank.

»Nie mehr mit Amis zocken. Der Zeitunterschied – brutal«, entgegnete er und sah aus dem Fenster. »Da kommt Le Chef.« Tatsächlich fuhr soeben ein Citroën auf den Parkplatz.

»Ich zich dann mal weiter. Melden Sie sich, ja?« Rutger trat zurück in den Flur. Als er die Tür aufdrücken wollte, öffnete der Koch des Dünenkiekers bereits.

»Salut«, sagte der mit Tüten voll Gemüse bepackte Mann freundlich und machte einen langen Hals, um die Kisten in der Küche zu sehen. »Die Austernlieferung? Bon!«

Rutger setzte ein Lächeln auf. »Sicher. Das sind die besten, die Sie hier bekommen.« Er nickte allen zum Abschied zu und ging nach draußen zu seinem Wagen.

Kaum saß er und war unbeobachtet, hieb er mit einem »Verdammt!« aufs Lenkrad.

Er fühlte sich wie ein um den Sex gebrachter Liebhaber, als habe dieses Luder ihn angemacht und dann kalt abserviert.

Schlag sie dir aus dem Kopf.

Such dir ein anderes Miststück.

Aufgewühlt drückte er den Gang rein, wendete und fuhr zügig vom Parkplatz.

37

Die Morgensonne vermochte nicht durch die dichte Wolkendecke zu dringen. Wieder war Nebel aufgezogen und legte sich wie ein Tuch über das beinahe spiegelglatte Meer. Vor dem grauen Himmel zeichnete sich der Leuchtturm scharf ab. Einen Moment hatte Knut den Eindruck, der Turm stünde schief, doch es lag wohl am eingeknickten, rostigen Bauzaun, dessen gekippte Linien ihn verwirrten. Der Turm war 1871 erbaut, aber schon kurz nach dem Zweiten Weltkrieg nicht mehr für die Schifffahrt genutzt worden. Sein Leuchtfeuer war erloschen, und nachdem man den Plan, ihn touristisch zu nutzen, in den Achtzigern aufgegeben hatte, vermietete die Gemeinde ihn einfach.

Peter Rasmussen war der Letzte, der mit seiner *Yngvi Morgenröte* hier eingezogen war. Seitdem stand der Turm leer, und sein Zustand war erbärmlich – die einst rot-weißen Streifen waren von Moos und Flechten fleckig, an vielen Stellen war der Putz abgeplatzt, und rundherum prangten Graffiti. Zwischen meterhohen Bäumen und dem niemals gemähten Gras lag Unrat. Knut sah zur Turmspitze. Die meisten Fenster waren zerschlagen, Möwen flogen ein und aus. Ihre Rufe hallten über die Brache und das dahinterliegende Meer.

»Im Tarot steht der ja für Zerstörung. Erdbeben, Erschütterung.«

Knut hatte seinen Vater gar nicht kommen hören.

Thor setzte ein Lächeln auf und schlug den Kragen seines Windbreakers hoch.

Statt ihn zu begrüßen, meinte Knut: »Wer? Der Turm?«

Sein Vater nickte. »Kein Stein bleibt auf dem anderen. Es geht um das Scheitern, weißt du? Zieht man den Turm, sollte man sich eingestehen, sich verrannt zu haben, und sein bisheriges Leben überdenken. All die falschen Ideale. Der Turm ist die Zerstörung schlechthin, aber positiv.«

»Hm … ›Sie müssen das Leid positiv sehen‹«, meinte Knut, als ihm Doktor Roselius' Worte in den Sinn kamen. »Na, klingt ja sehr interessant.« Er ließ seinen Vater stehen und ging den Zaun ab, suchte eine Stelle zum Durchschlüpfen.

Anstatt ihm zu folgen, blieb Thor, wo er war, und sah zum Turm empor. »Er ist das Symbol für einen radikalen Abriss und Neubeginn. Das Ende ohne Schrecken.«

»Seit wann kennst du dich mit Tarot aus?«

»Meine Exfreundin.«

»Die Schwedin?«

»Dänin. Die Surflehrerin.«

Knut fand zwei Zaunelemente, die nicht mehr miteinander verbunden waren. Er rüttelte daran. »Hab ich nie kennengelernt.«

»Hast du was verpasst … Im Ernst.«

»Kann ich mir denken.« Er packte zu und versuchte, eines der Elemente aus dem Betonsockel zu ziehen, doch es saß zu fest. »Was willst du überhaupt hier?«, fragte er, während er einen zweiten Versuch startete.

Thor hob die Hände, als wolle er zeigen, dass er unbewaffnet war. »Alles okay. Ich … ich dachte, ich komme und helf dir.«

Knut legte die Stirn in Falten.

»Guck nicht so.« Thor nickte zum Leuchtturm. »Helfen beim Ermitteln, beim Suchen nach Spuren, bei Befragungen.«

Genau wegen dieser Nummer hatten sie sich vor einem Jahr so sehr gestritten, dass Knut auf ihn losgegangen war.

»Soll 'n Witz sein, oder? Genau das hast du letztes Mal auch gesagt.«

Lachend klopfte Thor seinem Sohn auf die Schulter. »Ja. Es sollte ein *Witz* sein. Mannomann. Bist du jetzt beruhigt? Du kannst dich vielleicht aufregen. Zeig mal.« Thor packte ebenfalls mit an und umfasste das Zaunstück. »Dich hier in deiner schönen Recherche zu stören, ne, deswegen bin ich wirklich nicht gekommen.«

»Sondern?«

»Auf drei, ja?« Gemeinsam hoben sie das Metallgitter an, zogen es aus dem Sockel und stellten es ab.

»Ich wollte mich verabschieden.«

Überrascht hielt Knut inne. »Was? Wieso? Wohin fährst du?«

»Hoffentlich nur zum Arzt und nachher wieder zurück.«

»Arzt?«

Thor schwieg einen Moment.

Schlagartig wurde Knut bewusst, dass es sich nicht um eine Kleinigkeit handeln konnte, wenn Thor ihn extra abpasste. Er spürte, wie sich eine unsichtbare Hand kalt um sein Herz legte und zuzudrücken begann. Unwillkürlich schoss ihm der Anblick seines Vaters vom Friedhof ins Gedächtnis, als sie das Grab geöffnet hatten. Er hatte plötzlich so gebrechlich gewirkt und nicht wie der ehemalige surfende Revierleiter. »Welcher Arzt?«

»Im Krankenhaus in Kiel.«

»Was … was ist los?«

»Verdacht auf einen Pankreastumor.« Thor holte tief Luft. »Bauchspeicheldrüsenkrebs.«

»Krebs?« Schlagartig wurde Knut kalt. Er spürte, wie ihm vor Schreck das Blut wegsackte. »Du hast ... aber ...«, stammelte er. »Wie ... wie schlimm ... Kann man ... Ich meine ...«

»Die wollen sehen, wie groß der Tumor ist und ob er schon gestreut hat. Der Ultraschall und die Endosonografie waren unserem guten Chefarzt von Grimme nicht genug.«

»Deswegen warst du an dem Abend nicht da?«

»Bei deinem Konzert?« Thor nickte. »Seit einigen Wochen habe ich Bauchschmerzen, das zieht bis in den Rücken. Und die Galle macht mir zu schaffen. Grimme hat mir 'n Schlauch in den Magen geschoben, und ... Na ja, er hat da was entdeckt. Mir war nach der Untersuchung einfach nicht der Sinn nach Musik.«

Knut schwieg. Er hatte sich mit seiner patzigen pubertären Art wieder einmal wie ein Idiot benommen. Wie viele Monate hatte er verschenkt, nur weil sein Vater und er sich aus dem Weg gegangen waren und sich angeschwiegen hatten? Anstatt mal zu reden und das Kriegsbeil zu begraben.

Was mach ich nur?, fragte er sich und spürte eine dunkle Verzweiflung in sich anbranden.

»Guck nicht so«, ermahnte ihn sein Vater. »Es wird sich schon zeigen, ob sich eine Chemo lohnt und der Tumor operabel ist.«

Knut scheiterte an einem Lächeln. Das flaue Gefühl im Magen wurde unerträglich.

Und wenn nicht?, dachte er.

»Wenn es Bauchspeicheldrüsenkrebs ist«, führte Thor aus, als habe er seine Frage gehört, »und er gestreut hat, sieht das Ganze nicht rosig aus. Aber immerhin weiß ich nach dem MRT, woran ich bin.«

»Was? Wie? Nicht rosig?«

»Wenn es stimmt, was von Grimme gesagt hat und was ich im Internet so gefunden habe. Also, der Krebs streut ziemlich früh. Und wenn er das getan hat, kann eine Chemo mir wohl nur ein paar Monate schenken.«

»Monate?«

»Drei, vier Monate.«

Knut konnte nicht mehr sprechen, sein Mund war zu trocken, und ihm war schlecht. Hatte Thor ihm gerade gesagt, er werde vielleicht Weihnachten schon tot sein?

»Kopf hoch«, sagte sein Vater, wohl um ihn zu beruhigen. »Die wollen einfach sehen, was los ist. Und ich auch. Ich muss es endlich wissen.«

Mit einem Mal kamen Knut die Tränen. Er konnte sie nicht aufhalten. Schniefend umarmte er seinen Vater. Thors fester Griff umschloss ihn, und er konnte sein herbes Aftershave riechen, seine Bartstoppeln spüren, als er den Kopf an seine Schulter schmiegte. »Was machst du fürn Scheiß?«, brachte er unter Tränen hervor. »Was soll das?«

»Keine Ahnung. Aber, hey, jedenfalls bin ich nicht in der Risikogruppe. Fette Raucher und so.«

»Sehr lustig.« Knut löste sich von ihm. »Ich … ich fahr dich hin. Wohin musst du? Welche Klinik, ich …«

»Lass gut sein, Knut. Ich schaff das schon. Ich bin nur hergekommen, um es dir zu sagen. Ich dachte, lieber jetzt, als wenn ich dich vom Krankenhaus aus anrufe. Der Termin ist recht kurzfristig, die quetschen mich dazwischen. Keine Ahnung, ob sie mich gleich dalassen oder wie das genau läuft.«

Mit einem Kloß im Hals nickte Knut.

»Ich dachte, ich sag erst mal Tschüss, damit du dich nicht wunderst, warum ich nicht *helfe.*« Er zwinkerte Knut zu, der ihm einen satten Knuff auf die Schulter gab.

»Das ist doch scheiße, kann ich nicht irgendwas machen, kann *ich* nicht irgendwie helfen und …«

»Du kannst da nichts ausrichten.« Thor rubbelte ihm übers Haar, wie er es immer so gern getan hatte, als Knut noch ein Kind gewesen war. »Du hilfst mir am meisten, wenn du das Schwein findest, das hier in Valandsiel Leute aufschneidet. Tu das, was ich getan hätte: Bring ihn zur Strecke, diesen Jäger des Leids.«

Sie sahen sich einen Moment schweigend in die Augen, dann wischte Knut die Tränen weg. »Aye, aye, Captain«, flüsterte er mit brüchiger Stimme.

Sein Vater strich ihm über die Wange, und er spürte die Wärme seiner Hand, den Ehering, das alte Vertrauen, dann wandte sich Thor um und ging über die Straße zu seinem Wagen.

Wie vom Blitz getroffen, blieb Knut stehen, sah seinem Vater stumm hinterher und wusste nicht, was er tun sollte. Er atmete kühle Wölkchen in die Luft und bemerkte, dass seine Gedanken wie eingefroren waren. Sie hingen wie der Song auf einer kaputten Platte. Sollte er ihm nachrennen, ihn in die Klinik begleiten?

Tu, was ich getan hätte …

»Aye, aye, Captain«, rief er noch einmal laut und erhielt zur Antwort ein »Daumen hoch!«, ohne dass Thor sich zu ihm umdrehte. Er verschwand im Wagen und fuhr los. Knut starrte auf die Rücklichter, die im Nebel eintauchten und verglommen.

»Aye, aye«, sagte er ein letztes Mal leise, und es klang wie »Bye-bye«.

38

Rutger hielt unweit der Haustür am Bordstein. Vom Dünenkieker war er direkt hierher gefahren. Er verglich die Notizen, die er durchs Internet gewonnen hatte. Die Nummer am Reihenhaus stimmte.

Er zückte sein Handy und schoss ein paar Fotos. Zum ersten Mal musste er sich keine Sorgen um die Zeit machen. Egal wie lange es bei ihr dauern sollte … heute würden die Vögelchen schweigen.

Du weißt, was du zu tun hast, sagte er sich. Du wirst das Ritual heute ausführen. Du hast ihn schon einmal gesehen.

Sein Mund wurde trocken, so sehr putschte ihn die Vorstellung auf, den Jäger des Leids heute in diese Welt zurückzuholen.

Er würde ins Watt fahren. Aber vorher brauchte er noch eine Lunge. Er glaubte nicht, dass Dagaz recht hatte. Immerhin hatte er ihn sogar ohne das Opfer gerufen. Er hatte ihn gesehen, klar und deutlich. Also was bildete sie sich ein, ihm zu sagen, wie er zu rufen war?

Sie hatte damals mehr Lungen geopfert, aber sie hatte die Einweckgläser nicht.

Sie sind mächtig.

Hol dir, was du brauchst. Hol dir alles, wie es geplant ist.

Die Angst ist eine Welle. Aber du bist das Schiff. Du bezwingst die Welle. Mein Flammenschiff kommt. Er wird anlanden. Bei dir. Du spürst mein Feuer. Bekämpfe deine Angst. Befreie dich.

Er wischte sein Messer ab, kontrollierte die Klinge im Sonnenlicht des anbrechenden Tages und steckte es zurück in die Scheide. Die neue Tasche, die er im Durcheinander des Schlafzimmers gefunden hatte, gefiel ihm nicht sonderlich. Sie war nicht so praktisch wie sein Rucksack. Er hob sie aus dem Fußraum und stellte sie auf die Bank für die Beifahrer. Er hatte sich eine neue Plastikschüssel genommen und zwischen den Scherben im Keller tatsächlich noch heile Einweckgläser gefunden.

Sorgfältig kontrollierte er, ob er auch alle Seile und das starke Klebeband dabeihatte. Zusätzlich hatte er noch zwei Spannriemen eingesteckt und seine Ersatzharpune.

Scheiße, dachte er. Wenn sie die Tür aufmacht, kann ich nicht einfach auf sie schießen. Sie darf ja nicht sofort sterben.

Er wog die Harpune in der Hand.

Ich schlag sie bewusstlos. Mit dem Griff auf den Kopf. Ich tu's. Ich schlag sie und fessle sie mit den Gurten. Ich fessle sie einfach ans Bett oder so. Es wird schon gehen.

Noch einmal sah er zum Haus. Mit einem Mal schob sich oben ein Vorhang beiseite. Rutgers Herz setzte vor Schreck aus.

Birthe Tönnis. Sie blickte direkt auf ihn herab, während sie gähnend das Fenster zum Lüften öffnete. Sie sah richtig süß in ihrem Shirt mit dem Edelsteintotenkopf aus.

Aus Angst, sie könne ihn bemerken, fuhr er langsam an und passierte Birthes Haus.

39

Knut wickelte seine Jacke um die Hand und schlug die restlichen Scherben aus dem Rahmen. Nur dieses Fenster war von unten zu erreichen. Es glich mehr einer schmalen Schießscharte. Die Haustür war mit einem Vorhängeschloss verrammelt, und er hatte keine Lust herauszufinden, wer im Rathaus für den Schlüssel zuständig war.

Er wollte sich hochziehen, durchs Fenster zwängen, aber seine Westernstiefel fanden am Putz kaum Halt, und die Verletzungen ließen ihn keuchen. Es war schwerer, als er gedacht hatte. Stöhnend vor Schmerz, drückte er sich ins Innere des Leuchtturms. Wegen der Stichwunden fiel er ziemlich unelegant zu Boden, achtete aber immerhin darauf, sich auf dem heilen Arm abzurollen.

Er war direkt auf den ersten Stufen der gewundenen Steintreppe gelandet. Fluchend kam er auf die Beine.

Im Turm war es dunkel und totenstill. Es roch feucht, nach Stein und Rost.

Knut zückte seine Taschenlampe. Ihr Schein strich über die staubigen Stufen. Die Treppe führte an der Wand hinauf zum ersten Stock. Er wandte sich dem Eingang des Leuchtturms zu.

Die Eisentür war verrostet, der Riegel vorgeschoben. Neugierig leuchtete Knut in den Raum. Hier unten standen ein paar zusammengewürfelte Tische und Holzpaletten, auf denen Säcke voller Putz lagen. Einige waren vor Urzeiten aufgerissen worden, und ihr Pulver hatte sich auf dem Boden verteilt, war längst durch die Luftfeuchte hart geworden. Rigipsplatten, die meisten mutwillig zertreten und eingeschlagen, lagen und standen herum. Einige lehnten vor der gebogenen Turmwand, als habe ein Bauarbeiter sie erst vor wenigen Minuten dort abgesetzt. Eine Unmenge Bier- und Schnapsflaschen lagen vor den Paletten, vergilbte Zeitungen, Plastikmüll. Überreste eines Saufgelages.

Knut trat näher. Die harten Sohlen seiner Westernstiefel knirschten unangenehm auf dem dreckigen Boden, alle Geräusche hallten schier endlos lange wider.

Er nahm eine der Flaschen hoch und betrachtete sie genau. Eine Staubschicht wie Panade, das Bier seit 2008 abgelaufen. Auch die Baumaterialien waren mit einer Staubschicht bedeckt. Hier lag alles im Dornröschenschlaf. Wahrscheinlich hatten Jugendliche die Ruhe vor ein paar Jahren kurz gestört, ein bisschen randaliert und gefeiert. Jetzt wohnten hier bloß Spinnen, Mäuse und Ratten.

Wieso war er überhaupt hergekommen? Was taten sie die ganze Zeit? Hätten sie nicht irgendwelche Zeugen befragen müssen? Aber weder auf der Jacht noch im Skaerbaekvej hatte sich jemand finden lassen, der etwas gesehen hatte.

Was also erhoffte er sich in einem längst aufgegebenen Leuchtturm?

Er ließ den Strahler seiner Lampe noch einmal über den Boden gleiten, wollte die Treppe hinaufleuchten, als er hinter den Stufen eine Eisenklappe entdeckte.

Bemüht, möglichst keine der Flaschen umzutreten, ging Knut hinüber. An der Klappe war nichts Außergewöhnliches festzustellen. Als er am Griff zog, ließ sie sich mit einem Quietschen aufklappen.

Abgestandene Luft drang ihm entgegen.

Eine Leiter führte hinab in einen extrem niedrigen Keller. Er beugte sich durch die Öffnung und leuchtete. Im Licht der Lampe tauchten uralte Geräte auf. Skalen, Drehregler, schwarze Kabel. Wahrscheinlich ein alter Funktisch oder eine Telefonanlage. Ein hölzerner Bauernschrank lehnte auseinandergenommen an der Wand. Er erinnerte Knut an einen geschlossenen Sarg.

Er tastete nach seiner Seite, meinte, wieder Blut zu spüren. Vielleicht war es auch bloß Schweiß. Hoffentlich.

Noch einmal leuchtete er in den Keller. Neben dem Schrank standen einige Farbeimer und Lackdosen. Die Metalldinger waren teilweise durchgerostet, die Farbe war auf den Betonboden getropft und darübergelaufen.

Knut sah auf die Uhr. Eigentlich müsste jeden Moment Maas erscheinen, aber er hatte einfach keine Lust, auf ihn zu warten.

Kurzerhand kletterte er die wenigen Sprossen hinab, Verletzung hin oder her.

Hier unten war es so niedrig, dass er kaum gebückt stehen konnte und bei jeder Bewegung leicht in die Knie gehen musste. Die Schmerzen in seiner Seite waren nicht auszuhalten und stachen bis in seine Brust.

Fluchend leuchtete er – nicht wissend, was er eigentlich suchte – über die ausrangierte Technik, über den Schrank und die Wände. Nichts Auffälliges. Keine Akten, kein Blut, keine Spuren von irgendwas.

Er sah noch einmal genauer hin.

Das Licht streifte über den Boden und erhellte die Spur des Lacks, der aus den Dosen gelaufen war. Anstatt einfach eine Lache zu bilden, hatte er eine gut anderthalb Meter lange Spur hinterlassen und war unter den Bauernschrank geflossen.

Knut packte zu und schob den Schrank kurz entschlossen beiseite.

»Was ist denn das?«, entfuhr es ihm, als er die Lackspur weiter verfolgte. Sie strebte zur Wand hin.

Und das Seltsame war noch nicht einmal die Spur selbst.

Viel merkwürdiger war, dass der Lack einfach verschwand. Er hatte sich nicht am Ende der Spur gesammelt, sondern war …

Knut trat näher.

… versickert?

Der Boden bestand aus Beton, der dick mit Schutzfarbe getüncht war. Nachdem er sich hingekniet hatte, strich er über die Spur. Der Lack war längst getrocknet. Er wischte Staub beiseite, spürte eine feine Rille, so als sei eine Platte in den Boden eingelassen und später übertüncht worden. Der Lack musste in diesen Spalt gelaufen und darin einfach verschwunden sein.

Knut klemmte die Lampe zwischen die Zähne und fuhr den Spalt ab, kratzte schließlich mit dem Haustürschlüssel die Betonfarbe und die Lackreste heraus.

Kurz darauf hatte er die Platte freigelegt. Sie war etwas größer als der Deckel eines Schuhkartons.

Vorsichtig versuchte er, sie mit den Fingernägeln hochzuheben, aber es wollte nicht gelingen. Sie saß zu eben im Boden und klebte durch den Lack und die Betonfarbe fest.

Er nahm seine Taschenlampe und schlug ein paar Mal drauf, bis sich die Farbe gelöst hatte, dann hebelte er mit seinem Hausschlüssel die Platte an.

Knackend löste sie sich vom Beton. Er hob sie ganz an.

Im Licht seiner Lampe kam eine Vertiefung zum Vorschein. Jemand hatte den Beton nachträglich aufgestemmt.

Knut leuchtete hinein. Im Innern des Verstecks lag eine

Plastiktüte. Sie war vom getrockneten Lack besudelt und klebte am Stein fest. Einen Moment zögerte er, sie einfach rauszureißen, konnte dem Drang dann jedoch nicht widerstehen. Er nahm seine Handschuhe vom Gürtel und packte zu. Die Tüte löste sich leichter als gedacht. Leider konnte er nicht sofort hineinsehen, weil sie mit Klebeband umwickelt war.

Abschätzend wog er sie in der Hand. Er meinte, darin eine rechteckige Schachtel zu spüren, eine Metalldose vielleicht. Knut hatte in seiner Küche eine ähnliche für den Kaffee.

Sollte er auf Friedrichs warten? Alle Forensiker, die Spurensicherung, die ganzen Ermittler waren heillos überfordert. Jacht, Skaerbaekvej, Telefonzelle, Rasmussen ... Das konnte Stunden dauern, wenn nicht bis morgen, bis einer hierherkam und das Fundstück untersuchte.

Behutsam trug er die Tüte die Leiter hinauf, zögerte dann aber, sie in den Staub auf einen der Tische zu legen, während er etwas zum Aufschneiden suchte. Ein sauberer Untergrund wäre besser.

»Was machen Sie da drin?« Maas' Stimme ließ ihn herumfahren. Der Mann vom LKA leuchtete durch das schmale Fenster und blendete ihn.

»Nehmen Sie das runter«, bat Knut ihn. »Und kommen Sie rein.«

»Haben Sie einen Durchsuchungsbeschluss?«

Der Turm stand seit Jahren leer, wen kümmerte da ein Durchsuchungsbeschluss?

»Natürlich, selbstverständlich, klar«, antwortete Knut höhnisch. »Der Bürgermeister hat mir erlaubt, hier rumzuschnüffeln. Ist doch Gemeindebesitz.«

»Wer's glaubt«, schnaufte Maas, machte aber dennoch Anstalten, sich durchs Fenster zu ziehen.

Knut klemmte sich die Taschenlampe in den Mund und half ihm. Schimpfend wie ein Rohrspatz, weil er sich den Anzug versaute, schlüpfte Maas ins Innere.

»Was haben Sie denn da?«, fragte er, nachdem er sich den Kalk und Staub vom Sakko geklopft hatte.

Knut hielt die Tüte hoch. »Weiß ich noch nicht.«

Keine drei Minuten später hatte sich Maas das Versteck angesehen und die Tüte inspiziert. Im Gegensatz zu Knut lief er mit einem Schweizer Taschenmesser herum.

»Halten Sie das für eine gute Idee?«, fragte Knut, als Mass mit der Klinge ansetzte.

»Wenn wir behutsam schneiden. Warten Sie, ich versuche, es ganz glatt durchzukriegen.«

Knut nickte. Auch er war einfach zu begierig zu wissen, was sich im Innern befand. Dem Klebeband und der Plastiktüte nach zu urteilen, stammte ihre Beute nicht aus der Zeit, als der Leuchtturm noch irgendwelchen Schiffen den Weg wies. Vielleicht, dachte Knut in Anbetracht der ganzen Baumaterialien, war sie im Zuge der Bauarbeiten versteckt worden. Und damit womöglich ein Volltreffer. Eine Botschaft aus Rasmussens Tagen.

Vorsichtig setzte Maas das Messer noch einmal an und schnitt das Band auf. Es gelang ihm auf Anhieb. Er legte sein Sakko als Decke auf einen der Tische und wollte den Inhalt rausziehen. Bevor er hineingriff, stoppte Knut ihn. Schließlich hatte er Handschuhe an.

Brummelnd machte Maas ihm Platz. »Gut, dann Sie.«

Ohne weiteres Zögern zog Knut die Tüte auf und griff hinein.

Er hatte recht. Es war eine Metallschachtel. Sie war mit einem kitschigen Motiv bedruckt. Ein Mann hielt eine Frau am Bug eines Schiffs in den Armen.

»Titanic«, stellte Maas fest. »Ende der Neunziger.«

Knut hatte den Film irgendwann einmal auf DVD gesehen. Fürs Kino war er zu jung gewesen. Er drehte die Schachtel, bevor er den Deckel öffnete, konnte aber nichts Ungewöhnliches entdecken. Drinnen rutschte etwas hin und her.

»Soll ich?«

Maas nickte. »Ich glaube nicht, dass es eine Sprengfalle ist.«

Knut hob den Deckel ab, während Maas hineinleuchtete.

Behutsam schüttete Knut den Inhalt der Schachtel auf Maas' Sakko. Mehrere Personalausweise und Führerscheine rutschten heraus.

Maas ließ sich einen Handschuh reichen und breitete sie aus. Es waren Papiere von sechs Personen.

»Das da ...« Knut zeigte auf einen der Plastikpersos, wie sie um die Jahrtausendwende gebräuchlich waren, noch etwas größer als die heutigen. »... Das da ist Rasmussen. Und da ist sein Führerschein.«

»Und die anderen? Das ist seine Clique, oder?«

»Ygnvi Morgenröte.« Knut nickte. Die Gesichter kamen ihm von den Zeitungsfotos her bekannt vor. Die Persos zeigten eine junge Frau namens Sophia Grebe und neben Rasmussen vier weitere Männer. Alle waren recht jung auf den Bildern, als wäre es ihr erster Personalausweis, den sie mit sechzehn bekommen hatten. Die Ausstellungsdaten bestätigten Knuts Annahme: alle Mitte der 1990er-Jahre.

»Die *Ygnvi Morgenröte* löste sich 1999 auf. Die Gruppe trennt sich, verschwindet von der Bildfläche.«

»Aber warum lassen die ihre Personalausweise hier?«, überlegte Knut.

»Vielleicht waren sie ihnen nicht mehr wichtig.«

»Aber wichtig genug, um sie nicht wegzuwerfen oder zu verbrennen.«

»Auch wieder wahr.«

»Sieht fast so aus, als wären die da unten versteckt, damit man sie irgendwann findet.«

»So was wie eine Zeitkapsel?«, meinte Maas.

»Was?«

»Diese Behälter, die man beim Bau eines Hauses eingräbt.«

»Kann sein, ja. Vielleicht als Erinnerung. Oder um sie noch mal zu benutzen?«

»Haben Sie den Rest schon durchsucht? Vom Turm?« Maas blickte zur Treppe.

Knut verneinte.

»Gut, Jansen. Ich ruf die Kriminaltechnik, die sollen das alles ordentlich sichern und die verdammte Haustür öffnen. Und Sie, Sie rufen sofort beim Bürgermeister an und lassen sich wirklich bestätigen, dass wir hier rumsuchen können.«

»Okay. Bin schon dabei.« Knut zückte sein Handy. Es brauchte nur wenige Sätze, den sowieso schon gestressten Bürgermeister Doktor Warendorp zu überzeugen.

Zwei Minuten später folgten sie beide der Treppe in das nächste Turmzimmer.

Hier oben war es etwas heller, weil das Licht durch zwei Fenster fiel. Der Raum war bis auf ein paar Holzböcke und Rigipsplatten leer. Die Wände waren verspachtelt und mit Graffiti überzogen.

»Die wollten es sich hier gerade so richtig gemütlich machen«, stellte Maas fest.

»Sieht so aus, ja. Irgendwer hat gemeint, dass sie hier alles ausbauen wollten … Alles klar bei Ihnen?«

»Was?«

»Sie sehen blass aus.«

Maas deutete an seine Stirn. »Kopfschmerzen. Das Wetter, nehm ich an. Zu nasskalt.«

Knut nickte. »Ich geh mal hoch.« Er entschloss sich, noch eine Etage höher zu gehen, und nahm die Treppe.

»Scheiße!«, fluchte er, als er ein Dutzend Möwen aufscheuchte, die sich lautstark beschwerten und in einem einzigen Getöse davonflogen. Er wartete, bis auch das letzte Vieh durch die zerschlagenen Fensterscheiben verschwunden war. Er konnte Möwen einfach nicht leiden.

»Hier ist die Küche«, rief er zu Maas hinunter. Es war der oberste Raum, darüber kam nur noch die Turmspitze mit dem einstigen Leitfeuer.

Überall lagen Glasscherben – auf dem Boden ebenso wie auf den mit Möwenscheiße getünchten Küchenmöbeln.

Seine Augen mussten sich erst daran gewöhnen, dass die Küchenzeile wegen der Rundung der Wände gebogen war. Sie war völlig verdreckt, der Kühlschrank abgebaut. Mitten im Raum stand ein kaputtes Zweiersofa, in dem Mäuse wohnten. Daneben entdeckte Knut ein paar angeschimmelte Pappkartons. Sie waren voller Flyer der Aktivisten: Kampfparolen, dic eine bessere Welt versprachen, wenn die Fischer das Morden bleiben ließen. Auf einem anderen Handzettel war das Jäger-Zeichen zu sehen, darunter standen krude Slogans.

»Die Angst ist eine Welle. Aber du bist das Schiff«, las Knut leise. »Ygnvi wird mit seinem Flammenschiff kommen. Er ist ERLÖSUNG.«

Er warf einen Blick aus dem Fenster. Von hier oben konnte er weit über Valandsiel und die Küste sehen. Die Ebbe hatte eingesetzt, das Meer sich bereits weit zurückgezogen. Der Nebel wurde immer dichter und breitete sich über das Watt bis hinauf zum Strand.

Knut ging wieder hinunter. »Schauen Sie mal.« Er reichte Maas die Flyer, der sie mit einer Mischung aus Belustigung und Neugierde ansah.

»Was für Spinner.«

Knut wollte gerade vorschlagen, bis ganz hinauf zum Leuchtfeuer zu gehen, als er stutzte. Ihm war etwas aufgefallen. Er trat von den Graffiti zurück und drehte sich einmal im Kreis, maß mit seinen Blicken alles ab.

»Was haben Sie?«

»Sehen Sie das Schiff?« Knut zeigte auf eine meterhohe Wandschmiererei. Sie verdeckte zum Großteil eine frühere Zeichnung. Mit etwas Fantasie konnte man das Motiv unter dem Gesprayten aber noch erkennen. Gegenüber dem Küchenaufgang war das Flammenschiff gemalt worden. Es sah aus wie ein stilisiertes Wikingerboot, schlicht, elegant – und es stand lichterloh in Flammen.

Knut sah sich nach weiteren Zeichnungen unter den Graffiti um.

»Was ist das?« Er richtete den Strahl seiner Taschenlampe auf eine Stelle ein paar Meter weiter. »Dreck?« Dort prangte in Kniehöhe ein dunkler Fleck an der Gipskartonwand.

»Sieht aus, als hätte ein Hund rangepinkelt«, meinte Maas, doch Knut schüttelte den Kopf.

Jetzt leuchteten sie beide auf den Fleck.

»Das sieht aus, als wär's in den Gipskarton gezogen. Aber von innen.«

»Sie meinen, von der Wand aus?«

Statt einer Antwort zückte Knut seinen Revolver.

»Hey, hey! Was haben Sie vor? Jansen?«

Ehe Maas sichs versah, hatte Knut schon ausgeholt und mit dem Griff gegen den Gipskarton geschlagen.

»Was machen Sie denn? Was soll das?«

Unbeirrt holte Knut ein weiteres Mal aus und ließ den Revolver gegen die Wand oberhalb des Flecks krachen. Bereits beim zweiten Schlag brach die Gipsplatte. Beherzt packte er zu und riss ein großes Stück von der Wand.

Knut schrie auf.

Eine halb verweste Frau starrte ihn hinter einer Plastikfolie an.

40

Chris ließ den Leihwagen ausrollen und stellte verwundert fest, was für ein Presseaufgebot sich hier am Rand des Örtchens zusammengefunden hatte. Sie parkten in einer langen Schlange, die meisten mit ausgeklappter Satellitenschüssel. Vor den Wagen standen Reporter und Kamerateams. Die Frauen und Männer gingen Texte durch, telefonierten; Techniker warteten mit Kaffee in der Hand auf Neuigkeiten und ihren Einsatz.

Seine Anwälte hatten sein Verfahren mit wenigen Aussagen komplett auseinandergenommen, weil diese Seattle-Vollidioten vergessen hatten, ein paar Dateien von einer Überwachungskamera zu löschen. Sie hatten eindeutig gezeigt, wie ihm beim Verhör zugesetzt worden war.

Im Gegensatz zu seinen Methoden, jemanden zum Sprechen zu bringen, waren die Beamten regelrecht zahm vorgegangen. Aber anders als die Polizei hatte er sich bei seinen Befragungen von Konkurrenten auch nie ans Gesetz halten müssen. Schließlich war er der böse Junge.

Er entschied sich, das Areal zu Fuß zu erkunden, und schlenderte an den Sprintern und LKWs vorbei in Richtung der gut zwei Dutzend Polizeiwagen. Tief atmete er die warme Mittagsluft ein, genoss den Geruch des Meeres.

Er war zum Dünenkieker hinausgefahren, um Helen von Weitem zu sehen. Erst einmal nur sehen und die Vorfreude auf das genießen, was er ihr antun würde. Enttäuscht hatte er feststellen müssen, dass sie ausgeflogen war. In der Rieke Reech, ihrem Wohnhaus, war sie auch nicht – dort hatte ihn das mit »Verkauft« überklebte Schild im Vorgarten überrascht.

Entweder, seine hübsche Exverlobte hatte bei einem Freund übernachtet, oder sie war schlicht sehr, sehr früh vom Restaurant aufgebrochen. Drei Telefonate später, in denen er sich als britischer Journalist ausgegeben hatte, wusste er, wo sie steckte.

Mehrere Leichenwagen parkten vor dem Leuchtturm, Särge konnte er jedoch keine erkennen. Stattdessen zahlreiche Beamte in Zivil, Uniform und Schutzkleidung. Etwas abseits des Leuchtturms und der Absperrzäune ragten einige Felsen auf. Sie waren mit Möwenscheiße und Moos überzogen, was den Heerscharen an Reportern und Fotografen nichts auszumachen schien. Zwanzig, dreißig monströse Teleobjektive waren auf Stative aufgepflanzt und wie Maschinengewehre auf den Turm gerichtet.

Kein Schritt der Beamten würde den Paparazzi entgehen.

Eine Drohne surrte über Chris hinweg und brachte sich in Stellung. Auch das noch. Kopfschüttelnd nahm er einen frischen Trampelpfad durchs hohe Gras und hatte zwei Minuten später die Felsen erreicht. Angesichts der dreckigen Steine vermied er es, sich hinzusetzen; stattdessen zückte er ein Fernglas und peilte den Leuchtturm an.

Von Helen war keine Spur zu sehen.

Er hatte damals ein Spiel gespielt – und nun stand die Revanche an. Eigentlich hatte er geglaubt, in Haft jeden verdammten Tag und jede einzelne Stunde darüber nachzugrübeln, wie er sich an Helen rächen konnte. Doch das Leben in seiner Vier-mal-drei-Meter-Zelle war ganz anders gewesen, als er angenommen hatte. Es gab im Knast viel zu viel zu tun und zu organisieren – intern wie auch extern. Entweder hatte er Besprechungen mit seinen Anwälten und ehemaligen Geschäftskontakten gehabt, oder er hatte Deals für das alltägliche Dasein und Überleben einfädeln müssen. Drohungen, Bestechungen, Rekrutierungen – im Grunde all das, was er im wirklichen Leben auch getan hatte. Wenn auch in viel größerem Maßstab und nicht gerade für eine Stange Zigaretten.

Gut, die ersten Wochen hatte er Helen nicht aus dem Kopf bekommen, war alles wieder und wieder durchgegangen, doch mit den Tagen in Haft waren die Rachegefühle langsam verblasst. Einen echten Groll hatte er gegen sie tatsächlich nie gehegt. Wieso auch? Er hatte ja gewusst, dass sie als Venusfalle auf ihn angesetzt gewesen war und sich freiwillig auf das riskante Spiel eingelassen hatte. Ja, er war verdammt stolz darauf, eine der besten Kinesikexpertinnen der Westküste verführt zu haben. Obwohl er schnell herausgefunden hatte, dass das FBI sie benutzt hatte, hatte er sich mit ihr verlobt und ihr weiter den ahnungslosen, verliebten Trottel vorgespielt, den strahlenden Prinzen mit Geld wie Heu, der Villen verkauft und dank der Immobilienblase von 2007 reich geworden war.

Während das FBI sie verwanzt und verzweifelt versucht hatte, hinter sein Firmengeflecht zu kommen – hinter die Konten auf den Seychellen, in Singapur und Belize –, hatte er Helen benutzt. Ohne dass sie es geahnt hatte, verhalf sie ihm zu Informationen über das FBI und die Recherchen der Beamten gegen ihn im Rockermilieu. Über sie hatte Chris sogar unvorteilhafte Dinge über seinen eigenen Underboss erfahren, die er wunderbar für seinen eigenen Aufstieg genutzt hatte.

Eine Venusfalle in der Falle eines Romeos.

Sub umbra floreo. Ich blühe im Schatten – das Motto Belizes. Bei seinem ersten Besuch in Belmopan hatte er ungläubig vor dem Schild mit der Nationalflagge und dem Spruch gestanden. Am liebsten hätte er dieses Credo für ihre Hochzeit genommen. Allerdings war ihm von Anfang an klar gewesen, dass es mit Helen Henning keine solche geben würde. Niemals.

Der Tod würde sie vorher scheiden.

Denn von Anfang an war die entscheidende Frage schlicht und ergreifend gewesen: Welche Seite nutzt ihre Informationen schneller und radikaler?

Als sich immer mehr verdichtete, dass das FBI mit groß angelegten Razzien zu einem ersten Schlag ausholen wollte, hatte er handeln müssen.

Er hatte sich für eine gemischte Taktik entschieden: Anwälte in Stellung bringen, Daten vernichten, hinter sich aufräumen – und brutal zuschlagen lassen. Er hatte einen seiner dummen Capos – Richard »Fist« Hollow – eine halbe Million bezahlt, um richtig unter dem FBI aufzuräumen.

Helen war nicht seine einzige Quelle gewesen, aber die wichtigste. Als sie planten, die kleine Außenstelle an der Aurora Avenue hochzunehmen, sollte »Fist« ein Exempel statuieren.

Es hatte funktioniert.

So viele Beamte waren noch nie bei einer Razzia im eigenen Land umgekommen.

Selbst David Koresh hatte nur vier erwischt. An der Aurora starben an jenem Morgen sieben Beamte. Doch das Primärziel hatte »Fist« leider verpasst.

Helen Henning hatte überlebt.

Aber aufgeschoben war nicht aufgehoben.

Noch einmal nahm er das Fernglas. Der Leuchtturm glich einem Ameisenhaufen, Dutzende Beamte wuselten herum, schleppten Kisten voller Baumaterial und Spezialwerkzeug. Als er durch eines der zerschlagenen Fenster sah, lief ihm ein Schauer über den Rücken.

Da war sie.

Helen. Darling.

Er hatte Robert Frost immer geliebt. Und sein Lieblingssatz fiel ihm wieder ein.

Some say the world will end in fire ...

Er hatte oft mit ihr vor dem Sex noch ein bisschen Lyrik gelesen. Das hatte sie ganz scharfgemacht.

Helen Henning.

Ihr Anblick – dort drüben, keine 150 Yard entfernt – war wie der gute Geruch eines Whiskys. Wohlig, herb und verheißungsvoll.

Damals hatte er dieses Kribbeln beinahe täglich gespürt, und es hatte ihn ziemlich angeturnt. Gab es ein besseres Aphrodisiakum, als mit der Frau zu ficken, die einen jeden Moment wie ein Raubtier auffressen konnte?

Er sehnte sich danach, ihr von Angesicht zu Angesicht gegenüberzustehen.

Sie im Feuer des Schmerzes frösteln zu sehen, bevor er sie umbrachte.

Some say ...

41

Sie fanden hinter der Rigipswand fünf Leichname, deren Verwesung wegen der Plastikfolie, mit der sie umwickelt worden waren, noch immer nicht abgeschlossen war.

Ihre Körper waren aufgedunsen, zum Teil verfault. Jemand hatte sie stehend in den Wänden versteckt. Sie einfach mit Seilen und großzügig viel Klebeband – dieselbe Marke wie bei der Blechschachtel – an die Aluträger der Wände fixiert.

Stumm hatten sie dort gestanden und waren langsam, sehr langsam vor sich hin gerottet.

Seit sechzehn Jahren, wie Knut annahm.

Die *Yngvi Morgenröte* war zu einer sechzehn Jahre dauernden Abendröte geworden.

Selbst für eingefleischte Ermittler wie Maas und Helen war das Bild, das diese wie Mumien eingewickelten Körper in der durchsichtigen Folie abgaben, verstörend.

Knut wusste, dass er es niemals mehr aus dem Kopf bekommen würde. So viele Strände hatte die Welt gar nicht, so viele Stunden der Tag nicht, um es beim Surfen abzuschütteln.

Verfluchte Scheiße.

Da war er wieder, der Moment, in dem er sich fragte, ob das überhaupt sein Leben war. Wieso war er Polizist geworden? War das damals wirklich sein eigener Wunsch gewesen – oder hatte er nur Thor gefallen wollen?

Er atmete durch und setzte sich auf einen Klappstuhl, den die Beamten mitgebracht hatten. Der bizarre Leichenfund hatte seine Sorgen um Thor in der letzten Stunde hinfortgespült, ja er musste zugeben, nicht mehr an Thor gedacht zu haben, seit er in den Turm eingedrungen war. Aber jetzt fühlte er sich furchtbar erschöpft und irgendwie zerbrechlich.

Ich brauche echt eine Pause, dachte er.

»Alles okay bei dir?« Helen reichte ihm eine Wasserflasche. Die Baustrahler der Kriminaltechnik erhitzten die Luft im Raum, als stünde der Turm in der Sahara, und zu allem Überfluss starrten die Leichen sie an. Friedrichs war noch lange nicht fertig mit seiner Untersuchung und auch noch nicht bereit, sie loszuschnüren.

Knut musste die Ergebnisse nicht gesagt bekommen. Er wusste es auch, ohne durch die Folie auf ihre Brust zu sehen: Ihnen allen war die Lunge entfernt worden.

Knut nickte fahrig. »Ja, ja. Alles gut. Es ist … Es ist wegen denen da.« Er zeigte auf die Leichen. »Und wegen Thor. Ich erzähl's dir später.«

»Hab ihr miteinander gesprochen?« Sie schlug sein Holzfällerhemd hoch und inspizierte den Verband. Er war nass und durchsetzt mit gelblichen Stellen. Sie lüpfte ihn etwas, um darunterzusehen.

»Vorsicht. Vorsichtig!«, stöhnte er auf, denn seine Wunde brannte fürchterlich. Es fühlte sich an, als seien die Rippen entzündet.

»Was ist denn mit Thor? Wieder versöhnt? … Das sieht nicht gut aus, Knut. Ich bin keine Ärztin, aber es sieht entzündet aus.«

»Kleb's zu.« Seufzend trank Knut einen Schluck, bevor er antwortete. »Was soll ich sagen? Irgendwie schon, ja. Er … er musste zu einer Untersuchung. Verdacht auf

Krebs.« Es überraschte ihn, wie einfach ihm das über die Lippen kam.

»Ach du Scheiße.«

»Kannst du laut sagen.«

»Wie steckt er es weg?«

Knut gab ihr die Flasche zurück. »Ist alles erst mal eine Vermutung, nichts bewiesen. Sagt er. Na ja, du kennst ihn. Er spielt den Fels in der Brandung. Wie immer.« Er ahmte Thors sonore Stimme nach: »Musst nicht helfen, alles gut, bei mir ist alles okay. Wird schon nichts sein … Ein Sprüchlein hier, eins da.«

»Und? Glaubst du ihm?«

»Das alles okay ist?« Knut schüttelte den Kopf. »Er war hier, um sich zu verabschieden. Das macht er doch nicht, wenn da nichts ist. Und wenn da was ist … Er meinte, er würde dann bis Weihnachten …« Nein, das konnte er nicht aussprechen. Er hatte das Gefühl, dass es, einmal ausgesprochen, dann real werden würde.

Aberglaube. Überall Aberglaube.

Tröstend fuhr sie ihm über die Wange. Er stand auf, drehte ihren Kopf zu sich und küsste sie zärtlich. Am liebsten hätte er die Leichen, Maas und das ganze Team auf ein Schiff gesetzt und die Presse gleich hinterher. Alles aufs Meer hinausgeschleppt und versenkt. Am liebsten hätte er sein Malibu aus der Garage geholt und wäre mit Helen ungestört hinausgeschwommen.

Sich auf dem Meer treiben lassen … das wäre es jetzt! In seiner Fantasie war es Nacht und der Himmel wolkenlos und voller Sterne. Mit ihr immer weiter hinauspaddeln. Und niemals mehr zurück nach Valandsiel.

»Das Schlimmste ist, man ist so völlig machtlos. Ich würde gern was tun, aber was?«

»Sei einfach für ihn da. Ich denke, das wäre das Beste. Einfach da sein, als Sohn. Mit ihm sprechen, ihn besuchen.«

Seufzend bejahte Knut. Gestern um diese Zeit hätte er über den Vorschlag gelacht. Für Thor da sein. Gott, er hoffte, es war bloß blinder Alarm. Rückenschmerzen, weil er sich verhoben hatte, und Gallenprobleme von irgendwelchen Steinen, mehr nicht.

Sein Smartphone meldete sich. Eine neue Mail war eingegangen. »Sekunde mal.« Brummelnd rief er sie auf.

Und stutzte.

Der Absender war eine GMX-Adresse, die ihm nichts sagte.

Diesmal wirst du mich nicht aufhalten.

Unter der Textzeile luden sich Attachments. Simple Fotos. Sie bauten sich ruckend auf, Pixelzeile für Pixelzeile. Hier im Leuchtturm hatte Knut nicht mal eine Edge-Verbindung, und es dauerte entsprechend, bis sich die hochauflösenden JPGs aufbauten.

»Von Thor?«, fragte Helen besorgt, weil sie Knuts bangen Blick erkannt hatte.

»Nein.«

Kaum war das erste Bild zur Hälfte empfangen, sprang er auf. »Scheiße«, fluchte er und rannte los. »Wo ist Maas?«

»Was?« Konsterniert sah Helen ihm hinterher. »Was ist denn?«

»Birthe!«, rief er. »Dieses Arschloch will Birthe.«

42

Wenn sie nicht mehr im Haus ihres Vaters wohnte, dann sicher in diesem Restaurant. Er würde einfach an der Rezeption fragen. In diesem kleinen Kaff kannte jeder jeden, und selbst wenn die Dame es nicht wusste, kannte sie bestimmt jemanden, der es tat.

Und so, wie er Helen einschätzte, hatte sie ihr Schicksal auch nicht gerade an die große Glocke gehängt. Seine Nachfragen würden wohl kaum Staub aufwirbeln.

Chris hoffte bloß, die Walther P1 würde ihn nicht enttäuschen. Dummerweise hatte er noch keine Zeit gefunden, sie zu testen und mal einen Schuss abzufeuern.

Gerade legte er sich einen Plan zurecht, wie er Helen am besten abfangen könnte, als er sie aus dem Leuchtturm rennen sah. Sie sprintete gemeinsam mit einem schlanken, jungen Polizisten zu einem Landrover voller Rostflecken. Er schmiss ihr die Schlüssel zu, wahrscheinlich, weil sein Arm in einer Schlaufe hing.

Fluchend sprang Chris auf. Er hatte keine Lust, Helen nach wenigen Minuten schon wieder aus den Augen zu verlieren. Dank des täglichen Trainings war er ein guter Läufer. Sechsundachtzig Meter, das war im King County einmal ums Basketballfeld, in zwölfeinhalb Sekunden.

Er sprintete über den Trampelpfad, kürzte über die Wiese ab und rannte hinter den Übertragungswagen entlang. Während er auf seinen Mietwagen zuhielt, konnte er den Landrover sehen. Er war drauf und dran, an ihm vorbeizuziehen.

Chris verbarg sich hinter einem der Sprinter. Besser so, als dass Helen noch auf ihn aufmerksam wurde. Nach Luft ringend, sah er dem Geländewagen zu, wie er den gewundenen Weg Richtung Valandsiel nahm und an seinem Wagen vorbeizog.

In etliche weitere Dienstfahrzeuge, die meisten dunkle Audis des LKA, kam Bewegung. Beamte sprangen hinein und fuhren los. Er zählte bis zehn, dann rannte er die letzten Meter zu seinem Wagen, legte einen Kavalierstart hin und setzte ihnen allen nach.

Er war nicht der Einzige. Wie er im Rückspiegel sah, waren die Reporter ebenfalls zu ihren Privat- und Firmenwagen gelaufen. Selbst ein Ü-Wagen wendete. Sie alle folgten dem Tross an Einsatzfahrzeugen.

43

Thor hatte sich vor den Eingang des Krankenhauses zurückgezogen und hockte trotz der feuchtkalten Luft etwas abseits der Raucher auf der breiten Treppe. Er musste warten, wollte aber lieber den Funk abhören, anstatt irgendwelche Rentnerkreuzworträtsel im Warteraum zu lösen.

Der Polizeifunkverkehr war vor einer Stunde regelrecht explodiert. Mehrere Beamte der Soko »Rune« überschütteten sich mit Nachfragen, Codes flogen hin und her. Wie es aussah, hatte die Polizei im Leuchtturm fünf Tote entdeckt. Das Ganze war einfach unvorstellbar.

Nervös sah Thor zum Klinikeingang, dann wieder auf seine Uhr.

Wie lange sollte das hier dauern?

»In dreißig Minuten«, hatte sein Arzt gesagt, nun wartete er schon zwei volle Stunden, ohne dass irgendetwas passierte. In Valandsiel wurde er gebraucht, er konnte helfen und ... Was tat er hier eigentlich noch? Er ...

»Herr Jansen?«

Thor fuhr herum. In der Glastür stand eine Assistentin in einem weißen Kittel.

»Kommen Sie, bitte.«

Die Frau führte ihn durch einen sterilen Warteraum mit viel Glas und künstlichen Blumen. Der langgezogene Empfangsschalter mit seiner polierten Plastikoberfläche und den kleinen Flatscreens erinnerte ihn an McDonald's.

Sie öffnete eine Umkleidekabine, die sich als schlauchförmiger Raum mit einem Ein- und einem Ausgang entpuppte.

»Sie können Ihre Sachen hier drin lassen. Bitte schließen Sie die Eingangstür ab. Ich komme Sie gleich holen. Bitte ziehen Sie sich aus, und nehmen Sie allen Schmuck ab.«

»Gut.«

»Ziehen Sie einfach den Kittel an.« Sie nickte zu einem mintgrünen Ding am Haken. »Haben Sie Metall im Körper?«

»Eine Schraube, linkes Knie.«

Sie sah auf ihrem Klemmbrett nach. »Haben wir schon vermerkt. Ich rede gleich mit dem Arzt, denke, das ist kein Problem. Sonst? Herzschrittmacher?«

Er schüttelte den Kopf und zog seine Jacke aus.

»Nehmen Sie regelmäßig Medikamente?«

Wieder verneinte er, war aber nicht ganz bei der Sache. Abermals glitten seine Gedanken zu den Funksprüchen und damit zum Leuchtturm und seinem Sohn.

»Nierenprobleme?«

»Nein.«

»Platzangst?«

»Nicht dass ich wüsste.« Er rang sich zu einem Lächeln durch und wartete, dass sie endlich ging.

Kaum war sie verschwunden, zog er die Tür zu, entledigte sich seiner Kleidung und zog den Kittel über. Er schaltete das Funkgerät wieder an.

Gebannt lauschte er. So viele Codes und Funksprüche wie in den letzten Minuten hatte er in seiner ganzen Karriere als Revierleiter nicht gehört.

Was zum Teufel ging da vor sich?

Sollte er vielleicht einfach wieder gehen und schnellstens nach Valandsiel zurückfahren? Aber ein neuer Termin würde bedeuten, wieder untätig herumsitzen und abwarten zu müssen. Und das war bisher das Zermürbendste gewesen. Stunde um Stunde zu grübeln und nicht zu wissen, wie es weiterging, allein mit sich und seinen Gedanken, die Zukunft nichts als eine Straße, die sich im grauen Nebel verlor.

Er würde das jetzt durchziehen. Egal was die fanden – er musste es wissen.

Da klopfte es an der Tür, und die Assistentin schaute herein. »Fertig? Wir können jetzt loslegen.« Ihr Blick fiel auf das Funkgerät. »Das müssten Sie bitte ausschalten und natürlich hierlassen.«

Thor gehorchte und folgte ihr in einen weiteren Raum. Hier saß eine Ärztin mit zwei Männern vor den Monitoren. Dahinter nahm eine Glasscheibe die ganze Wand ein. Thor warf einen Blick in den Untersuchungsraum, wo die tiefe Röhre des MRT auf ihn wartete. Die Liege war bereits ausgefahren. Ein junger Kerl mit Dreadlocks lächelte ihn durch die Glastür hindurch an.

Sein Lächeln wirkte echt, aber reichlich gebraucht.

44

»Nächste links, dann runter bis zur T-Kreuzung, dort rechts.« Knut zeigte auf die Einmündung, die rasend schnell näher kam. Helen gab Vollgas, hatte aber keine Ahnung, wo Birthe wohnte.

Doch genau da hielt sich jetzt ihr Killer auf.

Die Motive, die Knut gemailt bekommen hatte, kannte er nur zu gut. Es waren Aufnahmen von Birthes Haustür, an die sie verschiedene Aufkleber angebracht hatte: pralle Kirschen, ein flammendes Herz und einen designten Totenkopf in Rosenmuster.

Hinter ihnen hörte er die Sirenen der Zivilwagen. Maas' Männer folgten ihnen dichtauf.

Helen scherte so abrupt aus, dass Knut gegen die Mittelkonsole gedrückt wurde. Das Handy am Ohr und ein Funkgerät in der verletzten Hand, konnte er sich nicht abstützen. Er schrie vor Schmerz auf, fluchte und presste das Handy wieder ans Ohr.

Es klingelte und klingelte und …

»Ihr Gesprächsteilnehmer ist zurzeit nicht zu erreichen. Bitte versuchen Sie es zu einem späteren Zeitpunkt noch einmal. The person you have called …«

»Birthe! Komm schon!« Noch mal wählen. »Komm schon … Komm schon! Kommkommkommkommkomm.«

»Wir sind in zwei Minuten da«, drang Diehls Stimme aus dem Funkgerät.

»Und Maas?«

»Kann dauern. Er wollte nach Kiel, die Personalausweise und Artikelfotos gegenchecken, hat aber umgedreht.«

Helen trat auf die Bremse, Reifen quietschten, Knut wurde nach vorne in den Gurt gerissen, fluchte noch lauter. Immerhin hatte Helen den Wagen unter Kontrolle, wich schlitternd einem Kombi aus, schoss an der T-Kreuzung nach rechts.

Knut wählte erneut. »Komm!« Die Gedanken wirbelten in seinem Kopf. Für einen Moment war er so panisch und voller Sorge, dass er nicht wusste, was zu tun war.

Bilder schossen ihm durch den Kopf: die beiden Frauen am Mast, der Mann auf dem Kinderschreibtisch, Butch in seinem Wohnzimmer … Birthe zwischen den Bauanleitungen ihrer HotRods.

Ihre Brust …

45

Rutgers schlanke Finger tasteten über ihre Brust. Seine Schnittwunden rieben sanft über ihre warme Haut. Wie zufällig ließ er seine Hand über ihren Nippel streichen. Hart und fest. Dann rutschte er weiter hinab, über ihre Rippen. Hier war die perfekte Stelle, hier war er richtig. Geübt fühlte er die Rippen und ließ seine Finger zwischen zweien liegen.

»Sssssssscht«, zischte er, die Hohlnadel zwischen den Zähnen. »Es ist gleich vorbei. Gleich vorbei.«

Ihr Wimmern war kaum zu ertragen, so sehr fachte es seine Fantasie an.

Sie sah so wunderschön aus.

Er nahm die Nadel aus dem Mund. Die eine Seite war höllisch spitz, die andere mit einem Korken verschlossen. Sie zuckte, als er mit der Spitze über ihre Haut fuhr. Er drückte ein wenig, ritzte sie, und schon floss ein Tröpfchen Blut. Das war besser und einfacher, als die Stelle mit einem Filzstift zu markieren.

Er ließ seine Hand auf ihre andere Lungenseite wandern, tastete auch hier nach der perfekten Stelle und ritzte sie.

Ihre Augen starrten ihn an. So geil hilflos. Ihre Lippen so voll.

»Sssssssscht«, beruhigte er sie abermals, obwohl er wusste, dass es sie nicht beruhigen würde. »Es ist doch nur für ihn. Du wirst sehen. Er wird uns alle erlösen, und du kannst endlich etwas für die Menschen tun. Du wirst Teil unseres Werks.«

Er lächelte.

»Ich habe ihn letzte Woche gesehen. Ich habe die Macht, ihn zu rufen. Aber es ist immer gut, reichlich Lungen zu haben.«

Ihre Wangen leuchteten rot vor Anstrengung. Sie musste husten, doch das Klebeband ließ es nicht zu.

»Sssssscht. Schau. Hiermit werde ich die Opferung verstärken.« Lächelnd nahm er das Einweckglas zur Hand. »Es wirkt!«

Sie weinte. Salzige Tränen liefen ihr rechts und links die Wangen hinab auf die Tischplatte. Er hatte sie mit Spanngurten festgezurrt.

»Willst mir einfach nicht vertrauen, du Miststück, hm? Es tut nicht weh.«

Manchmal hatte er die Hasen hochgenommen und sich an die Wange gedrückt, wenn sie noch warm waren. Sie rochen dann nach Blut, waren aber weich. So weich und warm. Und er hatte sich an sie geschmiegt und mit ihnen gekuschelt.

»Bleib ruhig, hörst du. Hol tief Luft.« Mit diesen Worten rammte er ihr die Hohlnadel in die linke Brust, haargenau in die Markierung. Der Stich war wohldosiert und besaß die optimale Kraft. Sie bäumte sich vor Schmerz auf, jedoch nur kurz. Zu scharf war die Spritze, zu schnell das Eindringen. Er hatte tatsächlich recht: Es tat nicht sehr weh.

»Hol tief Luft!«

Erst das, was jetzt kommen sollte, löste eine tiefgreifende Panik aus, weswegen er noch einmal ihre Gurte überprüfte. Sie saßen absolut fest. Das kleine Miststück würde sich nicht entwinden können.

Er nahm das Glas zur Hand und öffnete den Deckel, aber nur einen Spalt. Behände zog er den Korken von der Nadel und hielt ihr das Glas vor den Mund.

Dieses Miststück wollte Luft holen, aber wie durch Zauberhand strömte ihr Atem wegen der zusammenfallenden Lungenseite durch ihren Mund ins Einweckglas. Es beschlug, wie er voller Verzücken feststellte, während er das Glas rasch wieder schloss.

»Wunderschön. Die eine Seite haben wir.« Er zog die Nadel heraus.

Voller Panik versuchte sie, sich zu befreien, wand sich, wollte schreien – aber nichts davon funktionierte. Er kniete auf ihren Armen, drückte sie mit seinem ganzen Gewicht auf den Tisch. Seine Erektion schmerzte, als er sich ihrer anderen Brust zuwandte und zwischen die Rippen stach. Er presste ihr ein zweites Mal das Glas auf die Lippen.

»Dieser Atemzug ist genauso magisch wie dein erster. Dem letzten Atemzug eines Menschen wohnt eine geheimnisvolle Kraft inne. Weißt du das?«

Sie wimmerte.

»Vertrau mir. Ich werde Yngvi holen. Und er wird uns alle erlösen.«

46

Geschickt überholte Chris eine Familienkutsche, reihte sich wieder in den Verkehr ein und behielt die Zivilwagen im Auge.

Er entschied sich für mehr Abstand, ließ sich gut hundert Meter zurückfallen. Der Tross der Wagen war nicht zu übersehen, und er fürchtete, mit allzu wilden Manövern als Verfolger aufzufallen.

Da riss Helen den Landrover an der Spitze der Fahrzeugkolonne mit einem Mal zur Seite, ließ ihn mit quietschenden Reifen über eine Verkehrsinsel fliegen und stieß durch den entgegenkommenden Verkehr. Der Geländewagen schlitterte in eine Seitenstraße, die anderen Wagen bremsten zum Teil scharf, mussten eine Lücke abwarten.

Chris trat in die Eisen, zog den Wagen an den Straßenrand und wartete angespannt. Die Zivilwagen bogen ab und folgten Helen, die nicht länger in der Seitenstraße zu sehen war.

Er fuhr an, musste aber geduldig warten, um ebenfalls abbiegen zu können.

»Come on! Fuck, fuck, fuck!«

Die letzten Polizeiwagen bogen in die Seitenstraße ein, verschwanden hinter geparkten Wagen und Hecken …

Chris gab Gas. Der Wagen tat einen Satz, sprang vor einen Kleinbus und schoss den Polizeiwagen hinterher.

Rechts und links geparkte Autos, eine keine drei Meter breite Fahrbahn. Egal. Chris schaltete runter, trat das

Gaspedal durch und jagte den Leihwagen auf sechzig, dann auf siebzig hoch.

Hier irgendwo waren sie abgebogen. Fluchend gab er Gas, passierte ein, zwei, drei Querstraßen, suchte sie mit Blicken ab … Wagen, Wagen, Wagen, ein Fußgänger, Grünstreifen, Fensterfronten … nichts.

Da!

Blaulicht!

Bei den hübschen Klinkerbauten, die an ein Gebiet mit Reihenhäusern grenzten.

Er riss das Steuer nach rechts, schoss in die Querstraße. Die Fahrzeuge hatten ungefähr zweihundert Meter weiter vorn vor einem der Reihenhäuser gehalten. Sie standen auf dem Gehweg, kreuz und quer, versperrten die Straße. Direkt vor dem Haus parkte der Landrover.

Sofort bremste er, tat, als sei er bloß ein Anwohner, und sah sich nach einem Parkplatz um.

Er entschied sich für eine Garageneinfahrt, stoppte den Wagen vor dem Tor und stieg aus. Hinter ihm fuhr die Presse entlang. Auch sie hielten, wo es gerade ging, teils mitten auf der Straße. Reporter und Kameramänner sprangen aus den Wagen, rannten zum Haus.

Chris zückte sein Fernglas und erkannte mindestens acht Beamte, die mit erhobenen Waffen im Vorgarten standen und sicherten, während Helen und dieser Cop mit der Armschlaufe soeben durch die aufgetretene Tür nach drinnen stürmten.

47

Der Schmerz in seinem Arm und seiner Seite ließ Knut die ersten Schritte taumeln. Er spürte, wie warmes Blut aus der Stichwunde in den Verband sickerte. Trotzdem zögerte er keine Sekunde, sicherte mit erhobenem Revolver und trat in den Flur.

»Polizei! Das Haus ist umstellt! Birthe!« Weiter. Ins Wohnzimmer. Alles ruhig. »Birthe!«, schrie er abermals.

Helen stieß alle Türen auf. »Küche. Gesichert. WC. Gesichert.« Beinahe wäre sie in Knut hineingelaufen, der mitten im Wohnzimmer stehen geblieben war. Der Raum sah vollkommen unberührt aus. Ein wenig unordentlich vielleicht. Eine Decke auf dem Boden, eine Flasche Wein auf dem Tisch. Ein voller Aschenbecher.

Kein Blut. Keine Kampfspuren.

Knut nickte zur Decke, Richtung obere Etage. Helen verstand sofort. Zügig gingen sie in den Flur zurück, in den bereits drei weitere Beamte gestürmt waren. Knut bedeutete ihnen, dass er hinaufwolle.

»Polizei!«, schrie Knut. »Wir sind bewaffnet! ... Birthe!«

Immer noch keine Antwort. Er lauschte. War da ein Tropfen zu hören ...?

Er huschte die Treppe hinauf, Helen einen Schritt hinter ihm. Oben war es gespenstisch still. Ihn fröstelte.

Auf dem Treppenabsatz sah er – ganz unwillkürlich – genau in die Richtung, in der er vor wenigen Tagen im

Skaerbaekvej geblickt hatte ... Den Flur hinunter, durch die Tür ... in das Kinderzimmer ...

In diesem Haus lag dort das Schlafzimmer.

Er huschte zur Tür, spürte sein Herz bis zu seinem Hals schlagen, hörte das Blut in seinen Ohren rauschen. Sein Gaumen klebte, er konnte keine Spucke sammeln.

Seine Hand griff nach der Klinke, während er versuchte, die Bilder in seinem Kopf zu vertreiben – eine aufgeschnittene Birthe, nackt, in ihrem Bett.

Er stieß die Tür auf. »Polizei!«

Nichts.

Auch dieses Zimmer war vollkommen unberührt.

Ein zerzaustes Doppelbett, Birthes freche Reizwäsche auf dem Boden, ihr Handy auf dem Nachttisch. Ruhe. Ihr Digitalwecker sprang auf eine neue Minute. Das war's.

Helen streckte den Kopf rein. »Da hinten im Bad ist auch niemand.« Ein Polizist rief: »Arbeitszimmer. Sicher.«

Viel mehr Räume gab es nicht. Der Dachboden. Er war nicht ausgebaut. Knut trat zurück in den Flur. Die Treppe hinauf war staubig. Keine Spuren. Unbenutzt.

Fragend sahen Knut und Helen sich an, dann ging Knut zum Handy auf dem Nachttisch und aktivierte es. Birthe hatte zwölf unbeantwortete Anrufe. Sieben stammten von ihm, fünf vom Revier.

Er traute sich kaum zu fragen: »Hat er sie mitgenommen?«

Darauf wusste Helen auch keine Antwort. »Wir sollten prüfen, wie er hier reingekommen ist. Vielleicht ist er über die Terrasse, so wie im Skaerbaekvej.«

Knut nickte.

Die beiden waren gerade zurück auf der Treppe, als sie von draußen eine Stimme hörten.

»Hey! Habt ihr sie noch alle? Hallo!«

Knut sprang zum Fenster.

Es war Birthe – Jogginghose, Schlabberpulli, zerzaustes Haar. Sie hielt eine Papiertüte vom Bäcker und sah fassungslos auf die Reporter, Polizisten und ihren zertrampelten Vorgarten. Die zerbrochene Tür ließ sie erst richtig wütend werden. Beamte traten vor, wollten sich um sie kümmern, aber sie stieß die Hände weg.

»KNUT!«, schrie sie und fuchtelte mit ihrer Brötchentüte herum. »Warst du das? Was … was macht ihr hier alle?«

Knut sprang in vier Sätzen die Treppe runter, drängte sich nach draußen und schloss die völlig konsternierte Birthe in die Arme.

»Birthe, verflucht«, raunte er und drückte sie so fest er konnte an sich. Im Blitzlichtgewitter und bestürmt von den Journalisten, führte er sie nach drinnen.

»Dir geht's gut, ja?«, fragte er noch einmal, nachdem er sie aus der Sichtweite der Reporter ins Wohnzimmer geschoben hatte.

»Ja, alles okay. Was ist denn los? Du hast meine verdammte Tür eingetreten.« Sie ließ sich auf die Couch fallen.

»Tut mir leid.« Knut setzte sich zu ihr, erklärte ihr alles. »Hast du wen bemerkt? Heute Morgen oder gestern? War jemand vor deinem Haus? Irgendwas Merkwürdiges?«

Birthe überlegte, musste dann aber verneinen. »Nee, glaub nicht. Ich war ja kaum hier die letzten Tage, wegen des ganzen Wahnsinns. Bin froh, dass Diehl im Revier übernommen hat. Mal zwei Stunden später mit der Schicht anfangen. Nur duschen wollt ich.«

Knut nickte. Sein Blick fiel auf die Brötchen. »Tut mir leid. Der Typ hat uns reingelegt.«

»Er will uns Angst einjagen.« Helen trat hinzu. »Und

wenn ihr mich fragt, ist ihm das bisher wirklich gut gelungen.«

»Er hat euch ein Foto geschickt?«

»Von deiner Tür.« Er hielt ihr sein Handy hin. Sauer betrachtete sie das Bild.

»Ja. Die sah schon mal schöner aus. Von wann ist das?« Sie las die Zeit selbst. »Da bin ich gerade aufgestanden. Hm.« Kopfschüttelnd reichte sie Helen das Handy, die es Knut geben wollte, dann aber stutzte.

»Was ist das denn?« Sie sah sich das Foto ganz genau an. Birthes Haustür, die Aufkleber, der Totenkopf. Ein bisschen vom Vorgarten war zu sehen und neben der Tür ein Teil vom Gäste-WC-Fenster. »Hast du ein weißes Auto gesehen?«

Knut und Birthe rückten näher heran, sodass sie alle auf das Display schauen konnten. Helen zeigte ihnen, was sie meinte: In der Scheibe war eine unscharfe Spiegelung zu erkennen. Nur ein winziges Stück eines hell lackierten Wagens. Eines Sprinters oder …

»Hm. 'n Lieferwagen. Ja. Der hat kurz hier gehalten, ist dann weiter. Wahrscheinlich DPD oder Hermes.«

Unverkennbar, in Helen arbeitete es. Sie stand auf, ging in ihrem wiegenden Schritt auf und ab. »Weißer Lieferwagen, weißer Lieferwagen«, sagte sie immer wieder, als fehle ihr ein Wort, das ihr auf der Zunge lag. Knut und Birthe warfen sich einen Blick zu, im Gegensatz zu Helen konnten sie mit der Information wenig anfangen.

Helen rief Maas an. »Johann.«

48

»Ja?« Maas raste durch Valandsiel. Die Blechschachtel mit den Ausweisen lag auf dem Beifahrersitz, gut verpackt in Plastikfolie. »Ich bin in drei Minuten bei euch.«

»Brauchst du nicht mehr.«

»Wieso?« Johann rieb sich die Augen. Genau wie seine Crew war er völlig übermüdet. Sie brauchten dringend eine Pause, sehr viel mehr Beamte und die Aussicht auf ein paar freie Tage. In zwei Stunden hatten sich der Staatsanwalt, der Bürgermeister und sogar der Innenminister angekündigt. Die Sache zog immer größere Kreise, und sie kamen nicht mal mehr mit dem Sichern der Tatorte nach.

Knapp unterrichtete Helen ihn über Birthe und gab Entwarnung. Maas seufzte. »Der hält uns komplett zum Narren. Wollte er uns ablenken?«

»Gut möglich ... Johann, hör mal, kannst du uns das Video vom Jachthafen schicken? Das Material, was ihr letzte Woche gecheckt habt.«

Maas hielt am Straßenrand.

»Wozu braucht ihr das denn?« Er spürte, wie Helen zögerte. Wahrscheinlich hatte sie seinen gereizten Unterton bemerkt. Darin war sie einfach ein Genie.

»Ich will was überprüfen«, antwortete sie schlicht.

»Ach.« Er seufzte. Seit dem Leichenfund im Süderdeicher Leuchtturm quälten ihn Kopfschmerzen, und er hatte sich auf ein paar ruhige Stunden in Kiel gefreut.

»Helen, pass auf. Das liegt alles auf den LKA-Servern. Ich schick dir den Zugang, dann kannst du selbst nachsehen. Okay?«

»Perfekt. Bist ein Schatz.«

Er kopierte die Zugangsdaten auf seinem Tablet und schickte ihr eine Nachricht. »Und ihr kommt wirklich klar?«

»Ja klar«, meinte Helen.

Maas überlegte, ob er zurück nach Kiel fahren sollte. Kaum hatte er den Wagen gewendet, entschied er sich dagegen und steuerte das Revier von Valandsiel an.

»Okay. Schauen wir mal«, meinte Helen und suchte im Register des LKA nach den entsprechenden Videodateien. Mittlerweile hatte Birthe ihren Laptop geholt. Alle drei starrten gebannt auf das Material.

Aufnahmen der Überwachungskamera des Jachthafens erschienen. Sie sahen die Jacht einlaufen, die beiden Frauen an Land gehen. Niemand schlich sich an Deck, ganz, wie es Maas letzte Woche schon festgestellt hatte. Alles schien ruhig. Ungeduldig ließ Helen schneller vorlaufen, zweifach, dreifach, vierfach …

»Da!« Knut wäre beinahe aufgesprungen. Sofort hielt Helen die Aufnahmen an, spulte kurz zurück und drückte auf Play.

Am linken Rand des Bildes hielt ein Lieferwagen. Ungefähr dort, wo sie den aufdringlichen Reporter kontrolliert hatten. Der Wagen war aus dem Winkel nicht gut zu erkennen, aber die Schnauze war zu sehen. Eindeutig ein in die Jahre gekommener weißer Transporter. Siebzehn Sekunden später tauchte ein Mann mit einer Basecap auf, der einige Gitterkörbe ins Restaurant trug. Knut erkannte den Mann nicht, dazu war die Aufnahme zu schlecht. Die

Statur stimmte, aber ob es der Kerl vom Parkdeck war, der ihn niedergestochen hatte?

»Scheiße«, stöhnte Helen.

»Was ist?« Knut riss sich vom Video los und sah sie an. Sie war kreidebleich.

»Der war bei mir. Im Lokal. Heute Morgen.«

»Was?«, fragten Birthe und Knut entsetzt.

»Der Typ da. Der hat mir Austern gebracht. Glaub ich.«

»Austern? Welche Firma?« Knut war bereits aufgestanden und eilte hinaus.

»Krooß & Krooß Austern.« Helen versuchte, mit ihm Schritt zu halten. »Oder so ähnlich. Er hat Proben dagelassen, war ein neuer Lieferant. Normalerweise haben wir einen anderen ...« Sie hielt inne. »Ich glaube, der war auch im Revier. Der Typ mit den Fischbrötchen.«

Knut, der sich an zwei Beamten vorbei und durch die zerschlagene Tür drückte, blieb stehen und sah sie an. »Bist du dir sicher?«

Die Polizisten machten ihr Platz. Sie schüttelte den Kopf. »Ich ... tut mir leid, nein. Ist nur ein Gefühl.«

»Okay.« Knut fluchte. »So oder so. Das ist verdammt dünn.« Er zückte sein Funkgerät. Der Akku war beinahe leer. Die LED blinkte hektisch. Kurz und knapp bat er Diehl, er möge sofort nachsehen, ob er etwas über Krooß & Krooß herausfand.

»Ich fahr ins Revier«, bot Birthe an, aber Knut hielt sie zurück.

»Nein, nein. Ich sag Maas, er soll zwei Beamte abstellen. Die sollen dich wohin fahren. Irgendwohin ... zu deinen Eltern nach Lübeck. Mir egal. Aber erst mal raus aus der Schusslinie.«

»Aber ...«

»Kein Aber.«

Hilfesuchend blickte Birthe zu Helen, die jedoch nur die Augenbrauen lüpfte. Tut mir leid, sagte ihr Blick.

Knut zog die Beifahrertür auf und wartete, bis Helen hinter dem Steuer Platz genommen hatte.

Es dauerte keine Minute, da meldete sich Diehl und gab ihnen die Adresse von Krooß & Krooß durch.

49

»Fuck.« Fluchend legte Chris den Rückwärtsgang ein, sah sich zu Helen und dem jungen Polizisten um. Die beiden fuhren einfach auf der anderen Seite des Zivil- und Ü-Wagentrosses davon. Anstatt dass die Reporter ihnen wie wild folgten, waren sie sich offenbar noch nicht sicher, wohin sie als Nächstes sollten. Einige hatten sich anscheinend für den Leuchtturm entschieden und wendeten. Für ihn war bei dem Chaos kein Durchkommen.

In halsbrecherischem Tempo setzte Chris zurück, ließ den Motor aufheulen und jagte, den Kofferraum voraus, die schmale Straße bis zur Kreuzung hoch. Dort ließ er das Auto herumschleudern. Es quietschte so laut, dass selbst einige der Reporter und Polizisten nach ihm sahen. Doch er war bereits mit durchdrehenden Reifen in die Querstraße gebogen und versuchte, so schnell er konnte, einmal um den Block zu fahren.

Sekunden später schlitterte er auf die breite Straße, die laut seinem Navi ins Zentrum Valandsiels führte und auf die Helen wahrscheinlich abgebogen war.

Abermals beschleunigte er und sah sich um. Vor ihm, hinter ihm … Shit!

Der Landrover war verschwunden. Obwohl kaum Verkehr herrschte, war der Geländewagen nirgends zu sehen. Sie mussten irgendwo anders langgefahren sein.

Wo immer sie hinwollten, er hatte ihre Spur verloren.

Voller Zorn hieb Chris aufs Lenkrad.

50

Thor setzte sich lieber. Irgendwie musste er einen klaren Gedanken fassen. Die anbrandende Nacht hatte die Waschbetonstufen vor der Radiologie noch kälter werden lassen.

Tief atmete er die feuchte Luft ein. Es war bereits dämmerig, und der anbrechende Abend brachte feinen Nebel mit sich, in dem sich die Lichtkegel der Straßenlaternen abzeichneten. Ein hübsches Schauspiel, das ihn an den kommenden Winter erinnerte. Er nahm sich die Plastiktüte vor, ein dünnes Ding mit Werbung der Klinik als Aufdruck. Ein junger Arzt mit Vollbart und Halstätowierung hatte ihm eine Auswertung in Fachchinesisch, die Scans und eine Daten-CD hineingepackt.

Eigentlich hatte der Mann nicht mit ihm sprechen wollen, aber Thor hatte darauf bestanden. Er spürte, wie seine Hose langsam vom Beton feucht wurde, stand aber nicht auf. Obwohl der Arzt es ihm gerade gezeigt hatte, sah er auf den Fotos rein gar nichts.

»Und die Behandlung?«, hatte Thor gefragt.

»Das müssen Sie Ihren behandelnden Arzt fragen. Sehen Sie, ich bin nur der Radiologe. Was den Therapieplan angeht, da …«

»Kommen Sie. Eine Einschätzung. Grob.«

»Nun. Es sind keine Metastasen in der Leber zu sehen. Ihr Röntgenbild sieht auch gut aus.«

»Er hat nicht gestreut? Und der Tumor, wie groß ist er?«

»Das muss in der Klinik noch genau beurteilt werden, aber …«

»Aber?«

»Für mich sieht der Tumor hier im MRT durchaus operabel aus. Der Onkologe wird mit Ihnen die nächsten Schritte besprechen, inklusive Operation und Chemo.«

Grübelnd steckte Thor die Aufnahmen zurück in die Tasche. Ein Tumor war also wirklich da, aber er hatte nicht gestreut. Das war ein Grund zum Feiern – eine OP und eine Chemo würden es richten! Und er saß hier wie so ein Unfallopfer und wusste nicht, ob er nach Hause oder in die nächste Kneipe fahren sollte. Ob er seinen Sohn anrufen sollte oder nicht, ob lieber sofort oder erst morgen.

Er spürte, wie seine Gedanken abermals zu kreisen begannen. Um sich abzulenken, holte er das Funkgerät hervor und schaltete es ein. Einen Moment lang lauschte er den Codes und Durchsagen, die zu ihm wie eine beruhigende Melodie drangen. Die meisten Funksprüche drehten sich noch immer um den Leuchtturm und um Birthe.

Birthe?

Thor meldete sich an und bat Diehl, auf einen freien Kanal zu wechseln. »Thor? Alles okay bei dir? Wo steckst du?«

»Sag ich dir wann anders. Hier ist alles bestens. Im Gegensatz zu euch, was?«

»Hier ist die Hölle ausgebrochen.« Diehl setzte Thor kurz über Birthe in Kenntnis.

»Sie ist in Sicherheit, das ist die Hauptsache. Weißt du, wo Knut steckt?« Er stand auf und schnappte sich die Plastiktüte, ging den schmalen Fußweg zum Parkplatz runter.

»Er wollte zu Krooß & Krooß Austern. Was überprüfen.« Diehl erklärte ihm, dass Knut bisher keine Verstärkung angefordert hatte und sie auch niemand bekommen hätten, weil alle Kräfte beim Leuchtturm, in Birthes Wohnung, dem Skaerbaekvej und der Jacht mit Sichern und Untersuchen beschäftigt waren.

»Danke.«

Eine Minute später schloss Thor seinen Wagen auf. Im Innern war es eiskalt. Einen Moment saß er im Dunkeln. Er spürte, wie ihm die Tränen kamen, aber er wischte sie fort, bevor sie seine Wangen hinabliefen.

»Du überlebst das!« Mit einem kurzen Kampfschrei atmete er aus, startete den Wagen und suchte im Radio die antreibendste Musik, die er finden konnte.

Unter dem Hämmern eines Technosongs, der Magnussen alle Ehre machte, wendete er und fuhr auf die Landstraße Richtung Valandsiel.

51

Seit einer Viertelstunde recherchierte Maas die Lebensläufe der fünf Opfer, die sie im Leuchtturm gefunden hatten.

In den Berichten der Lokalzeitung, die Knut aus der Bibliothek besorgt hatte, waren stets sieben Aktivisten zu sehen. Sieben Anbeter der *Yngvi Morgenröte*. Rasmussen lag am Strand. Fünf steckten in den Wänden des Leuchtturms. Fünf Personalausweise und Führerscheine. Rasmussen und fünf. Eine Frau in der Wand. Sonst nur Männer.

Wer war die Nummer sieben? Wer war die zweite Frau?

Sein Blick glitt über die Artikel der Lokalpresse und die Fotos. Die zweite, die sich Dagaz nannte, war älter. Vielleicht zehn Jahre, wenn er sich nicht irrte, vielleicht mehr. Er erinnerte sich an Helens und Jansens Überlegungen …

Unser Täter hat ziemliches Detailwissen. Was, wenn sie sich kennen? Der eine ist impulsiv, der Junge plant … Was, wenn der damalige Mörder sein Wissen weitergegeben hat? Der Täter tritt in die Fußstapfen des früheren Mörders …

Vater und Sohn. Mutter und Kind. Geliebte und Liebender. Lehrer und Schüler, dachte er und kämpfte gegen die Müdigkeit an.

Seufzend nahm er sich abermals die Biografien vor, die er bisher hatte zusammenstellen können.

52

Die Einfahrt war zur Hälfte neu gepflastert. Helen fuhr nicht auf den Hof, sondern hielt im Schutz einiger Sträucher ein paar Meter weiter. Sie waren aus Valandsiel raus- und am südlichen Industriegebiet vorbeigefahren, bevor sie auf einen unbefestigten Feldweg stießen. Bauern benutzten ihn, ansonsten führte er lediglich zu dem abgelegenen Gehöft.

Er lag nur wenige hundert Meter vom Strand entfernt wie Roselius' Haus direkt am Deich.

Als Knuts Blick über die Gebäude streifte, beschlich ihn ein ungutes Gefühl. Es war so ganz anders als die Panik um Birthe. Es glich eher einem dunklen Grollen. Einem Brummen, das er manchmal spürte, wenn Veith mit seinem Bass loslegte, und das ein dumpfes Ziehen im Magen verursachte.

Nebel lag zwischen den Gebäuden und hatte die beiden Lagerschuppen bereits zum Großteil geschluckt. Vom Deich war kaum noch etwas zu erkennen. Rechts der Einfahrt ragte auf dem zugestellten Hof ein Backsteinhaus empor. Das Dach war geflickt und mit Moos bedeckt, die Fenster vergittert. Betonpfähle für eine Wäscheleine standen halb zerbröckelt und schief im verwilderten Garten. Hinter den Schuppen schloss sich eine Brachfläche an, auf der Knut weitere ausrangierte Gitter und Geräte erkennen konnte. Das Gehöft ähnelte eher einem überwucherten Schrottplatz als einer Austernzucht.

Trotz des Nebels wirkte alles extrem friedlich.

Zu friedlich für Knuts Geschmack.

Die Ebbe hatte längst ihren Höhepunkt überschritten, wahrscheinlich war das der Grund, weswegen er das gewohnte Branden der Wellen nicht hörte.

Oder war es einfach zu windstill? Tatsächlich bewegte sich kein Strauch, kein Halm. Nicht der Hauch einer Böe war zu spüren. Ungewöhnlich. Die Vögelchen hatten aufgehört zu singen, keine Schafe blökten auf dem Deich, keine Maschinen, keine Pumpe oder irgendwelche Aggregate summten.

Grabesstille lag über der Austernfarm.

Knut öffnete das Holster, entschied sich dann aber, die Waffe lieber sofort zu ziehen. Nach einem abcheckenden Blick tat Helen es ihm gleich.

Sicher war sicher. Immerhin hatten sie Diehl informiert, wohin sie fuhren. Ihre Vermutung war mehr als dünn. Sie hatten absolut keine Beweise. Allerdings war Knut unterwegs eingefallen, dass das Opfer aus dem Skaerbaekvej ein Restaurantbesitzer gewesen war, und die Telefonzelle stand ebenfalls unweit eines Fischlokals …

Aber das war – bis auf das Stückchen hellen Autoblechs, diese verschwommene Spiegelung auf dem Foto von Birthes Haus – auch schon alles, was sie in der Hand hatten.

»Sieht aus wie ein Traum«, stellte Helen unvermittelt fest, als sie die Metallgebilde und den Schrott ansah, der aus den Dunstschleiern ragte.

Knuts Westernstiefel knirschten auf den sandigen Steinen. Das Geräusch wurde vom Nebel geschluckt.

»Was für eine Brühe«, meinte er. Es kam ihm vor, als trüge er Kopfhörer.

Es roch nach Fisch, Maschinen und Eisen. Langsam bewegten sie sich am Wohnhaus entlang Richtung Haustür.

»Da drüben.« Helen wies auf einen der Schuppen. Unter einem offenen Unterstand parkte der Lieferwagen. Knut wusste, dass sie mit ihrer Vermutung niemals den Staatsanwalt überzeugen konnten, beim Richter vorstellig zu werden. Sie brauchten schon etwas Handfestes, um Maas den Wagen nach DNA-Spuren untersuchen zu lassen.

Er bedeutete Helen, um das Haus zu gehen und die Rückseite zu sichern. Geduldig wartete er ab, bis sie unter den Fenstern entlanggehastet war und sich in Stellung gebracht hatte.

Sein Plan war einfach: Er würde klingeln und sich unterhalten, den Kerl ein bisschen unter Druck setzen und bluffen. Und sollte er fliehen, würden sie ihn schon aufhalten. Zur Not mit Gewalt.

Noch mal lass ich mich nicht abstechen, dachte er grimmig. Eher schieß ich als Erster.

Das Haus lag still da, alle Fenster waren dunkel. Ein Fernseher flackerte, das war die einzige Beleuchtung.

Helen gab ihm ein »O.k.«, und er klingelte. Das Rasseln hörte sich ungesund an, als habe die Klingel Husten. Es passte perfekt zum derangierten Hof.

Er wollte ein zweites Mal den Klingelknopf drücken, da fiel ihm auf, dass die Tür nur angelehnt war.

Knut nahm seine Handschuhe vom Gürtel und streifte sie über. Es war wie immer grenzwertig, das Haus ohne Beschluss einfach zu betreten – auf der anderen Seite war möglicherweise Gefahr im Verzug.

Er trat zurück, pfiff leise nach Helen. Fragend schaute sie um die Ecke, und er bedeutete ihr, sie solle kommen, denn er werde reingehen.

Die Haustür schwang quietschend auf und gab einen mit Altglas und Papierstapeln zugerümpelten Flur frei. Terrakottaboden, vergilbte Tapete. Der Zigarettengestank war beißend.

»Hallo?«, rief er. »Ist hier wer?«

Bloß die Stimme eines Moderators im Fernsehen.

Knut schob sich langsam vor, zielte in jede dunkle Ecke. Eine derbe Holztür, wahrscheinlich die zum Keller, stand offen und versperrte ihm die Sicht.

Er ging weiter, huschte mit einer schnellen Bewegung vor und sicherte. Die Kellerstufen lagen im Dunkeln. Verwesungsgeruch überlagerte den Nikotingestank. Als er einen Schritt weiterging, wurde ihm klar, dass er nicht aus dem Keller kam, sondern von irgendwo aus dem Haus.

Helen trat lautlos ein.

Er gab ihr ein Zeichen, dass sie zusammen den Raum mit dem Fernseher checken sollten.

Sie schloss auf.

Gleichmäßig zählte er mit den Fingern ab, dann riss er die Tür auf.

Der Gestank ließ Knut würgen. Im Sessel saß ein älterer Mann. Seine Haut war grünlich, die Zunge geschwollen, ein Auge war ausgelaufen, das andere getrocknet. Aus seinem Mund und seiner Nase war irgendeine Körperflüssigkeit geronnen. Sämtliche Adern und Venen zogen sich – ebenfalls grün – unter der Haut dahin. Es sah aus, als sei der Mann aus Marmor. Das Flackern des Fernsehers verstärkte den Eindruck auf unheimliche Weise.

Knut wandte sich um und stützte sich am Türrahmen ab, während Helen bereits ihr Handy checkte. »Kein Empfang«, stellte sie fest.

Wortlos klippte Knut sein Funkgerät vom Gürtel und reichte es ihr nach hinten durch.

53

»Verstehe.« Maas sprach leise ins Funkgerät und beobachtete von seinem Wagen aus argwöhnisch Roselius' Haus. Vom Revier bis hierher waren es bloß drei Minuten. Die weißen Schwaden waren über den Deich und bis in ihren Garten gekrochen. Selbst die weiß getünchten Astgabeln an der Einfahrt, die, mit Axt behauen, Mann und Frau darstellen sollten, verschwanden allmählich. Gerade war er vorgefahren und wartete auf Verstärkung. »Gibt es eine akute Gefahr?«

»Können wir noch schwer einschätzen«, drang Helens Stimme aus dem Gerät.

»Gut. Ihr wisst, ich hab zu wenig Leute ... Diehl?«

»Diehl hört«, meldete der sich aus dem Revier.

»Schicken Sie Veith Meerbusch zur Verstärkung. Ich seh zu, dass ich jemanden abziehen kann.« Er beendete das Gespräch, weil die Lage seiner Ansicht nach vor Ort viel prekärer war.

Maas war hergekommen, um Doktor Roselius zu befragen. Nachdem er die Personalien der fünf aus dem Leuchtturm gecheckt hatte, war es nicht sonderlich schwer gewesen, auf sie als siebtes Mitglied der *Yngvi Morgenröte* zu kommen.

Alle fünf hatten Mitte bis Ende der 1990er Archäologie und Kulturwissenschaft in Berlin an der Humboldt-Universität studiert. 1995 bis 1997 war Frau Doktor Roselius Gastdozentin dort. Maas war sich sicher, dass sie ihnen eine Menge verschwieg. Er musste sie nach Rasmussen befragen.

Immerhin hatte Doktor Roselius Knut Jansen gegenüber nicht nur zugegeben, die Gruppe zu kennen, sondern auch den Baum an der Steilküste, wo Rasmussen gefunden worden war. Maas hätte es nicht gewundert, wenn sie maßgeblich in die Morde von damals verstrickt und jetzt die Mentorin ihres Killers war.

Besser, sie würden sie sofort zur Vernehmung mitnehmen. Noch einmal bemühte er sein Funkgerät und musste erfahren, dass die Kollegen erst in zehn Minuten eintreffen würden.

Seit einer Stunde war Unterstützung aus Niedersachsen eingetroffen, vier Kriminalbeamte vom LKA aus Hannover und eine Aufrufhundertschaft. Aber von hundert Mann konnte nicht die Rede sein. Mickrige siebenundzwanzig Einsatzpolizisten hatte er zugewiesen bekommen, die er allein für die Vierundzwanzig-Stunden-Sicherung der einzelnen Fundorte brauchte.

Maas stieg aus, ging ums Auto herum und holte die kugelsichere Weste aus dem Kofferraum. Er streifte sie über und beschloss, bis die Kollegen eintrafen, zumindest einen Blick ins Haus zu riskieren.

Er nahm nicht die Einfahrt, sondern huschte durch die Beete, seine Pistole im Anschlag, und drückte sich an die Hauswand. Doktor Roselius war eine ältere Dame, aber deswegen nicht ungefährlich. Wenn er recht mit seiner Vermutung hatte, war sie vielleicht für den Tod von sechs Menschen verantwortlich. Untertreibungen und zu laxe Einschätzungen hatten schon so manchen exzellenten Polizisten das Leben gekostet.

Lautlos duckte er sich unter eines der Fenster, kam behutsam hoch und spähte ins Haus.

Der Kamin brannte. Alles sah friedlich aus. Bis auf …

Das Blut.

Alles war besudelt. Der Boden und die Regale, die Schränke und Bücher – überall war Blut verschmiert.

»Verfluchte Scheiße«, keuchte er und ging schnell wieder in Deckung. Besorgt sah er sich um …

Da! Ein Schatten im Nebel. Da war doch jemand!

Maas starrte in den Dunst, umklammerte seine Dienstwaffe und hob das Funkgerät an seine Lippen. Leise, aber eindringlich forderte er mehr Einsatzkräfte an, dann huschte er zu einem der Büsche und verschanzte sich.

Er lauschte auf Schritte, hörte sein Herz hämmern, wagte es nicht, noch einmal in den Nebel zu sehen – aus Angst, der Mörder könnte ihn entdecken.

54

Knut und Helen durchsuchten jeden Raum. Der ältere Mann war die einzige Leiche. Er hatte zwar ein Loch im Kopf, aber ihm war eindeutig kein Organ entnommen worden.

Im Keller fanden die beiden ein Chaos vor. Auf dem Boden lagen Scherben, ein umgerissenes Regal, die Kühltruhe stand offen. Das Schlafzimmer sah nicht minder schlimm aus und erinnerte Knut an einige Einsätze, die er mit den Stadtwerken bei Menschen mit dem Messi-Syndrom hatte durchführen müssen. Das Zimmer hinter der Küche war nicht begehbar, und ein einziger Blick reichte, um auf einen hartgesottenen Kammerjäger zu hoffen.

Nachdem sie das Haus auf den Kopf gestellt hatten, entschlossen sich die beiden, den restlichen Hof unter die Lupe zu nehmen.

Es dauerte weitere zwanzig Minuten, bis sie sich durch die Stapel an Schrott und die Lagerhallen sowie Bassins mit Austern vorgearbeitet und jede Abstellkammer und jede Ecke inspiziert hatten. Schließlich gingen sie durch den Nebel zum Schuppen.

Eine massive Kette hing davor; sie war durch die Griffe der Tür gezogen worden, die aus Wellblech bestand. Das windschiefe Häuschen erinnerte an eine Behausung in einem Slum. Jede Fertiggarage wäre luxuriöser gewesen.

Zu Knuts Erstaunen war das Vorhängeschloss zwar in

die Kette gehakt, aber nicht zugedrückt worden. Er zog es heraus und öffnete die Tür.

Knut trat ins Dunkel, leuchtete und zielte gleichzeitig. Was sie vorfanden, verschlug ihnen abermals den Atem.

Der Kegel der Lampe huschte über Felle, Schnauzen, Zähne, verschrumpelte Köpfe. Die Körper baumelten von der Decke. Die meisten waren mit roter Nivellierschnur festgebunden. Ein paar Ratten und Möwen, mindestens zehn Hasen …

»Wie viele sind das?«, fragte Knut.

»Keine Ahnung. Hundert?«

»Auf jeden Fall hattest du recht.«

Helen nickte und gab ihm den Vortritt.

»Er *hat* geübt.«

Dutzende Katzen hingen herab und doppelt so viele Hunde.

»Dieses Arschloch!«, knurrte Knut. »Der gehört aufgehängt. Unglaublich.«

Knut versuchte, nicht gegen einen der Kadaver zu stoßen, und suchte sich einen Weg durch den Schuppen. Unwillkürlich musste er an Butch denken und schloss für einen Moment die Augen.

Nachdem er durchgeatmet und die Augen wieder geöffnet hatte, erkannte er, dass viele Tiere mumifiziert waren. Vollkommen ausgetrocknet.

»Shit.« Obwohl Knut äußerst behutsam auftrat, knirschte es bei jedem Schritt, den er tiefer in den Schuppen trat. Der Boden war übersät von Knochen. Wahrscheinlich von den armen Kreaturen, die das Glück gehabt hatten zu verwesen. Ihre Gebeine waren ganz einfach hinuntergefallen.

Immerhin stanken die Kadaver nicht mehr, dazu waren sie zu alt. Den Hasen, Katzen und Hunden waren die typischen Schnitte beigebracht worden. Einige baumelten komplett ausgenommen herab.

Knuts Licht streifte über eine Werkbank. Neben gewöhnlichem Werkzeug lagen diverse Messer mit spezieller Klinge und ein paar Schaber herum. Sie erinnerten ihn an Friedrichs' Spezialwerkzeug. An der Wand neben dem Schraubstock hing ein alter Taucheranzug.

Helen trat zu ihm. Er ließ sein Licht zum Regalbrett über der Werkbank gleiten. Zahlreiche blanke Tierschädel sahen sie an. Zwischen ihnen steckte ein speckiges Notizbuch. Den Einband zierten die drei Runen, das Zeichen des Jägers.

Knut ließ die Seiten durch seine Finger gleiten. Es war nur zu zwei Dritteln gefüllt. Die Schrift war extrem kindlich, wie die eines Zweit- oder Drittklässlers. Sehr bemüht und ordentlich, als hätte der Schreiber Schläge mit dem Rohrstock kassiert, wenn er auch nur einen Fehler begangen hätte.

Er hatte es nicht.

Knut las eine Seite, blätterte, las weiter und sah sich sieben, acht Seiten an. Sie alle waren komplett fehlerfrei. Kein durchgestrichenes Wort, keine einzige falsche Zahl.

Wie es aussah, hatte der Täter sämtliche Tiertötungen vermerkt, hatte sich Gedanken über das Ausnehmen und Ausweiden gemacht und immer wieder Yngvi beschworen.

Nur der Rand wirkte nicht sauber und wohlkomponiert. Anstatt mit Kinderschrift waren die Ränder mit Symbolen übersät – Hunderte Runen und ebenso viele hingekritzelte erigierte Penisse und andere, recht deftige sexuelle Darstellungen.

Die prachtvollste und aus Tausenden Pünktchen bestehende Zeichnung befand sich in der Mitte des Hefts und erstreckte sich über eine Doppelseite. Sie zeigte das Flammenschiff.

Helen sah Knut über die Schulter. »Hübsch. Wo sind die Lungen?«

Knut atmete hörbar aus. Das hatte er sich auch schon die ganze Zeit gefragt. Eigentlich war er darauf gefasst gewesen, in irgendeinem der vielen Werkzeugregale und Gerümpelecken auf den makaberen Fund zu stoßen.

»Vielleicht bei ihm«, antwortete er.

»Du meinst, es gibt noch einen zweiten Wagen?«

Knut zuckte mit den Achseln, nahm sein Funkgerät zur Hand. »Diehl?«

»Ja?«

»Mach mal 'ne KFZ-Halter-Abfrage für den Besitzer der Austernfarm.«

Einen Moment war es still. »Lieferwagen ...« Er wollte das Kennzeichen nennen, aber Knut unterbrach ihn. »Schon gut.«

»Ähm, hier ist noch 'n Traktor. Das war's«, meinte Diehl. »Beides ist auf Hans Krooß zugelassen.«

»Gibt's einen Sohn?«

»Dauert ... Sekunde.«

Knut konnte vor seinem inneren Auge sehen, wie Diehl auf dem PC nach Angehörigen suchte, die Ident-Nummer des Vaters ins Melderegister eingab, wartete ... Alles Routine.

»Knut?«

»Ja?«

»Ich hab hier einen Rutger Krooß. Achtzehn Jahre alt.«

»Treffer.«

»Keine Vorstrafen. Hans Krooß ist mal wegen Körperverletzung aufgefallen. Da ist nichts weiter eingetragen. Kein KFZ. Nur der Lieferwagen und der Traktor.«

»Danke.«

Inzwischen hatten sie sich zurück durch die Kadaver geschlängelt und waren froh, wieder an der frischen Luft zu sein.

»Rutger Krooß ...«, brummte Knut und sah sich um. Dunkelheit hatte sich über den Hof gesenkt. Verdrossen stellte Knut fest, dass der Strahl seiner Taschenlampe nach wenigen Metern wie an einer weißen Wand abprallte.

»Verdammter Nebel.« Einen kurzen Moment dachte Knut, dass sie durch die Lampe ein hervorragendes Ziel abgaben. Sie konnten kaum drei Autolängen weit sehen, aber andersherum? Sicherlich sah man den Schein durch den Nebel, wenn auch verschwommen, von sehr viel weiter weg. Ein Schuss aus dem Dunkel und ...

»Was hast du?«

Er zögerte, er wollte Helen keine Angst einjagen. »Wahrscheinlich ist er noch auf dem Hof, oder? Und wenn er eine Harpune besitzt, hat er am Ende noch irgendwo eine zweite.«

»Du meinst ...?« Sie reagierte sogleich wie ein Profi, stellte sich Rücken an Rücken zu ihm und strich mit der Waffe ihren Radius ab. Aber es war zwecklos. Sie waren blind.

Knut griff nach dem Funkgerät. Er drückte die Sprechtaste, und ... die LED erlosch. »Scheiße.« Auch nach mehrmaligem Schütteln, An- und Ausschalten und Gegenklopfen blieb die Funke stumm. »Akku leer. Tut mir leid.« Er war den ganzen Tag über nicht im Revier gewesen, wo sie ihre Geräte gewöhnlich aufluden.

Helen nahm ihr Handy, bekam aber keinen Empfang. »Na toll.«

»Hätt ich dir gleich sagen können. Hey, das ist Valandsiel. Breitbandausbau! Handyabdeckung und Highspeed-Internet für alle.«

»Schön, dass du deinen Humor noch nicht verloren hast … Hast du den Traktor irgendwo gesehen?«, wollte Helen wissen.

Knut verneinte.

»Vielleicht haben wir Glück, und er ist damit weg.«

Ob es half oder nicht – sie gaben sich gegenseitig Deckung, versuchten, die Umgebung im Auge zu behalten, und gingen Rücken an Rücken den Trampelpfad zurück. Das hohe Gras war feucht, durchnässte ihre Schuhe und Hosen. Noch immer waren sie nicht bei den Paletten mit diesen eigentümlichen Plastiknetzen angelangt, als Knut meinte, ein Geräusch zu hören.

Er bedeutete ihr, still zu sein, und schaltete die Lampe aus.

Finsternis umfing sie. Angespannt horchten sie in die Dunkelheit. Da! Etwas strich durchs Gras … links von ihnen, irgendwo bei den Lagerhallen, die sie noch immer nicht durch den Nebel hindurchsehen konnten.

55

Die Blitzlichter stachen in Maas' Augen. »Ich will jede Seite. Ich will alles lesen können«, wies er die beiden Erkennungsdienstler an.

Sechs Männer in weißen Overalls, die Strahler, die Stimmen, die auf Diktiergeräte sprachen. Maßbänder, Absperrungen, Nummernkarten. Noch einmal das volle Programm.

Seufzend wandte sich Maas zu Doktor Roselius um. Oder zumindest zu dem, was von ihr übrig war.

Es verlangte ihm eine Menge ab, den Blick möglichst nüchtern und distanziert über das Opfer gleiten zu lassen. Wie Friedrichs ihnen mitgeteilt hatte, war die Doktorin erst seit ungefähr zwei Stunden tot.

Der Killer hatte sie nackt mit Spanngurten an ihren schweren Esstisch gebunden, den Tisch einfach aufrecht gestellt und ihr seine Schnitte verpasst.

»Wann hat das ein Ende?«, brummte Maas. Er war ein Profi, aber so langsam reichte es. Allmählich verfestigte sich sein Gefühl, dass ihr Täter absichtlich so schnell mordete, nur um ihre Kräfte zu binden. Sicher hatte seine Birthe-Scharade nicht nur dazu gedient, ihnen Angst einzujagen.

Die Sauerei hier im Haus verschlug ihm immer noch den Atem. Das Blut bedeckte beinahe den Boden des kompletten Raums, denn der Mörder hatte sich nicht die Mühe gemacht, drum herumzugehen. Seine blutigen Fußspuren und Fingerabdrücke waren einfach überall, weil er etliche Bücher aus den Regalen gezogen und vor den lodernden Kamin gelegt hatte.

Irgendetwas hatte er gesucht.

Maas' Kopfschmerzen meldeten sich wieder. »Freigegeben?«, wandte er sich an Friedrichs und seine Männer. Ein älterer Herr mit Brille, der für diesen Tatort die Bestandsaufnahme durchführte, nickte. Maas trat näher heran. Es war ein wilder Mix aus okkulten Ratgebern und Fachbüchern, die sich mit Riten der Friesen beschäftigten. Ein Exemplar, das etwas verdeckt wurde, forderte seine Aufmerksamkeit.

Er zückte seinen Kugelschreiber. Er hatte zwar Handschuhe an, wollte aber dennoch nur im nötigsten Fall irgendwas direkt anfassen. Geschickt gelang es ihm, das oberste Buch ein wenig wegzuschieben, sodass er das darunter besser sehen konnte.

Auf seinen Seiten war ein Stich zu erkennen. »1891«, stand dort, und Maas hätte es nicht verwundert, wenn das Buch ebenso alt wäre. Es zeigte ein Flammenschiff und einen Mann, der seinen Brustkorb geöffnet hatte. Aus seiner Lunge wehte ein stilisierter Wind mit Pausbacken und schürte das Feuer.

Maas wandte sich einem moderneren Taschenbuch zu und entdeckte zwei Abbildungen. »1964, Braak/Eutin«, verriet die Unterschrift. Das eine Foto bestach durch ähnliche Mann-und-Frau-Figuren, wie sie bei Doktor Roselius im Vorgarten standen. Ihre Geschlechtsteile waren eindeutig herausgearbeitet. Das andere Foto zeigte ein flaches Stück Holz. In ihm war ein kunstvolles Bild geschnitzt. Ein Mann an einem Opferstein, der stilisierte Lungenflügel hochhielt. Menschliche Lungenflügel. »Mögliche Opferung zu Ehren Yngvis«, las Maas.

Er sah sich die Seite an und blieb bei einer Passage hängen: »… ist es möglich, dass durch das Opfern der Lungen Yngvi neues Leben eingehaucht werden sollte. Andere Interpretationen gehen davon aus, dass die Lungen Yngvis Feuer entfachen sollen. Yngvi fuhr mit einem Wagen über die Wellen davon und soll auf einem prächtigen brennenden Schiff heimkehren, um die Friesen zu erlösen.«

Wenn er das richtig überblickte, würden sie die nächsten Wochen noch eine Menge studieren müssen, um den Kerl zu schnappen.

»Ich komm gleich wieder«, entschuldigte er sich bei Friedrichs.

Die frische Luft tat gut. Maas ging zu seinem Wagen, der noch immer abseits parkte, setzte sich hinters Steuer, klappte das Handschuhfach auf und suchte seine Kopfschmerztabletten. Er hatte immer eine Dose im Wagen. Kaum hatte er eine geschluckt, wurde die Beifahrertür aufgerissen, und ein Mann ließ sich auf den Sitz fallen.

Bevor er reagieren konnte, hatte der Fremde eine Pistole mit Schalldämpfer auf sein Gesicht gerichtet. »Fahren Sie den Wagen zurück. Langsam. Schön langsam«, sagte er auf Englisch. Maas verstand ihn erst nicht, weil er zu geschockt war.

»Was?«

Der Mann wiederholte seinen Befehl.

»Okay. Keep cool«, versuchte Maas den Fremden zu beruhigen. Er legte den Rückwärtsgang ein und ließ den Wagen an. Nach zwanzig Metern forderte der Fremde ihn auf, erneut zu halten.

»Motor aus«, befahl er.

Maas zögerte nicht. Die Gedanken schossen durch seinen Kopf. Was hatte er gelernt bei Geiselnahmen? Gehorchen! Erst einmal Ruhe in die Situation bringen. Wer immer der Kerl war, er hatte Doktor Roselius nicht umgebracht. Dazu war seine Kleidung viel zu sauber.

Der Mann setzte ihm die Waffe an die Stirn. Maas schluckte. Sein Herz schlug ihm bis zum Hals.

»Hände aufs Lenkrad.«

Sofort tat er, wie ihm befohlen wurde, und starrte reglos nach draußen. Der Nebel lag wie schwerer Rauch auf der Straße. Maas spürte, wie der Mann seine Handschellen vom Gürtel löste.

Der Fremde riss das Funkgerät ebenfalls an sich. Kurz darauf fühlte er Hände an seinem Sakko, spürte, wie der Kerl sein Handy herausfischte.

»Wie heißen Sie?«, versuchte es der Mann diesmal auf Deutsch.

»Maas. Johann Maas«, brachte er mit zitternder Stimme hervor.

»Herr Maas.« Im Augenwinkel sah er, wie der Typ lächelte. Sein Deutsch klang reichlich breit. Höhr Määhs. Er ließ die Handschellen um sein Handgelenk und das Lenkrad schnappen. »Wo ist sie? Where is she?«

»Wer?«, wollte Maas wissen. Er hatte zu schwitzen begonnen. Schweiß lief ihm in die Augen und brannte.

Mit einem Mal schlug der Mann mit dem Pistolengriff auf Maas' Handy ein und zerstörte es. Dann fuhr er leise fort: »Helen Henning.«

Damit hatte Maas nicht gerechnet. Verwirrt sah er sich zu dem Mann um. »Helen? Wieso wollen Sie …?«

Ein harter Schlag traf seine Stirn. Blut rann über seine Haut, vermischte sich mit dem Schweiß. Es lief ihm über die Wange. Er fluchte, hielt das Lenkrad fest umklammert und versuchte, nicht an den Handschellen zu zerren.

Bleib ruhig. Ganz ruhig.

Er biss lieber die Zähne zusammen.

»Bitte! … Sie wissen, wo Sie ist.«

War das etwa dieser Kerl, von dem Helen mal gesprochen hatte?, schoss es ihm durch den Kopf. Chris Sawyer? Konnte das sein?

Er würde nichts sagen. Nein. Niemals. Sein Funkgerät schnarrte los, jemand wollte wissen, wo er steckte. Sawyer drehte es ab.

»Eins«, begann er auf Deutsch zu zählen. »Zwei …«

Mass verharrte stumm.

Lichter wühlten sich durch den Nebel. Einige größere Fahrzeuge kamen herangefahren, Schemen von Lieferwagen und LKW. Die Horde Reporter hatte Wind von Roselius bekommen, war vom Leuchtturm und Birthes Wohnung angerückt.

»Und die letzte Zahl ist die Drei …«

Es ging blitzschnell. Maas spürte die Pistole auf seinem Oberschenkel. Dann den Schmerz. Der Schuss war lediglich ein unterdrücktes Ploppen. Das Projektil riss ein Loch in sein Fleisch. Es roch wie Barbecue, Blut spritzte – aber nur wenig –, und er meinte, seinen Knochen splittern zu hören.

Maas schrie. Diese Schmerzen, diese verfluchten Schmerzen. Halb rutschte er vom Sitz, klammerte sich am Lenkrad fest. Da spürte er den Lauf der Waffe an seiner Stirn.

»It's itsy bitsy teeny weeny yellow polka dot bikini … WO … IST … HELEN?«

Ü-Wagen zogen an ihnen vorbei, hielten vor Roselius' Haus. Im Nebel waren bloß die roten Rücklichter zu erahnen. Niemand achtete auf ihn oder den Mann neben ihm.

Maas schluckte, verrenkte sich im Sitz, um mit der einen Hand den blutenden Oberschenkel zu halten und irgendwie die Blutung zu stoppen. Vergeblich. Er wollte es nicht sagen, nein, aber diese Schmerzen … Wenn dieser Irre noch einmal abdrückte, ihm den Arm zerfetzte oder in den Bauch schoss …

Gott, hilf mir, was soll ich nur tun?

»WHERE?«

»Ich … es …« Der Lauf der Waffe drückte sich kalt und hart an seinen Kopf.

Verzeih mir, Helen, dachte Maas und schloss die Augen.

Er atmete durch. »Austernfarm«, brachte er schließlich hervor. »Büllerkoog 1.«

Es wurden immer mehr Fahrzeuge dort draußen. Im Nebel meinte Maas die Schatten seiner Beamten zu erkennen, die das Grundstück absperrten. Sawyer lief die Zeit davon, er würde sicher sofort gehen und …

»Danke«, sagte der Mann auf Deutsch. Däänkej.

Im Augenwinkel registrierte Maas Sawyers falsches Lächeln. Und in dem Moment begriff er, dass alles vorbei war. Sawyer drückte ab. Sauberer Kopfschuss.

Johann Maas' Gedanken und Schmerzen erloschen auf einen Schlag. Für immer.

56

Reglos horchten Knut und Helen in die Dunkelheit. Jemand schlich um sie herum, streifte durchs Gras. Knut bekam Gänsehaut, spürte deutlich, wie Blicke auf ihnen ruhten. Der Mörder beobachtete sie aus dem Nebel heraus.

Sie wagten es nicht, sich zu bewegen, auch nur einen weiteren Schritt zu machen. Stattdessen zielten sie jetzt beide in die Richtung der Geräusche.

Und dann sahen sie den Schatten …

Weniger als ein Schatten. Etwas Dunkles vor der Dunkelheit.

Eine Sekunde später trat er aus dem Nebel. Und endlich erkannten sie, wer es war.

Ein Reh.

Es stand keine vier Meter von ihnen entfernt und starrte sie an. Scheu.

Beinahe hätte Knut vor Erleichterung losgelacht, aber er wollte den Anblick nicht zerstören. Nach all dem Tod wirkte dieses Tier so rein. Als erobere die Natur diesen Hof des Grauens allein durch Sanftmut und Grazie zurück.

Aus dem Augenwinkel meinte er, auch Helen lächeln zu sehen. Kaum eine Sekunde später zerplatzte der Zauber. Ein zu schnelles Atemholen, eine winzige Bewegung – vielleicht nur die Witterung. Das Reh spitzte die Ohren, sprang mit einem Mal in hohen Sätzen in den Nebel zurück und floh vom Grundstück.

Knut warf Helen einen Blick zu, den sie mit dem verletzlichsten Lächeln quittierte, das er je bei einer Frau gesehen hatte.

Wenn dies hier vorbei ist, schoss es ihm durch den Kopf, nehme ich ihre Hand, halte sie fest und renne. Wir rennen zu einem besseren Ort. Eine Heimat ohne Fischgeruch und Serienmörder.

Wenn es vorbei ist. Aber das war es noch lange nicht.

Knut schaltete die Taschenlampe wieder ein. Die Anspannung, die kurz von ihnen abgefallen war, kehrte sofort zurück, als sie Rücken an Rücken weiter zu den Gebäuden vordrangen.

Endlich erreichten sie den Hof.

»Siehst du das?« Helen war ein paar Schritte zurückgeblieben.

»Was?«

Sie deutete auf den Unterstand bei der Scheune, auf den Lieferwagen. Nein, daneben. Dort waren breite Spuren zu erkennen. Sie führten Richtung Deich und zeichneten sich nach ein paar Metern besser ab, weil der Traktor durch den Matsch gefahren war.

»Er ist am Meer?«, fragte Helen mehr sich selbst als Knut.

Er war bereits hinübergerannt und nahm die Verfolgung auf.

»Warte«, hörte er sie rufen. Kurz darauf erschien sie neben ihm. »Du willst das unbedingt zu Ende bringen, hm?« Gemeinsam gingen sie durch den Nebel zur Deichkrone hinauf.

»Der hat mich beinahe abgestochen und Butch gekillt.« Knut war selbst überrascht, wie entschlossen er klang. »Er ist allein. Er hat höchstens eine Harpune.«

Helen schien sein Entschluss nicht so recht zu schmecken, aber schließlich nickte sie. »Denn mal los. Beenden wir das.«

Sie gingen den Deich hinunter, folgten den Spuren bis zum Strand. Es war totenstill. Der Streifen Sand endete bereits nach wenigen Metern.

Knut blieb stehen. Irgendwie hatte er gehofft, der Nebel würde sich teilen und den Blick aufs Meer freigeben, sodass sie nur am Strand entlanggehen und den Spuren folgen mussten. Weit gefehlt. Er hatte es geahnt, aber doch nicht wahrhaben wollen: Der schmale Strand ging nahtlos ins Watt über, und die Spuren führten geradewegs hinaus auf die graue Fläche, bevor sie im Nebel verschwanden.

»Wann kommt die Flut?« Die Unsicherheit in Helens Stimme war nicht zu überhören. Genau das hatte Knut sich gerade auch gefragt.

»Keine Ahnung.« Obwohl er wusste, dass es vergeblich war, nahm er sein Handy zur Hand. Immer noch kein Empfang – und damit keine Daten. »Aber dieser Mann, unser Mörder, er kennt sich aus, oder? Als Austernzüchter muss er das doch wissen. Und wir brauchen nur den Spuren zu folgen.«

»Du meinst, die Flut kommt nicht so schnell, weil er noch da draußen ist?« Mehr als skeptisch sah sie auf die Spuren, die zwar schon ein wenig zugelaufen, aber noch immer gut sichtbar waren. Hier in der Nähe des Strands schien der Schlick noch recht trocken und fest zu sein. Noch.

»Er wird kaum rausfahren, wenn das Wasser gleich kommt.«

Helen nickte skeptisch.

»Wir schaffen das«, munterte er sie auf, nahm ihre Wangen zwischen seine Hände und küsste sie. Ein heftiger, kurzer und intensiver Kuss.

Dann gingen sie los.

Seite an Seite, keine zwei Schritt voneinander entfernt, die Waffen bereit, folgten sie den Spuren, liefen über diesen grauen, so fremd wirkenden Planeten, der nirgends zu enden schien und so still wie der Mond war.

57

Knut kam sich vor, als habe ihm irgendwer seinen Rodeoking über Augen und Ohren gezogen. Er sah nichts, er hörte nichts. Ein seltsames Gefühl, als laufe er tatsächlich am Grund des Meeres, und um ihn herum umschlösse ihn kilometerweit Wasser.

Er hielt seine Basecap so vor die Taschenlampe, dass nur ein kläglicher Strahl vor seine schlammverkrusteten Westernstiefel fiel. Gerade genug, um die Spuren zu sehen. Ansonsten war es stockdunkel. Knut hatte jedes Zeitgefühl verloren. Erst der Blick auf sein Handy sagte ihm, dass sie zwanzig Minuten den Spuren gefolgt waren. Ihm selbst war die Wanderung wie Stunden vorgekommen.

Wie hieß es so schön auf den Flyern, die sie jedes Jahr von der DLRG bekamen: »Bei Wetterwarnungen (Gewitter oder Seenebel) verlassen Sie zügig das Watt.« Das mulmige Gefühl vor ein paar Tagen hier draußen, als sie die Jacht entdeckt hatten, war nichts gegen sein jetziges Unbehagen.

Er fühlte sich wie ein Junge, der eine Dummheit nach der anderen anstellt, um die erste zu kaschieren. Anstatt die Reißleine zu ziehen, benahmen sie sich Schritt für Schritt unvernünftiger. Hatte er sich nicht erst vor wenigen Tagen geschworen, nicht mehr so kindisch zu sein, nicht mehr so verbohrt, so … unreif?

In seinem Hals hatte sich ein Kloß gebildet. Selbst wenn sie den Mann festnehmen konnten, wovon er ausging, würden sie es wahrscheinlich nie mehr zurück an Land schaffen.

Irgendein Priel schneidet uns den Weg ab, dachte er. Es ist stockdunkel und nebelig, und wir laufen mit diesem beschissenen Killer in Handschellen am Ende noch in die falsche Richtung. Dann kommt das Wasser und zieht uns raus. Alle aufs offene Meer hinaus. Und nur Diehl weiß ungefähr, wo wir sind. Und bevor ein Boot oder Hubschrauber uns findet, kommen die Möwen und picken uns die Augen aus und …

»Helen.« Er blieb stehen.

»Ja.«

»Wir sollten sofort umkehren und …«

»Da drüben«, unterbrach sie ihn. »Siehst du das?«

Er folgte ihrem Blick … Dort im Nebel zeichneten sich die Umrisse des Traktors ab.

Sofort knipste Knut die Taschenlampe aus.

Veith bremste und ließ den Polizeiwagen an Knuts Landrover vorbeirollen. Er leuchtete ins Innere, checkte, ob er auch wirklich verlassen war, und gab alles per Funk an Diehl weiter, der im Revier eisern die Stellung hielt. Wahrscheinlich war es keine Doppel-, sondern mittlerweile eine Trippelschicht, die er heute hinlegte.

Nachdem er hinter Knut geparkt hatte, stieg er aus und ging den holprigen Weg zum Hof. Es wunderte ihn, dass das Gebäude im Dunkeln lag. Alles wirkte verlassen.

»Knut!« Der Nebel schluckte seinen Ruf, noch eher er zwischen den Gemäuern widerhallen konnte. »Helen?«

Diehl hatte ihm auf der Hinfahrt gesagt, er solle vorsichtig sein, denn die Funkverbindung sei abgebrochen. Angeblich hatten die beiden eine Leiche auf dem Hof entdeckt.

Noch einmal rief er nach Knut. Die Stille kam auch ihm unheimlich vor.

Unschlüssig, wie er weiter vorgehen sollte, zückte er sein Funkgerät. »Diehl. Hier Veith.«

»Ja, höre.«

»Knut und Helen sind hier nicht. Kann hier niemanden entdecken. Ich geh zum Deich. Vielleicht sind sie da.«

»Verstanden.«

»Wann kommt hier endlich wer? Ich brauch ’n paar Leute, um das hier abzuchecken. Diese Austernfarm ist riesig.«

»Maas hat sicher schon Kollegen hinbeordert. Warte, ich frage nach, wann die eintreffen.«

Der Hof war zu weitläufig. Die Gebäude allein und bei diesem Nebel abzusuchen machte keinen Sinn. Also entschied sich Veith, zur Straße zurückzugehen. Er war auf Höhe der neuen Pflasterung angelangt, als er die Scheinwerfer eines Wagens im Nebel ausmachte. Sie näherten sich schnell.

Veith beschleunigte seine Schritte. Er hob die Hand zum Gruß, weil er dachte, es seien Maas’ Männer, stellte dann jedoch fest, dass sich nur ein unbekannter Wagen näherte. Unwillkürlich öffnete Veith sein Holster und legte die Hand auf den Pistolengriff.

Das Auto hielt direkt auf seiner Höhe, und der Fahrer ließ das Fenster herunter. Er saß allein im Wagen. Wahrscheinlich ein Tourist.

»Entschuldigung«, sagte der Fremde. »Können Sie mir helfen?«

Veith leuchtete ihm absichtlich in die Augen. Er kannte den Mann nicht, doch er war zu alt, um ihr gesuchter Killer zu sein. Mit dem Typen auf Knuts Phantombild hatte er jedenfalls nichts gemein. »Hier geht es nicht mehr weiter. Die Straße endet da im Feld. Vor dem Deich.«

»Dann habe ich mich wohl verfahren.« Der Fahrer lächelte nett. Da hörte Veith im Funk aufgeregte Meldungen. Er begriff nicht sofort, denn es war eindeutig nicht Diehl, der da sprach, sondern das LKA. Es ging um Maas. Er war erschossen worden?! Kopfschuss. Er war sofort tot, hieß es.

Was, um Himmels willen …?

Polizisten wurden angefordert. Jemand fluchte.

Veith bedeutete dem Fremden, sich kurz zu gedulden, und fasste nach dem Funkgerät. Er hat es kaum vom Gürtel geklippt, als er in den Lauf einer Pistole starrte.

Ehe er zu seiner Dienstwaffe greifen konnte, spürte er bereits den Einschlag an seinem Hals. Ungläubig starrte er in die Nacht, dann sackte er auf die Knie. Er glaubte zu schreien, aber in Wirklichkeit schaffte er es gerade noch, seine Hand auf die Wunde zu legen, bevor er wie ein gefällter Baum umkippte. Er fiel auf die Nivellierschnur, riss die Eisenstangen mit und blieb in der Einfahrt liegen. Sein Blut tränkte die sauber verlegten Pflastersteine, während er nach Luft schnappte wie ein Fisch auf dem Trockenen.

Chris ließ den Mietwagen am Polizisten vorbeirollen, die Scheinwerfer streiften den Beamten. Man musste kein Arzt sein, um zu ahnen, dass er bloß noch wenige Herzschläge zu leben hatte.

Er registrierte dies alles ohne irgendeine Regung. Langsam fuhr er weiter auf den Hof, hielt neben einem weißen Lieferwagen und stieg aus. Die Luft war kühl und extrem feucht.

Chris zog seine Jacke vom Beifahrersitz und sah sich

um. Wo immer Helen und dieser Polizist steckten, er würde sie finden.

Mit grimmiger Entschlossenheit holte er eine Lampe aus dem Handschuhfach. Er hatte sich kaum umgesehen, als er auch schon Fußspuren im Matsch erkannte. Direkt neben einer Reifenspur. Sie führten zum Deich.

58

Knut und Helen duckten sich hinter die Traktorreifen und spähten zu den Austerntischen. Von hier aus war eindeutig ein junger Mann zu sehen. Wahrscheinlich Rutger Krooß. Er trug einen Parka und hatte die Kapuze über den Kopf gezogen. Knut erkannte ihn dennoch sofort und spürte, wie ihn schlagartig Wut überkam. Die Angst vor dem Watt und dem Zusammentreffen war wie weggeblasen. Dieses Arschloch hatte Butch auf dem Gewissen, hatte ihnen vorgegaukelt, Birthe würde sterben. Von seinen Wunden ganz zu schweigen. Er musste sich beherrschen, nicht einfach sofort mit erhobener Waffe auf den Kerl zuzugehen, ihm eine reinzuhauen und ihn in Handschellen zu legen.

Der Typ mit den blaugrünen Augen hatte in einer Schüssel ein Feuer entfacht. Neben den Flammen stand ein Einweckglas. Er war vollkommen in seine Arbeit vertieft und legte irgendetwas in die Glut. Knut meinte, Barbecuegeruch wahrzunehmen. Ein Schaudern überkam ihn, als ihm klar wurde, worum es sich wahrscheinlich handelte.

Er sah zu Helen, doch entweder roch sie es nicht – oder sie ließ sich nichts anmerken. Konzentriert sah sie Rutger bei der Arbeit zu.

»Was tut er da?«, flüsterte er.

»Keine Ahnung. Ich glaube, er ruft diesen Yngvi.«

Der Mann war ganz still. Er wirkte abwesend und atmete stoßhaft ein und aus. Ein wenig erinnerte Knut diese Körperspannung an die Meditationen bei Kampfsportlern.

Wenn sie Glück hatten, würde er ihnen den Rücken zudrehen. Vom Traktor hinüber zu den mit Muscheln beladenen Stahltischen waren es zehn, fünfzehn Meter, aber sie hatten das Überraschungsmoment auf ihrer Seite. Sein Blick traf Helens. Stumm bedeutete sie ihm, jeden Moment zu stürmen.

»Auf drei«, sagten seine Lippen tonlos. Sie nickte.

Mit einem Mal nahm Rutger eines der Einweckgläser. Selbst vom Traktor aus konnte Knut erkennen, dass es leer war. Er hielt sich das Glas an die Lippen. Und im nächsten Moment öffnete er es. Er öffnete den Deckel und atmete tief ein …

Rutger sog den Duft in seine Lunge, so tief er nur konnte. Er sah die funkelnden Partikel, die winzigen glitzernden Sterne und sog sie in sich auf.

Er schmeckte den Atem des Lebens.

Der letzte Hauch seines Opfers.

Dieser Atemzug, er tat so gut. Er durchströmte ihn, dieser letzte Odem der Todgeweihten.

Sein Kopf begann zu vibrieren, er spürte ein Hämmern hinter der Schläfe und, noch viel besser: das merkwürdige Kribbeln und Brennen auf seiner Brust.

Dort draußen! Er sah es. Das Schiff. Ein Lichtschein, ein Feuer im Nebel. Es kam näher, wurde schnell größer.

Diesmal würde er mit ihm reden.

Diesmal würde Ygnvi herabsteigen von seinem Flammenschiff. Diesmal käme er an Land. Ganz sicher.

Ygnvi würde heimkehren. Der Jäger des Leids würde den Menschen Leid lehren und sie dann von jedem Übel befreien. Er würde sie alle erlösen. Er würde sie frei machen.

So hatte es ihn Dagaz gelehrt.

Auch wenn sie es niemals geschafft hatte, ihn zu rufen – er konnte es.

Er war der Auserwählte.

Der mächtige Schiffsrumpf schob sich durch den Nebel und ragte flammend rot vor ihm auf. Die Hitze war unerträglich. Er spürte seine Haare versengen, spürte seine Haut brennen – aber er durfte sich nicht abwenden.

Er musste ihn willkommen heißen.

Da war er.

Seine von Flammen umzüngelte Gestalt erschien an der Reling.

Ygnvi.

»Das Leid wird dich formen, und ich werde dich befreien«, sprach er, und Rutger fiel ehrfurchtsvoll auf die Knie. Er streckte seine Rechte aus, sah, dass der Jäger des Leids zum Sprung ansetzte. Mit einem gewaltigen Satz landete der brennende Gott vor ihm, ragte vor ihm in den sternenlosen Himmel. Ygnvi streckte ihm die Hand hin und forderte Rutger auf, sie zu greifen.

Der Junge wagte es nicht, in die Augen seines Gottes zu sehen. Er hielt den Blick ehrfürchtig aufs Watt gerichtet und spürte, wie Yngvis Finger die seinen umschlossen.

Doch er fühlte keinen Schmerz.

Die Flammenhitze verbrannte ihn nicht, sondern durchströmte ihn! Die Lava, die schon vor einer Woche durch seine Adern geströmt war, kehrte mit unbändiger Kraft zurück, und er …

Es war einfacher als gedacht. Knut riss Rutger zu Boden und warf ihn mit dem Kopf voraus in den Schlick.

Rutger schrie auf, zuckte mit dem Kopf wild herum, als sei er zu abrupt aus einem Traum aufgewacht, aber immer noch nicht in dieser Welt. Knut pflanzte ihm das Knie in den Rücken, drückte ihn unbarmherzig nieder.

»Polizei Valandsiel!«, schrie er. »Keine Bewegung!«

Helen sicherte; sie stand zwei Meter entfernt, ihre Pistole auf Rutger gerichtet.

»Hände auf den Rücken!«, befahl Knut und erhöhte den Druck. Es kam ihm vor, als sei der Junge noch immer nicht in der Wirklichkeit angekommen – doch dann ging ein Ruck durch Rutger. Es war wie eine Explosion. Knut, der gerade seine Handschellen vom Gürtel nahm, wurde von der Kraft des Mannes überrascht. Blitzschnell gelang es Rutger, sich ein wenig zu drehen. Augenblicklich hatte er …

»Keine Bewegung!«, schrie Helen.

… eine Hand frei, in der er einen Dolch hielt. Wie aus dem Nichts. Er versuchte, Knut zu erwischen.

»Fuck.« Entschlossen packte Knut Rutgers Arm, drückte ihn zurück, rutschte dabei aber mit dem Knie vom Rücken. Rutger drehte sich herum, versuchte, ihn von sich zu treten. Da sprang Helen vor, wollte gerade …

Ein Schuss peitschte, verfehlte sie bloß um eine Handbreit. Knut riss den Kopf herum. Woher, wer? Kein Mündungsfeuer, kein Geräusch, was war das?

»Deckung!« Er sah, wie sich Helen mit einem Sprung in Richtung der Austerntische in Sicherheit bringen wollte, hörte den unterdrückten Knall eines Schalldämpfers und spürte glühendes Eisen, dass seine Schulter durchschlug und ihn von Rutger riss.

Bevor er wusste, wie ihm geschah, lag er am Boden. Er spürte keinen Schmerz, nur ein Pochen und Hitze im linken Oberarm. War sein Arm noch da? Scheiße, er spürte ihn kaum. Konnte seine Hand …

Er schmeckte Matsch und spuckte. Den Kopf im

Schlamm, blickte er umher und sah einen Schemen am Traktor. Ein schlanker Mann. Ob er zielte, konnte Knut nicht sagen, dazu war es zu dunkel. Die Taschenlampen waren aus, alles um sie lediglich Schatten auf Schatten.

Wo war Helen? Wo Rutger?

Panisch sah er sich um. Rutger kroch auf allen vieren zur Seite weg, über den Matsch irgendwo in den Nebel. Er wollte sehen, ob Helen in Sicherheit war … Da zerrissen ihre Schüsse die Nacht.

Sie feuerte auf den Traktor. Der Typ ging in Deckung. Knut meinte, ein höhnisches Lachen zu hören. Er riss den Revolver aus dem Holster, legte ebenfalls auf den Trecker an.

Wer immer du bist, du Wichser, schoss es ihm grimmig durch den Kopf.

»Guten Tag, Helen«, drang es verzerrt durch die Dunkelheit zu ihnen. Guodn täk, häln. »Nice to see you.«

Chris? Das durfte nicht sein! Chris?!

Er zielte auf den nebelhaften Schattentraktor, zur Front, zum Heck, Front, wieder Heck. Zeig dich!

Plötzlich packte ihn jemand am Kragen, schleifte ihn zurück. Helen. Stöhnend hielt er den Schemen des Fahrzeugs im Blick … Da! Ein Schatten!

Er drückte ab. Der Revolver vibrierte in seiner Rechten. Der Schuss war entsetzlich laut, viel lauter als Helens Pistole. Der Nebel schluckte ihn dennoch.

Sofort sprang der Schatten in Deckung. Eine Sekunde später war Knut hinter den Austerntischen, registrierte, wie Helen sich mit aller Kraft gegen einen warf, ihn umkippen wollte.

Er half ihr, so gut es ging, und drückte seine heile Schulter gegen das eiserne Tischbein. Die Poches waren festgebunden, sie rutschten nicht herunter, sondern kippten mit dem Tisch um. Jedenfalls hatten sie etwas Deckung. Gemeinsam duckten sie sich hinter die Muscheln.

Keine Ahnung, ob sie ein Projektil aufhielten. Wenn die Schicht dick genug war – vielleicht. Vielleicht auch nicht. Egal.

»Kannst du laufen?«

Knut nickte, obwohl er es nicht wusste. Der Schlick fühlte sich nasser an als vorhin. »Chris? Ist er das?«

»Ich weiß nicht. Ja. Ja, kann sein.«

»Okay … Rutger?«

Sie zuckte mit den Achseln. »Keine Ahnung. Shit, du verlierst verdammt viel Blut.«

Er sah an sich herunter. Sie hatte recht. Die ganze linke Seite seiner Jacke war blutgetränkt. »Ist jetzt das kleinste Problem. Du zuerst. Ich geb dir Deckung.«

»Vergiss es. Du rennst. Zwanzig Meter, und du bist im Nebel, Knut.«

»Du zuerst.«

Erneut zerriss ein Schuss die Stille, ließ Muschelkalk spritzen.

»Zusammen. Wir rennen zusammen«, meinte sie.

Er nickte. »Auf drei.«

Langsam zählte er ab.

Eins …

Sie beide machten sich bereit, erst einmal auf den Traktor zu schießen, Chris zum Rückzug zu zwingen …

Zwei … drei …

Los! Sie sprangen vor, schossen – drei, vier, fünf Mal – auf den Trecker. Glas splitterte, Querschläger sirrten. Knuts Revolverkugel durchschlug die Tür, eine zweite den Reifen.

Helen hakte ihn unter, schob und zerrte ihn Richtung Nebel. Sie liefen blindlings in die Dunkelheit.

Keuchend blieben sie stehen und sahen sich um. Um sie herum herrschte Finsternis. Knut kontrollierte ihre Spuren. Sie begannen bereits zu verschwinden, wurden vom feuchten Schlick eingeebnet. Einerseits ein Segen – auf der anderen Seite kündigte es eindeutig die Flut an.

Neben ihm erstreckte sich bereits eine weite Pfütze, wenn auch nur ein paar Zentimeter tief.

»Hier lang«, sagte er, nachdem er wieder etwas zu Atem gekommen war, und führte Helen durch die Lache. Mittlerweile spürte er den Einschuss. Seinen linken Arm konnte er nur mit äußerster Willenskraft bewegen, wahrscheinlich waren irgendwelche Muskeln getroffen worden oder ein Knochen zerfetzt. Während des Schusswechsels hatte er bloß ein dumpfes Pochen verspürt, doch jetzt setzten die Schmerzen ein.

Helen bemerkte es sofort und stützte ihn. »Wir gehen einen Kreis und dann zurück zum Land.«

Er nickte fahrig. Sicher war auch ihr klar, dass sie eher kopflos herumirren würden, anstatt gezielt die Austernbänke zu umgehen. Verzweifelt versuchte Knut, den Mond zu sehen, die Sterne.

Da war nichts.

Und er fühlte sich so erschöpft.

»Wir schaffen das. Klar. Du bleibst wach«, ermahnte sie ihn und führte ihn weiter durch die Dunkelheit.

Mit einem Mal knirschte und knackte es unter ihren Füßen. Er spürte, wie Muschelschalen brachen, in die Sohlen seiner Westernstiefel schnitten.

»Warte«, hielt er Helen zurück. Konnte er es wagen, einmal kurz mit der Taschenlampe …?

Er knipste sie bloß einen Atemzug lang an.

Vor ihnen erstreckte sich ein weites Miesmuschelfeld. Immerhin trugen sie Schuhe. Die meisten Tiere waren klein und brachen sofort, andere waren scharf wie Glasscherben. Wahrscheinlich würde man es hören, wenn sie hindurchliefen, und wenn einer von ihnen fiel, würde er sich die Hände aufschneiden.

Aber das war nicht das Schlimmste.

»Ich glaube, die Muscheln liegen zum Meer hin.«

Sie sah ihn fragend an.

»Dahinter kommt das Meer.«

»Okay. Gehen wir daran entlang.«

Sie nahmen das Miesmuschelfeld als Begrenzung und schritten gut drei Meter davon entfernt, um keine zu zertreten und dabei Geräusche zu machen.

Wir werden hier alle sterben, dachte Knut. Bitter, aber wahr. Wir werden alle sterben. Wenn nicht durch Kugeln, dann durch das Meer.

Jeder Schritt schmerzte. Mittlerweile fühlte er sich, als habe ihn jemand zerrissen und falsch wieder zusammengesetzt. Wenn er den Arm in seiner Schlaufe an die Seite presste, dann war der Schmerz einigermaßen auszuhalten. Zu allem Überfluss war die Stichwunde an seiner Seite aufgegangen. Jemand drückte ihm bei jedem Meter ein glühendes Eisen hinein. Das mit Blut und Meerwasser getränkte Hemd scheuerte. Er verlor noch immer viel zu viel Blut. Immerhin sogen die Kleider das meiste auf, sodass es nur spärlich aus seiner Jeans tropfte und im inzwischen knöcheltiefen Wasser kaum auffiel.

»Der Sheriff in der Wüste«, nuschelte er leise.

»Was?«

»Fühl mich wie ein Cowboy in der Wüste. Nur andersrum. Statt Dürre herrscht Nässe, statt Tag ist Nacht, und statt Sand gibt's eben grauen Schlick.« Er versuchte, sich nicht auf das Brennen zu konzentrieren, versuchte, gleichmäßig zu atmen und …

Der Angriff kam vollkommen überraschend.

Wie aus dem Nichts sprang Rutger auf Helen zu, in vollem Schwung von der Seite. Ehe sie ihre Waffe herumreißen konnte, hatte er ihr etwas in den Rücken gebohrt und sie umgeworfen. Der Dolch! Hatte sie den Dolch abbekommen?

Die beiden landeten auf den Miesmuscheln.

Es ging alles so verflucht schnell. Knut konnte nicht erkennen, wer oben und wer unten war, und legte an. Schierer Wahnsinn, einfach abzudrücken. Verzweifelt versuchte Helen, den kräftigen jungen Mann von sich zu reißen, blockte seine Stichhand.

»Shit.« Er steckte den Revolver weg, sprang vor, so es die Schmerzen zuließen, packte mit der Rechten in den Parka, wollte dieses Arschloch von ihr zerren. Rutgers Tritt traf sein Knie. Knut schrie auf, stürzte, riss die Hand vor. Die Muscheln schnitten ihm die Haut auf. Scheißegal.

»Helen!« Er riss den Kopf herum, hörte Rutger stöhnen, weil sie ihm mit dem Knie in die Weichteile trat. Endlich. Er rollte sich runter.

Der Dolch. Er war weg, aber mit einem Mal hatte er Helens Pistole in der Hand. Er kniete da, keinen Schritt von ihr entfernt, und zielte mit der Glock auf ihren Kopf und …

Knut wollte den Revolver ziehen, aber er lag auf ihm drauf. Jeder Zentimeter war mühsam. In seiner Hand steckten Muschelscherben. Das Blut war schmierig, er fummelte halb unter sich über die scharfen Splitter, am vom Watt und Wasser verschmierten Holster, und …

Und hörte den Schuss.

Rutger hatte abgedrückt.

»Nein!«, schrie er. »Nein! Nein …«

Eine seltsame Stille senkte sich über die Wüste.

Sie ist tot, dachte Knut. Sah das ganze Blut in ihrem Gesicht, ihre aufgerissenen, starren Augen.

Mein Gott … Nein. Es darf nicht sein. Helen!

Es war so still. So seltsam ruhig, eine Ruhe, die verwirrte, anstatt zu trösten. Und dann zuckte Rutger.

Sein Kopf kippte zur Seite, und Knut erkannte, dass ihm eine Hälfte fehlte, dass ein großes Stück aus seinem Schädel weggeschossen war.

Und der Mann kippte mit offenen Augen – ohne einen Schrei, ohne ein Seufzen – um, fiel auf die scharfen Muscheln und blieb liegen. Für immer.

Panisch sah sich Knut um, erkannte den Schatten im Dunkel, den Schützen. Sah, wie ein hagerer, muskulöser Mann in einer unpassend roten Jacke aus der Nacht trat.

Und lächelte.

Chris Sawyer.

Er hatte Helen das Leben gerettet.

Aber nur, um es ihr gleich selbst zu nehmen.

Gelassen trat Chris näher, war sieben, sechs, fünf Meter entfernt. Endlich kam wieder Bewegung in Helen. Panisch tastete sie nach ihrer Pistole, die Rutger noch immer umklammerte, schrammte sich weiter die Hände auf …

Chris blieb stehen, hob seine Waffe. Knut konnte den Schalldämpfer erkennen und hinter der Mündung ein Lächeln voller Niedertracht.

Es gelang Helen nicht, an die Pistole zu kommen. Rutgers Hand war zu weit weg, und er lag noch halb auf ihr. Sie wollte zurückweichen, vor Chris fliehen, aber Rutgers Gewicht drückte sie runter. Sie strampelte, trat gegen seinen Körper.

Chris kam noch einen Schritt näher, sah auf Knut, der blutend dalag, und dann auf Helen herab.

»Hi, Helen.«

Er nahm seine Pistole noch ein Stück höher, spannte den Hahn.

Helen kämpfte nicht mehr. Schweigend sah sie Chris an, ihr Gesicht voller Blut und Matsch. Sie sah ihn an und wartete auf den Schuss. Ihr Blick war hart.

Ohne ein Geräusch drehte Knut unter sich den Revolver. Die Muschelsplitter schnitten in seine Hand, als er ihn fester umklammerte. Chris durfte nichts sehen, durfte nicht merken, dass er eine Waffe … Er hatte keine Zeit, irgendwie herumzurollen, den Revolver hochzureißen. Es musste schneller gehen.

Knut hob seinen Oberkörper leicht an, drückte die Mündung des Revolvers fest auf seinen linken Oberarm. Die Verletzungen stachen, aber das war gar nichts zu dem, was kommen würde.

Er drückte ab.

Mit einem gewaltigen Ruck brach ihm der Revolver beinahe die rechte Hand. Knut schoss sich durch den Arm. Die Kugel zerriss Muskeln und Gewebe. Er merkte, wie die Schmerzen seinen Verstand wegwehten, wie sie ihn mittrugen in eine andere Welt. Er spürte, wie er bewusstlos wurde, sah für einen Moment Chris Sawyers Schemen in der Dunkelheit. Dann kippte Knut um.

Nicht mit dem Gesicht ins Wasser, dachte er noch und rollte sich instinktiv zur Seite.

Lächelnd stand Chris da. Er hielt noch immer die Pistole. Doch sein Lächeln verebbte.

Auch er kippte zur Seite, landete im Wasser. Er keuchte, hustete, rang nach Luft und spuckte Blut. Es vermischte sich mit dem Meerwasser, das er atmete, während er den Kopf nicht mehr hoch bekam, auf der Seite lag und herüberstarrte. Auf ihn und Helen.

Das Wasser reichte Chris übers Gesicht – bis zum rechten Auge. Er schloss es im Angesicht des Todes nicht. Seine Finger zuckten leicht wie ein Köderfisch an der Angel. Er hielt die Waffe noch immer, aber er konnte sich nicht mehr bewegen.

Jetzt hustete er nicht mehr.

Dann hörte Chris auf zu atmen.

Und um Knut wurde es schwarz.

59

Stockend kam er zu sich. Spürte, wie sie verzweifelt an seiner Jacke riss. Als wäre sie weit draußen im Nebel, drangen ihre Worte zu ihm. »Knut. Knut ... Wir müssen hier weg, wir ... wir müssen weg.«

Er wollte noch nicht aufwachen, es war so gemütlich im warmen Bett.

Da spürte er ihre Lippen auf seinen.

»Wach auf! Knut!«

Endlich schlug er die Augen auf, realisierte, dass es keine warme Bettdecke war, sondern seine blutdurchtränkten Klamotten, die ihn wärmten. Noch immer zerrte sie an ihm herum. Erst als er zur Seite sah, erkannte er, was sie tat. Helen hatte mit seinem Gürtel seinen Arm abgebunden und zog ihn noch einmal mit aller Kraft fest.

»Ich spür ihn nicht«, brachte er hervor. Er fühlte sich fiebrig, überhitzt und unendlich müde.

»Wir müssen weg. Sofort. Du hast viel Blut verloren, Knut. Aber wir müssen jetzt los. Hörst du? Du musst auf die Beine kommen.«

Er bemerkte, wie sie ihre Angst vor ihm verbergen wollte. Ihre Worte sollten ihn aufmuntern, anstacheln. Sie zog ihn in eine sitzende Position, stand dann auf und griff ihm von hinten unter die Achseln. »Auf drei. Los, hilf mit. Komm schon«, forderte sie ihn auf.

Schwankend kam er auf die Beine. Erst jetzt registrierte er, dass das Wasser bereits mindestens zwanzig Zentimeter hoch stand.

Thor presste fester zu. Er drückte die Kompresse auf Veiths Hals und fluchte innerlich, weil keine Polizei, sondern nur ein Rettungswagen erschienen war. Und selbst der hatte über zehn Minuten gebraucht. Die Sanitäter sprangen heraus und übernahmen sofort.

Thor trat einen Schritt zurück. Diehl hatte ihm verraten, wo Knut steckte, und er hatte sich schnurstracks auf den Weg zur Austernfarm gemacht. Auf halbem Weg hatte er dann erfahren, dass auf Maas geschossen worden war.

Veith hatte er bewusstlos in der Einfahrt vorgefunden. Natürlich wusste Thor, wie viel Blut man im Körper hatte, aber die Pfütze, in der sein früherer Kollege lag, sah aus, als wären fünf Mann gestorben.

Zum Glück war Veith jedoch noch am Leben. Auch wenn Thor seinen Puls kaum gespürt hatte.

Irgendwie hatte der Kerl es geschafft, sich die Wunde zuzudrücken und nicht am Blut zu ersticken. Vielleicht hatte ihn die Kugel auch nicht voll erwischt. Das alles würde in einer Not-OP geklärt werden. Wenn er es bis in den Schockraum schaffen sollte.

Vor wenigen Minuten hatte Thor einen Knall gehört, ein dumpfes Echo vom Meer her. Er war sich nicht sicher, ob es ein Schuss war.

Er kam hoch, riss den Blick von Veith und den Notärzten los, die ihn still und professionell versorgten, und ließ ihn zur Straße wandern. Sie endete in wenigen Metern im Nebel.

Sollte er auf weitere Einsatzkräfte warten? Noch einmal Minuten verlieren? Die waren sicher alle bei Maas.

Thor wandte sich dem Hof zu. Was immer hier passiert war, es war Zeit, nach seinem Sohn zu suchen. Nach ihm und Helen Henning.

Er ging Richtung Deich.

Es dauerte nicht lange, und auch Thor folgte den Spuren. Kurz blieb er an der Grenze zum Watt stehen, ließ den Strahl seiner Taschenlampe wandern und starrte in den Nebel.

Er konnte zwar nicht weit blicken, aber schon nach einigen Metern schimmerte der Schlick eigentümlich feucht. Er wusste, das Wasser war längst da.

Ziemlich bescheuerter Plan, dachte er. In der Nacht und bei Nebel gegen die Flut ins Watt zu laufen.

»Wenn ich das überlebe«, brummte er und musste kurz über sich selbst lachen, »dann schafft mich keine Chemo, kein Tumor, kein Scheißkrebs.«

Grimmig entschlossen, marschierte er los.

Das schwarze Wasser reichte Knut und Helen mittlerweile bis zur Hüfte. Sie taumelten durch die Flut, von Rennen konnte keine Rede sein. Helen musste ihn stützen. Weiter. Nur weiter. Minute um Minute verstrich.

»Siehst du Land?«

»Nein«, keuchte er. »Es muss. Muss aber.« Er hatte keine Ahnung, ob sie wirklich Richtung Strand liefen. Nur vorwärts. Hoffentlich waren sie grob auf Kurs.

Warum war da kein Mond? Warum keine Sterne?

Er schaute im Laufen auf, hoffte, etwas zu erkennen. Aber da war nichts. Keine Sichel, kein Schein durch die Wolken. Nichts. Nur Schwärze.

Das Wasser schwappte gegen den Saum seiner völlig besudelten Jacke, war im Begriff, mit seinen Fingern über seine Hüfte zu tasten. Bald würde es zuschnappen und an ihnen reißen, sie mit seiner todnassen Hand packen und nie mehr loslassen.

Das Wasser fror sämtliche Gefühle abwärts des Bauchnabels weg. Knut hoffte nur, sie würden nicht blindlings in einen der Priele laufen. Auf dem Hinweg hatten sie keinen durchqueren müssen. Der Rückweg war also frei, aber irgendwie waren sie vom Kurs abgekommen. Panik machte sich in ihm breit. Er umklammerte Helens Hand fester, spürte, dass auch ihr langsam die Kräfte schwanden.

Keuchend blieben die beiden stehen. Das Wassertreten war extrem anstrengend.

Der Nebel riss auf. Immerhin das. Für den Bruchteil einer Sekunde meinte Knut, Lichter im Dunkeln zu sehen. Festland. Schräg vor ihnen.

»Weiter nach da! Da rüber!«

Schon schluckten die nächsten Schwaden die Sicht.

Sie schleppten sich weiter durchs Wasser. Knut fiel jeder Schritt schwerer. Er versuchte, sich die Lichter ins Bewusstsein zu rufen, sie sich vorzustellen – dort, in der Schwärze, als Ankerpunkt, als Ziel. Aber es wollte ihm nicht gelingen. Er war so müde. Die Schläfrigkeit, die diese Kälte einen Moment lang fortgespült hatte, kehrte zurück. Was taten sie hier eigentlich? War es nicht viel einfacher, sich ihrem Schicksal zu ergeben?

»Wenn wir hier raus sind, bekommt Veith das Revier. Irgendwie fädel ich das ein.«

»Und dann?«

»Du hast doch noch 'ne Greencard, oder?«

»Ja.«

»Dann Surfschule auf Hawaii.«

Sie lachte. »Gute Idee.«

»Jede Menge Hula-Mädchen und Toast Hawaii …«

»Loco Moco. Die essen Loco Moco. Die essen da kein' Toast Hawaii.«

»Echt? Warum heißt der dann so?«

Bevor sie etwas antworten konnte, rutschte Knut ihr vor Erschöpfung aus dem Arm und fiel mit dem Gesicht voraus ins Wasser.

»Knut! … Fuck! Knut!« Sie versuchte, ihn rumzudrehen. Mit seinen nassen Klamotten war er so unglaublich schwer. »Knut!« Endlich bekam sie ihn zu packen und rollte ihn auf den Rücken. »Knut!«

Er kam nicht zu sich. Seine Lippen schimmerten blau, sein Gesicht war furchtbar weiß. Die Flut reichte ihr jetzt bis zum Bauch. Sie musste etwas tun, musste irgendwie Hilfe …

Sie tastete nach ihrer Pistole. Klitschnass. Wird schon gehen. Muss.

Helen richtete sie in den Himmel und drückte ab. Der Knall zerriss die Stille. Sie feuerte noch zwei Mal in langsamer Folge. Sie konnte nur hoffen, dass jemand es gehört hatte, sich irgendwie daran orientierte.

Waren sie schon auf der Suche nach ihnen? Bestimmt! Schließlich hatte Diehl doch Veith zum Hof geschickt. Sollte sie eine weitere Patrone verbrauchen? Noch ein Schuss?

Helen entschied sich dagegen. Sie packte Knut fester, achtete darauf, dass er nicht unter Wasser kam, und zog ihn hinter sich her.

Schritt für Schritt ging sie weiter.

Nach zwanzig Minuten verließen auch sie die Kräfte. Sie zitterte am ganzen Körper, versuchte zu gehen, versuchte, gegen das Wasser anzukämpfen, das ihr jetzt bis zur Brust reichte, klammerte sich verzweifelt an Knut.

Es half nicht.

Auch wenn leichte Böen den Nebel mehr und mehr aufrissen, das Meer hatte gewonnen.

Die Flut hatte sie beide umklammert und würde sie nicht mehr loslassen.

Die ganze Zeit hatte sie versucht, nicht zu weinen – aber nun kamen die Tränen. Helen konnte nicht aufhören, obwohl sie nicht wollte. Sie weinte und küsste Knut, weil sie nicht mehr wusste, was sie sonst tun sollte. Sie küsste ihn und schmeckte das Salzwasser.

So unglaublich hilflos hatte sie sich das letzte Mal auf dem Holzboden der Bar gefühlt, als Richard »Fist« Hollow ihr die Pumpgun aufs Bein gesetzt hatte.

Du stirbst. Du kannst einfach nichts tun.

Da meinte sie, ein Licht zu sehen. Nicht von Valandsiel oder einem Schiff. Ein Licht keine zwanzig Meter weit weg, direkt in den letzten Schlieren des Nebels. Eine Taschenlampe.

»Hier!«, schrie sie, packte Knut noch einmal fester und wollte einen Schuss gen Himmel abfeuern, aber die Pistole versagte. »Hier! Hiiiiier …«

Der Lichtkegel zog herum, richtete sich auf sie. Für einen Moment konnte sie nichts sehen, war zu geblendet. »Hier«, schluchzte sie. »Wir sind hier.«

Das Licht kam näher. Wer immer es war, er hatte bisher kein Wort gesagt. Wahrscheinlich sparte er seine Kräfte.

Sie wischte sich die Tränen weg, schirmte die Augen mit der Hand ab und versuchte zu erkennen, wer da auf sie zutrat. Sicherheitshalber zielte sie auf den Schatten.

Als das Licht kurz wegglitt, erkannte sie den Mann.

Es war Thor.

Thor umarmte Helen. »Alles gut. Wir schaffen das. Ich bin da! Alles gut.«

Sie konnte nur stumm nicken.
»Lebt er noch?«
»Ja. Denke ja. Er ist vor ein paar Minuten ohnmächtig … viel Blut.«
»Ja«, unterbrach Thor sie und packte seinen Sohn. »Bis zum Land schaffen wir es nicht. Wenn wir Glück haben, dann bis zur Rettungsbake. Kannst du gehen?«
»Ich versuch's.«
Er spürte, wie sie zitterte, nach Atem rang. »Es wird schon. Das sind nur fünfzig Meter. Komm.«
Ohne zu zögern, ging er los und zog Knut hinter sich her durchs Wasser. Zufrieden bemerkte er, dass sie sich in Bewegung setzte, wenn auch langsam. Alle paar Schritte hielt er an, um auf Helen zu warten, mahnte, drängte und schob sie schließlich.
Mit einem Mal spürte er ein Rucken hinter sich. Knut. Er stöhnte, schlug um sich, nur um vor Schmerzen zusammenzuzucken. Beruhigend sprach Thor auf ihn ein, zog ihn einfach weiter.
Da ragte etwas aus dem Wasser auf. Als das Taschenlampenlicht es streifte, konnte Thor den Eisenpfahl und die Sprossen sehen. Darauf der Metallkäfig, der als sicherer Raum vor der Flut und vor Blitzen diente. Eine schlichte Tonne aus Metallstäben auf einem Mast. Die Rettungsbake.
Eine gefühlte Stunde später erreichten sie sie.
»Knut, du musst uns helfen. Du musst da hoch!«
Knut starrte erst seinen Vater an, dann die Stufen. Er war noch immer nicht ganz da, nickte aber tapfer.

Seine nasssteifen Finger umklammerten die Eisenstrebe, Helen und Thor schoben nach. Sprosse für Sprosse klammerte sich Knut fest, setzte einen Fuß nach dem anderen.

Seine Finger waren kalt und steif, das Eisen der Sprossen fühlte sich glitschig an. Immer wieder befürchtete er abzurutschen, weil er sich nur mit einem Arm festklammern konnte. Er spürte seine Beine kaum. Jede Bewegung tat weh, und es dauerte eine Ewigkeit.

Aber es gelang ihm. Es gelang.

Langsam erklomm er den Mast und kam oben am Metallkäfig an.

Als er sich umsah, erkannte er, dass der Nebel sich gänzlich aufgelöst hatte. Zitternd vor Erschöpfung, drückte er die Bodenluke der Bake auf und zog sich keuchend ins Innere.

Nach Luft ringend, rollte er sich zur Seite, blieb liegen und sah zu, wie sich erst Helen, dann Thor in den Käfig zogen.

Sein Vater kam entkräftet auf die Füße. Er taumelte zum Kasten mit der Notausrüstung, brach das Siegel auf und holte eine Decke und die Signalpistole heraus.

Als er zu ihnen zurückkehrte, wirkte er auf Knut wie ein Geist. Wie ein halb durchsichtiges Wesen. Wahrscheinlich waren es lediglich seine Schmerzen und die Erschöpfung, die ihm einen Streich spielten.

Thor wickelte Helen und Knut in die Decke. Sie nahmen Knut in die Mitte. Er spürte die Wärme seines Vaters, hörte seinen Atem. Und er spürte Helen neben sich.

»Danke«, brachte er hervor. Ein schlichtes und unendlich ehrliches Danke.

Niemand sagte etwas.

Knut kamen die Tränen, dann beugte er sich zu Thor und küsste ihn auf die Wange. Thor lächelte.

Er lehnte sich zu Helen, schob seinen heilen Arm um sie und hielt sie fest, so fest wie niemanden je zuvor.

Der Wind nahm stetig zu. Unter ihnen schwappte das

dunkle Wasser, und als er den Blick hob, erkannte er die Sterne.

Die Leuchtmunition zischte in die Nacht und explodierte rot vor der Milchstraße.

Er spürte die Wärme seines Vaters, hörte seinen Atem. Und er hielt Helen.

Unter ihm rollten die Wellen.

Über ihm leuchteten die Nacht und abertausend Sterne.

… # Danksagung

Auch bei diesem Roman haben mich – wie immer – zahlreiche Freunde unterstützt. Ihnen gebührt mein größter Dank. Ohne euch würden meine Geschichten blass wie eine Nebellandschaft sein. Ihr seid toll, und eure Hilfe ist einfach fantastisch.

Da wäre wie sooft Ina. Du bist wunderbar! Danke, dass du stets neben Friedrichs stehst und ihm das Skalpell hältst.

Dorothe. Ebenfalls – nicht zum ersten Mal – mein dickes Danke! Wie sooft hast du unermüdlich gelesen, gelesen, gelesen … und viele, viele Anmerkungen gehabt.

Einen herzlichen Dank auch nach Lübeck. Danke, Beate. Du und dein Mann habt mir sehr bei Fragen der Schifffahrt geholfen.

Außerdem gebührt mein Dank Heidi und Dschinghi, die einmal mehr gelesen und kritisiert haben.

Mein Dank auch der ganzen Crew bei Blanvalet. Insbesondere an Beatrice und Berit! Ihr seid spitze!

Last but not least: ein dickes Danke selbstverständlich an meine beharrliche Redakteurin Angela.

blanvalet

Derek Meisters Rungholt ist Kult!
Der erste Fall für den eigenwilligsten
Ermittler des Mittelalters!

Roman. 544 Seiten.
ISBN 978-3-442-37484-7

Lesen Sie mehr unter: **www.blanvalet.de**